笑いオオカミ

津島佑子

人文書院

笑いオオカミ　目次

photo: Sai photograph

笑いオオカミ

明治三十一年に東京亀戸の竹問屋で生まれた平岩米吉氏は、幼年のころ、その乳母から滝沢馬琴作の物語を聞かされていた。なかでも『椿説弓張月《ちんせつゆみはりづき》』の主人公源為朝が「山《やま》雄《お》」、「野風《のかぜ》」という名の二頭のオオカミを従えていたという話が心に強く残り、のち三十歳を過ぎてから、朝鮮産オオカミを六頭、満州産オオカミ一頭、そして蒙古産オオカミを二頭、自宅で飼いはじめたという。氏はほかにも、ジャッカル二頭、クマ科、ジャコウネコ科、ハイエナ科などの野生動物も飼い、言うまでもなく家犬についてはそれ以前から長く飼育しつづけていた。「日本犬保存会」の設立に参画したのち、「犬科生態研究所」を設立、「動物文学会」を主宰するかたわら、犬に関する多くの著作を残し、昭和五十六年には『狼――その生態と歴史――』（池田書店）を刊行している。

オオカミを自ら飼育した経験から、氏はオオカミについて、きわめて愛情深く、聡明な、そして人に馴れやすい動物である、とその著書で述べている。

「彼らはみな、犬のように耳を引き、尾を振り、体をすりつけたり、ころがったりして喜び、時には鼻声を立てながら私の顔中を舐めまわし、感きわまって小水までもらしてしまうほどであった。」

「彼らのうちのあるものを、私は散歩にもつれて出たが、鎖を解いても決して遠くへは行かず、むしろ、何かの匂いに執着すると、そこを動かなくなってしまうので弱らされた。そういう時、私は狼を子供のように抱きあげて、汗を流しながら帰ってこなければならなかった。すると、狼は私の両手のなかで、すっかりいい気持になって、ぐっすり眠ってしまうのであった。」

「彼らは、また私の外出に気がつくと、駈けまわって大騒ぎを始めた。／そして、私が道角を曲り、姿が見えなくなると、必ず長い遠吠えをして私を呼んだのには感動させられた。」

とは言ってもオオカミはたいへん身軽で敏捷なうえ、物を咬む力がおそろしく強いので、犬のように気軽には飼育できない、一瞬の一咬みで、相手の骨を嚙み砕いてしまう力がある、と氏は警告する。

オオカミに特有なのは、頸をのばし、口を上に向けて長い遠吠えをすることで、これは広い野原で仲間を呼ぶためであるとのこと。遠吠えの多くは、「まず『アオー』という長い高音《ソプラノ》で始まり、つづいて『アオ、アオ、アオ』という中音《アルト》が数回おこってくる。そして、最後は低音《バス》に近い声で『オー』と全曲（?）を結ぶのである。朗々たる美声である。」

またオオカミの速度について、アメリカの探検家アンドリュース Roy Chapman Andrews の『蒙古平原横断』に見られる記録を、氏は引用している。アンドリュースは一九一八年に、烏得《ウデ》から外蒙の土謝図汗《トシエトハン》に至ったところで、オオカミを見つけ、自動車で追跡した。

「そのとき、一頭の狼が不意に草の丘の頂に現われた。狼はしばらく私たちを眺めていたが、やがて楽な速歩《トロット》でとことこと駈けだした。／地面は滑かで固かったので、私たちの車は**時速六四㎞**を示した。そして、間もなく（狼に）追いつきはじめたが、**五㎞**の間、狼は私たちと見事な競走を演じて見せてくれた。」

「（別の）狼は悠々と速歩で駈けていて、時々、立ちどまって、珍しそうに自動車の方を振りむいて見た。けれども、数分後に、彼らは、その好奇心が危険なものとなるかも知れないと悟ったらしく、本気で走り出した。／地面は自動車にとって申し分なく、**時速六四㎞**ほどであった。／狼との距離は一〇〇〇mくらいであったが、私たちはぐんぐん追いせまった。狼は**時速四八㎞**以上ではなかったように思う。／私たちの一人が、身を乗り出して素早く一発射つと、狼は急角度で身をひるがえし、自動車が、その方へ振りむけないうちに三〇〇mほど引き離されてしまった。また、追いついたが、こんどは、ひどい地面の隆起に乗りあげた。／狼は丘の上に立っていて、もうへたばっているらしく、頭を垂れ、横腹を大きく波うたせていた。けれども驚いたことに、自動車がスタートする前に、また風のように飛んで行った。／最後の五㎞の追跡ののち、私たちはついに石だらけの平原に達した。すると狼は本能的にその岩の間に身をかくして完全に私たちの追跡から逃れてしまった。彼は一声も悲鳴をあげず、堂々と戦って、じつに二〇㎞に及ぶ競走に打ち勝ったのである。」（内山賢次氏訳）

文学作品では、トルストイ作『戦争と平和』のオオカミ狩りの場面におけるオオカミの様子を、氏は「少しの誇張もなく、ありのままの狼の姿」であると高く評価している。このオオカミ狩りには、百三十頭の犬と、二十人の騎馬の勢子《せこ》が参加している。

「一匹の狼が、ふは〱と身を揺りつゝ、静かな足なみで藪を目がけて駈け寄っていた。もの凄い形相をした犬は綱を千切って横合から狼めがけて疾風の如く飛び出した。——狼は無器用に駈足をやめて、額の大きな首を犬の方へ振り向けた。そして、やはりふはりふはりと体を揺りながら、ぽん〱と二つ飛んで太い尻尾を振ると、藪の中に隠れてしまった。」

「狼は口に棒切れを挟まれ、ちょうど轡《くつわ》をかまされたように革紐で縛り上げられ、四つの足もしっかり絡まれてしまった。——（狼狩りに参加した）騎馬の人も徒歩の人も、みな狼を見に寄って来た。狼は額の張った首を垂れて、自分を取り巻く人や犬の群れを、大きな硝子のような目で見やった。体に触られる度に、縛られた足をぴくっとさせながら、凄いけれど同時に単純な眼つきで人々を眺めるのであった。」（米川正夫氏訳・傍点は平岩氏による、以下同様）

一方、日本で描かれたオオカミの姿として、西村白烏《はくう》作『煙霞綺談』（安永二年・一七七三年）の一節が紹介されている。

「（三河の）広野山中、此の狼に出逢ふこと度々あり。山家《やまが》の人は常に見馴れしゆへ、さのみ怖れず、此方《こなた》より手を出さざれば、人を噛むものにあらずといへども、偶々《たまたま》、道に行逢ふことあり。いかがせんと立とどまるに、彼はすこしもとどまらず、まことに人なき所を行くがごとく、のさ〱と歩み来る。せんかたなくて道を除け見ぬ体《てい》にて通れば、ゆう〱と心ざしたる方へ跡も見かへらず行く。」

ところでオオカミによる被害に悩まされつづけた牧畜の世界とはちがい、魚と穀物などを主な食料としつづけてきた日本では、田畑を荒らすイノシシやシカを退治してくれるオオカミを、むしろ感謝すべき自分たちの守り神として敬まってきた。古川古松軒作『東遊雑記』（天明八年・一七八八年の紀行）の南部藩狼河原《おいぬかわら》〔現・宮城県登米《とめ》市〕における見聞が、その一例として引用される。

「狼の数多《あまた》いる地ゆえに、狼河原と地名せりという。（中略）この辺《あたり》は鹿出で田畑をあらすゆえに、狼のいるを幸いとせるゆえか、上方、中国筋のごとくには狼を恐れず。夜中、狼に合う時には、狼どの、油断なく鹿を追って下されと、いんぎんに挨拶して通ることなりと。」

ところが、ちょうどそのころから、外来の狂犬病が急激にひろがり、犬をはじめとして、オオカミ、キツネ、タヌキに及び、牛、馬にもひろがった。『煙霞綺談』にも、

「病狼は飛ぶ事、鳥のごとく、人を見てはいよ〳〵咬みつく。暫時に数十里を往来す。」

と記され、人間に対する被害が相つぎ、以来、日本人にとってもオオカミは怖ろしい動物という存在に変わってしまった。狂犬病の伝播がオオカミについて速かったのは、「全く彼らの集団生活のため」だった、と氏は述べる。

「危険な猛獣」とみなされるようになったオオカミは「当時、発達の著しかった銃器の対象となったことはやむを得ぬことであった。」同時に、銃の発達により、シカなども激減し、オオカミはこれにより食料に不自由しはじめる。山林の開発も進み、オオカミは縄張りを失なうことになる。さらに、「家犬との接触により、烈しい伝染力をもつ疫病（ジス

テンパー）が侵入したことは非常な痛手であった。」

「一九〇〇年ごろ、狼群の間に伝染病が蔓延していたことは、当時、山村で生活していた多くの人々に語られており、彼らは、狼の死体や、病気のため弱ってうろうろしている狼の姿をたびたび見かけたという。」

　こうして急激に、ニホンオオカミはその数を減らし、一九〇五年（明治三十八年）、奈良県吉野郡小川村（現・東吉野村）鷲家口《わしかぐち》において、アメリカ人マルコム・アンダーソン Malcolm P. Anderson が土地の三人の猟師からさんざん値切って、八円五十銭でオオカミの死体を買いあげた。それが、「ニホンオオカミ最後の一頭」として記録され、この時点で、絶滅を宣言された。この最後の一頭の頭骨と毛皮は、現在も大英博物館に保存されているとのこと。アンダーソンはロンドン動物学会と大英博物館が企画した東亜動物学探検隊員として来日した、そのころ、まだ二十五歳の動物学者だった。

「これが日本で採集された最後の狼になろうとは、当時、想像も及ばないことであった。アンダーソンとともに鋭利なナイフで皮を剥いでいる間、三人の猟師は煙草を吸いながら眺めていた。（狼の）腹がやや青味を帯びて腐敗しかけているところからみて、数日前に捕れたものらしい。」

　と、アンダーソンの通訳兼助手をつとめた、当時、第一高等学校三年生だった金井清氏は昭和十四年（一九三九年）の満州生物学会会報に報告している。アンダーソンはこのとき、シカの皮を四円四十五銭、カモシカ二頭を九円五十銭、イノシシを三円五十銭、その他、タヌキ、イタチ、ムササビ、モモンガ、リスも購入したという。

その後も、ニホンオオカミはごく少数、どこかで生き残っていた可能性はあるが、論文や新聞などで公表された「残存説」はすべて誤りであった。昭和八年の柳田国男氏の論文「吉野人への書信、狼のゆくへ」による残存の可能性についての言及、それを受けて実践した調査報告である岸田日出男氏著『日本狼物語』をはじめとし、昭和五十三年、三重県大台山系からの報告に至るまで、平岩氏は計二十六例のひとつひとつを綿密に調べ、野犬であったり、キツネやタヌキであったり、または「巡回動物園」で仕入れた朝鮮オオカミ、シベリアオオカミだった、と結論を出している。昭和十年、南方熊楠翁の平岩氏宛ての手紙には、「明治四十三年までは、西牟婁郡（和歌山県）の深山に狼が生存していたが、近年はいっこう見聞せず、ただ五年前（すなわち昭和五年ごろ）大和国境を往復する木挽きが、ようやく二頭見たことがあるといった」と記されていたが、これも伝聞に過ぎないので、オオカミの残存を証明できるものではない。

「結局、明治三十八年以後、日本狼が生存していたという確実な証拠は一つもないのである。／相当の年月を経たのちに、なお一頭も発見されないというのは、残念ながら、やはり日本狼は絶滅したものと考えざるを得ない。」

ニホンオオカミは日本列島の本州、四国、九州にのみ生息していた小型の特殊の種で、「ほかには絶対に存在していない」オオカミだったので、この絶滅は重大な損失だった、と氏は述べる。

より大型の、大陸のオオカミと同種である北海道のエゾオオカミは、ニホンオオカミより早く、明治二十二年（一八八九年）ごろに絶滅したとみなされている。「エゾ狼は明治十年（一八七七年）以後、もっぱら、人為的に熾烈な迫害を被ったからである。」

かつて、アイヌはオオカミを「ウォセ・カムイ（吠える神）」と呼び、畏敬していたのが、まず和人のシカの乱獲により、オオカミの「主食」が奪われた。そこで、オオカミは家畜の馬をねらうようになった。新冠《にいかっぷ》と日高の牧場などの被害により、オオカミは北海道開発の大きな障害とみなされ、当時、北海道開拓使の教師を務めていたアメリカ人エドウィン・ダン Edwin Dun の提言により、強力な毒餌を使うことになった。日本中の硝酸ストリキニーネが買い集められ、さらにサンフランシスコからも取り寄せられた。同時に、オオカミの捕獲に賞金を与える制度も作られた。賞金が与えられた件数は合計一五三九頭で、言うまでもなく、実際に捕獲された数はそれよりもはるかに多かった。明治二十二年、オオカミはほぼ全滅したと判断され、この賞金は廃止された。この年、「函館地方で三五頭、札幌地方で四頭という新聞記事が載ったが、これを最後に巨大なエゾ狼（カニス・ルプス・レークスすなわち狼の王という学名）の姿は地上から消え去ってしまった。／ただ、明治二十九年に函館の松下という毛皮商が、輸出品として狼の皮、何枚かを扱ったということが伝えられている。」

しかし、西ヨーロッパではははるかに早い時期、つまり一六八〇年にスコットランドでオオカミは絶滅している。一七一〇年にアイルランドで、十九世紀はじめからデンマーク、オランダ、ベルギー、フランス、スイスとつぎつぎにオオカミは姿を消し、一九一六年ごろ、ドイツでも消え去った。現在はスペイン西北の山地、イタリアのアペニン山脈、バルカン半島の山地などに少数が残存している。北アメリカでは今世紀に入ってから急速に減りはじめ、大型の灰色オオカミが生息しているのは中央カナダ、ロッキー山脈、ラブラドル・バフィン島、カナダ東岸《原文ママ》のアレキサンダー群島、アラスカ内陸部に限られ、合衆国ではミネソタ州の東北部にわずかに残存するのみ、また、小型の赤オオカミはルイジアナ州の海岸沿い一〇〇㎞あまりの地域に限り生息している。朝鮮半島の中型朝鮮オオカミも非常にまれになっている。ロシアでは南方のカフカス山脈、シベリアのツンドラ地帯、バイカル湖の西岸などには多く生存しているらしい。中国にも、かなりの数が生息している模様である。（一九八一年現在、平岩氏による報告）

　ヨーロッパでなぜ、オオカミがこのように早い時期に絶滅させられたかと言えば、平岩氏によれば、古代から羊、牛などを飼育していた人たちにとって、オオカミは明きらかな「害獣」として認識されつづけていたからで、「人類の仇敵」として怖れられ、銃、毒薬、罠、手榴弾などあらゆる手段で迫害を受けつづけてきた結果であるという。十五世紀、人食いオオカミ「クールトー」（短かい尾）に率いられたオオカミの群れがパリに現われ、ノートルダム寺院前の広場で修道僧の一団を襲い、食い散らしたという出来事。また、十八世紀にはフランス南部ジェボーダンの地方を荒した巨大なオオカミ「ラ・ベート」（鬼）。莫大な賞金がかけられ、大僧正は「妖魔調伏」の祈禱をし、大仕掛けな巻狩りも行なわれた。もともとオオカミへの恐怖が強いところに、まれにこうした実例があると、恐怖は増大し、伝説が生まれる。

　平岩氏はフランスの著述家ピエール・ガスカールの文章を引用する。

「ジェボーダンの猛狼の姿を正確に描写できる者は一人もない。多くの人が描く像は互いに似ても似つかぬものでありながら、それが妨げ合うどころか反対に醜悪な面だけが重ね合わされ、獰猛な野獣の姿は増大し、変貌する。そして全くの怪物と化してしまうのである。」

やがて牧畜の産業化とともに、怪物への恐怖に経済の損失という認識も加わり、「鬼退治」の方法は情け容赦のない、大がかりなものに変わっていく。一九四九年、ラップランドでのオオカミ狩りでは、橇《そり》に軽機関銃をすえつけ、狩りだす場所に地雷を敷設し、連絡には軍の飛行機や無線隊までかりだされたという。ただし、このときの成果はわずか二、三頭だったらしい。「これでは狼の話がいかに大袈裟に伝えられるかを立証したようなものである。」というのも、オオカミの遠吠えにより、恐怖がつのり、二、三頭のオオカミでも数十頭の群れかと錯覚する場合が多いらしい。

こうしてオオカミがヨーロッパ、日本列島から姿を消したのち、その伝説だけは生き残り、むしろ定着していった。オオカミを見たことのない日本の子どもたちも、「赤ずきん」や「七匹の小羊」などのヨーロッパの童話に親しみ、「悪役」のオオカミをそのまま受け入れるようになった。

ニホンオオカミが絶滅したのは一九〇五年。その年に日露戦争が終わり、やがて三十年ほど経ち、日中戦争、太平洋戦争を日本列島は経験し、一九四五年、日本の無条件降伏によってその戦争は終了した。ニホンオオカミは姿を消したままだったが、飼い主を失なった犬が野犬になり、焼け跡の都会を走りまわるようになった。

1　はじまりの話

昔のあるとき、子どもと父親がいた。
長方形の、灰色の石に囲まれた地面の隅に枯葉を集め、そこに体を埋めると、カビと泥のにおいの混じった地中の湿気がたちのぼってきた。その淀んだにおいが、子どもと父親のにおいだった。

たとえば、そんな記憶。

子どもは四歳だった。文字をまだ知らなかった。それで、石の囲いのなかに建てられた石柱に刻まれている漢字の意味には無関心に、文字のくぼみに土や枯葉を押しこんで遊んでいた。石柱は木々のあいだに、無数に見つかった。
小さな木、大きな木が群がり、いつもざわめいていた。そのざわめきの隙間から、さまざまな鳥の声が洩《も》れ聞こえてきた。夜の鳥。朝の鳥。早朝にカラスの群れが鳴き騒ぎながらどこかへ飛び去って行くと、小さな鳥たちが互いに呼びかけ合うように鳴き声をひびかせはじめ、木々の枝から石のうえに、そして地面におりてきて、子どもの手が届くところまで近づいてくることがあった。けれども、四歳の子どもには、小鳥の一羽もつかまえられなかった。父親が一度、体の大きな鳥――ハトだったのだろうか――をその両手でつかまえた。子どもは鳥よりも、父親の手の大きさに感嘆した。父親はその手で鳥の肉を焚火であぶり、子どもに分け与えた。固い筋だらけのほんのわずかな肉だった。子どもは長い時間、肉をかじり、骨をしゃぶりつづけた。

子どもは空腹と馴れ親しんでいた。食べられそうなものを見つければ、それをとにかく口のなかに押しこんでみた。土も、枯葉も、例外ではなかった。石柱を蔽《おお》う苔も、枯葉のかげに身を丸めている虫たちも。そのためだったのか、子どもはいつも下痢をしていた。父親も、それは同様だった。ズボンを下げて、父親が排便すると、ラッパのような音が出て、それから父親のお尻の下に白い湯気が立った。

そんな記憶もある。

土の道がまっすぐに、どこを向いても伸びていた。細い道があり、広い道もあった。朝の光を受けて、道のあちこちが鋭くひかっていた。子どもはそのひかるものを集めて、てのひらに置いた。それはすぐに、水に変わってしまう。あわてて、口に入れてみた。舌の先が噛まれたような痛みを感じた。子どもは地面にひかりつづけるものを踏みつけた。枯葉よりもはっきりした鋭い感触が、子どもの体に伝わってきた。それで、子どもはうれしくなった。笑い声をあげて、子どもはまわりの霜柱を踏みつづけた。一年のうちで、いちばん寒い時期だった。しかし、夜の寒さと闇の深さに子どもは気がつかないままでいた。いつでも靄《もや》のような眠気に閉ざされていたからなのだろうか。身を守る毛布を持っていたためなのだろうか。毛布が頬に触れると、チクチク痛んだ。穴の場所と大きさ、そして縁の糸のほつれを、子どもは眠りながらいつも、指先で撫でさすっていた。子どもと父親のにおいが、そこにもあった。

こうした記憶だってある。なぜ、こんなに幼いころの些細なことを忘れられずにいるのだろう。自分でも妙な気持になってくる。

雪が降るときもあった。もちろん、雨も降った。

雨の音はおぼえている。木々のざわめきがいつの間にか、生き生きとにぎやかな音に変わり、石や枯葉に突き当たり、その表面を濡らしていく。やがて水の音はひとつのかたまりになって、子どもの耳と眼をそこに吸いこんでいく。まっすぐな道に川ができ、子どもと父親が歩くと、水の跳ねる音があとから従《つ》いてきた。

雪には音がなかった。でも、痛みがあった。雪はいろいろなものを包みこむ。背の低い石も隠された。雪のなかを歩いていたら、その石にぶつかり、血を流したことがあった。そんなとき、子どもはただびっくりして、自分の傷口と雪を見比べた。

雪を溶かしていく自分のおしっこの色にも、子どもは見とれた。鮮やかな黄色だった。

街なかとちがって墓地では、いつまでも雪が残っていた。固く凍りついた雪の表面はガラスの破片と変わらず、子どものアカギレの手を簡単に切り裂いた。

それだけの記憶は残されている。けれども、雪ですっかり白くなった墓地の様子は思い出せない。その白さに驚いたおぼえがない。雪や雨の夜はいくらなんでも墓地を離れて、街のどこかに潜りこんで眠っていたのかもしれない。地下道とか、公衆便所とか、よその家の縁の下とか。

そのころ、そうした場所で夜を過ごす人は珍しくなかった。家を失なった人たち、家を捨てた人たちが、どこにでも住みついていた。子どもと父親もその仲間だった。父親はしかし、街なかよりも墓地で眠るほうを好んでいた。そうだったのだろう、と子どもは思っている。でも、その理由となると、はっきりしなくなる。街の地下道で寝ていても、朝になるとそのまま死体に変わっている人たちが絶えなかった。そうした死体が運び出されるのを、四歳の子どもも見たおぼえがある。

どうして自分たちは墓地で寝ていて死ななかったのか。子どもと父親はあのころ、死体として生きていた、とむしろ言うべきなのだろうか。街で寝ていると、警官たちにひんぱんに追いたてられた。トラックにむりやり乗せられ、ある場所に収容されて、おとなの男は北海道の炭坑に送りこまれるという話だった。それを、父親はおそれていたのだろうか。親と引き裂かれて、子どもは子どもで収容所に閉じこめられる。どのみち、半年後には父親が倒れ、子どもは施設に行くことになったのだが。

父親は瘠《や》せていた。口を開いてしゃべることも、ほとんどなかった。いつも眠そうに背を丸め、足を引きずって歩いていた。

子どもにはそれだけの記憶しかない。

父親には体を使う仕事ができなかった。そのうえ、四歳の子どももいた。そろそろ、靴みがきなり、モク拾いなりの仕事が一人前にできそうな年齢に子どもが近づいていたから、父親はそれを頼みにしていたのだろうか。それまでのしんぼうと思い、街の露店で下働きをし、物乞いも、泥棒の真似もしていたのかもしれない。

それとも、父親は子どもとともに、墓地で二人の死を待ちつづけていただけだったのか。ゆっくりと死んでいきたい、と父親はただ、それだけを願っていた。墓地こそ、そのためにふさわしい場所ではないか。

東京のどこかに住まいがあり、母親もいた日が、かつてあったのだろうか。戦災でそれを失なったという証明書を、父親は持っていた。のちに施設の人が調べ、でっちあげの証明書だったと結論を出した。それでも、子どもにとって大切なよりどころにはちがいなかった。証明書をもとに、子どもは自分の生まれたときの住まいと家族を作りあげた。ほどほどの大きさで、古いけれど、居心地のいい家。板塀に囲まれた小さな庭があり、そこに置かれたタライで行水をしている赤ん坊の自分。体を洗ってくれる、丸顔の母親。まわりで遊ぶ子どもの兄と姉。縁側では、父親が白い猫を抱いて、耳そうじをしている。ある日、空から火が降り注いできて、塀が燃え、家が燃え、母親も、兄も、姉も燃え、猫も燃え、地上から消え失せてしまった。

——もちろん、単なる空想だけど、この空想にいつもうっとりして、なぐさめられていた。

だから、この空想もなつかしい。……

かつての子どもは熱心に話しつづける。十二歳の少女に向かって、一方的に話しつづける。少年の記憶は少女の体にすべりこみ、そこで新たに生き生きと動きはじめる。セーラー服を着た少女は前髪をヘアピンで留め、額の産毛を薄い金色にひからせている。頬の丸いその顔は、まだ子どもっぽい。重い革製の学生カバンを、体の横に置き、ときどき、カバンの金具を左手の指先で触れてみる。

少女と少年の坐っている場所は、皇居に間近い、大きな神社の参道にある茶店の店先だった。少年はそこでオレンジ・ジュースを二本買い、少女に一本を渡した。十七歳になったばかりの少年は着古した黒い学生ズボンに、しわだらけのワイシャツを身につけている。短かく刈りこんだ髪の毛。日に焼けた顔に内気そうな微笑を浮かべ、低い声で話しつづける。その口のまわりには、まばらな髭《ひげ》が生えている。

夕方の神社には、人影が少ない。本殿の前の、菊の紋章のついた大きな扉はすでに、閉まっていた。参道の両脇にはサクラの木が並び、若葉のあいだに、はでな色のプラスチックのぼんぼりがぶら下がっている。その下の砂利道を走り抜けていく近所の子どもたち。参道の途中に建つ銅像を見上げる若い男女。一日の最後の奉仕として、参道を竹ぼうきで掃き清める老人の姿が見える。赤い毛氈《もうせん》を敷いた茶店でも、まわりに水をまきはじめている。その水に驚いた鳩の群れが一斉に飛び立ち、すぐにまた舞いおりてくる。店先の縁台の表面にも、鳩の灰色のフンがこびりついている。

――……シベリア。

少年の小さな声。

――シベリア？

少女が問い返すと、少年は頷《うなず》き、笑顔を少女に向ける。意味がわからないまま、少女も微笑を浮かべる。

――……あそこはシベリアってところなんだ、と思いこんでいたときもあった。ばかな話だけど。

少女は少し眉をひそめて、少年を見つめ返す。

小学生のころだった。「シベリア」から帰ってきたという人たちが、当時、子どものまわりにもいた。その人たちはシベリアの話を、一時間でも、二時間でもつづけた。子どもの耳には冗談としか聞こえない、ハラショーとかダワイというようなロシア語を、ところどころにちりばめながら。空腹と寒さと病気、そして雪と氷の話。

そんな話を聞くうちに、「シベリア」とは父親と二人で夜を過ごしていたあそこのことなのかもしれない、と子どもは考えるようになった。「シベリア」という音のひびきが、自分の記憶に残されている石と土の肌触りにいかにもふさわしい気がした。父親はすでに死んでいたから、それは子どもにとって、自分の父親への思いを込めた、戒名のような地名でもあった。父親の顔も声も、はっきりとは思い出せなくなっていた。一枚の写真もなかった。父親とともにカビくさい枯葉と毛布に包まれて眠っていた場所。その場所の全体が、子どもにとっての父親になり変わっていた。

「シベリア」――子どもにとっての「シベリア」は果てもなくひろがっていた。どれだけ広いのか、四歳の子どもには見当がつかないほど広かった。けれども本物のシベリアとはちがって、そこにはロシア語を話すロシア人はいなかったし、鉄条網の塀もなかった。犬ゾリも走っていなかったし、トナカイもオオカミも駆けまわってはいなかった。そこはシベリアからはるか離れた、東京の真中にある古ぼけた都営墓地のひとつに過ぎなかった。子どもがそのようにしぶしぶ認めたのは、中学生のころだった。墓地の外に出て、大通りを少し歩けば、池袋という、人間のやたらに多い街に出る。

中学生になって、子どもははじめてその墓地を一人で訪れた。墓地の名前が、父親と子どもに関する書類に素気なく書き記されていた。なつかしいという思いは湧かなかった。本当にこだったんだろうか、ととまどいを感じた。それでも、いくつかの墓石には見おぼえがあるような気がした。どれも平凡な、小さな墓石に変わっていた。もっと広々とした場所だったはずなのに、せせこましい墓所が窮屈に、そして無愛想に並んでいるだけだった。少し大きめの墓所をのぞき、そこで父親と抱き合って眠る小さな子どもの姿を思い浮かべてみた。枯葉をいくらかき集めて、毛布を体に巻きつけたとしたって、こんな場所で毎晩、眠れるものなのだろうか。それも真冬の時期に。ひとごとのように子どもは呆れ、そして屈辱を感じ、そこから急いで逃げ去った。

とは言え、四歳の子どもにとって、そこは名前を持たない、地図とも縁のない、地上のどこよりも自分に親しい場所なのだった。そこから子どもは、この世に生まれ出たようなものだった。中学生に育った子どもは、自分の訪れた都営墓地を忘れ去ることにした。自分の住む東京という都会から、その部分だけを切り捨てた。そして、四歳の自分が父親とともに過ごした場

なかで四歳の子どもがまるで今も生きつづけているように、楽しげによみがえってきた。

ときも、持ち歩いた。夜寝るときも、胸に抱いて寝た。磨けば磨くほど、光が増し、その光の

所を改めて大切に、注意深く守りはじめた。埃を払い、繊細な布で磨きつづけた。どこに行く

四歳の子どもは、その場所が好きだった。生きた人間のにおいのしないその場所。ひんやりした石のにおいを楽しんでいた。さまざまな石のにおいがあった。黒い石のにおい。白い石のにおい。緑色を帯びた石のにおい。新しくて、表面がつるつるした石のにおい。苔に蔽われた石のにおい。

変わった形の石もあった。枯葉に似た形。高くそびえ立つ塔の形。十字の形。茂みにうずくまる卵に似た、丸い石。ただ平たいだけの石。窓のついた家の形。

大きな一輪の花のうえに立ち、両手を胸の前で合わせている、坊主頭の人間の形に刻まれた石もあった。

倒れて枯葉に包まれた石もあった。

子どもは卵の石が、とりわけ気に入っていた。そのうえに乗って跳びおりるのに、ちょうどいい高さなのだった。

犬や猫はほとんど、そこでは見かけなかった。食べものが見つからない場所には、動物は寄りつこうとしない。それでも、脚を引きずる犬、眼のつぶれた犬、皮膚病で毛の抜けた犬が身を隠していることはあった。よろめき歩いている猫を踏みつぶしそうになったこともある。

聞き慣れない声が、ある夜、ひびきつづけた。カエルのような、風の音のような。父親に聞いたけれど、答えてくれなかった。朝になり、空が明かるくなると、その声は消えていた。子どもは近くの墓石のあいだを歩きまわった。茂みのなかものぞいた。そして石と石の隙間に、泥のついた新聞紙の包みを見つけた。新聞紙は大きく破れ、人間の赤ん坊の手と足がそこから突き出ていた。顔も右側だけ、のぞき見えた。白い寝顔だった。青白いはだかの手足を、子どもは指先でつついてみた。すると、微かに震えたように見えた。あまりに小さな赤ん坊だったので、人間とは思えなかった。

赤ん坊を見つけた、と子どもは父親に告げた。でも、もう泣いていない。

父親はその言葉を聞き流し、いつものように子どもを連れて街に出た。夜、戻ってくると、赤ん坊の体は新聞紙ごと消え失せていた。犬やカラスに食い散らされたのなら、新聞紙や骨ぐらいは残されただろう。子どもがいくら探しても、小さな指の一本も見つけだせなかった。

そんな赤ん坊ではなく、もっと大きな人間の姿を見かけることもあった。子どもと父親と同じように、その墓地のどこかを寝場所に決めているらしい老人がいた。まだ若い女たちもいた。学生服を着た中学生たちもいた。兵隊服の男もいた。まっすぐな幅の広い道を歩いていると、唐突に石のかげからほかの人間が出てきて、互いに息を呑んで見つめ合う。そして眼をそらし、それぞれ自分の方向に歩きはじめる。今、出会ったばかりの人間のことは忘れ去って。

四歳の子どもにも、その流儀はすでに身についていた。墓地に住みついている人間が自分たちのほかにもいることは知っていたが、それは影に過ぎない存在で、つまり、だれもそこにいないのと変わりなかった。いつでも、子どもと父親だけの場所だった。

甲高い女の声に眼をさました夜もあった。はじめは、夜の鳥が鳴いているのかと思った。それで、子どもは少しおびえた。甲高い声は上空にひびきわたってから、子どもの体をめざして鋭く落ちてきた。子どもは眼を開け、枯葉と毛布から身を起こした。明かるい夜だった。たぶん、月夜だったのだろう。夢のなかの風景のように、夜の木々と墓石がどれもほの白く浮かびあがっていた。

子どもは甲高い声に引き寄せられて、ほの白い墓地のなかを歩きはじめた。声はひとつではなかった。ふたつの声がぶつかり合い、重なり合う。短かい間隔でとぎれて跳ねあがったり、くるくるよじれて、頼りなく消えていったり。大きな木の足もとに数人の男女の姿を見つけるまで、子どもはそれを女たちの声だとは思いつかないままでいた。鳥の声、あるいは動物の声と思いこんでいたというのでもなかったけれど。

女は二人いたのだろうか。土に寝そべっていた。ほの白く見える長い脚が何本もうごめいている。子どもは木のかたわらにたたずみ、眠気に眼を半分閉じながら、女たちの声に耳を傾けつづけた。笑い声と悲鳴の区別がつかなかった。女たちの体のうえに、男たちの黒い影が見えた。男たちの尻が白く動く。女たちの声はさらに高くなり、男たちは押し黙っていた。女たちは笑い、叫び、奇妙なことに、歌さえうたいだしていた。

少女はからになったジュースのびんを両手で支えながら、少年の乾いた唇を見つめている。

顔が赤くなり、それでも、うつむこうとはしない。十七歳の少年は、中学生になったばかりの少女には充分、おとなに見える。おとなの話には、よくわからないところがある。でも、なんとなくわかるような気もする。満員の都電のなかで自分の木綿のパンツをまさぐる、見知らぬおとなの男たちの指を、少女は思い出す。その指はパンツのなかにまで入りそうになる。まだ小学生だった少女は身をよじって、その指から逃げようとする。泣きながら、都電をおりてしまったこともある。公園でズボンの前を開けて、立っている男もいた。

世のなかには、そうした部分が隠されている。その気配だけは、少女もすでに感じとっていた。そして、そこからいくら逃げようとしても逃げきれるものではないらしい、ということも。

少女は少年の口からどんな話が出てきても、たじろがずに聞きつづける。どんな話もうさん臭く感じながら、それでもとにかく信じようとする。少年に嫌われたくない一心で。少年へのおびえに負けたくない一心で。

少女が小学生になってから、校舎の一階の便所がベニヤ板で封鎖された。近所の小学校の便所で女の子が外から入って来た男に殺されたのだった。乱暴されて殺されたと聞き、その女の子が男に殴られ、蹴られたのだと思った。けれども、おとなたちの口ぶりから、なにかちがうことが起きたらしい、と気がつかされた。便所という場所にその秘密が隠されているようだった。ドアを閉めて、一人でパンツをおろさなければならない場所。が、それ以上のことはわからなかった。ベニヤ板に閉ざされた一階の便所に、少女はおびえつづけた。だれも入れなくなった便所は電気がつくこともなく、やがて埃が積もり、クモが巣を張り、ほかの小さな虫も数を増やしていく。その暗がりのどこかに、殺された女の子の体が転がっている。少しずつ、崩れ落ちていく小さな死体。耳を傾ければ、女の子の泣き声もベニヤ板の向こう側からひびいてくる。

少女にはそのおびえと少年に対するおびえの区別がつかずにいる。自分の胸の鼓動が少年の耳に届いているような気がしてならない。それで、少女は少年に微笑を向ける。

少年は軽く頷き返し、自分のジュースを飲み干してから話をつづける。いちばん肝心な、最後の話にとりかかる。

そしてあの夜も、不思議な声が聞こえてきた。どの夜よりもさらに、墓地は静まりかえり、木々の葉一枚一枚が凍りつくような夜だった。そんな印象がある。もしかしたら、あの夜、声で起こされたのではなく、寒さで眼をさまさずにいられなかったのかもしれない。少し離れて、父親が小さな焚火を前に、毛布に身を包んでうずくまっていた。子どもも毛布を引きずりながら、父親のそばに移り、そして、はじめて気がついた。ゆるやかに、低くひびく声。野犬の吠え声に似ていた。傷ついた野犬たちが苦しみ、悲しんでいる。

子どもは父親の顔を見た。父親は眼をつむっていた。子どもも眼をつむり、眠ろうとした。しばらくして、子どもは眼を開け、立ちあがった。傷ついた野犬は何匹もいる様子だった。毛布で体をくるみ、子どもは歩きはじめた。墓石も木々も、氷のようにすきとおっていた。家の形をした大きな墓石の前に、野犬ではなく、人間たちの三つの影が見えた。それぞれ別の方向に横たわっている。それで、子どもは少しだけがっかりした。酔払いの人間に興味はなかった。

父親のもとに帰ろうとした。が、その人間たちの声に子どもは引き寄せられた。それは今、息絶えようとしていた。すでに、一人の男は静かになり、残りのもう一人の男も笛のような声を細くひびかせているだけだった。もうひとつの影は、女だった。女は低く呻《うめ》きながら、体を波打たせていた。

子どもは用心しながら、少しずつ、三つの影に近づいて行った。影のどれかが急に身を起こして、子どもをどなりつけたら、すぐさま逃げ出せるよう身構えて。その間に、もう一人の男の声も聞こえなくなった。ひかるものがまわりを蔽っていた。子どもはそのにおいを嗅いだ。すぐに、それが血のにおいだと気がついた。人間の血のにおいも、動物や鳥の血のにおいも変わらない。血のにおいに子どもは食欲をそそられない。けれども、野犬たちは血のにおいが大好きだし、どんなに遠くからでも敏感に嗅ぎわける。もうすぐ野犬たちがここに集まり、大喜びで人間たちを食べはじめる。

子どもは父親のもとに戻って、二人の男が死んでいて、一人の女も死にそうになっている、と告げた。むりやり、眠りから起こされた父親は呻き声をあげて、子どもをにらみつけた。それから溜息を洩らし、焚火から火のついた枯れ枝を一本引き抜いて、立ちあがった。

子どもは気づかずにいたが、すでに朝が近づいていた。

父親は空が明かるくなるまで、二つの死体と一人の女を子どもとともに、火をかざして野犬から守りつづけた。それから墓地の外に出て、一人の女が墓地で死にかけている、と交番の巡査に伝えた。二つの死体もある、とついでのようにつけ加えた。父親はできれば、そんなことはしたくなかった。うっかり警察に顔を出せば、自分の首をしめることになる。墓地に住みつくことは、表向き、禁止されているのだった。父親は迷いながら、それでも助かるかもしれない女の命を見捨てることはできなかった。それに、あと二つの死体までである。父親は自分の寝場所と定めた墓地に愛着を抱いていた。墓地ほど清潔な場所はない、と信じていた。そこが汚されるのがいやだったのかもしれない。子どもにはそう思えた。

父親は交番に届け、隙を見て、子どもの手を引張り逃げだした。それ以上、警察につき合う気はなかった。父親と子どもはそれから、警察に見つけだされるのを怖れて、長いあいだ墓地には戻らなかった。そしてまた、墓地で夜を過ごしはじめた。父親も子どもも、なにごともなかったように、枯葉と毛布にくるまって墓石の前で眠った。墓地で眠るのに、子どももすっかり馴れていた。

一体、あの男女三人の死体――女はまだ生きていたけれど――はなんだったのだろう、と調べてみる気持になったのは、子どもが中学生になってからだった。少なくとも、二つの死体が発見されたことになるのだから、新聞に報じられたにちがいない。場所も、大体の時期もわかっている。子どもがまだ四歳だった年の冬。

子どもは区立図書館へ行き、当時の新聞記事を調べた。どんなことが起きつづけた世のなかだったのか、それではじめて知らされた。そして、目的の新聞記事もようやく見つけた。子どもが予想していたよりも、はるかに大きな記事だった。いちばん先に死んだ男が当時、名前の売れはじめていた画家だったためらしい。子どもにはまったく聞きおぼえのない名前だった。大きな写真が子どもの眼をひいた。子どもがあの夜、一人で近づいていった大きな墓所が、子

風景が、子どもが記憶していたままの風景が、なつかしさに体が熱くなった。子どもが記憶していたままの風景が、そこには映されていた。暗い、不鮮明な写真。そのぼんやりした暗さに、見憶えがあった。自分の記憶が現実のことだったとはじめて確認でき、子どもはそれまでの一人きりの不安を忘れた。なにもかも本当に起きたことだったんだ、とそれまでの子どもの人生で触れ合った人たちに知らせて歩きたくなった。

　大切なその記事を、子どもはこっそり切り取った。悪いことにはちがいないが、事情によってはやむを得ないときだってある。父親と過ごした墓地の写真は、その記事の一枚しかなかったのだ。子どもの眼には、そこに父親が映っているように見えた。四歳の自分の姿も見えた。木々のざわめき、石のにおいも伝わってくる。

　墓地の写真の脇には、そこで死んだ三人の顔写真も載せられていた。子どもには見覚えのない顔だったが、自分がその体を見届けている人たちなので、親しみを感じた。死を迎えたばかりの体と、これから死に向かおうとしている体。そして、三つの体から流れたおびただしい量の血のにおい。新聞記事には、その三人がどのような人たちだったのか、かなりくわしく書いてあった。女は画家の恋人で、死んだとき、妊娠していた。もう一人の男はシベリアの収容所から帰ってきたばかりの無職の復員兵で、女の夫だった。自分の妻を画家に横取りされていることを知って、その二人につきまとっていた。次第に三人ともそんな関係に疲れ、あの夜、泥酔した三人は墓地に迷いこみ、復員兵の持っていた包丁で心中を果たした。画家には家庭があり、幼い二人の子もいた。

　子どもは記事のなかに「シベリア」という地名を見つけて、溜息をついた。だから、こんなことが起きたんだ、と納得した。三人と自分とのつながりを改めて感じずにはいられなかった。三人の顔写真を見つめつづけ、それぞれがどのように笑い、話し、泣いたのか、想像できるようにさえなった。子どもはその三人に話しかけ、返ってくる声に耳を傾けた。

〈そうか、きみがあのときの子どもだったのか。あんなに小さかったのに、大きくなったものだね。……〉

〈たいへんな思いをして、ここまで育ってきたんでしょう。わたしたちみたいにつまらない死に方をしなくてすんで、ほんとによかったわ。あれから世のなかもすっかり変わって、バターも卵もいくらでも手に入るようになったんですってね。あんたのお父さんもお気の毒だったわ。〉

〈なんのために生きているのか、考えないほうがいいんだ。おれだってシベリアで死んでしまえばよほどよかったのに、わざわざ日本に戻ってから死ぬなんて、どうもばからしくて、いやになる。でもなあ、人生なんて、そのていどのものらしいぜ。気楽に生きろよ、なあ……〉

――ほら、これがその新聞記事。もちろん、とっくに知ってるよね。

着替えや弁当箱などの入った布袋から、少年は二つに折ったボール紙を引き出す。四隅と折り目に、灰色の布を几帳面に貼りつけてあり、それを開くと、左右にまたがって、入り組んだ形に切り取られた新聞記事が貼られている。少女はとっさに、そこから眼をそむけ、いったん、うなだれてから、少年の顔をにらみつける。

――こんなもの、捨てちゃえばいいのに。ばかみたい。

少年と同じように、二、三年前、少女もその記事を探したことがある。が、少女はろくに記事を読みもしないまま、新聞の縮刷版を閉じてしまった。その記事を飾る大きな文字は、少女の父親の名前を示し、いちばん大きな顔写真は少女の父親のものだった。少女は後悔し、おびえ、そこから大急ぎで逃げだした。二度と、そこに戻るつもりはなかった。

——……おれにそういうことを言うのか？

ゆっくりと新聞記事を再び、布袋にしまいこんでから、少年は溜息とともにつぶやき、そして少女に笑いかける。

——そんなことを言っちゃ、だめだよ。自分のお父さんだろう？

少女は涙を流す代りに、少年に微笑を返す。この少年にさからうことはできない。逃げることはもう、できない。神社の参道はすっかり暗くなり、表通りを走る都電の光が神社の木々の向こうにまぶしくまたたき、すぐに消えていく。

——さあ、そろそろ行くか。腹も減ってきた。

少年が立ちあがると、少女も通学カバンを持って立ちあがる。風が吹きはじめ、肌寒さを感じさせられる。少年と並んで、少女は歩く。少女よりも、少年のほうが十センチほど背が高い。少女にとっては、空腹よりも尿意が切実な問題になっているのに、それを少年にどのように訴えればよいのか、わからないままでいる。少女は慎重に、でも少年の足取りから遅れないように急ぎ足で、砂利道を歩きつづける。少女の革靴は固い音をひびかせ、少年の運動靴はほとんど音をたてない。

2　出発進行！

その夜、私は家に帰ろうと思えば、帰れたのだ。でも、家に帰らなかった。二人とも、おなかがとても空いていたので、神社の近くの大衆食堂に入って、私は親子丼を食べ、あのひとはカツ丼を食べた。私もあのひともあっという間に食べ終わり、まだ食べ足りない気がした。

——もうちょっと、なんか食うか。

あのひとに言われ、私はうれしくなって笑い返した。そうした外食は、私にとってはじめての経験だった。デパートの食堂で、アイスクリームを母親に食べさせてもらったことがあるだけだった。銀のお皿にのったウェファースつきのアイスクリーム。地方の教師の家で育った母親には、外食という概念がなかった。そして、もしかしたら私に外食の機会をもたらしていたかもしれない父親はとっくに死んでしまっていた。「親子丼」という名前も、このときはじめて知った。だれがそんなおもしろい名前を思いついたんだろう。私は思わず大きな声で笑ってしまった。退屈なばかりだと思っていたけれど、ずいぶん奇妙なところもある世のなかなのかもしれない。「他人丼」という食べものについても、私はあのひとから教わった。

あのひとはザルソバを一人前注文し、二人でそれをわけて食べた。ザルソバは私もよく知っている食べものだった。母親がときどき、家で作っていた。

ようやく満腹したあのひとがお茶を飲みながら、つぶやいた。

——さあ、どうしようか。

とたんに、私の心臓は変な具合に動きだした。ためらいながら、私はお店の時計を見た。もう、八時をまわっていた。それから、自分の腕時計を見つめた。腕時計のほうが、十分進んでいた。いつも遅刻ばかりしている私が、自分で針を進めておいたのだ。あのひとの手首には腕時計がなかった。だれにも今まで、買ってもらったことがなかったんだ、と私は推測し、自分の腕時計をセーラー服のカフスの下に隠した。私の腕時計は中学校への入学祝いに母親からプレゼントされたもので、中学生になったばかりの私はまだまったくの子どもだったので、それを誇らしく感じていた。

これからうちに帰れば、お母さんに叱られ、こんな時間までなにをしていたのか、厳しく問いつめられるに決まっている。でも、わたしにはどうしたって答えられない。本当のことは言えないし、うそもつけない。あしたはそう言えば、漢字の小テストもあった、とついでに思い出したら、それですっかり投げやりな気分になって聞いた。

——あなたはどこへ行くの?

あのひとは頭を掻きながら答えた。

――まだ、決めちゃいないんだけど、とりあえず上野まで行って、適当な夜行があったら、それに乗ってもいいかなって思ってる。おれ、一度、夜汽車に乗ってみたかったんだ。ゆきちゃんもいっしょに乗るか？

私はほっとして、頷いた。

夜汽車に乗るとはつまり、旅行するということなのだ、とまだ考えついていなかった。でも、どこか遠くに行けるらしい、という理解だけはさすがにできていた。それなら、お母さんに電話をかけて知らせておかなくちゃ、と私は一応の手順として考えた。けれども、結局、その夜は母親に連絡をしそびれてしまい――というか、忘れ去っていた――、母親はそれで翌日、学校と相談してから警察に向かったのだった。つまり、私たちの「旅行」があれほどの騒ぎになったのは、私の不注意のせいではあったのだ。あのひとがそのことに気がついていたのかどうか、今でも私にはわからない。一時は誘拐犯呼ばわりされ、新聞にも書きたてられたあのひとのその後の消息を、私は知らない。私のほうはあれから引越しをして、学校も変わった。でも、名前までは変えなかったのだから、探しだそうと思えば探しだせたはずなのに、あのひとは二度と私の前には現われなかった。そしてそのまま、四十年も経ってしまった。今さら、道ですれちがっても、きっと互いに気がつくこともないのだろう。だから、私は自分でもあの「旅行」が本当のことだったとは、実を言うと信じにくくなっている。

日本が戦争に敗けてから、女の子が誘拐される事件が頻発しはじめた。殺される場合も珍しくなかった。その記憶がまだ、世のなかに濃く漂い残っている時期なのだった。私もさまざまなこわい話を聞かされつづけていた。つぎつぎと、十人以上の若い女を殺しつづけた男。少女を連れ歩いた果てに、山中で殺した青年。デパートで、映画館で、川で見つかる女の死体。地下道で、公園で、海辺で置き去りにされた少女たち。そうした事件から、自分の話をいつの間にか、私は作りあげてしまったのかもしれない。

私が中学生になったその年、昭和三十四年の春、東京の主だった路上を、都電と称する路面電車がまだ、にぎやかに走っていた。東京タワーが完成し、新しく発行された一万円札をはじめて母に見せてもらったのもこのころではなかったか。日本の南極観測隊に置き去りにされた犬が南極で生き残っていて、それが子どもたちの話題になっていた。そして、人の行き来が多いところには、傷痍軍人と呼ばれた男たちの姿がまだ多く見られる時代でもあった。

そうして五月の末のその夜、私たちは上野駅に向かったのだった。

ところで言うまでもなく、その日にはじめて、私たちは出会ったわけではなかった。いくらなんでも、初対面の人と「旅行」に出てもいいと思うほど、私は無防備な性格ではなかったし、あのひともそれほど、大胆な少年ではなかった。

四月のなかば、つまり一カ月以上も前の日曜日、私が近所の本屋から女の子向けの雑誌を買って帰ってくると、門の前に、見たことのない少年が立っていた。サクラの盛りはすでに過ぎ去り、日射しの強い昼間だった。少年の着ている古びた学生服は、埃っぽく、白くひかっていた。運動靴だけが真新しい。四月だから、とそのとき思った。入学式を終えたばかりの私も、母親に買いそろえてもらった新品に取り囲まれていた。日本のいたるところに、似たような子どもがうろうろしている時期なのだった。私が予想した通り、あのひとの運動靴もお祝いに買ってもらったものだ、とあとで知った。ただし、入学のお祝いではなく、長年、世話になった施設からの独立祝いとして。

はじめて見る少年は体が特別、大きいわけではなく、表情にもまだ、内気な幼なさを残していた。丸く、まつげの長い眼が、犬の眼のようだった。それで、私はほとんど警戒心を持たずに、表札をぼんやりながめている少年に声をかけた。母親を訪ねてきたお客さんなんだろう、と見当をつけていた。母親は高校の教師をしているから、たまに教え子が訪ねてくることがある。また、画家だった父親の関係で、絵を勉強している学生が押しかけてくることもある。

——母に、なにか御用なんでしょうか。

あのひとはいかにもびっくりしたというように体を震わせ、私の顔をしばらくなにも言わずに見つめた。私は恥かしくなって、もう一度、聞いた。

——あのう……、うちになにか?

——ああ。

ようやく、あのひとは口を開いた。

——もしかして、ゆき子ちゃんですか?　……ええと、たしか、ゆき子ちゃんだったと思うけど。

気味が悪くなったけれど、自分の名前にはちがいなかったので、とりあえず頷き返した。

——そうか、やっぱり。顔、変わんないっすね。

あのひとはまつげの長い眼を細めて、私に笑いかけた。

七歳のときの私の顔と比べて、あのひとはそのように言ったのだった。そんなことはまだ、思いつきもしなかった私はますます気味が悪くなって、体を少し、横にずらした。いざとなったら、あのひとの脇を走り抜けて、門のなかに駆け込めるように。あのひとの眼にも、私の怯えははっきりとわかったらしい。

――前に会ったとき、おれは今のゆきちゃんと同じ十二歳だった。……でも、おれもあんまし変わってないんだろうな。

あのひとは眼を伏せて――少しわざとらしく――、つぶやいた。それで、私は聞き返さずにいられなくなった。

――あのう……前に会ったことがあるんですか？

照れ隠しに笑いながら、あのひとは頷いた。

――でも、ゆきちゃんのお母さんに叱られて、すぐに追い返されたっすよ。「カコ」のことよりも、自分の「ミライ」のためにしっかり勉強しなさいって。こわいお母さんだねえ。自分は母親を知らないから、母親ってこんなものかってびっくりした。「カコ」のことは聞きたくもないし、聞いたところでなんの役にも立たない。そう教えてくださったっす。

いかにも母親らしい言い分だと私は思い、見知らぬ少年をこわがる気持を失なった。すると、このひとにとって、母は「恩人」ということになるのかしら。そうして、このひとの「ミライ」が開けたというありきたりな話になるのか、と勝手に想像を働かせていた。

――お勉強をそれからいっぱいしたんですか？

――まさか。自分は学校ってところは苦手で……、手先は器用で、本を読むのもじょうずなんだけど。

——本を読むって？

——施設の小さい子どもたちに読んで聞かせるのが、まあ、自分の特技みたいなものなんすよ。でも、おとなの本は読んだことがないなあ。

私は少しがっかりして、あのひとの得意そうな顔を見つめ直した。

——ふうん。だけど、「カコ」のことは聞きたくないって、その「カコ」ってどういう意味なんですか？

単純な思いで、私は聞いた。私の母と十二歳の少年のあいだで、いったいどんな会話が交わされたというのだろう。

私の問いに、あのひとは考えこんでしまった。うつむいて眉をひそめ、頭をごしごし掻きまわしつづけ、その果てに、口ごもりながら、

——ボチ……、そのう、おれ、墓地にいたんで。

と言いだした。

——墓地？

驚いて私がつぶやき返すと、あのひとはようやく安心したように、大きく頷いた。

〈……あのとき、ぼくはあの墓地にいたんです。〉

十二歳のあのひとは、以前、私の母親に向かって、めまいを起こしながらこのように話しはじめた、ということだった。せりふはすべて、入念な練習済みで——紙に何度も書き直して——、なにを言われても、興奮して妙な言葉を口走ったりしない自信はあったものの、実際

の母親を前にすると極度の緊張で、口がこわばり、頬の辺りが痙攣を起こし、その場で泣き崩れてしまいたい衝動に駆られていた。

〈……そうなんです、あの時期、ぼくと父は都営雑司ヶ谷霊園に住みついていたんです。家もなくて、ぼくたち二人しかいなくて、父は病気になっていました。そして、たまたまぼくたちはあの墓地で、お宅の御主人とほかの二人が倒れているのを見つけて、交番にしかたがないから届けたんです。そのため、ぼくたちはしばらく、墓地から離れて過ごさなければならなかったんです。それから父は病院に入って死に、ぼくは施設に入りました。おかげで、ここまで成長することができました。〉

十二歳の少年ははじめ、玄関の三和土《たたき》に棒立ちに立っていた。母はその正面の式台に正座して、少年の顔を見つめ、全身を点検しつづけた。ちょうどあの春の私と同じように、少年だったあのひともだぶだぶの新品の学生ズボンをはき、頭にも大きすぎる学生帽をかぶり、眼もとがその黒いひさしに隠されてしまっていた。夏の暑い日だった。汗が額から流れ落ち、鼻先に汗の粒が垂れ、安物の化繊の白いシャツも汗で透明になっている。母のほうは、その少年を涼しげに見守っている。昔風にうしろにまとめた髪の毛。着古したグレイのワンピース、と言うよりは簡単服——アッパッパという呼び方もあった——。袖無しの服から伸びる両腕があまりに細く、しかも白いので、少年の眼には骨そのもののように見え、少し怖かった。

やがて、母は少年にとにかく式台に坐るように言い、奥に姿を消したかと思うと、なまぬるい麦茶を運んできた。そのうしろから、子どもが二人、顔をのぞかせた。ひとりは七歳の女の子、ひとりはそれより年下に見える、風船のように肥った男の子。その二人は母に右手で追い払われたあと、今度は玄関のほうにまわってきて、ガラスの引き戸のかげにしゃがみこんだ。引き戸は開けっ放しになっていて、少年が顔を向けるたびに、二人の子どもはあわててうつむき、地面のアリを追う振りをした。二人とも、下駄をはき、白い下着しか身につけていない。洗濯をくり返して、もとの形を留めなくなっているシミーズ——母の手製だった——とランニング・シャツ。つい、きのうまで同じような子どもだった少年はできるだけの親しみをこめた微笑を、その子どもたちに送った。少なくとも、あの子どもたちも父親を知らないのだ、と思った。

ナンテンの枝が子どもたちの頭上でひかっていた。犬——当時、二匹飼っていた——の鳴き声が聞こえた。麦茶を飲みながら、少年は満足のあまり、また泣きだしそうになった。本当に自分がこの家を訪ねることができる日が来たとは、信じられずにいた。住所を知ってからも、いったいどれだけ迷いつづけてきたことだろう。訪ねる資格が自分にあるのかどうかさえ、判断がつかなかった。だれにも相談できなかった。どうしても一度訪ねてみたい。そして、自分とその家族とのつながりを伝えたかった。つながりを確かめたかった。それ以上のことを望んでいたわけではない。だから、私の母に、

——あなたはたった四歳だったんでしょう? もう、忘れたほうがいいですね。わたしも忘れてしまいました。「カコ」は「カコ」です。わざわざ、ここまで来てくれてありがとう。あなたもこれですっきりしたでしょう。きれいにこれで忘れなさい。わかりましたね。

と冷静な声で言われても、少しも悲しい気持にはならなかった。ばかな人間だけが「カコ」の話に取り乱すのだ、と十二歳の少年も納得していた。少年自身、死んだ父親のために泣いたことは、一度もなかった。

私の家の玄関先に少年が留まっていたのは、せいぜい一時間足らずのあいだで、玄関の外から様子をうかがっていたという七歳の私の記憶にも、少年の姿は残らなかった。私より三歳年上の兄は赤ん坊のときの病気で頭の働きが鈍ってしまったので、もちろん、なにも憶えているはずはなかった。でも、私の母はおそらく忘れてはいなかっただろう。十七歳になったあのひとがもう一度、あの日、母の眼の前に現われれば、母はすぐに気がつき、顔色を変えて追い返したのだろうか。あれだけ言ってやったのに、なんてばかなんだろう！　とでも叫んで。

　けれども、十七歳のあのひとは結局、母には会わずに帰り、私も母にあのひとと会ったことを言わなかったので、母の反応を直接に知る機会はないままになってしまった。あとで、私とあのひとの「旅行」について知らされても、母は私にはなにも言わなかった。私の横顔をただ、探るように見つめるだけだった。正面から私と向き合いそうになると、母は急いで、顔をそむけた。そして、なにも言わないうちに、引越しの準備をはじめた。本当は、どこか外国の学校にでも私を送りこんでしまいたかったのかもしれない。「カコ」から、私を完全に切り離すために。でも、その当時は普通の子どもがたったひとりで自由に外国に行けるような時代ではなかったし、たとえばアメリカの一ドルが三百六十円もするような時代でもあった。

　十七歳になったあのひとにも、自分の二度めの訪問が私の母親を失望させることになるということはよくわかっていた。それでその日、自分の紹介を終えるとすぐに、私にあやまりながら帰ろうとした。

　――この春、やっと一人立ちをしたら、なんかなつかしくなって来てしまったけど、やっぱり、来ちゃいけなかったんす。自分は身寄りが世のなかに一人もいないもんで、それでつい……。今、自分はとても反省しています。でも、ゆき子ちゃんと会えて、うれしかったっす。弟さんも元気ですか。

――……もう、死にました。それに、あれはわたしの兄です。ずっと病気でしたから。

あのひとは頭を下げて、なにか、私に聞こえない声でつぶやいてから、

――じゃ、もう失礼します。お母さんを大切にしてあげてください。ひとりぼっちになると、さびしいっすから。……ああ、すんません、言い忘れてた。自分の名前は、にしだみつおと言います。

私は「にしだみつお」と名乗ったあのひとの言葉を、まるごと信じこんでいたわけではなかった。五年前の話も、十二年前の墓地の話も、あのひとの作り話なのかもしれない。私の父親の事件をなにかで知って、面白半分、この家まで来てみただけだったのかもしれない。父親が死んだ当時、かなり大きく新聞に書きたてられ、その後もたまに、新聞社が「戦後の混乱を象徴する事件を思い出し、「その後の遺族」を取材しに来ることがあった。私の母が「カコ」と手を切りたがっていたのは、そんなわずらわしさもあったからだった。――私もそれで、すなおではない子どもに育っていた。――

「にしだみつお」なんか、信じるものか。そう思っていたのに、同時に、私はそのいかがわしさに惹かれていた。正体のわからないあのひとを嫌いになれなかった。私の知らない父親の世界をこわいけれどのぞいてみたいという思いと似ていた。

それから三週間ほど経って、私は再び、「にしだみつお」と会った。そのときも、母親には

告げずにおいた。

「みつお」は、私の家に近い都電の停留所に立っていた。学校の授業を終えて帰ってきた私はその停留所におりてから、「みつお」がそこにいるのに気がついた。自分でも意外なほど、その姿に驚きを感じなかった。

――あら、どうしたんですか?

制服姿の私が言うと、「みつお」は顔を赤らめて答えた。「みつお」の服装は以前とどこも変わっていなかった。

――ええと、この近所にちょっと用事があって……。ゆき子ちゃんはこの都電で学校に通っているのかな、と思ってたら、本当に都電からおりてくるから、びっくりしたっす。いつもこんな時間に、学校から帰ってくるんですか? たいへんだなあ。学校は遠いんすか?

私は頷き、学校の名前と場所を「みつお」に告げた。そのとき、私はあまりに不用心だったということになるのだろうか。「みつお」になにも教えなければ、私たちが「旅行」に出るきっかけも生まれなかったはずなのだ。

私はつづけて自分から、そのころの私にとってまだなじみにくかった女子校の古びて暗い校舎や修道女の教師たち、全校生徒で行なうミサ、朝昼夕方とくり返されるお祈りと聖歌、お弁当を食べながら聞かされる、スピーカーが語る聖女たちの不思議な話などについて、「みつお」にグチをこぼすような口調で告げた。かたくるしくて、本当にいやな学校なんだ、とさかんに悪口を言いたてながら、でも、私は実は母親の希望でわざわざ受験し、今は自分の学校となった私立の女子校を「みつお」に誇っていたのかもしれない。「孤児のみつお」は知らないだろうが、世のなかには授業料の高い、そんな不思議な学校もあるのだ、と。「みつお」はそうした私に反撥《はんぱつ》、あるいは敵意を感じていたのだろうか。そうだったのかもしれないし、なんの感情もなく「みつお」は聞き流していて、その二週間後に、女子校の校門から出てきた私を待ち構えていたのは、ただの「思いつき」だったのかもしれない。「みつお」にだって、よくわからない成行きだったのだろう。

十五分程度の立ち話だった。私は「みつお」と別れる前にふと気になって、聞いてみた。

——ええと、うちに寄って行こうか、迷ってたんじゃないんですか？

——いや、そんなことないっすよ。ただの偶然だったんで。

「みつお」はうろたえて、浅黒い顔を赤らめた。

——きょうは日曜日じゃないのに、仕事はお休みなんですか。

私の口振りはかなり生意気で、ずうずうしくなっていたにちがいない。「みつお」の顔はさらに赤くなった。

——不規則な仕事だから、きょうはもう会社の寮に帰って寝るだけで……。

——ふうん。あのう、それでむかし、墓地に住んでいたって……ええと、夜なんか、こわくなかったんですか？

「みつお」は赤い顔のまま、頭を横に振り、低い声でつぶやき返した。

——こわいとか、こわくないとか……、そのうちに機会があったら、その話をしてもいいんだけど……、きょうはだめっす。じゃあ、さよなら。

そして、「みつお」は急いで、その場から立ち去って行った。私も自分の家に向かって歩きだした。墓地の話はもっと慎重に持ちだすべきだったのか、と多少は後悔しながら、一安心もしていた。「みつお」を怒らせたわけではない。本当は墓地の話をもっと聞いてみたかった。

実際のところ、「みつお」とはじめて会ったとき以来、私はその話を忘れられなくなっていたのだった。墓地に住みついていたという父親と子どもの姿は、そのころ、私の夢のなかで漠然と現われては消えて行くようになっていた。その父親は全身に毛が生えたヒマラヤの雪男のようだったり、〈耳なし芳一〉の話に出てくる平家の亡霊のようで、そのかたわらには、どういうわけか必ず真裸かでまっくろな小さな男の子が歩いている。その子どもは泣いているときも、笑っているときもあった。家で遊んでいる私のそばを、その親子が私には眼もくれずにしずしずと横切っていく。都電に乗っている私の眼の前を、あるいは教室にいる私の前をそっと通り過ぎていく。私が気がついて振り向くと、姿を消してしまっている。私はとても悲しくなる。涙が頬に流れる。……

――ゆき子ちゃん！　……おおい、ここだよ！

「みつお」の声が聞こえた。

朝から空が暗くて、五月から急に三月に戻ってしまったような、気温の低い一日だった。「みつお」は校門の向かい側に建つ小さな病院の前に、布袋を肩に下げて立っていた。まるであらかじめ二人で待ち合わせをしていたかのように、「みつお」は校門から出てきた私に声をかけ、右手を軽くあげて見せた。それで、私はびっくりすることも忘れてすぐに、下校の生徒たちの群れから離れ、「みつお」に駆け寄り笑いかけた。

――……ずっと、ここで待っていたんですか？

「みつお」はなにも答えず、生徒たちの群れに背を向けて、病院の脇道を歩きだした。私もそのうしろを歩いた。そのとき、なにを自分が考えていたのか、思い出せない。たぶん、解放感しか味わっていなかったのだろう。それが「みつお」だろうがだれだろうが、下校時の憂鬱なセーラー服の群れから自分ひとりを救い出してくれる人がいれば、たいがいは大喜びで感謝したくなる。それが高校生、大学生くらいの若い男性なら、なおさらだった。セーラー服の群れは若い男に出迎えられた特別な一人に羨望の眼差しを向ける。ああ、わたしにもあんな出迎えが現われてくれたらいいのに！　私はそんな視線を意識しながら、「みつお」に従って歩きはじめたのだった。

新しい中学校でおとなしく一日を過ごすと、私はいつも疲れきっていた。都電のなかで眠りながら家にようやく帰り着くと、うつらうつら舟をこぎながら母親の用意した夕飯を食べ、うたた寝に引き込まれつつ翌日のための宿題にとりかかり、お風呂のなかでもまどろむ。そんな眠い毎日を単調にくり返していた。眠りつづける私の頭のなかでは学校で新しく習いはじめた英語の単語――HOUSE、GIRL、BOY、FLOWER、WHITEなど――のあいだに、「われらを悪よりすくいたまえ、われらの罪をゆるしたまえ」、「あめのみつかいのうた声ひびく、ぐろりあいんえくしぇるしすでお！」というような、毎朝、唱えたり歌わされたりする言葉がゆらゆら舞い飛んでいた。全校ミサでうたわれるラテン語の歌のひびきが鳥の鳴き声のように、さらにそこに加わる。「くいとりすぺっか　たむんでぃ　みぜれれのびす」「たんとぅむえるご　さくらめんとぅむ……」

そしてときおり、墓地の父子が私を振り向こうともせずに、ひっそりと私の頭のなかを通り過ぎていく。

でも、あの日、「みつお」に誘いだされた瞬間から、私のそんな毎日のくり返しも止まってしまった。

私たちは住宅街をしばらく歩き、表通りに出て、皇居の内堀に沿った道をたどった。小さな児童公園で、「みつお」は――まだ未成年なのに――煙草を吸い、私はブランコに乗った。久しぶりのブランコは気持がよかった。それから二人でジャングル・ジムに登った。「みつお」は地面を歩くときよりも軽やかに、自在に動きまわり、てっぺんでは、

――ヤッホー、アケーラ！

と叫んだ。そのときの私にはまだ、「アケーラ」の意味がわからなかった。わざわざ「みつお」に聞きもしなかった。ジャングル・ジムが苦手な私は、鉄棒から鉄棒を渡り歩くことに神経を集中させていた。

児童公園から道なりに歩きつづけ、都電の通りを横切って、九段坂の神社に行き着いた。中学の入学式のあとに、私は母親とそこを散歩したことがあった。こんなところは大嫌いだ、いやなところだ、と母親はしかめ面でつぶやきながら、それでも珍しそうにその境内をながめていた。巨大な鳥居に、本殿。「みつお」と私は本殿で参拝はせずに裏にまわって、小さな庭園を歩き、梅林を抜け、日露戦争だか、もっと昔の戦争だかで使用されたという古ぼけた大砲のでこぼこの肌を撫で、本殿の前に戻った。その正門の前には、傷痍軍人たちが並び、鉄の義手でアコーデオンを弾いたり、両脚を失なった姿でじっと頭を下げたりして、参拝に来た人たち

にお金を乞いつづけていた。その横では、学生服を着た青年たちが頭に日の丸のついた鉢巻をしめ、ハンド・スピーカーを口もとにあてて演説をしている。そして、鳩の群れが一斉に飛びあがっては、その場に風を巻き起こしていた。でも、夕方、大きな正門が閉まってしまうと、人の姿は急に少なくなり、砂利道の参道も静かになった。私たちは茶店で休むことにした。日が落ちてから気温が下がり、足の疲れも感じていた。

「みつお」はその日、就職してから最初の休みをもらっていた。それもただの休日ではなく、ゴールデン・ウイークの代休で、一週間もの休みなのだという。中学を卒業してから貯めつづけたお金もあるし、そのあいだ、旅行に出てみるつもりだ、と「みつお」は無邪気な笑顔で私に言った。持ち歩いている荷物には、ちゃんと着替えも入っている。

――今まで、ほとんど旅行ってしたことがないから。中学校でも、修学旅行は行かなかったし。自分は特別、昼間の中学に通わせてもらっていたんで、そのうえ修学旅行に行くなんて考えられなかったっすよ。昼間の中学に行かせてもらう代りに、施設で毎日、子どもたちの面倒を見たり、中学を卒業してからはそのまま施設で事務の仕事をしていたから、それでちょっぴし給料はもらってたけど、遊んでるひまはなかった。

「みつお」の説明に、私は微笑を浮かべて頷いて見せた。なにを言えばいいのか、わからなかった。同情する言葉も言いにくかったけれど、「みつお」の苦労――孤児のつらい人生！――を賛嘆する気にもなれなかった。どこまで本当の話なんだろう、と私はまだ疑いつづけていたのだ。

私は「みつお」に言った。

――わたしには家族がいたけど、でもやっぱり旅行はそんなにしたことがないわ。小学校で日光に行ったぐらい。それと、お母さんの田舎と。本で読むだけよ、「本物の旅行」なんて。

そのときの私の頭には、〈雪の女王〉のゼルダが浮かんでいた。氷の宮殿に閉じ込められた友だちカイを探し出すための、ゼルダのひとりぼっちの旅。途中で、山賊につかまり、その娘に助けられ、トナカイで逃げだす遠い、寒い国への旅。本物の旅。


その夜、上野駅に私たちが着いたのは、九時ごろだった。夜の上野駅の構内には、地方から来た老人たち、小さな子どもを連れた母親、地方に帰ろうとする制服姿の中学生たち、東京から出発する高校生や若者たちが疲れきった顔でしゃがみこみ、なかには荷物に頭を乗せて眠りこんでいる人たちもいた。赤ん坊の泣き声がひびき、あちこちから悲鳴のような声が起こり、駅の放送が頭上からなだれ落ちてくる。

私は口を開けて、天井を見上げた。ドーム型の高い天井が白く煙って見えた。

――ここ、息が苦しくなりそう。へんなにおいもする。今、思い出したんだけど、ずっと前にも、ここに来たことがある。地下鉄に乗りに来たの。小学校の社会科見学だった。

左手の奥に見える、暗い階段口を指差して、私は「みつお」にささやきかけた。「みつお」は黙ってしばらくまわりを見渡していたが、私のほうに眼を戻すと、急に顔をゆがめて私に言った。

――切符を買う前に、服を買ったほうがいいな。そんな格好じゃ、目立ってしょうがない。まだ、店は開いてるだろうから、ちょっと行ってみような。

そして、駅の外に向けて歩きだした。そのあとを私はあわてて追いかけた。

——でも、わたしは今、三十円しか持っていないから、なんにも買えない。ほんと言うと、切符も買えない。ねえ、このままじゃいけないの？

「みつお」は私を振り向いて、苦笑いを浮かべた。

——だって、そのままじゃ家出娘そのものだよ。心配しなさんな、三十円しか持ってないだれかさんとちがって、おれは金持ちなんだから。と言っても、おれが知ってるのは、古着屋だけだから、新品はむりだけど。

私は安心して、頷いた。確かに、セーラー服に通学カバンを持ったままで旅行に出るわけにはいかない。

駅の正面ではなく、脇の出入り口から外に出た。急に暗くなり、眼がよく見えなくなった。黒い影のなかに、黒ずんだ男たちが壁にもたれかかってぼんやりたたずんでいる。うずくまって煙草を吸う男もいた。どの男も眼の前を通り過ぎていく、真新しいセーラー服姿の私を無表情に見つめていた——そんな気がした——。頭上は鉄道の線路に蔽われ、そこを列車が通ると、男たちの影も、私の体も、道を照らすわずかな裸電球の光も揺れ動いた。駅の構内に漂っていた奇妙なにおいが、そこでは風に取り残された煙のように、ゆるく渦を巻きながら、層を作って淀んでいた。

私はこわごわ、「みつお」のベルトを右手でつかみ、まわりのどんな人とも眼が合わずにすむよう、顔を伏せて歩いた。「みつお」にとっては珍しい場所ではないらしく、昼間の散歩と変わらない無頓着な足取りで歩きつづけている。ガード下を出ると小さな屋台が並びはじめた。それぞれのアセチレン灯の炎が黒い煙を吹きあげ、眼を刺激するにおいをひろげる。その前を、酒に酔った男や女たちがだらしない姿で歩き、ときに抱き合ったり、ののしり合ったりしていた。地面に坐りこんで、泣きながら吐いている男もいた。屋台の売り手には、女が多く、なかには子どもも混じっている。お酒と食べものを売る屋台もあれば、古雑誌、古着、筆記用具、カバン、下着、ザル、どんな商品でもあり、下着屋の台のうえでは赤ん坊が気持よさそうに眠っていた。もちろんこれは売りものではなかった。新聞紙に身をくるんだ物乞いの老人を蹴飛ばしそうになった。道はゴミだらけで、そのゴミのなかから、なにを選んでいるのか、でこぼこのバケツになにかを拾い集めている人たちもいた。酔払いたちが大声で歌をうたい、田舎から出てきたばかりらしい老人が途方に暮れた顔で立ちつくしている。夜なのにサングラスをした男たちがアロハシャツを着て、こわい顔で通り過ぎていく。だれかが花を買ってくれないか、と歩きまわる少女。ひょっとしたら、私より年下だったのかもしれない。そして、一体そんなところでなにをしているのかわからない、ボロキレを着たはだしの子どもたちも走りまわっていた。

新宿や上野にはまだ、こわいところが残っているから、昼間でも決して行ってはいけません、と母親に言われたことを思い出した。渋谷、池袋などは言うまでもなく、という言い方だった。——アイスクリームのデパートは日本橋にあった。日本橋は安全だったのだろう——兄がまだ生きていたころ、母の田舎から住みこみで、十七、八歳の娘たちに家の手伝いを頼んでいた。そのうちのひとりスミちゃんは夜、洋裁を習いに通っているうちに夜遊びをおぼえ、はでな服を着て夜遅く帰ってきては、私の母親に叱られていた。結局、スミちゃんは田舎に帰されたのだったけれど、あのころ、こんな夜の街をまん丸な顔のスミちゃんは最新流行のパラシュートのような形のスカートをはいて、髪にはかわいいリボンをつけ、鼻歌でもうたいながら歩いていたのかもしれない。そして、人相の悪いサングラスの男につかまってしまったのだろうか。

「みつお」の足がようやく止まった。そこは屋台といっても、小屋掛けの奥には小部屋もある、比較的大きな店だった。台のうえにも、三方の壁にも、隙間を残さず、男ものジャンパーから派手な色の子ども服まで並べてあった。もとは進駐軍からの放出品だったらしい「Ｇパン」もサイズはめちゃくちゃに積みあげられていた。

――よう！

と「みつお」は気楽な声を出して女主人に挨拶をし、かたわらの私を指して言った。

――この子なんだけど、合いそうな服をみつくろってくれよ。女の子の服じゃないほうがいい。ズボンとシャツと、上着と帽子も欲しいな。ついでに、なんか袋があったら、それもくれよ。この子の持ちものを入れるんだ。

私にはなにも言えなかった。私の意見など、だれも期待していない。屋台の主は体の大きな女だった。髪の毛が白くなっているのに、肥っているためか、そばかすだらけのその顔は私の母親より若く見えた。女はアセチレン・ガスの炎の向こうから私を黙って三十秒間ほども見つめてから、大きく舌打ちをひとつして、手早く、私のための茶色のズボンをまず服の山から抜き出し、つづけて色あせた緑色のシャツ、うしろの壁から紺色の上着とかなり汚ない野球帽をおろした。私の眼には、手品としか思えない早業だった。女はそれをひとまとめに背後の、一枚の布で仕切られた小部屋に投げ入れ、私を顎でうながした。その意味がわからず、私は「みつお」の顔を見た。

——あっちで着てごらん。あんまり大きすぎても小さすぎても困るからね?

私は頷いた。「みつお」は楽しげに古着のひとつひとつを取りあげては、もとに戻している。「みつお」と離れるのは不安な気がしたけれど、思いきって屋台の裏にまわった。女が仕切りの布を右手で差しあげ、左手で私の通学カバンを指し示して、低い声で言った。

——それはここ。

ざらざらした女の声に思わず、私はその肥った大きな顔を見返した。それから女の言う意味がようやく理解でき、足もとにカバンを置いて、靴を脱ぎ、小部屋に入った。明かりがないので、眼が慣れるまで、しばらく待たなければならなかった。仕切りの布のすぐ下に、私のための服が一式投げ出されているのが少しずつ、見分けられるようになった。両手を横に伸ばすと左右の布の壁に指先がつくほどそこは狭く、カビのにおいと樟脳のにおいがこもっていて、喉と鼻がむずがゆくなった。壁にも天井にも小さな穴があいているらしく、外の街灯とアセチレン灯の光が、虫の光のようにあちこちにまたたいている。紐で縛った古着の包みが積んであり、天井からもゆかたのようなものが何枚も垂れ下がっていた。半分は手探りで、私はまずセーラー服を脱ぎ、ズボンの前後を確かめてから、片足ずつ慎重に入れた。それから、シャツをシミーズのうえに着た。どちらもかなり大きかった。シャツのボタンをすべてはめてから、袖を四回折りあげ、ズボンの裾も三回折り返し、ベルトを通してウエストを縮めた。上着と野球帽、そして今まで着ていたセーラー服の上下を腕に抱えて、小部屋の外に出た。息苦しくてそれ以上長くは、小部屋のなかにいられなかった。外に出ると、今度はアセチレン灯の炎がまぶしくて、私は顔をしかめた。

「みつお」が大声で笑いだすのが聞こえた。

――早変わりだねえ。ふうん、帽子もかぶってみろよ。よく似合うよ。

かたわらから、女が私の腕に抱えていた服のひとかたまりを取りあげ、そこから上着と野球帽を引き出し、私に手渡した。そしてセーラー服の上下を小部屋に放り投げた。

――あの、それはちがうんです。わたし、持っていくんですから。

驚いて、私は声を出した。自分で取り戻そうと腰をかがめると、女が私の肩をつかみあげた。

――ちゃんと預かっておくから、おじょうちゃん。

思いのほかやさしい笑顔で女は言い、吸いさしの煙草を吸いはじめた。

――ゆきちゃん、そんなのは荷物になるから持ってけないよ。ここで預かっといてくれるっていうから、また取りに来ればいい。そんな重っ苦しい服より、今着ている服のほうがずっとイカスぜ。

私は一応納得して、「みつお」のそばに寄り、小声で聞いた。

――じゃ、学校のカバンも？

――あったりきさ。まさか、あんなもんを持ち歩きたいっていうんじゃないよね。……よし、これで準備オッケーだな。おかげで助かったよ、おばちゃん。また、来っから。

「みつお」は右手を兵隊の敬礼のように顔の横に差しあげ、大またで歩きだした。

――気いつけてな。

女のいがらっぽい声が私たちの背を追ってきた。私のためを思いやって言ってくれたような気がしたけれど、顔なじみの「みつお」への軽い挨拶代りの言葉に過ぎなかったのかもしれない。

私はやはり、ただの間抜けな子どもにすぎなかったということになるのだろうか。このセーラー服と通学カバンを、私は二度と取り戻せなかった。私のために「みつお」が買ってくれた古着は全部まとめてもごく安い値段だったはずで、私のセーラー服とカバンを売って得た差額のお金は私の知らないうちに、自分のポケットに押し込んでいたらしい。それがいったい、いくらぐらいだったのか見当がつかないが——どうせ、百円ぐらいだったのだろう——、「旅行」に出ればお金は消えていく一方なので、「みつお」はちょっと資金を増やしておきたくなったにちがいない。「旅行」の途中で、ぼんやりの私もさすがにそのことを、一種、においのように感じはじめてはいた。でも、なにしろ現金を三十円しか持ち合わせないまま、「旅行」に出てしまった私としては、肩身が狭くて、「みつお」に改めて問いただす気になれなかった。「みつお」が本当のお金持ちであるはずはないのだから。

けれどもあの屋台では、私は「みつお」の説明をそのまま信じこんでいた。なけなしのお金で「みつお」は私に、たとえそれがよれよれの安物だったにしても、服をひとそろい買ってくれた、と私は感謝し、私のセーラー服とカバンを大切に保管しておいてくれるという、年齢不詳の女にも感謝していた。両方ともとても上等な品で、そのうえ、まだ新品同様だった。学生カバンには複雑な形の学校の校章が金色に光っていたし、セーラー服は学校指定の洋服屋で寸法を測って作ってもらったもので、襟と袖口の白いテープは、テープと言うより紐のように分厚い特別製だった。カバンのなかにはその日の授業に必要だった教科書とノート、筆箱、そして弁当箱も入っていた。その品々一切と、私はその夜、自分でそうとも知らずに別れを告げたのだった。

私たちは再び、上野駅に戻った。古着に「変装」したせいか、帰りはまわりの人たちと眼が合っても震えあがらずにすんだ。駅には相変わらず、人が多かった。どの人も夜汽車を待っていたのだろうか。なかには、何日もどこからともなく迎えが来てくれるのを待ちつづけているとしか見えない人たちもいた。ひろげた新聞紙に寝そべり、布の包みに囲まれ、食べもののかけらを散らかしている。修学旅行の生徒たちも半分は自分のリュックサックやボストンバッグにもたれて眠りこんでいた。

夜十時をまわっていた。構内の真中に掲示された時刻表を見つめてから、切符売り場に向かった。

——……とにかく、北のほうに行ってみるか。

ひとり言のように、「みつお」は言った。迷わず、私は頷いた。どこに行くのでも、私には同じことだった。早く、夜汽車に乗ってしまいたかった。

——福島、三等、学生一枚、子ども一枚。

「みつお」は窓口に声をかけ、そして返ってきた声に従い、学校の身分証明書を差し出してから料金を支払った。言うまでもなく、「子ども」とは私のことだった。入れ替えに投げだされた切符を二枚とも胸ポケットにしまいこみ、窓口を離れると、「みつお」は得意気に言った。

——中学のときの証明書の有効利用だ。ゆきちゃんも小学生だ。忘れるなよ。それから、どこまで行くかは乗ってから決めればいいんだ。福島辺りまで買っておけば、手前でおりたくなっても、青森まで行きたくなっても、たいした差はない。こういう知恵は大切なんだ。言わば、「ジャングルの掟」だな。いっぱいこういう掟はあって、役に立つんだ。

意味がよくわからないまま、私はすなおに頷いた。長過ぎるズボンの裾を直し、野球帽をかぶり直した。野球帽のサイズはちょうどよかったが、ツバの部分に油の染みがついていて、うっかりツバに触れると指先が油で黒くなり、そのにおいがまつわりついた。それでも「変装」する以上は帽子はかぶらなければと私自身思いこんでいたので、我慢しつづけることにした。においがすると言えば、服からは樟脳のにおいが強く立ちのぼり、気のせいか、煙草とアセチレン灯のにおいもした。よく見ると、上着の裾の一部が焼け焦げていて、右側のポケットはもぎ取られていた。ズボンにはさまざまな色の細かい染みが飛び散っている。そのズボンとまだ新しい私の通学用の革靴は、どう見ても奇妙な取り合わせだった。

改札口のうえには、白い発車案内板が横にぶら下がっている。その眼の前に何本も長いプラットフォームが並び、そのあいだに、行き止まりの線路が埃のなかに沈んで見える。はじのほうにあるプラットフォームを進み、三等の乗車口の場所を探した。すでに長い列ができていた。ここでも駅の構内と同様、どの人も新聞紙をひろげ、そのうえに坐りこんでいる。肩から紐で大きな箱を下げて歩く弁当売りの男たちの姿が見えた。こんな時間に弁当を買う客などめったにいないとあきらめているらしく、客を呼ぶ声をあげようとしない。私たちは長い列のうしろにつき、他の人たちを見習ってしゃがみこんだ。それから五分も経たないうちに、プラットフォームに坐っていた人たちが一斉に立ちあがった。列車が入ってきたのだ。石炭のにおいとともに、黒ずんだ大きな車両はつぎつぎ、いかめしい音を溜息のように洩らしながら眼の前に進み、最後に大きな音をたてて全体が止まった。乗車がすぐにはじまる。列の順番はとたんに無視されて、ある人は連れの名前を叫びながら、ある人は自分の荷物を体の前に押し立てて、あわてふためいて車内に駆けこんでいく。子どもが泣きだし、だれかの荷物が振り落とされ、言い争いがはじまる。が、その騒ぎはすぐに終わり、車内はいつの間にか、満員になっていた。

――ちえっ、下品な連中だなあ。

「みつお」は煙草を口にくわえたままつぶやき、わざと余裕たっぷりな足取りで――そのように私には見えた――乗車口に近づき、まず私を登らせてから、自分も登り、車内に進んだ。もちろん、空席はひとつも残されていない。その車両を通り抜け、次の車両のデッキに、「みつお」は自分の布袋を投げだし、そのうえに腰をおろした。先客が十人ほど、すでに体を寄せ合っていた。

――ゆきちゃんも早く、ここに坐んなよ。ずうずうしいやつらばっかりだから、ぐずぐずしていると、場所を取られちまう。

「みつお」に言われて、私も自分用にあてがわれた紫色の袋を床に置き、そこに坐りこんだ。古いふとん袋を縫い直したような私の麻の袋には、セーラー服のポケットに入れてあったハンカチとチリ紙、そして「みつお」が駅で拾ってきた新聞紙が入っているだけだった。「みつお」を見習って、足を前に出し、立てた膝を両手で抱えた。同じ姿勢で、早くも眠りはじめているおばあさんが私の眼の前にいた。ほかに小さな子どもを連れた女、花模様のワンピースにピンクのカーディガンをはおった若い女もいた。聞きとりにくい田舎の言葉で冗談を言い合っている四人の男たちはすでにお酒を飲んできたらしく、真赤な顔でさらにウイスキーをまわし飲みしている。ほかに背の低い老人に連れ添う学生服に坊主頭の少年もいた。

——だいじょうぶか。眠くなったら、おれに寄りかかってもいいから。

——慣れてるから、平気。母の田舎に行くときは、たいていこんな感じなんだもん。

実際には二回、満員の車内からあぶれて、デッキで新聞紙のうえに坐らされたことがあるだけだったのだけれど、私はこのように答えた。

——どこなの、その田舎って？

——甲府。中央線で行くんじゃなかったっけ。

列車の窓から、おとなたちの手で送りこまれ、車内に入ったことがある、と思い出した。やはり、甲府に行ったときだったのだろうか。おしっこをしたくなってもトイレに行けず、そのときも人から人の手を渡って、窓から体を突き出され、パンツを脱がされた。まだ二歳のころだったのかもしれない。でも本当にそんなことがあったのか、一度思い出すと、窓から体を突き出されたとき、お尻に当たった風の冷たさまでよみがえってくる。それでうっかり信じてしまいそうになるけれど、それにしては母親からこの話を聞かされた覚えがない。うちに帰ったら、母親に聞いてみよう、とそのとき、私は思った。もちろん、家に帰ったときはそれどころではなく、私も忘れてしまっていたのだが。

——ふん、これは中央線とちがって、ずっと北に向かうんだ。北にどんどん行って、シベリアまで行けるといいのに。それだったら、いくらでもがまんして乗ってるんだけどな。

けたたましい発車ベルの音が鳴った。空に遠くひびく汽笛がそれにつづいて、列車がいったん大きく揺れ、それからそろそろと動きだした。外の世界に向かって、別れを惜しむ人はだれもまわりにはいなかった。

「みつお」は大きく息を吸いこみ、吐き出した。さすがに緊張しているようだった。

——ああ、いよいよだ。

——うん。

思いがけず、突然、私も不安になり、プラットフォームに駆けおりたくなった。でも、もう遅い。これから、どうなるんだろう。私の横にいるのは母親ではなく、「みつお」なのだ。この人はだれなんだろう。心細くなって、涙が眼と鼻から溢れ出てきた。「みつお」から顔を隠すために、膝に額をつけ、眼をつむった。その耳もとに、「みつお」がささやきかけてきた。

——ところで、せっかく、ゆきちゃんは男の子になったんだ。だから、呼び名を考えようか。男の子になりたてホヤホヤの「モーグリ」って名前はどうかな。ゆきちゃんも知ってるよね、〈ジャングル・ブック〉に出てくる人間の子ども。ついでに、おれも「アケーラ」に名前を変える。ずっと、そう呼ばれてみたかったんだ。かっこいいもんな。

涙は体の奥に戻し、私は顔をあげて、「みつお」に聞いた。

——「モーグリ」はわたしもおぼえているけど、「アケーラ」ってなあに?

——やだなあ、「アケーラ」を忘れないでよ。オオカミたちの大ボスで、「ジャングルの掟」そのものという、孤独な帝王ですよ。その帝王の支配するオオカミの群れのはじっこに、人間の子どもの「モーグリ」が入れてもらったってわけ。おれはそれほどえらかないけど、おれにはゆきちゃんに対する責任があるからな。お父さん、お兄さん、先生、そういう立場をみんなひっくるめて、おれがリーダーで、ゆきちゃんは「見習い」ってことになるから、「アケーラ」と「モーグリ」でぴったしじゃん、と思うんだけど。

うれしそうに言う「みつお」につられて、私も笑いながら言い返した。

――だったら、わたし、大蛇のほうがいいな。すごく頭のいい大蛇。「カー」って名前だった。「モーグリ」より、「カー」のほうがいい。

――うん、気持はわかるけど、そいつはだめだ。おれたちは同じ群れの仲間じゃないといけない。「アケーラ」と「カー」はジャングルの仲間じゃあるけど、別の生きものだからね。おれたちは……、ええと、身内なんだ。つまり、一般的に言えば、おれがお兄さんで、ゆきちゃんは弟ってこと。だから、ゆきちゃんは「モーグリ」になるっきゃない。

「みつお」の顔は照れくささで赤くなっていた。ほかに身内のいない人だったと思い出し、私も顔を赤らめ、大きく頷いた。

青森行きの夜汽車は速度をあげ、そのぶん、車輪の音を騒々しくひびかせていた。体を起こして、閉まったドアの窓をのぞいてみた。にぎやかな夜の光がまだ、窓の向こうに色とりどりに流れつづけている。

「みつお」、いや「アケーラ」のそばに坐り直し、私すなわち「モーグリ」はつぶやいた。

――……なんだか変だけど、まあ、いいや。この列車も、本物なのね。

そして、あくびをした。

――ああ、本物だと思うよ。

「アケーラ」もあくびをしながら言った。

こうして私たちはその夜から、「アケーラ」と「モーグリ」になった。正確に言えば、夜十一時少し前のことだった。

3 「ジャングルの掟」

「アケーラ」の世界はとても単純だった。と同時に、自分でめまいがするほど複雑でもあった。その夜も、「アケーラ」は自分がアケーラであることにとりあえず満足していた。灰色の一匹オオカミで、オオカミの群れの威厳あるボス、アケーラ。「ジャングルの掟」の権化《ごんげ》であるアケーラ。オオカミたちの会議はアケーラの見事な吠え声ではじまる。――掟を忘れるな。気をつけろ、オオカミども！――

そのアケーラの前に引き出され、オオカミの仲間として認めてもいいものかどうか、詮議される裸かの人間の子が、チビガエルのモーグリなのだ。みじめにも、この人間の子の体には毛が生えていないし、しっぽがない。鼻と耳はオオカミの一万分の一も働かない。脚の爪と歯も弱々しくて、敵に対する武器にはなりそうにない。そしてなによりも哀れなのが、あまりに成長が遅く、半年経ってもまだ歩くことすらできない赤ん坊のままだということ。まったく、なんの力にも恵まれず、警戒することも知らず、カエルどころかメダカの赤ん坊のようにひよわで、小さくて、だからいじめる気も起こらず、しかたがない、今のところは大切に守ってやるか、という気持にさせられる人間の子ども。力において差がありすぎると、本物の勇者は最もひよわな者を慈しむものなのだ。――仲間の権利はいちばん劣った者の権利――。これも「ジャングルの掟」のひとつだった。

しかし、深刻な問題が実はひとつ横たわっていた。いつまでアケーラはモーグリに対して優位を保っていられるのか。モーグリの成長が遅いということは、人間の子どもであるモーグリが十歳になって、人間独特の知恵を発揮しだすころ、アケーラはヨボヨボの、牙も抜け落ちた老オオカミに成り果てているという意味でもある。そう言えば、と「アケーラ」は自分の知っている話に出てくるアケーラの運命を思い出した。あのアケーラは最後には、殺し屋の赤犬ドールとの戦いで傷つき、モーグリの腕に抱かれて死んでしまうのだった。「死の歌」をオオカミのボスらしく高らかにうたいながら。

うっかり、そんな先のことまで考えずに決めてしまった。「アケーラ」は内心、うろたえ、自分が「アケーラ」であることに疑問を感じはじめた。しかし、「モーグリ」ごときにそんな迷いを知られてはならない。せっかくこの裸かのチビッ子「モーグリ」は今、「アケーラ」を信頼して、自分の弱さをすべて預け、無心に眠ろうとしているのだから。

チビどもに慕われるという特殊な才能に、「アケーラ」は恵まれていた。小学校高学年のころから、その才能が発揮されはじめた。ほかのことではひどく不器用な子どもだったのに、紙芝居や、絵本を読むのが驚くほど巧みなのだった。即興でおもしろいお話も作った。シベリアに住む「氷男」のお話や、荒れ果てた墓地に出没する妖怪一族のお話。空を自由に飛びまわる「鳥人間」のお父さんと子どものお話。「子どもの家」の保母たちはやがてその才能に注目し、チビどもの夜の世話を「アケーラ」に任せることにした。夕飯のあとの自由時間から就寝時間までの一時間、「アケーラ」の才能は存分に活かされ、保母たちは喜んだ。「アケーラ」がその見返りとして受けとった特典は、昼間の中学に通わせてもらうというものだった。さらに中学を卒業してからも「アケーラ」は「子どもの家」に一年間、留まりつづけることが許された。その代りに事務員兼用務員の仕事がはじまり、忙しくなった。民間の個人によるごく小規模な施設だったからこそ、そのような特例がまかり通ったのだろう。仲間からいかにもいじめられそうな立場だったのに、「アケーラ」がそうした試練をほとんど知らずに過ごせたのは、中学生になった子どもは原則としてその施設にはいなかったからで、通常の場合は仕事を見つけて、仕事先の寮に移り、夜間中学に通いはじめるのだった。そのほうがおとなになった気がするので、子どもたちは迷いもなく、「子どもの家」を出て行った。事情によっては、少年向けの施設に行く子どももいた。地方のお寺にもらわれていく子どももいた。それは、同情される例だった。「アケーラ」の場合も、どちらかと言えば、同情に価するとみなされていた。「子どもの家」はなんと言っても、乳くさい女子どもの世界なのだった。

というわけで、「アケーラ」にとってチビの面倒を見るのは、少しも苦痛なことではなかった。小学校をすでに卒業している「モーグリ」にしても、「アケーラ」から見ればチビに変わりはない。七歳のころの「モーグリ」のまま。おかっぱ頭で、口をだらしなく開けて、十二歳の「アケーラ」を見つめていた。尻を落として地面にしゃがみこんでいたから、シミーズもパンツも泥で汚れ、膝こぞうも黒ずんでいた、あの小さな「モーグリ」。

列車の揺れを体に受けながら、「アケーラ」は自分の頭にたっぷり貯めこんであるジャングルの話を子守り歌代りに、「モーグリ」に聞かせてやった。野球帽で顔のなかばを蔽い隠した「モーグリ」ははじめ、壁にもたれて「アケーラ」の話を聞いていたが、十分も経たないうちに眠りこんでしまった。「アケーラ」の肩に頭を乗せて、規則的な寝息を心地よさそうに洩らしている。「アケーラ」は自分の布袋から木綿のジャンパーを引き出し、「モーグリ」の上半身にそれをかけてやった。客車内は空気が濁って、むしろ暑いぐらいなのに、デッキは外の風が自由に通り抜けていくので、かなり肌寒い。

「モーグリ」が寝てからも、しばらくのあいだ、「アケーラ」は話をつづけた。人食いトラのシアカンが赤ん坊のモーグリを人間の村から誘拐した夜の話。シアカンがなぜ人食いトラになったのかという話。モーグリを自分の子どもたちに加えてやったオオカミの両親。家庭教師役を引き受けたクマのバルー、そして黒ヒョウのバギーラの話。

そんな話を、「アケーラ」は自分の楽しみのためにささやきつづけた。そして、ようやく口を閉ざして、溜息を洩らした。

〈ここも「冷たい寝床」だなあ……。〉

「アケーラ」だって、眠いことは眠いのだった。朝早くに起きる毎日だから、いつもなら夜十時になればもう寝てしまう。それなのに、やはり興奮しているのか、まぶたがちっとも重くならない。列車はほぼ十分毎に駅に停まるし、そのたびにひびく構内放送と発車ベルが体の眠気を突き破る。――くりはし、こが、……――聞いたことのない駅名ばかりだ。眼の前でウイスキーを飲んだくれている四人の男たちは静かに眠ろうという気がないのか、花札をはじめ、下品な声を張りあげているが、その言葉は聞きとれない。山形辺りの男たちなのだろうか。そのうえ、便所に行き来する乗客も案外多くて、わざとのように乱暴に車両のドアを閉めたり、「アケーラ」の足を蹴飛ばしたりする。ズボンを脱いで、モモヒキで便所に駆けこむヤツもいる。尻を丸出しのまま、便所から出てきて、母親にパンツをはかせてもらう恥知らずのチビもいる。〈こんな「冷たい寝床」じゃ、眠れやしねえ。「モーグリ」はまだ知恵がまわらないチビだから、へっちゃらなんだ。こいつ、いい気持で眠ってやがる。〉

うんざりして、「アケーラ」はとにかく、眼をつむった。耳栓があれば、耳も閉じてしまいたかった。再び、列車が駅に停まる。今度は、駅の放送が聞こえてこない。夜中はさすがに小さな駅では放送をしないのかもしれない。

「冷たい寝床」は、灰色のサルたちが占領している、ジャングルの奥に取り残された町の廃墟の名前だった。かつては、──「アケーラ」は自分の記憶を丹念にたどる──百匹のゾウと、二万頭の馬を持っていた町、人間の王たちのなかの王の町だった。白いコブラがひとりきりで長い長いあいだ、隠された財宝を地下の宝物庫で守りつづけている。でも、灰色のサルたちはそんなことはもちろん知らずに、人間気取りでその町を自分たちの領分にしていた。それで人間のように頭がよくなったと喜んでいる。こんなに賢くて、強くて、善良な生きものはジャングルにはいないんだぞ、ときいきい叫ぶ。でも、サルたちは掟というものを知らない。肝心な教訓を学び、守ることをしない。自分の言葉も持たない。恥知らずのウソつきで、ジャングルの正統派の生きものたちはこのサルたちとかかわりを持とうとしない。「ジャングルの掟」を知らないやつとはつきあえない。それは誇りの問題なのだ。ジャングルで生き抜くためには、食べものより誇りのほうが大切な場合がある。

〈こんな「冷たい寝床」に「モーグリ」を連れてくるつもりはなかったんだけどな。〉

「アケーラ」は眼をつむったまま、顔をしかめた。

どいつもこいつも考えるのは、自分のことばかり。掟を知らないからだ。掟を知らないと、自由に生きることができなくなる。自由に生きるとは、勝手な真似をしていいということじゃない。人を押しのけて、自分の席を奪い取るなんて、そいつが自由に生きていない証拠なのだ。まず席を確保してから、自分よりも坐る必要がある人はだれかいないか、たとえばこのデッキまで探しに来るような人が、自由に生きている人と言える。ここには、年寄りも子どももいるじゃないか。

〈「ジャングルの掟」は大空の如く古く、真実である〉

〈「ジャングルの掟」は大きなつる草に似たもの、背中に落ちてきて、だれも逃げられない〉

モーグリにそう教えてやったのは、クマのバルーだったっけ。バルーはこんなことも言っていた。

〈ジャングルは大きく、子どもは小さい〉

列車の揺れが少しずつ、「アケーラ」を眠気に誘っていた。「アケーラ」のそばで、母親に抱かれて眠っていた子どもが鼻を鳴らして泣きだした。喉が渇いたんだろうか。まだ二、三歳の女の子で、母親は病人のような顔をしている。どこに、なにをしに行くんだろう。男に見離され、東京で生きていくことができなくなって、これから東北のどこか山奥に子どもを捨てに行くところなのか。反対側の隅には、老人と中学生の男の子がうずくまっている。あいつらもどうも怪しい。純朴な田舎者にしか見えないところが怪しい。乗客が寝静まったころに、車両から車両を渡って、財布や金目のものを巧妙な手口で盗むスリの大親分と天才スリ少年の二人組なのかもしれない。派手なワンピースを着たメスザルはどうせ、東北の善良な男たちをだまして、お金を絞り取ろうという魂胆なんだろうし、花札をつづけている酔払いのサルどもはきっと、東北の子どもをさらっては売り飛ばす人買いたちにちがいない。

「冷たい寝床」に吹き込む隙間風は、五月とは思えないほど冷えていく。夢うつつのなかで、「アケーラ」はだんだん心配になりはじめた。今からこれじゃ、北に行ったらどんなに寒くなることか。「モーグリ」が風邪を引いたら困る。「冷たい寝床」で「モーグリ」の体の暖かみが、「アケーラ」の右肩に伝わってくる。警戒心というものもまだ知らないチビの「モーグリ」。「アケーラ」はサルのにおいに悩まされながら、「モーグリ」の体が冷えないよう、その小さな肩を右腕で抱いてやった。

列車が大きく揺れて、また停まった。車内から数人の乗客が出てきて、ドアを開け、プラットフォームにおりていった。不作法にも、ドアを閉めようともしない。酔払いのサルたちもそれにつられて、外に出て行った。「アケーラ」が薄眼を開けてプラットフォームを見ると、乗客たちは大きく伸びをしたり、水道で水を飲んだりしている。列車とは反対の方向に、立ち小便をする男もいた。「うつのみや」という文字が、「アケーラ」の眼に映った。「アケーラ」ですら聞き憶えのある駅名だった。それだけ大きい駅なのだろう。だから、ここでしばらく列車も停車するということなのか。暇つぶしに「アケーラ」もプラットフォームに出てみたくなった。でも、せっかく寝入っている「モーグリ」を起こしてしまうのは忍びないし、サルの真似をだれがするものかという意地もあって、その場にうずくまりつづけた。

開け放しの乗車口から、夜更けの風が遠慮なく吹きこんできた。遅れてプラットフォームに出て行く乗客がいるかと思うと、車内に戻ってくる乗客もいる。「アケーラ」が再び、薄眼で外を見ると、正面からデッキをのぞきこんでいる男の顔とぶつかり、びっくりさせられた。男の肩から幅広の紐が下がり、重そうな木箱を支えている。こんな夜更けなのに、弁当を売りにまわっているらしい。でもさすがに、べんとー、おちゃにべんとー、というあのにぎやかな声は出さない。弁当売りを無視して、「アケーラ」は眼をつむり、「ジャングルの夜の歌」を心によみがえらせた。

〈家畜たちは小屋に閉じ込められ
夜明けまで我らは自由、
誇りと力のとき、
ツメとキバのとき、
おお、あの呼び声を聞け！〉

しかし、「アケーラ」の気持は少しも楽しくならなかった。ふだんは、この歌で気分の切替えがつくのだが。「アケーラ」は深い溜息をついた。

〈そっと影と溜息がジャングルのなかをよぎって行く
それが恐れだ、おお小さな狩人よ、それが恐れだ！
おまえのうしろに激しい息づかいが迫る――夜のなかをフンフンと――
それが恐れだ、おお小さな狩人よ、それが恐れだ！
おまえの喉は詰まってカラカラ、心臓はあばらにドキドキ
恐れだ、おお小さな狩人よ――これが恐れだ！……〉

「アケーラ」の頭にはこの「小さな狩人の歌」が陰鬱にひびき、それにつれて喉が渇き、胸が苦しくなってきた。このままでは、本当に眠れなくなってしまう。腰も痛くなりはじめていた。「モーグリ」の頭を右肩から静かに自分の膝のうえにおろして荷物の位置を変え、「モーグリ」の体とともに、自分も横たわった。いくらかそれで体が楽になったところで、雑念を避けるために、数をかぞえはじめた。ただの数字では気持が集中しないので、サルの数をかぞえることにした。この列車のなかだけでも、サルは無数にいる。一匹、二匹、三匹……。

「冷たい寝床」にサルは増えつづけた。どこかに消えてしまった人間たちの真似をして、大いばりのサルたち。秩序を知らず、その場限りの食欲に我れを忘れ、人のものを見ると奪いたく

なる。恩を忘れ、ガマンもしない。それをかえって自慢に思っているサルども。「冷たい寝床」にサルは溢れ、「アケーラ」と「モーグリ」に少しずつ近寄ってくる。にやにや笑うサルの顔。サルのにおい。サルの体から、ノミとシラミが跳んでくる。ワンピースを着て、口紅をつけたサル。酔払って、眼のなかまで真赤になったサルたち。白い毛並みに、しわだらけの顔が紫色に輝く親分ザル。しなびた乳房に仔ザルを引きずって歩く母ザル。サルたちはそろって、黄色の歯をカスタネットのように鳴らしている。どのサルも「アケーラ」と「モーグリ」に狙いを定めている。

ついに、ひとかたまりになって、サルたちが「アケーラ」と「モーグリ」に襲いかかってくる。が、「アケーラ」がキバをむき出して反撃に出るよりも早く、「モーグリ」一人がサルたちにさらわれてしまう。サルたちは「モーグリ」の体を何本もの腕で支えて、上へ上へと逃げていく。夜汽車はそのとき、水平の線路ではなく、垂直に、天に向かう線路をたどっていた。「アケーラ」はオオカミだから、木には登れない。列車をたどって、よじ登ることもできない。取り残された「アケーラ」はただ、自分の不注意を呪って、怒りと悲しみの歌をうたう——つまり、吠えるしかない。

「アケーラ」は実際、浅い眠りのなかで、悲痛のあまり、呻き声を洩らした。

「冷たい寝床」では一瞬の油断も許されないということを、どうして「モーグリ」に教えてやらなかったのだろう。サルたちが気まぐれに手を離せば、「モーグリ」はまっさかさまに地の底まで落ちて、死んでしまう。小さな、ひよわな人間の子「モーグリ」、せっかくこの人生で出会えたたったひとりの兄弟「モーグリ」を、こんなにも早く死なせてしまった。この「アケーラ」を信用したばっかりに、「モーグリ」はつまらない死に方をしなければならなかった。「モーグリ」の人生はまだ、はじまってもいないというのに。

「アケーラ」が嘆くあいだにも、列車は上に走りつづけ、サルたちはその車両をつぎつぎに駆け登っていく。いくら「アケーラ」が眼をこらしても、もうサルたちと「モーグリ」の姿は見えない。

そう言えば――と「アケーラ」は夢のなかでようやく思い出した――サルたちにさらわれたモーグリを救い出すのは、大きなニシキヘビのカーの役目だった。ヘビは木に登れるし、サルたちはカーという名前を聞いただけで、しっぽが冷たくなり、動けなくなる。ただのヘビでも苦手なのに、カーは長さが九メートルもある大蛇なのだ。九メートルの長さになるためには、二百年もかかる。つまり、二百年ぶんの知恵の持ち主でもある。カーが「冷たい寝床」に姿を現わしただけで、サルたちは息をひそめ、モーグリは無事、救出されるのだ。そうして、カーはサルたちの前で「腹ぺコダンス」をはじめる。頭を振りながら、大きく円を描き、「8」の形になったり、三角、四角になって、シュ－ッと言いながら、ゆっくりと、でも休みなしにとぐろを巻いたりする。するとサルたちは魔法にかけられたようになり、カーの大きく開けた口のなかに、一匹ずつ自分から順番に歩いていき、カーの腹のなかに納まっていく。

「アケーラ」の夢のなかでも、サルの姿が消えるとともに、カーの長い体は少しずつ横に重たげに伸び、線路を走る列車の影にその体は溶けこんでいく。そして「モーグリ」、ぶかぶかの服を着た人間のチビ「モーグリ」が、「アケーラ」に笑いながら駆け寄ってくる。「モーグリ」は「アケーラ」の首の、深い毛並みにしがみつき、ごめんね、心配かけて、これからサルには気をつけるからね、と半分、泣き声でささやきかける。

〈……おれにも、カーみたいなことができたらいいのにな。〉

「アケーラ」は安堵《あんど》の思いに体をふくらませる一方で、カーの能力がうらやましくなってきた。オス、メス、大きいの、小さいの、いろいろなサルどもをやっつけるためには、「カー」になるしかないのではないか。なにしろ、この世のなか、サルだらけなのだ。「アケーラ」はやめて、「カー」になるほうがよさそうだ。

「アケーラ」は自分がアケーラになったことを改めて、後悔しはじめた。なぜ、アケーラを選んでしまったんだろう。アケーラはやがて狩りに失敗して、ボスの地位から去らなければならなくなる。年寄りになれば、だれでもが経験する宿命ではある。カーのほうはその宿命と無縁に、たぶん、何百年でも生きつづける。とは言っても、「アケーラ」は実は、ヘビというものが苦手だった。「子どもの家」の裏にドブ川が流れていたせいか、シマヘビが庭を横切っていくことがあった。草むらから、卵を見つけてくるチビもいた。「アケーラ」は一応、男の子だったから悲鳴はあげなかったものの、まるでカーを見たジャングルのサルのように体を動かせなくなった。話のなかでヘビとつきあうぶんには平気だけど、自分がヘビになり変わるのは気分のいいことではない。たとえ、それが二百歳のニシキヘビだろうと。

それに——「アケーラ」は眠りながら考えつづけた——、この「モーグリ」とまったく別の生きものとして、おれが生きるわけにはいかないんだ。この二人は「身内」なんだから。「身内」にこだわらなくてもかまわないのであれば、「アケーラ」の性格から考えると、むしろクマのバルーのほうがふさわしいのかもしれない。「アケーラ」ははじめから、その事実に気がついてはいた。お人好しで、いねむり好きで、ハチミツばかりなめている年寄りのバルー。情にもろくて、すぐ泣いてしまうバルー。人間の子モーグリをだれよりもかわいがり、誠実に家庭教師をつとめ、「ジャングルの掟」を教えこむまじめなバルー。「アケーラ」は本当を言うと、バルーにそっくりなのだった。不精者で、花を愛する、図体ばかりが大きなバルー。「アケーラ」の体はまだ、それほど大きくはない。それはそれとして、バルー的要素は十七歳の若者にとって自慢になるものではない。「子どもの家」の保母たちを、バルーは思い出させる。だから、自分は「バルー」を名乗るべきなのかもしれないと思いながらも、「アケーラ」はその考えを寄せつけようとはしなかった。「モーグリ」にはしかし、いつかこの秘められた「バルー」を見抜かれてしまうのだろうか。そのとき、「モーグリ」はやあい、ノロマのバルー、とでもばかにして笑うのだろうか。

深夜の闇のなかを、夜汽車は相変わらず、ほぼ十分置きに停車しながら、北上しつづけた。寒さにときどき、眠りから引き起こされ、鼻から深い息を洩らして、「アケーラ」はまた眠りに落ちていった。「モーグリ」の寝息を体で確かめると、不安がやわらかく溶けて流れ去る。そんな眠りのなかで、「アケーラ」は朝まで考えつづけていた。「冷たい寝床」のこと。「アケーラ」と「カー」と「バルー」の優劣について。「小さな狩人の歌」の意味。これから「モーグリ」に教えるべきことについて。……

にぎやかな音が耳もとに迫ってきて、「アケーラ」は眼をさました。駅の放送――こおりやまあ、こおりやまあ――、そして、弁当売りの声――べんとー、おちゃにべんとー――。乗車口が開いていて、つぎつぎに乗客たちがおりていく。ここで下車するのか、大きな荷物をかついだ人も混じっている。プラットフォームの屋根の向こうに見える空がすでに明かるくなり、屋根の下の明かりが朝の気配に輝きを失なっていた。頭がはっきりしてきた「アケーラ」はあわてて、体を起こし、かたわらで寝ているはずの「モーグリ」を振り向いた。「モーグリ」はすでに眼をさまし、膝をかかえて小さく坐り、熱心にプラットフォームを見つめている。「アケーラ」の動きに気がつくと、「モーグリ」は照れくさそうに口をとがらせて話しかけてきた。

——ねえ、わたしも外に出ていい？　お水飲みたいの。

「アケーラ」は眼をこすりながら頷き、立ちあがった。いつの間にか、ワンピースの若い女と、子どもを連れた女、それに老人と中学生の姿が見えなくなっていた。どこかで下車したのか、それとも車内に入って寒さを避けたのか。「モーグリ」を先におろしてやってから、「アケーラ」は車内をのぞいてみた。外では夜明けが近づいているものの、そこではまだ、ほとんどの乗客が深い眠りのなかにいた。座席から投げ出された不潔な手足。口を大きく開けた土色の醜い顔が、通路にほぼさかさまになってずり落ちている。その通路で窮屈に重なり合っている乗客たち。まわりにゴミが散乱し、網ダナからは上着やズボンの類いがだらしなく垂れ下がっている。「アケーラ」は車内のそんな乱雑さに呆れて、舌打ちをした。同時に、デッキにいた子ども連れの女がちゃっかり座席で眠っているのも見逃がさなかった。老人も少し離れた席に坐り、連れの中学生はその横の通路にしゃがんで眠っていた。

「アケーラ」はプラットフォームに跳びおり、「モーグリ」の姿を探した。水飲み場の列に、「モーグリ」は並んでいた。思わず笑いだしたくなるほど、「モーグリ」の姿は浮浪児そのものだった。本物よりも小ざっぱりとして、顔も白くて、高級そうな革靴をはいているのが不釣合いではあるけれど、本物だって、どこかで手に入れた革靴をはくことはあるし、顔を丁寧に洗うことだってある。浮浪児のチビ「モーグリ」は寒そうに体を縮め、列車が入っていない線路をぼんやり眺めていた。

――おい、なかにいると案外、坐れそうだ。おれ、すっかりあきらめてたんだけど、坐れるほうがいいに決まってるもんな。

青ざめた顔の「モーグリ」は少し呼吸を置いてから小さな声で答えた。

――でも、わたしはデッキでかまわない。なかはひとがいっぱいなんだもん。わたしのこと、変に思うひとがいたらいやだ。

――ああ、それもそうだな。……だったら、せめておまえ、ぼくって言ったほうがよかないか。この格好で、わたしはおかしいぜ。

「アケーラ」も声をひそめて言った。

――うん、そうだね。

「モーグリ」はすなおに答え、その朝はじめて、「アケーラ」に微笑を見せた。それで「アケーラ」も安心して、寝起きのこわばった顔に微笑を浮かべながら言葉をつづけた。

――……それから、おれは「アケーラ」で、おまえは「モーグリ」。おぼえてる?

――うん、おぼえてる。

「モーグリ」は子どもっぽく頷いてから、プラットフォームを見渡した。

――……ねえ、ここ、「こおりやま」だって。ずいぶん遠くまで来ちゃったんだねえ。

「アケーラ」は少しあわてて答えた。

——まだたいして来ちゃいないよ。だって、福島もまだなんだから。福島に着くのは朝六時ごろだって、切符買ったときに言われた。

——ふうん。

「モーグリ」は駅の時計を見上げ、自分の腕時計ものぞいた。

——……そうか。まだ四時半だもんね。福島って福島県だから、東北地方の一番南ってことか。

学校で習った日本地図を頭に思い浮かべているらしい「モーグリ」に、「アケーラ」は言った。

——うん、そうだったな。……それで、「モーグリ」はおなか、空いてないか。弁当、食うか。

「モーグリ」の表情が急に変わった。

——お弁当、買ってくれるの？　おなか、ぺこぺこなの。おかしいね、ゆうべだって、ちゃんと食べてるのに。

——おれも実を言うとぺこぺこなんだ。よし、それじゃ、もう水を飲まなくてもいいな。お茶も買うから、列車に戻ろう。

早速、「アケーラ」は弁当売りを探しながら、「モーグリ」を促した。

——でも、わたし、じゃなくて、ぼく、お水は飲まなくていいけど、顔を洗いたい。口もゆすぎたい。このままじゃ、気持わるい。

——へえ……、きれい好きなんだな。

とまどった顔で「アケーラ」は言い、「モーグリ」をその場に置いて自分のワイシャツをズボンにたくしこみながら、弁当売りに近づいていく。

発車ベルが鳴った。あわてて「アケーラ」も「モーグリ」も列車に駆け戻った。デッキのもとの場所に坐ってから、「アケーラ」は「モーグリ」にお茶と弁当の折りを渡した。

——……お弁当、食べてるひと、まだだれもいないけど、いいのかな。

「モーグリ」がドアの開いた車内を見てつぶやいた。弁当のふたをすでにはずし、割り箸を手に取っていた「アケーラ」は無頓着に答える。

——いいの、いいの、弁当を売ってるからには、買って食べる客もいるってこと。

このとき、列車は甲高い汽笛を鳴らし、動きはじめた。

——うん……、わたし、じゃなかった、ぼく、……ねえ、おいらのほうが言いやすい、おいらでもいいね……、おいら、駅弁ってはじめて。お母さんはケチだから、オニギリをいつも自分で作ってくるの。

——おれも本当言うと、はじめてなんだ。ずっと食べてみたかった。

二人は顔を見合わせて笑い、それから黙々と、まだ暖かい弁当を食べはじめた。小さな塩ザケに卵焼き、赤いウインナーソーセージ、たくわんが並んでいる。二人は大喜びで食べつづける。茶色い陶器の小さな土瓶でお茶を飲むのも珍しくて、笑いださずにいられなかった。

——ごちそうさま。あっという間に食べちゃった。でも、こんな時間に食べたら、九時か十時にはまたおなか空くかもしれない。

「モーグリ」が言うので、「アケーラ」は気前よく答えた。

——そしたらまた、弁当を買って食べる。一日に何回食べたってかまわない。

――へえ、ほんと？

「アケーラ」は眼を細めて、お金持ちのように気取って頷いた。

――……でも、そうしたら、おいらはいくらでもきりなく食べちゃうかもしれない、それでもいいの？

――ああ、いいっすよ。「モーグリ」はチビのくせに大食いなんだな。

「アケーラ」の言葉に、「モーグリ」はうれしそうに答える。

――うん、すごい大食いなの。前にね、ライスカレーをお母さんがはじめて作ってくれたとき、あんまりおいしくて、十二回もおかわりしたんだ。ライスカレーって食べたことある？

「アケーラ」も笑顔で言い返す。

――うんざりするほど、食べてまさあ。だけど、おかわり十二回ってのはウソだろ？ おれだってせいぜい、おかわり三回が限界だもん。

――ほんとよ。自分で数えて、わあ、すごいってびっくりしたの、はっきりおぼえてるんだから。小学校の三年生ぐらいだった。

「モーグリ」は「アケーラ」を睨《にら》みつけた。その白眼の部分が寝不足のために赤い。

――じゃ、そういう夢を見たんだな、きっと。

――ほんとなんだったら。どうして信じないの？

「アケーラ」は困って、頭を掻いた。すると白いフケが落ちてくる。

――うーん、十二回のおかわりを信じろと言われてもなあ。

自分の膝を抱え、顎をそこに埋めて、「モーグリ」はつぶやいた。

――ほんとにほんとなのに。

列車は小刻みに駅に停車しながら、のんびり車輪の音をひびかせて進みつづけた。次第に朝の光が車内に射し入ってきて、乗客たちの動きもにぎやかになった。便所へ行く人も列を作りはじめ、大きな荷物をかついで下車する人、乗車する人がデッキを行き交う。そのたびに、「アケーラ」たちは蹴飛ばされないように、両脚を縮めなければならなかった。酔払いの四人のサルたちは今ごろになって、聞き苦しいイビキをかき、互いに体を折り重ねて熟睡していた。一人はヨダレまで垂らしている。このサルたちが寝転がっているぶん、「アケーラ」たちは窮屈な思いをしなければならない。反対の隅では、風呂敷包みを抱えた小さな老女が新聞紙に正座をして、煙草を吸いはじめていた。ずいぶん、旅慣れているように見える。車室のほうからは、眼をさました子どもの寝呆けた泣き声がひびいてくる。山が見えてきた、朝日で山がきれいだなあ、という声も聞こえてくる。

その声に誘われて、「アケーラ」は立ちあがって、外をのぞいてみた。なるほど、山らしいものが見えるが、目立たない低い山並みだし、青黒い闇に沈んでいる。線路に沿って、大きな川が白く光って見えるだけだった。「アケーラ」は反対側の乗車口に体を寄せた。そして、あ、と思わず声を洩らした。夜明けの新鮮な光が金色になって、薄青い空を切り裂き、山の形を作っていた。光と影の部分がはっきりと分かれていて、折紙細工のように見える。頂上にはほんの少し、まだ白く雪が残っていて、木々の緑の色が朝のまばゆい光に散らされてしまっている。それまで山というものをまともに見たことがなかった「アケーラ」は体を震わせた。息が詰まり、涙が出そうになった。映画で見た山とは大ちがいなのだった。

しばらく黄金に輝く山に見とれてから、「モーグリ」にも見せてやらなくちゃ、と思い、「アケーラ」は振り向いた。「モーグリ」は膝に顔を押しつけたまま、眠りこんでいる様子だった。「アケーラ」の足もとで無頓着に煙草を吸いつづけている老女を見やってから、「モーグリ」のそばに戻り、肩を突ついた。

——おい、山が見えるよ。なあ、見てごらんったら。

「モーグリ」は顔を起こした。寝ていたわけではなかったらしい。今まで膝が当たっていたおでこが赤くなっている。「アケーラ」の興奮にはとりあわず、ひとり言のようにつぶやいた。

——……わたし、じゃない、おいら、これから東京に帰る。

「アケーラ」はとっさになにも言えず、とにかく「モーグリ」のとなりに坐った。「モーグリ」は自分の膝を見つめながら、言葉をつづけた。

——この時間だったら、これから帰れば、お昼ごろには学校に行けるもん。遅刻にはなっちゃうけど、お休みしたことにはならない。

——このまま帰るっていうの？

無表情に、「モーグリ」は頷く。

——だって、学校に行かないと。みんなが変に思う。みんなが勉強しているときに、わたしだけ遊んでるのはよくないもん。

「モーグリ」の鼻も耳もまだ育ちきらずに、小さく、柔かそうで、「アケーラ」はその鼻なり、耳なりを引張ってやりたくなった。その代りに、自分の左の耳たぶを痛いほど強く引張りながら言った。「アケーラ」の自慢の、ほどよく豊かな福耳だった。

――ばかなことを……。

「アケーラ」に顔を向け、「モーグリ」はその未発達な鼻を赤くして言い返した。

――わたし、ばかじゃないもん。トンちゃんと比べたら、わたしなんか、なんでもできるもん。でも、トンちゃんほどわたしがばかじゃないのは当たり前だって、お母さんはすごく怒る。トンちゃんが死んでも、怒ってる。おまえはばかだって。もっともっと勉強しろって。

「モーグリ」の眼のまわりも紅潮し、涙らしいものが盛りあがってきた。「アケーラ」は自分の耳たぶを引張りつづけた。

――トンちゃんって、ひょっとして、「モーグリ」のお兄さん？　頭が……ええと、こわれてたの？

頷き返す「モーグリ」の鼻の脇に、小さな涙の粒がひとつだけ流れ落ちた。

――ふうん、……だけど、どこにもまだ着いてないのに、このまま逆戻りするなんて、まるでもったいないじゃんか。切符を買ったのはおれだってことも忘れないでよ。「モーグリ」は、学校がそんなに好きなんすかね？

自分の眼を両手で乱暴にこすりながら、「モーグリ」は頭を横に振った。すると、髪の毛が産毛のひかる頬を軽く打つ。

――「われら、ひとつの血」。これはジャングルの合い言葉だ。いい言葉だろう？　本当にそう言い合えるように、おれたちは旅行しているんだと思わないか？　うん、学校に行くより、そのほうがずっと大切なことなんだ。ちがうかなあ。

ためらいつつ、「アケーラ」は「モーグリ」の肩を抱いてやった。とがった骨の感触しかない。デッキの反対側に坐る老女がどこまで自分たちの会話を聞き取ったか、急に心配になり、「アケーラ」は老女に眼を向けた。襟元にナイロンの派手な黄色のネッカチーフを巻いている老女は半分、眠ったような顔で、煙草のつぎに今度は、どこかから出してきたカキモチをかじりだしていた。「モーグリ」の耳もとに、「アケーラ」はささやきかけた。

——……もっとずっと北に行くと、サクラが咲いているかもしんないぞ。北のほうで咲くサクラって、色が濃くて、まとまっていっせいに咲くから、頭がぼうっとするぐらい、見事なんだって。菜の花も咲いているだろうし、ゲンゲだって咲いている。そうすっと、チョウチョもいっぱい飛んでいて、おれたちの見たことのない珍しい鳥も空でうたってるだろうな。牛とか馬もいるし、山羊も、ウサギも、キツネも、クマも、なんだっている。ゾウが出てくるかもしんない。黒ヒョウだって、いないとも限らない。

「モーグリ」がくすぐったそうな笑い声をあげた。

——黒ヒョウもゾウも、日本にはいないよ。

——それはどうだか。少なくとも、大昔、ナウマン象はいたんだ。

——でも、今はもういない。黒ヒョウもいない。そんな話、聞いたことない。

——だからって、ゾウにしろ、黒ヒョウにしろ、日本には一頭もいないって証拠にはならない。ああ、そうだ、それより山だ。あっちの窓から、山が見えるんだ。ほら、立って。これからどんどん、すごい山が見えてくるぞ。おれ、けっこう感動したんだから。

「アケーラ」が先に立ち、「モーグリ」の腕を軽くつかんで引きあげようとした。すでに元気を取り戻した「モーグリ」は自分で素早く立ちあがり、デッキの反対側のドアに駆け寄った。

わずかなあいだに、窓から見える山の形は変わっていた。ほとんど正面に、より大きくなってひかっている。その光がしらじらと明かるくなっていた。空の色も白く変わっている。相変わらず、朝日を受けた山は本当の神さまがそこに住んでいて、「アケーラ」たちを見つめているような、そんな威厳を持って輝いていた。

――これが見られただけでも、おれは思いきって東京を出てきてよかったなあって思う。おやじには悪いけど、生きててよかったなあって思う。

かたわらの「モーグリ」に「アケーラ」はうっとりと話しかけた。

――……東京にはこんな山、ないもんね。あれはなんていう山なの？　有名な山？

――さあ、きっと有名な山なんだろうけど……、富士山しか、おれにはわかんないから。

二人の足もとから、突然、低いけれどもはっきりした声がひびいてきた。

――あだたらやま！

びっくりして二人がドアを離れ、足もとを見ると、カキモチを手に持った老女が怒った顔で二人を睨みつけていた。

――ほんとに、なんにもわがんねんだない！

――ああ、あれがねえ。……。へえ、なるほど。

「アケーラ」はできるだけ愛想よく応じ、「モーグリ」の背を押しながら急いでデッキのもとの場所に戻った。そして、「モーグリ」にささやきかけた。

――車内に移ろう。

自分のと「モーグリ」のと、二つの布袋を持ち、車室のドアを開けた。「モーグリ」をまずなかに入れ、それから自分もつづき、後手にドアを閉める。と同時に、噴き出した。

――なんだ、あのばあさんは！

「モーグリ」もドアを背に笑い崩れた。

――あだたらやま、だって！　あの山がきっと、あのおばあさん、自慢なんだね。それをわたしたちが名前も知らないもんだから、イライラしちゃったんだ。

――あだたらやまなんか知るかってんだ、なあ。

――おばあさんに聞こえちゃうよ。

言いながら、「モーグリ」はなおも笑いつづけた。

列車がまた停まった。まだ六時前の時間なのに、空が明かるくなるにつれ、車内は昼間と変わらない動きを見せはじめ、駅ごとに乗客の入れ替りも多くなった。長ぐつをはき、大きな背負いカゴをかついだモンペの女たちが乗ってきた。ブリキの箱を二つも三つも重ね背中にのせている男たちも乗りこんでくる。そのブリキの箱が脇を通っていくと、魚のにおいが鼻をかすめた。どこで獲れた魚をどこに運ぼうとしているのか、「アケーラ」にも「モーグリ」にももちろん、見当がつかない。それよりも、せっかく空いた席がつぎつぎにまたふさがっていくのを見て、負けずに自分たちも座席を確保したくなった。

――もっと、なかのほうへ行こう。このぶんだと、坐れそうだ。切符代はおんなじなんだから、坐れるときはやっぱ、坐っておこうや。

「アケーラ」は言い、通路を進んだ。通路には今、乗ってきたばかりの「かつぎ屋」の女たち、男たちが荷物の脇に坐りこんでいた。そのなかでのんきに、まだ眼をさまさずにいる乗客もいる。デッキにいた老人と中学生は二人とも今は座席で眠りこみ、子ども連れの女も子どもと体を折り重ねるようにして眠りつづけていた。

車両の真中辺りで、「アケーラ」は立ち止まった。

——おれが見ててやるから、「モーグリ」はここに坐って寝てろよ。あともう少しで福島に着くだろう？　そしたら、そこでいっぱい乗客が入れ替わるかもしれない。

「モーグリ」は自分の腕時計を見て、答える。

——六時まで、あと四十分ぐらい。まだ、こんな時間なんだね。すごい早起きしちゃったんだ。そう言えば、わた……、ええと、おいら、眠いよ。

——だから、ここで寝てなさいって。席が空いたら、教えてやっから。

「アケーラ」は言い、すぐ横の座席で若い女がひろげている芸能雑誌を熱心にのぞきこみはじめた。「モーグリ」はおとなしくその場に坐りこみ、「アケーラ」の学生ズボンの脚に頭を寄せた。「アケーラ」の脚の向こう側には、紐でからげた新聞紙の包みが投げだしてあった。新聞紙のあちこちに茶色い染みができている。正面は、野菜の入った背負いカゴ、右側には頭のはげた中年の男が体を縮めて眠っていた。

「アケーラ」の予想は当たった。福島で「モーグリ」は起こされ、「アケーラ」に促されるまま、空いた座席に体を投げだした。となりに、「アケーラ」もすぐ腰をおろす。

——ふん、こんな椅子でも、楽チンだな。

寝呆けている「モーグリ」はなにも言わずに窓の外を見て、ふくしま、という文字を見届け、自分の腕時計も見た。まだ、六時にはなっていない。ふと思いついて、その腕時計をはずし、まわりの耳を気にしながら小声で言った。

――これ、あのう、「アケーラ」が預かっといて。そのほうが役に立ちそうだから。

――……どっちでもいいけど、じゃあ、預かっとくか。

「アケーラ」は眉を寄せて、いかにも少女向けの、赤い革のベルトのついた小さな腕時計を見つめてから、ワイシャツの胸ポケットに落とし入れた。そして、「モーグリ」の耳もとにささやきかけた。

――あの「かつぎ屋」の連中、ほとんどここでおりちゃったぜ。もっと遠くまで行くのかと思った。

――ふうん。

「モーグリ」は眼をこすり、口に手を当てて、大きなあくびをした。眼に涙が浮かぶ。それでもう一度、眼をこすった。窓の外では、にぎやかに人々が行き交っていた。駅の放送がひびき、弁当売りの声、新聞雑誌売りの声も混じる。「アケーラ」は腰を屈《かが》めて、足もとに散らばる新聞紙や菓子袋、みかんの皮、甘栗の皮などを空になった弁当の折りで神経質に一カ所にまとめ、座席の下に押し込んだ。魚のにおいのする濁った汁が通路から一筋流れこんでくるのは、防ぎようがない。

――これだから、サルは困るんだ。

――サルって？

「モーグリ」も足もとの床に眼を落としてささやき返す。

――「清潔であれ、毛皮のつやが狩人の力を示すゆえ。」

「アケーラ」はつぶやく。

――なあに、それ？

――こういう不潔な、散らかしっぱなしのサルには、狩人の資格はないってことさ。この世のなか、サルだらけだからな、「モーグリ」も気をつけろよ。

「モーグリ」は小さく笑いだした。

――あっちも、こっちも、みぃんなサル……。でも、おいらたちはサルじゃない。

――そうだ。「掟を守る者には良い獲物」ともいうからな。

二人の乗っている列車が大きく、そのとき、揺れ、重い物のぶつかる音がひびいた。二人は顔を見合わせ、それからまわりを見渡した。どの人も今の音を気にしている様子はない。「アケーラ」は軽く肩をすくめて、ささやいた。

――せっかく坐れたんだから、もうちょっと先まで乗っててもいいよな。こんな時間にあわてておりたって、食いもの屋もまだ開いてないだろうし。

「モーグリ」は頷き、窓の外に顔を向けた。ふくしまの次は、ささきの、と書いてある。プラットフォームでソバを食べている人たちの姿が見えた。ラヂウムまんじゅうという声も聞こえる。どんなまんじゅうなのか、「モーグリ」にはわからない。「アケーラ」に聞いてもわからないだろうと思うから、その声は聞き流してしまう。帽子をかぶった駅員があわただしく駆け抜けていく。布のリュックサックを背負った老人が、子どもの手を引いた中年の女に何度も頭を下げている。頬の赤いその子どもは、色の剝げ落ちたキューピー人形の頭をなめまわしている。サル。みんなサル。そう思うと本当にサルのように見えてくるので、「モーグリ」はもう一度、笑いださずにいられなかった。

けたたましく、発車ベルが鳴りひびいた。プラットフォームの人たちが一斉に動きだす。

〈掟を守る者には良い獲物〉

「モーグリ」は声には出さずにつぶやいてみる。そして、かたわらの「アケーラ」を振り返る。「アケーラ」はすでに腕を組んで、まどろみかけていた。掟って、「ジャングルの掟」のこと？と「アケーラ」に質問するのは、あきらめるしかなかった。

汽笛がにぎやかにひびき、列車が動きはじめた。通路に立つ女たちの話し声が耳についた。赤ん坊を背負ったモンペ姿の若い女に、もう少し年上の女が二人いた。その三人はしきりに笑い声をあげながら、知り合いの悪口を言い合っているらしい。でも、その言葉を聞き取るのはむずかしい。「モーグリ」たちの前の座席には、冬のような厚地のコートを着た男と、地味な着物を着た中年の女が坐っていた。男のほうは革のカバンを膝に置き、帳簿のようなものを熱心に点検している。学校の先生かもしれない。「モーグリ」は少し、不安な気がした。女のほうは紺色の毛糸で無駄な時間を惜しむように、編みものをはじめていた。セーターを編んでいるらしい。毛糸の玉は膝の手提げ袋に隠してあり、ときどき、そこに手を入れては、毛糸をたぐり寄せている。「モーグリ」は自分の母親を思い出しかけ、あわてて眼をつむった。野球帽で顔を隠し、窓に頭を寄せて、そのまま眠ろうとした。

しばらくしてゾウの列が、「モーグリ」の頭のなかをゆっくり横切っていった。黒ヒョウがその脇を駆け抜けていく。そこに、「アケーラ」の声がひびく——ジャングルの掟はたくさんある。掟を守る者には良い獲物。――「モーグリ」自身の声も虫の声のように低く聞こえてくる。学校で教わったばかりの言葉。――われらに日常のカテをあたえたまえ。われらの罪をゆるしたまえ。――色鮮やかな鳥が空を舞いながら鳴き騒いでいる。大きなニシキヘビが木々のあいだに横たわっている。――清潔であれ、毛皮のつやが狩人の力を示すゆえ。――サルの毛皮はみすぼらしい。灰色のオオカミが「モーグリ」に近づいてくる。青いチョウ、黄、赤、緑のチョウがまわりを飛んでいる。「モーグリ」は灰色のオオカミの毛に手を伸ばし、指先で触れてみる。ふわふわと気持がいい。――われらを悪よりすくいたまえ。――「モーグリ」は自分の体も触わり、毛並みを確かめる。首の毛並み、喉、手足の毛。つやも長さも、まだ充分ではない。おとなになれば、一人前に生えそろうのだろう。

汽笛がまた、ひびいた。列車が停まり、すぐに動きだす。「モーグリ」は眼をつむったまま、もう一度、ゾウの列を見送る。どのゾウも白い牙をひからせ、長い鼻を振りまわしている。ゾウの声が汽笛の音に重なって、甲高く耳を打つ。クジャクが尾羽根をひろげながらそのかたわらを歩き、オオカミの群れも駆け寄ってきて、顔を空に向けて遠吠えをはじめる。よく手入れされた毛並みが銀色にひかって見える。オオカミの群れのなかに、小さな裸かの男の子がうずくまっている。「モーグリ」がそう気がついたとたんに、オオカミの群れは消え、クジャクも、ゾウの列も消え、穴だらけの毛布に身を包んだ男の影が浮かびあがってくる。影は裸かの男の子に近づいていく。男の子は笑いながら立ちあがり、男の手を握る。長く伸びた髪がワラのようにもつれている男は、男の子の父親なのだ。二人の顔は似ているのかもしれないが、その顔は髪に隠されていて見届けることができない。父親と子どもはなにも言わずに歩いていく。まわりはほの暗く、神社の境内のように見える。ピンク色のボンボリが並ぶ。「モーグリ」の母親が自分の子どもたちを呼んでいる。――ゆき子！　トンちゃん！　――われらを悪よりすくいたまえ――父親と子どもの姿はいつの間にか消えてしまった。母親の声が聞こえつづける。――われら、ひとつの血。――トンちゃんがまだ、小さな子どもの姿でサクラの木のうえに現われ、母親に手を振る。でも、母親は気がつかない。母親が歩きまわるところは庭に変わっていて、庭には赤いカンナやサルビアの花が溢れるように咲いている。母親は縁側に坐り、溜息を洩らしながら編みものをはじめる。三本の編み棒から、トンちゃんのセーターが少しずつ作りだされていく。緑色の毛糸。その毛糸の玉が転がり、庭先に落ちる。でも、母親は気がつかない。庭の赤い花のあいだを、ニシキヘビが這い、灰色のオオカミが音をたてずに動きまわる。でも、母親は気がつかない。トンちゃんが手を振るのにくたびれて、サクラの木から地面に落ち、頭がふたつに割れてしまう。でも、母親は気がつかない。――ゆき子、毛糸の玉を巻くから、手を貸して――母親はえんじ色に染め直したばかりの毛糸の束を取りあげて、「モーグリ」を呼ぶ。――ジャングルの掟はいっぱい、掟を守る者には良い獲物。――あめのみつかいのうた声ひびく、ぐろりあいんえくしぇるしすでお！　――庭でオオカミが吠える。ニシキヘビが眼をひからせる。――われら、ひとつの血――たんとぅむえるご　さくらめんとぅむ――

――乗車券を拝見いたします……。

この声に、「モーグリ」は眼をさました。横で、「アケーラ」が胸のポケットから出した二枚の切符を、車掌に渡していた。窓の外は暗く、窓ガラスには自分の顔しか見えなかった。まだ、夜だったっけ、と思いかけて、列車がトンネルを通っていることに気がついた。列車は煙に包まれ、ススのにおいが車内にたちこめている。

「アケーラ」の声が聞こえた。

——……福島でおりるつもりだったんすけど、弟がつかれちゃったのかな、おりるの、いやがるから、まっすぐ山形まで行くことにしたんすよ。ぼくたちの祖母も待ってるし。祖母は足の骨を折ったんす。ぼくたちの母親は仕事で忙しいし。……ああ、スイッチバックね、もちろん、知ってますよ。山形には何度も行ってるから。……はい、弟に教えてやります。列車が峠越えをするから、この区間だけ、電気機関車が引っぱるんすね。……ええ、どうもありがとう。弟も鉄道が大好きで、運転手さんになりたいなんて、言ってるんす。

車掌がつぎの席に移ってから、「モーグリ」は「アケーラ」の顔をのぞきこんで、すばやく舌を出して見せた。まわりの人たちを意識して、「アケーラ」はそれにはとりあわず、まじめな顔で「モーグリ」に話しはじめる。列車はトンネルを抜けたかと思うと、すぐにまた、二番めのトンネルに入って行く。

——起きちゃったんだね。切符はちゃんと山形まで買ったから、もう心配いらないよ。今の話、わかった？　この辺りからのぼりがきつくなるんで、前は蒸気機関車を三つもつなげてのぼっていたんだって。今は電気機関車を特別につなげて、スイッチバックでのぼっているって、あの車掌さんが教えてくれたんだ。スイッチバックって、いったんのぼって逆戻りするみたいにして少しずつ進んでいく方法のことだ。わかるか？

「モーグリ」も小学生の弟になりきって、わざとらしいすなおさで答えた。

――うん、でもちょっとだけ。この汽車、今、一生懸命、山のぼりしてるんだね。ナンダ坂、コンナ坂って歌の通りだ。

――ああ、また、トンネルだ。急にトンネルが増えてきたな。

――……もう、山のなかだね。

あくび混じりに、「モーグリ」はつぶやく。「アケーラ」も大きなあくびをして、眼もとに浮かんだ涙を左手で乱暴に拭《ぬぐ》った。

頭のうえのほうから、女の声が聞こえてきた。

――あんだらのかあちゃん、山形の人なのがい？

首をまわすと、赤ん坊を背負った女が「アケーラ」たちに金歯をひからせて笑いかけていた。「アケーラ」は「モーグリ」を見やってから、おもむろに答える。

――いいえ……、あの、母もぼくたちも東京しか知らないんす。祖母もずっと東京だったんすけど、ちょっと事情があって、おじたちと今、山形で一緒に暮らしてるんす。

――ああそうがい。あんだらも遠いどご大変だない。

話がつづくのを警戒して、「アケーラ」はわざとらしくあくびをして見せた。それを真似て、「モーグリ」も遠慮がちにあくびを洩らした。列車はまた、別のトンネルに入って行く。

――……ええ、眠くて、眼を開けているのもやっとなんで……。

そう言ってから念のために、「アケーラ」はもう一度、あくびをして、眼をこすり、体の位置を直してから、眼をつむってしまった。「モーグリ」もその肩に頭をもたせかけて、急いで眠ろうとした。通路の女たちはこの子どもたちで暇つぶしをするのをあきらめ、自分たちのあいだで話をはじめた。仲間うちになると、女たちは早口になり、なにを話しているのか聞き取りにくくなるが、どうやら近くの温泉旅館で働いている人たちらしい。東京のお客はお酒をたいして飲まないとか、陰気で無口なのが多いとか言っている。「モーグリ」も「アケーラ」もそれで安心して、本当の眠りに誘いこまれていった。眠いのはウソではないから、眼をつむればすぐに寝てしまうことができる。

　サルは知りたがりだから困る、と「アケーラ」は夢のなかに入りながら、小さく舌打ちして、顔をゆがめた。「モーグリ」の髪の毛が「アケーラ」の首筋をくすぐっている。サルにはひとの迷惑ということがわからない。単純というか、デリカシーがないのだ。サルはどこにでもいる。けれど、いなかに行けば行くほど、サルのたちは悪くなっていくのかもしれない。ひとのことを聞きたがり、やがて勝手に疑いはじめ、あげくの果ては、警察に告げ口をしたりもする。

——あの子どもたちはどうも、おかしい。本当の兄弟じゃないらしい。そのうえ、あの小さな子どもは女の子だ！　——「冷たい寝床」からどうしたら脱けだせるんだろう。「小さな狩人の歌」がまた、頭にひびく。——森の草地を影がそっと走る、待ち伏せし、おまえを見守る影……それからささやき声が増え、ひろがっていく、遠く近くに……それが恐れだ、おお小さな狩人よ、それが恐れだ！　——

「アケーラ」の思いは、なじみ深い墓地の世界に移っていく。あのころは、なにも「恐れ」を感じていなかった。「恐れ」を感じるには幼なすぎたからだろうか。とっくに死んでしまった人間の骨を集める場所。墓地には、自分から死んでいく人間もいる。「モーグリ」の父親のように。生きながら死んでいる連中もうろうろしていた。「アケーラ」と父親だって例外ではなかった。でも、そこを「恐れ」が通り過ぎることはなかったし、ぶつぶつ泡立つささやき声に気がついたこともない。聞こえるのは、木々のざわめき、鳥の鳴き声、赤ん坊や犬の声。「掟」があそこでは生きていた。だから、「恐れ」の影は近寄れなかったんだろうか。死ぬやつは死ぬ。生きるやつは生きる。それだけの簡単な、そして静かな世界だった。父親が先に倒れなければ、「アケーラ」が倒れて、死んでいただろう。「アケーラ」が生き残ってしまったから、二度とあそこには戻れなくなった。「アケーラ」の穴だらけの毛布も捨てられてしまった。代りに与えられた進駐軍の毛布のにおいがいやで、その毛布にくるまれるとおなかが痛くなり、「アケーラ」は呻き声をあげた。でも、まわりの子どもたちにその理由は言えなかった。言えば、大切な毛布を奪われてしまうに決まっていたから。

あのころの子どもたちの顔が「アケーラ」の前に浮かびあがってくる。仲良しもいれば、どうしてもウマの合わないヤツもいた。でも一緒に育ったのだから、家族の一種ではあるのだろう。家族。それなのに、本当の家族というものが気になってしかたがないのは、「アケーラ」の考えがまだ足りないせいなのだろうか。

「掟」は「子どもの家」にもあった。でも、墓地の掟とは別のものだ。六時に起床、七時に朝食、朝起きたらふとんの片づけ、ごはんの当番、みんなで掃除、ラジオ体操……。勝手に学校の行き帰り、寄り道をしてはいけません。本はみんなのものだから、こっそり隠しちゃいけません。ごはんは好き嫌いを言わずに食べましょう。耳のうしろとお尻もよく洗いましょう。……どこで育とうが、そこにおとながいればおんなじことだぜ、と本当の家族を知っている級友が言ってたっけ。「モーグリ」だって、母親のそばにいるのが楽しければ、こんなにやすやすと「アケーラ」に従いてくるはずはない。

〈なあ、どうして、おれに従いてきたんだ?〉

「アケーラ」は「モーグリ」に聞きただしたくなった。でも、もちろん、そんなことはできない。デッキから車内に移っても、「モーグリ」と体を寄せ合っても、「冷たい寝床」は少しも暖かくならない。「子どもの家」、あそこも暖かくならなかった。どうしてなのか。五人の保母のうち、なじみの深い三人の、皺が目立ってきた顔を、「アケーラ」は眠りのなかで思い浮かべる。「アケーラ」としては、特別な不満はなかった。経営者の老夫婦についても、「アケーラ」は充分に信頼している。自分の子どもたちを空襲で失なったとかで、その良心的な経営方針はどこかの新聞記者が取材に来たほどだった。「アケーラ」がまだほんのチビだったころ、この「お母さん」のふとんで寝ていたことがある。体が弱いのに真夜中に起きだして、外に出て行こうとするくせに、「アケーラ」が取りつかれていたためだった。大きくなってからは会計の仕事も手伝ったから、経営の苦しさも、「アケーラ」にはよくわかっていた。「お父さん」も「お母さん」も、保母さんたちも、貧しさと疲労のなかで、チビたちのために日を送り、混じりけなしで喜び、悩み、悲しんでいた。それでどうして、「暖かい寝床」にならなかったんだろう。「アケーラ」は五年前に一度だけ訪れた「モーグリ」の育った家を思い出す。路地奥のありふれた小さな家で、玄関のガラス戸にはヒビが入ったまま、子どもたちの身なりは薄汚れ、母親は瘠せこけ、微笑も浮かべず、眉間の皺は深く、なにひとつ楽しい思いを味わったことがないという顔をしていた。「アケーラ」の「お母さん」のほうがよほど優しい母親のようだ。それに、墓地での「アケーラ」の父親。もちろん、「アケーラ」は父親の笑顔など、見たおぼえはない。すでに半分、あの世をさまよっていた父親は、四歳の「アケーラ」にまともに話しかけることもなかった。それでいて、「アケーラ」を忘れもしなかった。鳥を捕まえれば、「アケーラ」に必ず、食べさせてくれた。

「モーグリ」の母親と、「アケーラ」の父親。本物の親である二人とも、ちっとも優しくなかった。子どものことなど二の次で、一人ぼっちのまま呻き、なにかを呪い、そして、まわりのサルどもを憎んでいた。

〈……つまり、「冷たい寝床」はサルを憎んではいないから、それで、「冷たい寝床」のままだってことなのか。〉

「アケーラ」は鼻から深く息を吐きだした。それで気分が切り変わり、さっき、地元の女たちに聞かれて口から出まかせに言った「自分の家族」を心楽しく思い描きはじめた。東京で自分たちの住む家は、言うまでもなく、あの「モーグリ」の家なのだ。つまらない家ではあるけれど、手頃な大きさで、庭もある。犬だっている。もとは祖母も住んでいたが、今は山形だ。山形には、おじがいる。母親のお兄さんだろうか。なにをしている人だろう。母親が学校の先生なのだから、おじもやはり先生なのかもしれない。歴史の先生か、理科の先生。東京の家に泊りに来ることもある。山形のおみやげをいっぱい持って。――でも、山形のおみやげって、なんだろう。なにも、思い浮かばない。――おじは東京の家に来ると、二階の座敷に寝る。暗い玄関の横手に階段がある。――それはちゃんと、五年前に見届けておいた。玄関から廊下をまっすぐ進むと、母親と子どもたちの寝る部屋がある。たぶん、そうなのだろう。あの程度の家はだいたい、間取りも決まっているものだ。――母親が真中に寝て、左右に、「モーグリ」と「アケーラ」が眠る。でも、今の「アケーラ」はもう大きいから、母親と寝るのはおかしいのかもしれない。十七歳の「アケーラ」には二階でおじと寝るほうがふさわしい。「アケーラ」はそこで、階段を登っていく。突き当りに小さな窓がある。そこから外を見下ろすと、ドブ川が見える。夜、ドブ川が白くひかって見える。右手に廊下がつづく。四つのドア。壁には、チビどもの絵が貼りつけてある。廊下の窓には、水色のカーテン。色あせて殺風景な、でも清潔なカーテン。……

「アケーラ」は住みなれた「子どもの家」の二階に戻っている。自分の部屋を見つけて、なかに入る。四つの二段ベッドのうち一つを、「アケーラ」は占領している。その下の段に、身を投げだす。なつかしいにおいが鼻を打つ。墓地とはちがうにおい、でも、似たところもあるにおい。

墓地のにおい。石のにおい。枯葉のにおい。夢のなかの「アケーラ」は墓地の記憶をたぐり寄せる。頭上で木々がざわめき、石が並んでいる。枯葉が積り、風が吹き過ぎていく。鳥が鳴き、野犬がうなりながら走り抜ける。その一隅に、父親と毛布がうずくまって、四歳の「アケーラ」を待ち受けている。父親は「アケーラ」にはかまわず眠りこけ、そして毛布は穴だらけの、肌にチクチク痛い、うすっぺらなボロ毛布。

四歳の「アケーラ」は鳥の声に笑い、石のにおいにうっとりし、枯葉をまき散らしては笑い声をひびかせ、人間のチビを甘やかすものはなにひとつない、広くて、寒い墓地を心ゆくまで味わいつづける。

4　よそものの狩人

肩を叩かれ、「アケーラ」は呻き声とともに眼をさました。

――山形だぞ、ここでおりるんでねえが。

前の座席に坐っていた男が自分のカバンを抱え、「アケーラ」の顔をのぞきこんでいた。そして「アケーラ」の眼が開いたのを確認すると、急いで自分も列車をおりていった。プラットフォームの柱に、やまがたという白い文字が見えた。乗り換えの説明をしている駅の放送も聞こえる。山形なんてところになんの用があったっけ、ととまどううちに、「山形のおばあちゃん」に思い至った。あんなウソをついたからには、まわりの客や車掌に疑われないよう、ここでいったんおりないわけにはいかない。なぜ「山形」が口から出てしまったのか、つまらないウソをついてしまったものだ。「アケーラ」は自分を呪いながら、かたわらで熟睡している「モーグリ」の手を乱暴に引張って立ちあがった。

――もう、山形だから、早くおりないと。

まわりの乗客に聞こえるようにわざと大きな声で言い、まだ眠りのなかにいる「モーグリ」

の手をつかんだままデッキの乗降口に向かった。「アケーラ」に引きずられるようにしてプラットフォームにおり立ってから、「モーグリ」は空気の冷たさにようやく眼をはっきりと開いて、つぶやいた。

——ここ、山形なの？

「アケーラ」も足をとめて、頷いた。

——そうらしい。おれも眠ってて、気がつかなかったんだ。起こされたからとにかく、おりちゃったけど……。まあ、いいさ、せっかくだから、町に出て、なんか食おう。

——ふうん、山形かあ。信じらんない。山形って、すごく遠いところなのに。

「モーグリ」は自分の顔をこすりながら、鼻にかかった甘えるような声を出した。寝ていたあいだに、すっかり女の子に戻ってしまっている。声だけではなく顔つきや手の動きまでが、チビのくせにねっとりと女っぽい。こちらがまだねぼけているから、そう感じるだけなのだろうか。人が歩く方向にとにかく歩きだしながら、「アケーラ」は「モーグリ」の耳にささやきかけた。

——おい、おまえはまだ、「モーグリ」なんだぜ。「われら、ひとつの血」なんだからさ。

野球帽をかぶり直した「モーグリ」はにっこり笑い返して、答えた。

——うん、そして、山形にはおいらたちのおばあちゃんがいるんだよね。おばあちゃんは足の骨を折ったんだ。東京から心配して、おいらたちはおばあちゃんのお見舞いに来た。

——まあ、そういうことだ。

「アケーラ」は注意深く、「モーグリ」の顔を見つめた。柔かな丸い頬がピンク色に上気している。朝、起きたばかりのチビはこんな顔をしているものだ。この頬のせいで、女の子のように見えてしまったのかもしれない。右の頬がより赤みが強く、たての線もついていた。「アケーラ」の肩にもたれつづけていたからにちがいない。二人とも、ぐっすり眠っていた。

「アケーラ」は時間を知りたくて、駅の時計を探した。それから「モーグリ」の腕時計を預かっていることを思い出し、胸ポケットから取りだした。

――ええと、もう九時なんだな。福島じゃ六時だったから、おれたち、三時間近く眠ってたらしい。

――お弁当食べたのは、四時半だったよ。おなか空いてきた。熱い牛乳が飲みたい。

「モーグリ」の声は弾んでいた。少なくとも、今はもう東京に戻りたいと思っていないらしい。「アケーラ」はそれでとりあえず安心した。

二人は人の群れに混じって、階段をのぼり、線路をまたぐ連絡橋を歩いた。だれも、東京から来たこの二人に注意を払わない。それぞれの荷物を持ち、この地方の言葉を大声で話す人もいれば、せわしく無言で先を急ぐ人もいる。おそれる必要はなにもない。「アケーラ」は一人で頷き、それから口を開いた。

――熱い牛乳なら、駅で売ってるかもしれない。でも、まず便所に行ってからだ。おれはもう限界だ。

「モーグリ」は笑い声をあげた。

――わた……、おいらも！　顔を洗って、口もゆすがなくちゃ。口んなか、ススでジャリジャリだし、鼻の穴もまっくろだよ、きっと。……ずいぶん北に来たから、ちょっと寒いね。セーターが欲しいぐらい。もっと北に行ったら、もっと寒くなる。

「アケーラ」は黙って頷き返した。橋の両側にプラットフォームへの下り口が並び、そこに仙山線とか、左沢線という聞いたことのない名前が掲示されている。開け放された窓からは、アドバルーンの浮かぶ曇り空が見えた。福島の辺りではたしか、よく晴れていたのに、山形まで来たら天気が変わってしまったらしい。雨が降るんだろうか、と「アケーラ」は少し心配になった。雨で濡れたら、それこそこんなチビはすぐに風邪を引いてしまう。

——あ、あのポスター見て。

「モーグリ」が興奮した声で言った。

——「しずかさや岩にしみ入るセミの声」ゆかりの山寺だって。へえ、芭蕉ってこんなところまで来たんだ。昔は汽車なんかなかったのにね。「アケーラ」も知ってるでしょ、あの俳句？

二人は階段をおりはじめた。

——聞いたことはある、それぐらいはな。でも、なにがいいんだか、おれにはわからん。

「アケーラ」は低い声で用心深く答えた。そろそろ改札口が近い。

——おいらだって、わからん。

「モーグリ」は「アケーラ」の言葉を真似て言い、それを自分でおもしろがって笑いだした。そして階段をおりるリズムに合わせ、口から出まかせに小さな声をつづけた。

——わからん、わからん……わからんぽん！　あんぽんたんのとんちんかん！　わからんぽんのつんつるてん、あんぽんたんの知らんぽん！

声に合わせて、「モーグリ」の足のリズムも速くなった。階段を先におりてしまい、そのまま改札口に歩いていく。「アケーラ」も急いで、そのあとを追った。わからんぽんのつんつるてん、とんちんかんのあんぽんたん、といつの間にか、自分もつぶやきながら。

改札口の列に、二人で並んだ。「モーグリ」は今は黙って、まわりの人たちを珍しげにながめていた。前には、大きな風呂敷包みを背負った老人が立っている。その四角張った大きな風呂敷包みが自分たちの姿を人々の眼から守ってくれているようで、「アケーラ」にはたのもしく思えた。胸ポケットから車内で買った切符を二枚出してから、「モーグリ」に顔を向けてささやきかける。

——外に出るまで、静かにしてろよ。

「モーグリ」はおとなしく頷き返した。

順番が来て、「アケーラ」の不安とは無関係に、なにごともなく改札口を出ることができた。木造の堂々とした駅舎を出てから、「アケーラ」は大きく息をついた。そして左右にすばやく眼を走らせ、共同便所を見つけた。

——よし、おれのほうがどうせ先に出てくるだろうから、ここで待ってる。いいな。気のすむまで、ゆっくり顔を洗うなり、髪を洗うなりしろよ。

共同便所の前に置かれた木のベンチを指して、「モーグリ」に言った。「モーグリ」はすぐに言い返す。

——こんなとこで、髪なんか洗えない。

——好きにしろよ。

「アケーラ」は言い捨てて、男便所に入った。気持よく放尿してから、手洗い所で盛大に水を流し、まず顔を洗い、頭にも水をかけて、汽車のススを落とした。口もいがらっぽいので、うがいをする。一枚しか持っていないタオルを布袋から出して、顔と頭を拭いながら外に出た。まだ、「モーグリ」の姿は見えない。まさか先に出て、勝手にどこかへ行ってしまったということはないだろう。外から「モーグリ」の名前を呼んでみるわけにもいかないので、煙草を出して、吸いはじめた。便所に入るたび男と女に分かれるのは、考えてみれば不都合な話だ、と「アケーラ」は考えこんだ。便所のたびに、いちいち心配させられるのはかなわない。これから男便所を使えと言ったら、「モーグリ」はいやがるだろうか。大便所のほうに入ってしまえば同じことなのだ。でも、もし自分が女便所を使えと言われたらと思うと、そこまで「モーグリ」に無理をさせるのはかわいそうな気もしてくる。どうして便所が男女に分かれるととたんに、その区別を破るのがこわくなるんだろう。列車のように、男女の区別などない便所をできるだけ選んで使えば、こんな問題も起こらないのだ。

「アケーラ」は今にも雨が降りそうな暗い空を見あげ、駅前の広場に停まるバスをながめた。バスに乗ってみようか、と思いつく。バスに乗ると、どんなところに連れて行かれるのか、海か、山か。小学生のころ、学校の遠足でバスに乗って、長瀞《ながとろ》まで行ったことを思い出したときに、「モーグリ」がようやく女便所から出てきた。びしょ濡れのハンカチを両手でひろげながら歩いてくる。タオルを肩にかけたままの「アケーラ」を見ると、「モーグリ」は口をとがらせて言った。

——なんだ、タオルがあるんじゃないの。こんなハンカチ、なんの役にも立たない。貸して、そのタオル。

「アケーラ」はすぐにタオルを手渡してやった。

――やっぱり、頭も洗ったんだな。

顔を拭ってから髪の毛をタオルで乱暴にこすりながら、「モーグリ」は答えた。

――洗ったんじゃないよ。水を流しただけ。だって、ジャリジャリしてるんだもん。

――そのタオル、「モーグリ」にやるよ。汚ないタオルで申しわけないけど。

「モーグリ」はいたずらっぽく笑い声をあげた。

――うん、そう言えば、なんだか変なにおいがする。ずっと洗ってないんでしょ。

「モーグリ」の濡れた髪の毛を見つめ、「アケーラ」も微笑を浮かべた。

――髪を短かく切るか。そんなおかっぱ頭は「モーグリ」らしくないもんな。短かいほうが、こういうときも始末がいいぞ。

――床屋さんに行くの？

「モーグリ」はタオルを持った両手をおろして、「アケーラ」の顔を探る。

――おれが切ってやる。「子どもの家」でチビたちの髪を切ってやってたから、腕はわるくないんだぜ。でも、そのためにはハサミを買わなきゃな。とにかく町に出て、なにか食べてからだ。

駅前の広場は運動場のように広い。とりあえず、正面の道を進んでみることにした。広場の辺りには、町のにぎやかさが感じられなかった。山形と言えば、不勉強な「アケーラ」ですら名前を知っている有名な町なのだから、もっとにぎわっている場所はあるにちがいない。「アケーラ」は自分の知っている東京のなかのいくつかの繁華街を思い出しながら、ひとけのない道を歩きつづけた。池袋。巣鴨。高田馬場。練馬。そして、まだ少ししか知らない東十条。東十条にだって、いつもにぎやかな商店街があるし、芝居小屋まである。

——ねえ、安いハサミだとよく切れなくて、痛いからいやだよ。

「モーグリ」が「アケーラ」と並んで歩きながら言った。

——なんだ、まだ、そんなこと、考えてたのか。

「アケーラ」は鼻先で笑い、「モーグリ」に眼を向けた。再び、野球帽を深くかぶった顔は少し青ざめて見える。

——だって、痛いのはきらいだもん。ちゃんと切れるハサミを買ってね。

——いくらぐらいするんかなあ。床屋の料金より高かったら、どうしようか。

「モーグリ」は心配そうに、眉を寄せて答えた。

——そんなに高くはないと思うけど……。

——床屋に行って、また、いろいろ聞かれても困るし。まあ、大丈夫さ。「だれにも苦手はある」ってことだ。

——それも「ジャングルの掟」？

「モーグリ」は野球帽のひさしを左手で少し持ちあげて、「アケーラ」の顔を見つめた。浅黒い顔に不揃いな髭がまばらに伸びている。両方の頰に特別長い髭が生えていて、タヌキみたい、と「モーグリ」は笑いだしたくなった。オオカミにはちっとも似ていない。

——掟っていうか、ことわざかな。「サルの手とヒトの眼は決して満足しない」ってのもある。「仲間の権利はいちばん劣った者の権利」なんてのもある。

——「悲しみうれいになぐさめをたまえイエズスマリアヨゼフ、痛みわずらいにみちからをたまえ」なんてのもある。

にやにや笑いながら、「モーグリ」は言い返した。

――なんだよ、それ。

――「みつかいうとうけるびむのうた、せらふぃむのうたたゆるひまなし」なんてのもある。

「モーグリ」はますます得意になって言う。

――おれにはチンプンカンプンだ。けったくそわるいなあ。

苛立った声で「アケーラ」はつぶやいた。

――学校でうたわされる歌。毎朝、こういうのうたわされるんだよ。

――けるびむだの、せらふぃむだのって、どういう意味なんだ?

不機嫌な顔で聞く「アケーラ」に、「モーグリ」は首をかしげて答えた。

――よくわかんないけど……。むずかしい言葉ばっかりなの、今度の学校は。「たんとうむえるごさくらめんとぅむ」とか、「かるわりお」とか、「やみじになやめるえわの子」とか。

――妙な学校なんだな。「えわの子」って、「にわの子」かな。「やみじになやめる」だから、「いえなき子」のことかな。

――ああ、そういう意味だったのか。今まで意味がわからなくて、気持がわるかったんだ。

「モーグリ」の顔には、なんのこだわりも見えなかった。「アケーラ」のほうがかえって照れてしまい、口ごもらざるを得なくなる。

――ちがうかもしんない。ヤソとは、おれ、なんのつきあいもないから。

二人は四つ角に立っていた。左右を見て、とにかく人通りの多そうな左の道に曲がってみた。

いかめしい、瓦屋根の建物が眼についた。遠くに、ビルの姿も見える。曇り空にアドバルーンも三つ浮かんでいる。方角はどうやらまちがっていないらしい。ちょうど右側に、そば屋の白ペンキを塗った看板が見えたので、「アケーラ」は自分の空腹を思い出した。

——あのそば屋に入ろうか。中華そば、牛乳って、看板に書いてあるから、牛乳も飲めるぜ。こんな遠くまで来ても、東京とたいしてちがわないんだな。建物がみんなえらそうじゃんか。バスも走ってやがる。

——でも、信号はない。人もあんまり、いない。

「モーグリ」がつぶやき返す。

——みんな、学校に行ったり、働いているんだよ。

言ってしまってから、「アケーラ」は「モーグリ」の反応が心配になり、その顔を見やった。「モーグリ」はなにも気づかない様子で、熱心にそば屋の入り口の脇にぶら下がっている札を見つめていた。

——ざるそば、もりそば、鍋焼きうどんにわんたん、中華そばだって。どれにしようかな。

——とにかく、なかに入ろう。

「アケーラ」は店のガラス戸を開けた。

店内は暗く、客の姿も見えなかった。まだ準備中なんだろうか、ととまどっていると、奥からカッポウ着を着た女が出てきて、電灯のスウィッチを入れた。そしてまた、なにも言わずに、奥へ戻っていった。電気をつけたからには仕事をするつもりがあるんだろう、と「アケーラ」は入り口に近いテーブルを選んで腰をおろした。向かい側に「モーグリ」も坐り、壁に並ぶ品書きを改めてながめた。

――おれはそうだな、ライスカレーにすっかな。

――わた……、おいらは、中華そば。まだ、食べたことがないんだ。

――へえ、どうして？

そのとき、奥からさっきの女がコップに入れた水をお盆にのせて運んできたので、二人は口をつぐんだ。

――なに食べんのやっす？

店の女は二人の顔をいやな眼つきで見比べながら、つっけんどんな声を出した。

――ライスカレーと中華そば。

「アケーラ」も無愛想に答え、女から顔をそむけた。言葉からよそものだと悟られ、どこから来たのか、どうして来たのかと聞かれる隙を作りたくなかった。それには黙っているに限る。黙っていれば、土地の人間に見えなくもないだろう。

さいわい、女はそのまま奥に引き下がっていった。

――おい、あんまりここでは大きな声を出すな。東京から来たって知れると、うるさい。いなかにはお節介なサルが多いからな。

「モーグリ」は頷き返してから、恨めしそうに「アケーラ」を上眼づかいに見て言った。

――でも……、おいら、熱い牛乳も飲みたかったのに。

――ああ、忘れてた。あとじゃだめか？

――いまのほうがいい。

「モーグリ」は頬をふくらませてつぶやく。「アケーラ」は少し迷ってから、手を叩いてみた。奥の女は耳が遠いのか、いくら手を叩いても出てこない。「アケーラ」は舌打ちをして立ちあがり、店の奥に近づいて声を張りあげた。

――おおい！

――へえ！

ようやく声が返ってきた。暗くてなにも見えない調理場に向かって、もう一度叫んだ。

――熱い牛乳も！　すぐ、くれ！

――へえ！

同じ声が戻ってきた。それで安心して、「アケーラ」は席に戻り、煙草を吸いはじめた。

――……どうもありがと。ごめんね、わがまま言って。

テーブルの向こうから、「モーグリ」が軽く頭を下げて見せた。

――いいって、いいって……。

「アケーラ」は顔を赤らめ、「モーグリ」の顔を見返した。こうしていると、このチビはどこかで成長が止まってしまった男の子にしか見えない、と思った。男の子としてはどこかが足りない。足りない男の子がけなげに「アケーラ」のあとをついてくる。東京に帰りたいとは、もう言いだそうとはしない。「アケーラ」は「モーグリ」の柔かそうな頬に手を伸ばして撫でてやりたくなった。その代りに、口から煙を吐きだして、「モーグリ」に小声で話しかけた。

――なあ、「モーグリ」はどうせだから、頭が少し足りない子になるといいんじゃないか？　そのほうが安全だ。なにを言われても、ぼうっとしてりゃいいんだから。おまえの兄さんもそうだったっていうから、真似がむずかしいってことはないだろ？　おまえだって、そのほうが楽チンだよ、きっと。なんしろ、ここじゃおれたち、よそもんだから、よっぽど気をつけないと。

「モーグリ」は一瞬、「アケーラ」をその細い眼で睨みつけ、それからうなだれてしまった。辛抱強く、「アケーラ」は黙って答を待った。「小さな狩人の歌」が「アケーラ」の耳もとにひびく。

〈おまえの喉は詰まってカラカラ、心臓はあばらにドキドキ……〉

それに重なって、「モーグリ」の奇妙な歌も子どもらしい、無邪気な声でひびいた。

〈……悲しみうれいになぐさめをたまえイエズスマリ……わからんわからんわからんわからんぽん！……〉

――……真似なんてできないし、頭が足りないっていう言い方もいやだ。

「モーグリ」がうつむいたまま、つぶやきはじめた。店の外に、自転車のベルが聞こえ、不揃いな騒《ざわ》めきがひろがっていく。走っていく人の足音。鳥の鳴き声のような人の呼び声。遠くに、自動車の警笛らしい音も聞こえる。雨がとうとう、降りだしたらしい。

――……頭がちょっと別のところを向いているだけなんだよ。でも、わかってなきゃいけないことはちゃんとわかってた。わたしみたいに気が散るってこともない。体が弱かったから、よく病気になって、結局、死んじゃったけど。……楽しいときはギーギーって、舌を鳴らして歌をうたってた。あんなの、とても真似できない。笑い方だって特別だし、歩き方だって……。こわいよ、真似なんかしちゃいけないよ。

「モーグリ」の顔はすっかり白くなっている。

──そうか、悪いこと言っちゃったかな。考えてみりゃ、死んだ人の真似はこわくてできないよな。おれだって、おやじの真似なんかできない。墓地にいたころのおやじのことだけど。おれはただ……。

「アケーラ」が溜息混じりに弁解しようとすると、店の奥から女がライスカレーと熱い牛乳を運んできた。

──雨、ざんざん降りだなあ。傘を持ってねんだべ？

「アケーラ」はとりあえず頷いて、微笑だけを女に返した。できるだけ、言葉はしゃべりたくない。「モーグリ」もうつむいたまま、黙りこんでいる。

──傘がねえとなんぎだなあ。すぐ、やむがもすんねえげんど。まあ、ゆっくりこごで雨宿りしていげや。

もう一度、「アケーラ」は愛想良くにっこり笑って頷いた。「アケーラ」の答を女のほうも期待せずに、さっさとガラス戸に近づき、外をながめ、なにかひとり言をつぶやきながら奥に戻っていった。二人がよそものだとはまだ気がついていないらしい。「アケーラ」は肩から息を吐きだし、「モーグリ」に笑いかけた。

──やれやれだ。今みたいに、おまえはにこにこして黙ってりゃ、それでいいんだよ。さっきもおれ、そういうつもりで言ったんだ。な、それならどうってことなくできるだろ？

——うん。

「モーグリ」はようやく顔をあげ、コップに入った熱い牛乳を飲みはじめた。勢いよく、息もつかずに飲んでいく。白い喉がリズムを作って動く。牛乳ってそんなにおいしいものだったかな、と「アケーラ」はその喉に見とれた。あっという間に牛乳を飲み干した「モーグリ」は口のまわりを白く濡らしたまま、ガラス戸を見やった。

——雨、すぐにやむのかなあ。さっきより、外が暗くなってる。

——やまなきゃ、しょうがないから、傘を買うさ。じゃまになるだけで、おれはいやだけど。

テーブルに置かれたライスカレーを自分の前に引き寄せて、「アケーラ」も勢いよく食べはじめた。

——お金ももったいないし。……こうしてなにかを食べるたんびに、「アケーラ」のお金が消えていく。

歌のようなリズムをつけて、「モーグリ」が言った。さっきの仕返しに、「アケーラ」をからかっているのかもしれない。

再び、奥から女が中華そばを運んできた。店内の空気が冷えているので、ドンブリの湯気が白く沸き立って見える。

——ほれ、ゆっくり食《け》えや。どうせ、雨が降ってるんだがら、あわでるこだあねえ。へえ、おめえさん、おなごなんだな。あんにゃとおんなずなりしてんのが。

女は単純に驚いた顔で言い、笑い声をあげた。「モーグリ」は女をぼんやりながめて、薄ら笑いを口もとに浮かべている。女はその顔を見て勝手になにかを汲み取ったらしく、「アケーラ」にすばやく眼を向け、微かに頷いて見せてから、あわてて奥に引込んでいった。

早速、「アケーラ」は「モーグリ」にささやきかけた。

――おまえ、うまいな。その調子だ。……だけど、おまえが女だって、あいつ、見抜きやがった。髪を早く切らないと、やっぱ、やばいよ。

――わたし、なにもしてないよ。ぼうっとしてただけなのに、変な子どもに見えたの？

「モーグリ」は不思議そうに聞き返した。わざとわからない振りをしているのでもないらしい。

――ふうん、だったら、それでいいさ。早く食べろよ。熱いうちに食わないと。

――うん、いいにおい。

割り箸を手に取り、「モーグリ」は中華ドンブリに顔を近づけた。

店のガラス戸が開き、三人の男たちが駆けこんできた。頭も肩も雨に濡れている。三人とも手ぶらで、きちんとした背広を着ていた。三人は早口に声を交わしながら、それぞれ白いハンカチで顔や頭を拭き、「アケーラ」たちの横のテーブルに陣取った。

「アケーラ」と「モーグリ」は互いになにも言わずに、一心にライスカレーと中華そばを食べつづけた。ジャガイモしか入っていないライスカレーだが、味は悪くない。中華そばもまあまあの味だろう。「モーグリ」ははじめて中華そばを食べると言っていた。「アケーラ」にはその意味がよく理解できなかった。普通に育った子どもはそんなものなのだろうか。どうして「モーグリ」が女の子だとわかってしまったのか、「アケーラ」にはそれも不思議だった。髪だけの問題ではない。「モーグリ」の白い手。薄い爪が桜色にひかっていて、柔かすぎる小さな手。耳も、首も、どこも清潔で、なめらかすぎる。こんなチビでも、男と女はちがうものなんだろうか。何日も風呂に入らない生活がつづけば、女らしさは消えていくのか。細い眉毛にちんまりうどん粉をひねりあげたような鼻。まだ、子どもの顔にはちがいない。それでも、男のチビとはなにかがちがう。「アケーラ」はさっきの、頭がからっぽにしか見えなかった「モーグリ」の間抜けな顔も思い出す。ずいぶんおとなびた、なまいきなチビだとはじめのうちは思っていたのに、まるで脳ミソというものを持ち合わせていないチビだとしか思えなくなるときもある。兄貴が頭の病気だったらしいが、そういう病気ももしかしたら伝染するものなのかもしれない。頭がいいんだか悪いんだか、それとも、ただの世間知らずなのか。どっちにしろ、こういうチビはおれがよほどしっかり守ってやらないと、いろいろ痛い目にあうにちがいない。「アケーラ」は改めて、自分に言い聞かせた。おれ「アケーラ」だけは、なにがあっても「モーグリ」の味方なのだ。牙もない、爪も弱い、鼻も無力な、哀れなカエルっ子。

食後に出された番茶を飲み終えても、外の雨はまだ勢いを弱めなかった。店内は、三人の男たちに加え、やはり雨宿りを兼ねて入ってきた若い女たち四人でにぎわっていた。このまま店内で待ちつづけても、一時間後には小降りになるという保証はない。二杯めのお茶も飲んでしまってから、「アケーラ」はテーブルにお金を置き、「モーグリ」に目配せをして立ちあがった。

ガラス戸を開けると、激しい雨の音が襲ってきた。今さら、店のなかに引き返すこともできないので、息を止め、とりあえず大降りの雨のなかに跳びだした。二百メートルほど走り、眼についた菓子屋の軒先に身を寄せた。「モーグリ」もあとから駆けこんできて、苦しそうに息をあえがせた。

——ちえっ、ひでえ雨だな。もう少し行くと、アーケードがあるみたいだから、あそこまでもうひとふんばりだ。おまえ、大丈夫か？

顔の水滴を拭いながら、「モーグリ」はあえぎあえぎ答える。

――だいじょぶ……、さっき食べたばっかりだから……、おなかが苦しいだけ。

――おい、見えるか。あそこに時計台が建ってる。変わってんなあ。お城みたいなりっぱな建物だぜ。その本屋だって、となりの旅館も、なまはんかじゃねえ。いかめしい建物がやけに多いところなんだなあ。

「モーグリ」も顔を仰向け、道路沿いに並ぶ商店のたたずまいをながめた。雨が降りしきっているなかでは、一メートル先もおぼろになってしまう。道を隔てて少し離れたところにある建物などは、言われなければわからないほどのぼんやりした影にしか見えなかった。時計台と言われてみれば、そのようにも見える尖った影が二階の屋根のうえにゆらゆら浮かんでいる。もっとはっきり見届けたいと思うと、雨脚に隠されて消えてしまう。「アケーラ」の眼はひょっとして特別なんだろうか、と「モーグリ」は疑いたくなった。右手の、より近いところに建つ本屋や旅館のほうは、「モーグリ」の眼でもなんとか確認できた。確かに、東京で「モーグリ」がなじんでいる商店街とは様子がちがい、ひとつひとつの建物が重々しく、昔の時代に戻ったような気持に誘われた。雨が降っているから、よけいなものが見えず、なおさら古めかしく感じられるのかもしれない。

――山形って、お金持ちの町なのかな。東京みたいなバラックが全然ない。

「アケーラ」は分別臭く、一人で頷きながら答えた。

――東京は空襲でほぼ全滅したから、まだバラックだらけだし、カマボコ兵舎なんてものまで残ってる。空地のままでまだほったらかされているところもある。そんな空地に焼け残った蔵に住みついている連中もまだいる。ひでえもんさ。

――わたしの学校の屋上にも、カマボコ兵舎が三つも並んでるよ。今は物置になってるらしいけど。

――そこにも、ひとが住んでたんだろ。進駐軍のお情けで配られたんだ。おれだって、そのころのことを直接、知ってるわけじゃないけどな。空襲だって、なんにもおぼえちゃいない。ひとの話を聞いてると、そう言や、空襲で火にとり巻かれたことがあるんじゃないか、ぎゃあぎゃあ泣きわめいて、母親を探したんじゃないか、そんな気になることもあるけど、自分じゃなんだかわかんない。ここは空襲で焼かれなかったんだよ、きっと。だから、おれみたいなガキもいないんだ。

――そして、わたしみたいなのも。

そっと、「モーグリ」も言い足した。

――わたしが生まれたのは戦争のあとだけど、……もし、わたしが山形の子どもだったら、お父さんやトンちゃんがまだ生きてて、お母さんはもっとにこにこしてて、そして、ええと、「アケーラ」と旅行することもなかったと思う。

――ふん、まあ、そういうことかな。

わざと眉をしかめ、「アケーラ」は「モーグリ」から顔をそむけた。

――よし、あのアーケードまで、もう一っ走りだ。あそこまで行けば、ハサミを売ってる店もあるだろうし、喫茶店もあるかもしれない。雨んなかにいると、寒くてしょうがねえや。

さあ、行くぞ！

背を丸めて、「アケーラ」がまず走りだし、すぐ「モーグリ」も、そのあとにつづいた。眼を開けていられないから、視界がますます狭くなり、プールの底を走っているような気分になる。水の音しか聞こえない。頭は言うまでもなく、足もびしょ濡れになっていく。靴のなかに入った水もくぐもった、いやな音をたてた。

アーケードにたどり着くと、そこがデパートの前だと気がついた。

――驚いたな、あっちにもデパートがある。デパートだらけじゃないか。

「アケーラ」が濡れた頭を振りながら、声を弾ませた。「モーグリ」も野球帽を脱いで同じように頭を振り、手で顔を拭った。

――ほんとにデパートだ！　デパートなら、ハサミも売ってる。欲しいもんはなんでも売ってる。

――ここがいちばん、にぎやかなところなんだな、きっと。おれのカンもたいしたもんだ。ちゃんと、町の中心に来ちゃったじゃんか。

十字路の向こう側にそびえるビルを、「アケーラ」は感心したように見あげた。眼の前のデパートのほうはアーケードが頭上をふさいでいるので、どんな建物なのか、全体を見ることができない。

――ねえ、デパートに入るでしょ？　どっちのデパートがいい？　デパートがあるなんて、思ってもいなかった。

少し迷ってから「アケーラ」は答えた。

――もう一度、濡れるのもばからしいから、こっちでいいよ。どうせ似たようなもんだろ。こうびしょ濡れになっちゃ、どうしようもない。……だけど、おまえ、いつの間にか女言葉に戻ってるぜ。女みたいな言葉を使ってると、いつまでも男の子になれないからだめだ。

とまどった顔で「アケーラ」を見つめ返し、「モーグリ」はしぶしぶ頷いた。

――うん。でも、このなかに入ったら、おいらはなにも言わないよ。そういう約束だもんね。

そして、先に立ってデパートの入り口に近づいていった。そのまわりには、さすがに人が多く集まっていた。雨宿りでたたずんでいる人もいるし、忙しそうに、なかに入って行く人もいる。店内で買物をしている人の飼い犬なのか、大きな茶色の犬がうつぶせになって眠っている。自転車も並び、そして、眼の前の道路をバスが走り抜けていく。

ガラス戸を押し開けて、とにかくなかに入った。ヴァイオリンの音楽が流れていて、なかは明かるい。化粧品やバッグを売っているところは、東京のデパートと変わらなかった。店内のあちこちに、ピンクの造花が飾られていた。

遅れてなかに入ってきた「アケーラ」が、「モーグリ」にささやきかけた。

――まず、便所に行こうぜ。いったん服を脱いで、水を絞り出さないと、気持がわるくてしようがない。ここで服を脱ぐわけにもいかないからな。

「モーグリ」はにっこり笑って頷いた。濡れた野球帽はまだ、手に握ったままだった。

――と言っても、便所はいったい、どこにあるのかな。人に聞くのもいやだし……、エレベーターでうえまで行っちゃおうか。ふつう、うえのほうに食堂があるよな。てことは、便所もあるってことだ。

なにも言わずに、「モーグリ」はまた頷き返す。急に黙りこまれると、かえってからかわれている気がして、「アケーラ」は不安になる。とは言え、人前ではしゃべるなと自分が命令したことを今さら、中止にするわけにもいかない。店内を見渡し、エレベーターを探した。小さな帽子を頭に乗せた、化粧の濃い女が気取って端のほうに立っていた。そこがエレベーターらしい。

――ちえっ、よけいな化粧ザルがいやがるな。エスカレーターもやっぱり、化粧ザルが見張ってやがる。階段があるんだから、階段で行こう。

化粧品売り場を通り抜けて、階段に向かった。幅の広い階段には、三人の年寄りが坐りこんで休憩しているのを除けば、人の姿が見えなかった。「アケーラ」は二段ずつ大股に階段を登り、「モーグリ」はその背中を見つめながら一段ずつ足を運んだ。二階がなんの売り場なのか見届けもせずに、そのまま三階に登った。年寄りと赤ん坊を背負った女が坐りこんでいた。店内に流れるヴァイオリンの音色が「アケーラ」と「モーグリ」の足取りを追ってくる。店内放送がときどき、そこに割りこんできて、二人の背中をさらに押しあげた。まいど、ごらいてんいただきまして……、とそれだけは東京の言葉と変わらない。四階まで登ると、息が苦しくなってきた。階段の途中で一休みし、また登りはじめる。

五階で階段は終わっていた。結婚式場にもなるらしいホールがあり、目指していた便所もあった。食堂がどこにあるのかわからないまま、まず「モーグリ」を女便所に行かせた。男便所に連れて行くべきか迷いはしたが、人が見ているわけではないので、無理はさせないことにした。「アケーラ」も男便所に入って、まず用を足してから、手洗い所で裸足になった。靴下を絞り、運動靴のなかの水を振り落とした。大便所から巻紙をもらい、それで運動靴のなかを拭いた。ついでに、頭も拭く。ジャンパーを脱いで、これも絞る。ワイシャツも濡れてはいるが、絞るほどではない。ズボンは脱がずに、裾だけを両手で絞った。階段を登ってきたために体が熱くなり、ぬくもった服から、古くなって濁った風呂の湯と同じにおいがたちのぼりはじめていた。いい気持はしないが、こうしているうちに服は乾いてしまうだろう。布袋のなかに替えの下着とワイシャツが入っているものの、まだこの程度では取り替える気がしない。うっかり取り替えれば、つぎには洗濯の問題が襲いかかってくる。布袋も濡れていた。でも、中身は意外に濡れていない。袋の生地が厚手だからなのだろう。大切な新聞記事用の、手製の書類挟みも無事だった。念のために、空の弁当箱を包んでいた油紙でおおい、さらに下着のシャツでくるんでおいた。

男便所の外に出ると、すでに「モーグリ」が脇の窓に顔を寄せて立っていた。野球帽はまだ、かぶらずにいる。

——なんだ、早かったんだな。

「モーグリ」は頷く。

——靴下はしぼったか？

まじめな表情で「モーグリ」は頷く。

——その上着は？

「モーグリ」は頭を横に振る。

——ズボンの裾もしぼらなかったんじゃねえのか？　一応、しぼるだけはしぼらないと、いつまでも乾かねえぞ。

言いながら「モーグリ」の足もとにかがみこみ、「アケーラ」はそのズボンの裾を右脚から少しずつ、つまみあげるように絞りあげた。うしろにもまわって、絞りつづける。雨水が少しずつ、床にしたたり落ちていく。両側をすませると、「モーグリ」の靴下に触ってみた。

——まだ、びしょびしょじゃないか。おれがしぼり直してやるから、脱げよ。まったく、「モーグリ」はもののしぼりかたも知らないのかよ。拭き掃除なんか、やったことねえんだろう。

急いで「モーグリ」は泥と革靴で汚れた白い靴下を脱ぎ、うなだれながら「アケーラ」に手渡した。すぐさま、「アケーラ」はそれをひとまとめに思いきり絞りあげる。水が床に落ちる。

——ちょっと待てよ。このまま革靴をはいたら、気持わるいだろ。

靴下を「モーグリ」に返し、「アケーラ」は男便所に駆け戻り、巻紙を一巻き、軸からはずして持ち帰ってきた。そして、「モーグリ」の革靴の内側を拭き、新しい紙をなかに敷いてやった。

——これでオッケーだ。少ししたらまた紙を取り替えればいい。

すでに靴下をはいていた「モーグリ」は、おそるおそる革靴に足を入れた。「アケーラ」はその靴下の内側にも、紙を詰めた。

——いくらでも紙はあるからな。足りなくなったら、また便所からもらってくる。

つぶやきながら、「アケーラ」は「モーグリ」の髪も紙で拭きはじめた。

——まだ、こんなに濡れてる。

「アケーラ」は惜しげもなく、巻紙から紙を一メートルほどの長さにちぎり取っては、「モーグリ」の髪の毛をそれで一房ずつしごいて、足もとに投げ捨てていった。

「モーグリ」がもう、がまんできないというように、笑い声をあげた。

——ちえっ、なにがおかしいんだ。自分じゃ、なんにもできないくせに。ほら、上着を脱げよ。シャツも濡れてんじゃねえのか。……こっちはまあ、しぼるほどじゃないな。

「モーグリ」は笑いつづけた。「アケーラ」もつられてにやにや笑いながら、「モーグリ」の上着を力まかせに絞りあげた。厚い木綿の生地なので、かなり力を入れないと、水を絞り出せない。上着を「モーグリ」に返してから、「アケーラ」はわざと命令口調で言った。

——「モーグリ」は使った紙をまとめて、床の水を拭け。そして、女便所に捨てろ。

「モーグリ」は相変わらず笑いながら、それでも「アケーラ」の命令を忠実に実行しはじめた。一仕事を終えた気分で、「アケーラ」はズボンのポケットから煙草とマッチを出して吸おうとした。が、マッチが湿っているし、煙草も何本か濡れてしまっている。買わなければならないものはハサミに、そして煙草だ、と自分に言い聞かせた。傘はなんとか買わずにすませたい。そのうち、「モーグリ」の下着も買ってやらなければならないのだろうか。「アケーラ」はしかし、すぐにその考えを打ち消した。おれの下着で充分じゃないか。二枚ずつ、靴下も、袋に入れてある。洗濯して、きれいなものばかりだ。清潔がなにごとにも優先する。「毛皮のつやが狩人の力を示す」んだ。形などはどうでもいい。

「子どもの家」でチビどもの世話をしていたから、「アケーラ」は「モーグリ」を見ていると、つい、そのくせを出してしまう。「モーグリ」があまりに無能だから、くせが誘い出されてしまうのだ。世話をしてやっていると、心が落ち着いてくる。チビどもの女の子も男の子も、「アケーラ」にとってはなんのちがいもなかった。ちがう格好もさせなかった。同じ髪型。同じ服。同じ言葉。便所だって、チビ用は男女一緒だった。チビ。それだけの、うるさいけれどかわいい存在。学校に行くようになると、ところがチビがチビではなくなっていく。男の子と女の子に分かれていく。女の子は妙な言葉を使いはじめる。「アケーラ」には、それが気に入らなかった。「アケーラ」は男にちがいないが、それよりはむしろ、人間とはちがうものになりたかった。もっと清潔な、もっと誇り高く美しい存在。だから、「モーグリ」にもそういう存在になってもらいたい。サルのような、つまらない成長をしてほしくない。

「モーグリ」が女便所から戻ってきて、窓の近くに置いてあるビニール貼りのベンチに腰かけた。「アケーラ」もそのとなりに坐り、大きなあくびをした。

——体が濡れたら、眠くなってきたな。考えたら、おれたち、寝不足なんだ。……おい、近くに人がいないんだから、おまえ、ちょっとはしゃべってもいいいんだぜ。

「モーグリ」は黙って頷き返してから、ようやく声を出した。

——……わた……、おいらも眠い。ここなら眠ってても叱られないかな。

言いながら「モーグリ」もあくびをし、涙の浮かんだ眼をこすった。

——なあ、中華そばを食べたの、ほんとにはじめてだったのか？

「アケーラ」はもう一度あくびをくり返してから、「モーグリ」に問いかける。

——うん、はじめて。おいしかった。ライスカレーよりおいしかったかもしれない。……「アケーラ」って、親切なんだね。さっき、なんだか恥かしくて笑っちゃったけど、「アケーラ」はお母さんみたいだった。それより、おばあちゃんかなあ。おばあちゃんがどういうものか、知らないけど。……「アケーラ」って、ずっと前から知ってたひとみたい。

眠そうな声を出す「モーグリ」はすでに、眼をつむってしまっていた。その肩に手を置き、「アケーラ」は言う。

——おれの膝に頭を乗せて、横になってしまえよ。そのほうがずっと楽だからさ。

言われるままに、「モーグリ」はまだ髪の濡れている頭を「アケーラ」の膝にずり落とし、自分の脚をベンチにあげて身を丸めた。自分のジャンパーを脱いで、その背にかけてやってから、「アケーラ」も眼をつむった。「モーグリ」の肩に右手を置いたまま、左手で「モーグリ」の頭が下に落ちないように、外側から支えてやった。「モーグリ」の小さな、こわれやすい体。両手にその体温が伝わってくる。不意に、「アケーラ」の心臓が動悸を速めた。深く息を吸いこみ、自分を静かな眠りに誘いこむために、墓地の風の音、枯葉と石のにおいを呼び起こした。木々のざわめきと鳥の声。冷たくてかたい石のにおい。枯葉が乾いた音をたてて、地面を舞い動く。黄色の枯葉。茶色の枯葉。赤い枯葉は少ない。枯葉の下には、シモバシラがひかっている。……

やがて「アケーラ」の心臓はゆるやかに打ちはじめ、「モーグリ」とともに「アケーラ」も深い眠りに落ちていった。二人とも夢も見ずに、規則正しい寝息をひびかせ合う。

サルの悲鳴とけたたましい工事の音が突然、降り注いできた。「アケーラ」と「モーグリ」は同時に跳ね起きた。小さな子どもが二人のすぐ前で、床にひっくり返って泣きわめいていた。そのそばでは、年上の子どもがおもちゃの機関銃をバリバリと鳴らしながら振りまわしている。ほかにももうひとり、子どもがいて、床にバスのおもちゃを黙々と走らせている。そうして反対側の壁際には、女のサルたちが四人も坐りこんで、笑ったり、おしゃべりをしていた。一人は胸に布でくるんだ赤ん坊を抱き、おっぱいを飲ませている。

「アケーラ」たちが眼をさましたのを見て、四人の母ザルたちがそろって二人に笑顔を向けた。よく眠ってたわねえ、でも、もうそのベンチをわたしたちに使わせて、と言いたげな、押しつけがましい笑顔だった。母ザルたちを喜ばせたくはないが、すっかりサル臭くなったこんな場にあえて留まることもない。「アケーラ」はこれ見よがしに両腕を高くあげ、ゆっくり伸びをしてから、布袋を持って立ちあがった。「アケーラ」のジャンパーを抱えて、「モーグリ」もぼんやりした顔で立ちあがる。安っぽい洋服を着た母ザルたち、あるいは仔ザルたちになにか言ってやりたかったが、そんなおとなげないことを「アケーラ」たる王者がするものではないとあきらめ、「モーグリ」をうしろに従えて階段に向かった。

母ザルたちの眼が届かないところまで来て、「アケーラ」はワイシャツの胸ポケットから腕時計を出して、まず時間を確かめた。昼の十二時をまわったところだった。

——……てことは、おれたち、どれくらい寝てたんだろ。どっちみち、たいして眠っちゃいねえんだ。それにしちゃ、ぐっすり眠ってた。おまえもか?

まだ眠そうに眼をこすりながら、「モーグリ」は頷き返した。

——あの親子ザルに起こされなきゃ、きっとおれたち何時間でも眠ってたな。ちえっ、まだ靴が乾いてねえなあ。足がこそばゆくて変な感じだ。……ちょっと待て。おれも靴んなかに紙を入れるから。おまえの紙も取り替えろよ。巻紙はまだ、たっぷり残ってるし、デパートを出る前に、あと二、三個、ちょうだいしていこう。どうせ、デパートにとっちゃどうってことないんだ。ほかにも役に立ちそうなものがあったら、もらっていこうぜ。

「アケーラ」は階段に坐りこんで、運動靴を脱いだ。「モーグリ」もそのとなりに坐り、自分の革靴を脱ぐ。なかに敷いた紙が濡れて、茶色に変わっていた。靴下のなかに入れておいた紙も引き出し、まとめて上着のポケットにしまいこんだ。まわりには、だれもいない。「モーグリ」は「アケーラ」から少しずつ巻紙をもらい受け、それを靴のなかに並べながら、小声で言った。

――石けんもどっかで見つかるかな。

――ああ、あんなもん、どこにでもある。

「アケーラ」も自分の運動靴を膝に乗せ、紙をつめはじめた。

――歯ブラシも？

少し迷ってから、「アケーラ」は答えた。

――歯ブラシは……、むりだ。欲しいんなら、おれのをやるよ。

――使いかけのなんか、いやだ。

「モーグリ」は顔を少し赤らめて、言い返した。

――ちえっ、おまえって、ほんとにガキなんだな。歯ブラシぐらい、買ってやるよ。デパートじゃなくて、外の店でな。まずはハサミだ。文房具売り場に行って、ここを出て……、そう言や、雨はまだ降ってんのかな。駅まで戻ったら、またずぶ濡れだ。傘をどうするか……。

二人は立ちあがり、また階段をおりはじめた。

――駅に戻るの？

「モーグリ」がつぶやいた。

——こんなところにぐずぐずしてたって、しょうがねえだろ。

——どこまで行くの？　花がいっぱい咲いているところまで？

怒ったように言う「モーグリ」に、「アケーラ」は笑いかけた。

——せっかくだから、花が咲いているところまで行きたいだろ？　少なくとも、ここじゃまだ花が咲いてない。

——うん、花も咲いてないし、珍しい鳥もいなかった。……ゾウもいなかった。

「モーグリ」は子どもらしくない溜息を洩らした。

四階におりたった。さまざまなおもちゃが金切り声をあげ、まぶしい光を放っている。子どもと女の姿が目についた。おもちゃ売り場のそばには、文房具売り場があるのではないか。東京のデパートに行った数少ない体験をもとに考え、「アケーラ」はその階を壁際にゆっくり進んだ。一周したとしても、たいした距離ではない。四階になければ、三階でまた壁伝いに一周すればいい。そう思い決めていたが、拍子抜けするほど簡単に、文房具売り場が眼の前に現われた。「アケーラ」は軽く口笛を吹き、「モーグリ」の肩を叩いた。

——ざっとこんなもんだぜ。おれたち御一行さまを大歓迎とくらあ。さて、ハサミ、ハサミと……。

万年筆、書類ケース、ノート、定規やコンパス、そうして、眼にまぶしくひかるハサミも姿を現わした。

——じゃ、おれ、買ってくるから、おまえはここで待ってろ。

「モーグリ」は売り場近くの柱の前に立ち、「アケーラ」は一人でハサミの並ぶタナに近づいていった。売り場に置いてあるハサミの種類はそれほど多くない。小学生が使うような小さなハサミが主で、家庭用のハサミ、製図や美術の専門家向けのものらしい、いかにも高価そうなハサミ、もっと高級な外国製のハサミも、これはガラスのケースのなかに裁縫用の大きな和バサミと一緒に並べてある。「アケーラ」は一通り点検し終わると、なんのためらいもなく家庭用のハサミから中くらいの大きさと値段の品物をひとつ選び取った。

その様子を「モーグリ」は不安な気持で見守っていた。少し距離を置いたところから「アケーラ」を見ていると、今にもまわりの人たちが振り向き、こいつはだれだと騒ぎだしそうに思えてならなくなる。どこから来たんだ。なぜここに来た。答えられないのか。妙なにおいがするぞ。つかまえろ！　つかまえて、どこかに閉じ込めてしまえ！　そんな声が「モーグリ」の頭のなかで虫の羽音のようにひびく。「アケーラ」の体、それとも顔には、まわりの人を警戒させるなにかがある。「モーグリ」にはそのように見えてならなかった。このデパートの空気を「アケーラ」の体ひとつが破っていて、その摩擦で火花が散っているように見えた。「アケーラ」はこの町になんの目的もなく来ているのだから、騒ぎだしたまわりの人たちに詰問されればされるほど当然、怪しまれ、警察に連れて行かれる。そうなったら、「モーグリ」はどうしたらいいんだろう。お金もなく、こんなところで一人ぼっちにされたら、早速、食べるものにも困り、行き倒れになるか、おコモさんになるしかなくなる。そんなことならいっそ、「アケーラ」と警察に行こう。そして、沈黙を守りつづけよう。本当の妹——弟だと思わせるのはまだむりだろうから——だと信じてもらえるように、「アケーラ」にしがみついて、ほかの人は寄せつけないようにする。私たちの「おばあちゃん」の話を「アケーラ」はまた、作りだすのだろうか。今度は、どこに住む「おばあちゃん」になるんだろう。山形よりもっと遠いところ。秋田。それとも青森かもしれない。

どうか無事に「アケーラ」の買物が終わりますように、と「モーグリ」は一方で、熱心に祈りつづけてもいた。われらを悪より救いたまえ。われらの罪を許したまえ。われら、ひとつの血。われらを守りたまえ。……

急ぎ足で「アケーラ」が戻ってきた。「モーグリ」は肩から力を抜き、思わず涙ぐんで、先にひとけのない階段に向かった。不安は眼もとの涙とともに消え失せ、「アケーラ」のためにもっと「弟」らしくならなくちゃ、と「モーグリ」は自分に言い聞かせた。ここまで来てしまった以上、フンギリをつけなくちゃ。「われら、ひとつの血」。つまり、協力し合わなくちゃいけないってこと。

――ねえ、「掟を守る者には良い獲物」だった？

階段の踊り場に駆けおり、そこで「アケーラ」を待ち受けて、「モーグリ」は早速、小声で話しかけた。

――ふん、あたりきさ。安もんじゃねえぞ。百五十円もしたんだからな。あとで見せてやる。とにかく、ここを出ようぜ。

「アケーラ」の得意そうな顔に、「モーグリ」は微笑を浮かべ頷いた。鼻の奥がまた、熱くなった。

三階は紳士服と呉服の売り場だった。ほとんど買物客が見当たらない。便所も空いているにちがいないという「アケーラ」の判断に従い、この階の便所で用を済まし、ついでにもらえるものはもらっておくことにした。下までおりてしまえば、もう便所には行きにくくなる。「モーグリ」は「アケーラ」に言われた通り、自分の入った個室でまず巻紙を軸からはずして布袋に入れ、もうひとつの個室に移って、ここからも巻紙をもらった。女便所にはだれもいなかった。それでも、だれかが不意に入ってくる危険はある。急いで手洗い所を見渡し、でこぼこのブリキのコップをひとつ、鎖からはずして布袋に入れ、石けんも置いてあったので、いちばん新しい石けんを選び、それは自分のハンカチに包んでズボンのポケットに入れた。本当は石けん箱が欲しいところだが、ぜいたくは言えない。最後に掃除道具入れのロッカーも開けてみた。バケツに雑巾。新品の巻紙が十個以上も積んである。そこからも一つちょうだいし、多少汚れてはいるが青いタオルも放りこんであったので、それも布袋に入れた。

——作業終了！

手洗い所の鏡の前でつぶやくと、「モーグリ」はうれしくなって、自分の顔にウインクをした。ウインクは、けれど、いくら練習しても上手にできないままでいる。

入り口の近くにたたずむ「アケーラ」に駆け寄って、「モーグリ」は元気よくささやきかけた。

——「掟を守る者には良い獲物」だよ！　いろんなもの、もらってきた。胸がスッとしちゃった。

——あんまりうれしそうな顔をすんなよ。あやしまれたら、やばいだろうが。いただくものはいただいたから、もうここは出るぞ。

「アケーラ」はわざとしかつめらしく言い、さっさと歩きだした。そのあとを、野球帽をかぶった「モーグリ」は笑いがこみあげてくる顔をうつむけて歩く。二人の布袋はかなりふくらんでいた。

二階におり、一階におり、正面玄関までまっすぐに進んだ。雨はまだ降りつづいていた。が、小降りにはなっている。「アケーラ」は「モーグリ」の顔を見、雨をながめ、少しのあいだ、考えこんだ。まわりでは、買物客が二十人以上もたたずんでうるさくしゃべり、子どももわめき散らしていた。道には車が走り、自転車も走っている。自転車に乗る人たちは黒いゴム引きの帽子と合羽を着て、苦もなく雨のなかを進んで行く。道を行き交う人たちはアーケードを出るとつぎつぎに、黒い傘、赤い傘、紺の傘を開く。でもなかには、無頓着に傘を持たず雨のなかを歩いていく人もいる。

――これなら、傘は必要なさそうだ。このまま、行っちゃおうぜ。できるだけ、軒伝いに行くからな。

かたわらの「モーグリ」にささやいてから、「アケーラ」はさっき自分たちの来た方向に走りだした。すぐうしろを、「モーグリ」も走りはじめる。駅に戻るためには、駅からたどってきた道を逆戻りするのが、結局は道に迷わずにすみ、確実な方法なのにちがいない。走ってみると、雨の降りもほとんど気にならないほどだった。デパートのなかで生乾きになった体がむずがゆくなっていたので、かえって雨の冷たさが心地良い。

「アケーラ」は大股に、力強く地面を蹴って、「アケーラ」の名前にふさわしい走り方を試みた。軽々と宙を飛ぶように、その体は優美にしなり、雨粒など肌を濡らす暇もなくはじき飛ばしてしまう。昼前と比べ、人々の往来が増え、自動車も通るにぎやかな道を、「アケーラ」と

「モーグリ」が黙々と走り抜けて行く。なにか影のようなものが走っていく。道行く人たちの眼にはそのようにしか見えないだろう。まっしぐらに、黙々と、あとには風だけを残して駆け抜けていく二つの影。まわりの人たちの眼に、実際にはどう見えているのか、それは「アケーラ」の知ったことではない。大切なものほど、眼に見えないものなのだ。「アケーラ」は豊かな銀色の毛並みをなびかせて、サルどものあいだを悠然と進んでいく。そのあとを、小さな「モーグリ」が懸命に「アケーラ」の走り方を真似てつき従う。小さな人間の子「モーグリ」には爪もなければ、牙もない。この美しい毛並みもない。みっともないチビのはだかんぼ。そんな「モーグリ」が必死に「アケーラ」を見習っているかと思うと、胸が切なくなってくる。これは世の父親が自分の出来そこないの子どもに持つ思いと似通った感情なのだろうか。この土地では、「アケーラ」と「モーグリ」はよそものとしての掟を守らなければならない。ここは見知らぬジャングル。道もよくわからないし、言葉もちがう。だから、よそものは沈黙を守って、そっと通り抜ける。影のように、においのように。
「アケーラ」は小雨を蹴散らして、気分よく大股に走りつづけた。

〈……霧を貫く突進と、おろおろと逃げまどう獲物のために！
敏捷に走りぬく夜のために！
夜の冒険と騒ぎのために！
集合だ、戦いに行くぞ。
吠えろ！　おお、吠えろ！〉

「赤犬の狩りの歌」も思い出して、うっとりと口ずさむ。「赤犬」とはドールという山犬で、オオカミとちがって掟を持たない残忍な殺し屋なのだ。オオカミは小さな集団しか持たないが、ドールは百匹もの大きな群れを作り、トラだろうが、ゾウだろうが襲いかかって殺してしまう。ドールの群れが通り過ぎたあとは、動物たちの白い骨が残されるのみ。ドールは土砂の流れのように、氾濫した水のように、巨大な竜巻のように、ただ自分の進みたい方向になにも怖れることなく突き進む。ドールの群れからは、オオカミも逃げだす。まともに戦ったところで、すぐに骨にされてしまう。けれど、アケーラとモーグリたちはオオカミの狩り場を守るために、この怖ろしいドールをやっつけてしまうのだ。モーグリの人間の知恵でハチの大群を利用し、ドールを弱らせる。それからオオカミたちは昼の生きものドールを夜の川岸に招き、戦いをはじめる。オオカミたちにとっては歴史に残る空前の悲惨な戦い。牙と爪の代用品であるナイフでモーグリは戦う。メスオオカミも、一歳児のオオカミも戦いに参加する。そのうちの一匹が犠牲になり、母オオカミの泣き声がひびく。そうして、アケーラもそう言えば、この戦いでこの世を去ってしまうのだった。

「アケーラ」は急にその事実を思い出し、立ち止まりたくなった。そろそろ息も苦しくなっている。でも、足は止まろうとしない。来た時に入ったそば屋の前を通り過ぎ、大きな曲がり角が近づいてきた。あそこを曲がれば、あとは駅までまっすぐの道になる。

そうだった。「赤犬」との悽惨な戦いでアケーラはまず三匹のドールに食いつかれ、さらに六匹のドールに襲われ、その九匹のドールをどうにか殺すことはできたが、アケーラも致命傷を負い、最愛のモーグリの膝に傷ついた頭を乗せて息絶えていくのだ。——おれはおまえのそばで死にたい、おまえがはだかで泥のなかで転がっていたころから、長いときが経つ。——アケーラは苦しい息のなか、モーグリに語りかける。——前におれがおまえを助けてやったように、きょうはおまえがオオカミ仲間を助けてくれた。——モーグリは叫ぶ。おれの眼のぼうや、狩りは終わった。おまえは人間なんだ。人間のもとに戻れ。——ちがう、ぼくはオオカミだ。自由な仲間の一人だ。絶対、戻らない。——アケーラは言う。——夏のあとには雨季、雨季のあとには春が来る。追い出される前に戻れ。モーグリがモーグリを追いたてるんだ。人間のところへ行け。——モーグリは答える。——モーグリがモーグリを追いたてるときが来たら行くよ。——アケーラは言う。——もう言うことはない。小さな兄弟、おれの脚を立ててくれないか。自由な仲間のカシラだったおれだ。——そうしてアケーラは「死の歌」を高らかに、力強くうたいだす。カシラが死ぬときには必ず、うたうことになっている「死の歌」。一体、それはどんな歌だろう。夜のジャングルの遠くまでその歌はひびいて、ジャングルのすべての動物たち、鳥たちがじっと聞き入ったという。歌い終えたアケーラはモーグリの腕から離れ、宙に跳んで、ドールの死体のうえで息絶える。

この場面で、いつも子どものころ、「アケーラ」は涙ぐまずにいられなくなった。堂々たるアケーラにふさわしい高貴な最期ではないか。アケーラの「死の歌」が一筋の笛の音色のように、「アケーラ」の頭のなかにひびき渡る。今も走りながら、「アケーラ」はあやうく涙ぐみそうになった。夜明けまで、死んだアケーラのそばに坐りつづけたモーグリ。やがて、モーグリはクマのバルーや大蛇のカーなどにも言い聞かせられ、泣きながらジャングルを去って行くのだ。バルーは言う。——チビガエルや、おまえの道を行け。おまえの身内、仲間と巣を作れ。でも忘れるな、足や目や歯が必要になったら、ジャングルはいつでもおまえのものだってことを。もう行け。でも真先におれのもとに来ておくれ。おお、頭のいいチビガエル、来てくれよ！……——

「アケーラ」は涙だか雨水だか、それとも汗なのか区別のつかない水で濡れた顔を拭い、曲がり角の店の軒先でいったん足を止めた。遅れて、「モーグリ」も走りこんできて、すぐにしゃがんでしまった。背中が上下し、息を吐き出す音が聞こえる。「アケーラ」の息も苦しい。黙ったまま、軒の下に十分ほど留まった。駅まであともう少し。そう思うと、一気に駅まで行きたくなる。「モーグリ」の息が整うのを待って、今度はもう少しゆっくり、雨のなかを走りはじめた。もう、さっきのようなアケーラの疾走の気分にはなりにくかった。実際のところ、体も重くなっている。でも、あと少しで駅に着く。こんな試練は試練のうちにも入らない。それは、うしろを走る「モーグリ」にもよくわかっているはず。「アケーラ」はあの悽惨な「赤犬」との戦いに思いを馳せながら、走りつづけた。

勇敢なる老いた英雄アケーラはドールとの戦いで、ついに息絶える。そして、人間の子モーグリは自分を産んだ人間の母のもとに戻っていく。話としては、そういうことになっている。でも、このおれ「アケーラ」は本当のところオオカミではない。「モーグリ」も男の子ではない。第一、実際に生きている時間は本で読むような速さで進みはしない。チビのモーグリは一週間経ってもまだチビのままだし、アケーラはまだ力に溢れた、若々しい英雄なのだ。その時期のモーグリとアケーラは自分たちの十五年後、二十年後の運命など、予想もしていないし、関心も持っていない。おれたち「アケーラ」と「モーグリ」だって、その点は同じことだ。「アケーラ」はまだ年寄りじゃない。老いたアケーラの運命を不吉に思う必要はない。本の世界とちがって、実際には「今」しか存在しないんだから。若い英雄のアケーラしか、今の「アケーラ」には興味がない。だって、「アケーラ」はまだ十七歳なのだから。「モーグリ」に至っては、十二歳の女の子に過ぎないのだから。あと五年経っても、「モーグリ」は男らしく声変わりしないし、ヒゲも生えない。「赤犬」との戦いに参加することもできないだろう。哀れな「モーグリ」。でもそんな「モーグリ」だから、ドールとの戦いのあと、人間の世界に戻らなければならない、ということも起こらずにすむ。「アケーラ」も死なない。

「アケーラ」はようやく安心して、うしろの「モーグリ」を振り返り、

——あと少しだ、疲れたら、おまえはもう歩いてもいいぞ。おれは駅の入り口んとこで待ってるから。

と言い、返事も待たずに再び、ピッチをあげて走りだした。

〈……集合だ、戦いに行くぞ。
吠えろ！　おお、吠えろ！〉

「アケーラ」は胸のなかで高らかにうたいながら、視野に入ってきた駅舎の屋根の丸い時計を見つめる。雨で濡れそぼった体は熱く火照り、汗が全身に吹き出ていた。

5　やみじにまよえる

午後二時、山形駅から二人は再び、列車に乗りこんだ。空席の多い車両の一隅に坐りこむとすぐに、駅売りの弁当を買って食べた。干柿を売っていたので、それも買い求め、六コ全部をまたたくうちに食べてしまった。

今度は、秋田までの切符を買った。できる限り、北へ行ってみたい、ひょっとしたらシベリアが見えるところまでもと願っていたのだから、せめて青森まで買えばよさそうなものだったが、その列車も、つぎの列車も青森までは行かないと駅員に言われ、「アケーラ」としてはとりあえず、お金も節約したくなった。乗り越した場合は、精算すればいいのだ。

四人掛けの座席を、二人で占領できた。靴を脱ぎ、二人並んで向かい側の座席に足を投げだした。ゆうべ一晩乗っただけなのに、汽車にまた乗ると、自分たちの居場所に無事、戻ってきた安心感があった。汽車のなかは暖かいし、手近なところに便所もある。食べものは向こうから売りに来てくれる。よそものであることを隠す必要もない。とは言え、「モーグリ」はまわりに人がいるところでは黙っていなければならない。そういう約束になっていた。髪の毛を切って、だいぶ男の子らしくなったものの、うっかり女らしい声を出してしまう可能性は充分にある。女らしさというものがどこから洩れ出てくるのか、「アケーラ」にはわからなかったし、「モーグリ」自身にもさっぱり見当がつかなかった。

「アケーラ」に遅れて駅舎の前にたどり着いたとき、「モーグリ」はこの瞬間、自分の心臓が止まり、あの世に旅立つんだ、と本気で観念した。が、十分も経つと心臓がまだ生きのびていることに気がつき、もう一度自分の足で立ちあがり、深呼吸をした。このぐらいのことで人は死なないものだと自分で感心した。それほどに苦しかった。こんな知らない土地に置き去りにされたくないという一心で、「アケーラ」のあとを懸命に追いつづけたが、最後のころは百メートル以上も「アケーラ」と距離ができてしまっていた。「モーグリ」は運動が苦手で、走るのも遅く、従って運動会が嫌いだった。毎年ビリのしるしの緑色のリボンを胸につけさせられれば、だれだってうんざりしてくる。ところがたった今、どれだけの距離を走りつづけてきたことになるのだろう。三キロ以上あったのかもしれない。途中で一回休んだにしても、「モーグリ」としてはたいしたものではないか。「アケーラ」のそばにいると、いろいろなことができるようになる。これでまたひとつ、「アケーラ」から教わったことが増えた。不意に、兄という言葉を「モーグリ」は思い出した。「モーグリ」の実際の兄は「モーグリ」よりもさらに走ることができず、言葉も知らず、雨が降ったらどうすればいいか、ということも知らなかった。もちろん、中華そばや駅弁を食べさせてくれたこともない。

駅で時刻表を調べると、つぎの汽車が着くまでに五十分ほどの時間があった。二人とも雨でまた体がびしょ濡れになっていたので、便所に行き、服の水分を絞りだし、タオルで頭を拭き、靴のなかに新しい巻紙を敷いた。せっかく市内のデパートで確保した巻紙の三分の一は雨に濡れていたので、残念ながら捨てることにした。巻紙のような高級品はデパートでしか手に入らない。それから空気の淀んだ待合室にいったん入ってみた。でも、ほかの乗客のそばにいるのが窮屈で、すぐさま外に出てしまった。所在なく駅舎の右手にまわり、トタン板を打ちつけた小さな物置小屋を見つけた。その裏は直接、線路につながっている。そして、線路脇の細長い空地には黄色いラッパ水仙の咲く花壇があった。

――こんなとこに花が咲いてた！

「モーグリ」は思わず、叫び声をあげた。ラッパ水仙の濃い黄色が雨のなかで、金色の鳥のように見えた。金色の翼をぶるぶる震わせている。サクラ草や、ヒヤシンスも混じって咲いていた。北に行けば行くほど花が咲き乱れ、チョウや美しい鳥が飛んでいる。「アケーラ」の声が「モーグリ」の耳によみがえってきた。本当にそうだった。北の地方は今が春なのだ。いくら春だからといって、黒ヒョウやゾウはいないに決まっているけれど。

物置小屋のひさしの下にしゃがみ、ラッパ水仙の黄色に見とれながら、「モーグリ」は「アケーラ」の新しいハサミで髪を切ってもらった。「アケーラ」のハサミの動かし方は「モーグリ」の母親よりも本格的だった。ハサミの音のひびき方がちがう。「モーグリ」からはなにも注文をつけずに、「アケーラ」のハサミに身をまかせた。髪型へのこだわりは、一切なかった。以前は兄とともに、母親に散髪をしてもらっていた。そして今は、近所の床屋に行っている。美容院に行くことは、「モーグリ」自身も母親もまだ思いつかないままでいた。

「アケーラ」の床屋はすぐに終わった。切り落とした髪を新聞紙にまとめてゴミ箱に捨ててから、「モーグリ」は早速、駅の便所へ行き、鏡で自分の新しい姿を見届けた。耳が見えていて、前髪が額を隠している。体の向きを変え、首を曲げて、うしろ姿も点検した。青白いうなじが現われ、寒々しく見える。全体にまっすぐ切らず、ジグザグになっているので、毛の長い犬の頭のようでもあった。案外、似合っていると、満足した。今までのおかっぱ頭よりも少しだけ、かわいくなったかもしれない、とすら思えた。

その頭に野球帽を深くかぶり、「モーグリ」は「アケーラ」とともにプラットフォームに出て、列車の到着を待った。首筋と耳たぶの心細いのが、新鮮な気分だった。とは言っても、もっと北に行ったら寒くて風邪を引いてしまうかもしれない。服が湿ったままなので、次第に体が冷えてきて、足踏みをしたり、手足をこすらずにいられなかった。

列車にようやく乗りこみ、熱いお茶と弁当、そして干柿も食べてしまうと、体がぬくもり、眠気に襲われた。単調な車輪のひびきが眠気をふくらませていく。切り落とした髪の毛の残りがむずがゆく背中や胸を刺すのを感じながら、「モーグリ」は「アケーラ」の肩にもたれかかって、あっけなく眠りに落ちた。

駅で買った新しい煙草を吸いながら、「アケーラ」も小さなあくびをくり返していた。なんのために山形で列車をおりたのだろう、といまいましかった。まるで、雨に濡れるためにおりたようなものだ。ハサミを買い、「モーグリ」の髪を切ってやることはできたが、なにも山形で無理にするべきことでもなかった。そのうえ、雨に濡れてまで。

「アケーラ」は「モーグリ」の背をしばらくのあいだ、左手で静かに撫でてやった。摩擦で少しは暖かくなるだろう。「アケーラ」自身、体がまだぬくもりきっていない。とくに、腰の辺りが暖まらない。床に落ちている汚ない新聞紙を拾い、「モーグリ」と自分の腰のまわりにそれをひろげてみた。布袋のなかには、もっときれいな新聞紙が入っている。けれども、それは雨のために湿ってしまい、今のところ、役に立ちそうにない。

列車は雨のなかを、始終、小さな駅に停まりながら、のんびりと進んでいた。「アケーラ」は眼をつむり、「モーグリ」の寝息に耳を傾けた。チビの寝息ほど、心の休まるものはない。そう言えば、父親も四歳の「アケーラ」と墓地で身を寄せ合って寝ているとき、同じ安らぎを得ていたのかもしれない。それは幼い者をいとおしむ思いでもあるだろう。父親を四歳の「アケーラ」はその寝息で、その体温で支えていたというのだろうか。眠りに誘いこまれつつ、「アケーラ」は自分の思いをたどりつづける。たとえば、この「モーグリ」にだって、思い悩むことはあるにちがいない。チビだって、さまざまな悩み、悲しみを抱えているのだ。「子どもの家」のチビどもも「アケーラ」にしがみついていたかと思うと、毛を逆立て牙をむきだして背を向けてしまう。片隅からうなり声をあげて睨みつけているからどうしたのかと思えば、あんちゃんはジゴクに落ちちゃえ、と言う。どうして、と聞くと、自分だってここの子どものくせして、先生やお父さんの真似してると言い、涙を流す。でも、「アケーラ」から見れば、チビはチビにすぎなくて、その体の小ささがかわいかったし、柔かな丸い顔や舌足らずな声がいとおしくて、体を抱いていると安らぎを感じた。たぶん、「子どもの家」の「両親」や保母たちも、小さかったころの「アケーラ」に同じ思いを抱いていたのだろう。「アケーラ」のほうは始終、牙をむきだし爪をみがいていたものだったが。

モーグリの膝に抱かれて、生涯の幕を閉じようとした瀕死の王者アケーラ。あのアケーラもチビガエルの暖かく、柔かな存在に安らぎを感じ、自分の死を安んじて受け入れる心境に達したのだろう。四歳の「アケーラ」を抱いて、墓地の枯葉のなかで自分の死を見つめつづけていた父親と同じように。……そう、死に行く老いた一匹オオカミは、「アケーラ」の父親だったのだ。父親は四歳の「アケーラ」に、おまえは人間なのだ、人間のもとへ行け、とさとし、自分は病院に収容され、あとに残された「アケーラ」は養育園に連れ去られ、また別の場所へ、そして最後に「子どもの家」にたどり着いた。「アケーラ」は人間の巣に戻されたのだ。そして父親は病院でジャングルの王者として「死の歌」をうたい、その声は東京の隅々にまでひびきわたった。夜更けの汽笛のように。……

「モーグリ」は列車に揺られる夢のなかで、兄とともに街を歩いていた。家の前の小道を抜けると、都電の走る表通りに出る。左のほうはお寺がつづき、やがて海の底に沈んでいくような急な坂道になる。兄はその道をまっすぐに進む。「モーグリ」もそのあとにつづく。二人ともお金を持っていない。手ぶらで歩いている。家のなかで遊んでいるうちに、そのまま外に出て、歩きはじめたのだ。坂道をおりきったところまでは見知った場所なのだが、その先には子どもたちだけで行ったことはない。でも母親に連れられ、都電に乗ってこの道を突き進み、やがて動物園に着いたことは記憶に残っている。坂道の片側の石垣がだんだん高さを増していく。石垣の影に道が蔽われる。「モーグリ」はその影に怯える。兄はそんなことを気にしない。坂道をおり、そこにつづく坂道をのぼっていく。知らない商店が並ぶ。知らないお寺がこわい。知らない人たちが行き交い、子どもたちを睨みつける。二人そろってハナをたらし、ヨダレで顎が赤くただれ、口は開けっぱなしで、厚い舌が突き出ている。歩き方も二匹の病気の仔ザルのよう。人語も理解しないにちがいないこんな二人がだれの見張りもなく、勝手にうろついているのは、どうもおかしい。どこからか、二人手を携え、自由を求めて脱走してきたのではないか。

見知らぬ坂道は長くつづく。大人も子どもも「モーグリ」たちを白くひかる眼で見つめる。二人の足は次第に速くなる。動物園に着く前に、警察に保護なんかされたくない。ようやく道が平坦になる。二人は疲れて、汗をかき、ヨダレも増えて、うなり声を洩らしはじめる。都電の線路をたどりつづける。都電に乗ったときはすぐ動物園に着いたのに、歩いても歩いても動物園は現われない。二人のうなり声はだんだん高くなる。手を握り合って、重い水のなかを歩くように体を揺らしながら進む。道が広くなり、木の数が増え、二人にとっては全く唐突に、動物園の裏門が眼の前に現われる。びっくりして、裏門に近づく。制服を着たおじさんが立っている。なかをのぞくと、黒くて大きな動物が見える。そして、二人がすでによく知っている動物園のにおい。二人はうなるのをやめて、ヨダレをすすりながら、なかに入ろうとする。制服のおじさんに呼び止められる。入場券を出さないとはいれないよ。入場券は？　あっちに入場券の窓口があるから、買っといで。

二人には、なんのことだか理解できない。だから、おじさんの制止する手を振りきって、むりやりなかに入ろうとする。おじさんは眼を大きく開いて、二人の腕を強い力でつかみ、乱暴に外に引きずりだす。仁王さまのような大力の、意地悪なおじさん。二人は外から鉄柵にしがみついて、うなりだす。でも、おじさんは振り向いてもくれない。二人はうなりながら、おしっこを洩らす。でも、おじさんはおしっこのにおいに気がついてもくれない。

やがて二人はおしっこで濡れた足を引きずって歩きはじめる。喉が渇き、おなかも空いて、眼がかすんでしまっている。帰る道がわからない。顔はハナ汁とヨダレと涙で濡れている。二人のうなり声は動物園のゾウの鳴き声のようにたかまる。二人は道端にうずくまり、肩を寄せ合う。うしろにはコンクリートの塀が長くつづき、右のほうに橋が見える。道を往来する人たちが多い。この二人に気がつく人も、気がつかない人もいる。なかには、ポケットを探り、二人に一円玉を投げる人もいる。二人の前には、縁の欠けた茶碗が置いてある。いつの間にか、そこに二人がうずくまってから何日も、何十日も経っていて、二人の姿はボロキレのかたまりにしか見えなくなっている。茶碗にお金が投げ入れられると、二人はヨダレをたらして頭を下げる。すると、シラミの巣になっている泥まみれの髪が揺れ動き、動物園と似通ったにおいが漂う。母親に連れられた清潔な小さな女の子がこわごわ、二人に近づいてきて、茶碗にお金を入れ、一散に逃げ去っていく。あの女の子は幼いころのわたしだ、と「モーグリ」はふと思いつく。兄と母と三人で動物園よりもっと遠いところへ出かけたとき、ボロキレのかたまりをお寺の門の近くに見つけ、なんだろうと不思議に思ったことがあった。毛の脱け落ちた瘠せた犬もそこにいたような気がする。

あのボロキレに今は、兄と二人で成り果ててしまったのだ。母に黙って、お金も持たずに家を出てきてしまったから。兄と歩いていたら、道が途切れずにどこまでも流れつづけていたから。

犬の吠え声が迫ってくる。野良犬が保健所の野犬狩りに追い立てられているらしい。「モーグリ」の家で飼っていた犬が外に逃げだしたところをつかまって、処分されてしまったことがあった。母と野犬収容所まで探しに行き、百匹以上もいる犬を一匹一匹見て歩いた。檻に入れられた大きな犬、小さな犬、黒い犬、白い犬、大切に飼われていたらしいシェパードやブルドッグまで混じっていた。「モーグリ」たちが檻の前を通ると、犬たちは金網に前脚を掛け、鼻面を押しつけて、悲鳴に似た鳴き声を出す。どの犬も同じように鳴きだすから、耳を蔽わずにいられない騒ぎになる。あの犬たち同様に、今、兄と「モーグリ」は野犬狩りの棒についた針金の輪に首をしめられ、車に収容されてしまうのかもしれない。あの輪がおそろしい。でも、野犬もおそろしい。病気を持った犬はもっとおそろしい。

犬の吠え声に追われるようにして、二人はうなりながら四つん這いで逃げだし、橋のうえに移動する。川に平底の船が浮かんでいる。子どもたちがそこで遊び、洗濯ものもひるがえっている。二人は手を握り合って、橋からその船を目がけて跳びおりる。ところが落ちた位置がずれて、水のなかにそろって落ちてしまう。水は生暖かく、魚の腐ったにおいがする。二人で抱き合って、水のなかを漂う。水面に、白いものが流れてくる。赤ん坊の死体らしい。もっと離れた水面には、長い髪のひろがる女の体が流れていく。「モーグリ」は恐怖に押しつぶされて、川の水から逃がれようと手足をふりまわす。兄の体が水の底に沈んでいき、赤ん坊の死体が「モーグリ」の頭にかぶさってくる。……

汽車は北に向かって走りつづけていた。「モーグリ」のかたわらには、「アケーラ」が口を開けて眠っている。ハナ汁とヨダレをたらし、おしっこも、ときにはうんこも洩らす兄とはどこも似ていない。急に自分がおしっこを洩らしているような気がして、あわてて座席に坐ったまま、お尻を少しずらしてみた。口もとも撫でてみた。ハナもたれていないし、ヨダレも出ていない。安心して、「モーグリ」は溜息を吐き出した。すると、おなかに痛みがあるのに気がついた。おなかをこわしたときの痛みだった。窓の外をながめながら、おなかの様子を探った。相変わらず、雨は降りつづいている。まわりには、田んぼがひろがっていて、その水の色が雨のためか、子どもの雨ガエルのような、鮮やかな色に見える。ほかには、なにも眼をひくものは見えない。おなかの底がやはり、鋭く痛みつづけている。「アケーラ」を起こさないように、「モーグリ」は立ちあがった。「アケーラ」の脚をまたがなければ、通路に出られない。慎重にまたいだつもりなのに、後足の爪先を「アケーラ」の膝の部分にひっかけてしまった。「アケーラ」は怯えたような顔で眼を開けた。

——なんだ、おまえか。なに、してるんだ?

——ちょっとお便所に行ってくる。

「モーグリ」は答えて、そのまま通路を急いだ。体を動かすと、おなかの痛みが急に激しくなり、便がお尻の穴から今にも噴き出しそうになった。それをこらえると、額から冷汗がにじみ出てくる。こんなときにうんこったれになったら、「アケーラ」に見捨てられてしまう。ほかのことはなにも考えられずに、デッキに出た。さいわい、便所は空いていた。手探りでドアを開け、なかに入った。

下痢便を少しでも多く外に出してしまいたくて「モーグリ」は二十分ほども便所のなかでねばった。そのうちに、下痢の痛みとは別に、めまいが起きた。そこであきらめをつけ、しびれた足を引きずって車内に戻った。「アケーラ」が立ちあがって、青白い顔の「モーグリ」を迎えた。

――汽車から転げ落ちたかと思ったぜ。乗りもの酔いか？

――おなかがピーピーになっちゃった。すぐ治ると思うけど。

そう答えるうちに、また、おなかが痛みはじめた。

――風邪だったら、やばいな。チビの風邪はおなかに行きやすいんだ。おれもちょっと寒気がする。「冷たい寝床」もいいところだな。毛布もセーターも持ってないし……。

「アケーラ」の声を聞くうちに、新しい下痢便がさし迫ってきて、冷汗が出てきた。

――また、お便所に行ってくる。

仕方なく立ちあがり、「モーグリ」はおなかをかばいながら、再び、デッキの便所に急いだ。

今度は十分ほどで、座席に戻ってきた。顔はますます、青白くなっている。「アケーラ」がまわりに捨てられた新聞紙を集め、「モーグリ」を待ち構えていた。

――見た眼はわるいけど、新聞紙はあったかいから、これを毛布代りにするぞ。

「アケーラ」は一枚一枚、汚れを払い落としてから、ひろげた新聞紙で「モーグリ」の上半身、腰、と包みはじめた。つづけて、自分の体も新聞紙で包む。

――ちえっ、みっともねえことになったな。でも、あったかいのは確実なんだから、体裁なんかかまっちゃいられねえ。

「モーグリ」は新聞紙の毛布に笑い声をあげた。するとまた、おなかが痛くなった。便がお尻に押し寄せてきたのがわかる。うっかりすると、噴き出てしまう。溜息をつき、せっかくの新聞紙をどけて立ちあがった。

——……お便所に行く。

——またかよ、そんなにひどいのか。変な病気じゃないんだろうな。

さすがに、「アケーラ」は深刻な声で聞いた。

——変な病気って？

おなかを押さえて、「モーグリ」は聞き返す。

——セキリとか、チフスとか……。

——まさか。

「アケーラ」の心配性を笑いたかったが、そんな余裕もなく、通路を急いで便所に向かった。「モーグリ」が便所のなかにいるあいだに、列車が大きく揺れ、静かになった。しんじょう、しんじょう、という駅の放送が便所にも聞こえてくる。「モーグリ」の体から出るものはもう、ほんの少しになっていた。最悪の状態は切り抜けた、とほっとしながら、手を丁寧に洗った。セキリやチフスがどんなものかは知らないけれど、たぶんもっと苦しく、痛いものなのだろう。母親もよく、セキリだ、チフスだと言って、「モーグリ」を怯えさせていた。お祭りのワタ菓子も、アイスキャンデーも、アンズアメも、母に言わせればセキリのもとなのだった。だから、買ってくれたことがない。

大丈夫、もう治ってきたみたい、と席に戻ったら「アケーラ」に言おう、と思いながら、通路を歩いた。列車はまだ停まっていて、乗客がつぎつぎに乗りこんでいる。学校から家に帰る中学生や高校生が四、五人ずつかたまって、「モーグリ」には聞き取りにくい言葉でにぎやかにしゃべり合っていた。セーラー服、あるいは学生服を着ている人も、着ていない人もいる。

ほとんどの服は色がすっかり褪せて、ツギが当たっていた。胸には、血液型まで書きこんである白い布の名札をつけている。穴のあいたセーターにモンペの女の子もいる。下着としか見えないダブダブのシャツにズボンをはいている男の子もいる。底のすりへった運動靴、ぶかぶかの古びたゴム長靴、ゲタの人もいる。革のカバンなど、だれも持っていない。くたびれた布のカバン、リュックも見える。木綿のツギがあたった傘を大切そうに持っている。唐傘、さらにムシロのようなものを抱えている人もいる。今の時代とはとても思えない。

顔色の悪い男たちも十人ほど、乗ってきた。瘠せた体に汚れた兵隊帽、兵隊服をまとい、脚にはゲートルを巻いている。こちらはどの人も押し黙り、髪も不精髭も伸び、口を開けて、のろのろと通路を進んでいく。そろってリュックと水筒を肩から提げている。車両の反対側には、「モーグリ」と同年齢の少年たちが数人かたまっていた。男たちと同様に顔色が青黒く、ボロキレのような服を着ている。荷物は持っていないらしい。もっとましな服を着た青年がこの少年たちに駅で買った弁当を配っていた。ほかにも、あとからあとから、くたびれきった顔の人たちが乗りこんでくる。ほとんどの人が使い古したリュックを背負っている。色あせた兵隊服に兵隊帽をかぶっている人も多い。汚ないモンペにゲタをはいた女が子どもの手を引いていく。子どもの顔も女の顔も長いあいだ、お風呂に入っていないような黒ずみ方をしている。もちろん、なかには強いパーマで縮らせた髪の毛に、大きな肩パッドの入った洋服姿の女や、ソフト帽をかぶった会社員らしい男もいる。でも、かなり古くさいスタイルにしか見えない。昔、こういう服を着た人たちがいたっけ、と「モーグリ」は思い当たった。

席に戻ると、「アケーラ」が不機嫌な顔でうつむいていた。とっくに、向かい側の座席は新しい乗客に占領され、「モーグリ」の席が新聞紙と二つの布袋でかろうじて確保されている。その席に「モーグリ」は坐り、新聞紙と布袋を膝に抱えこんだ。その「モーグリ」に体を寄せ、「アケーラ」がささやきかける。

——この席、守るの大変だったんだぞ。それでどうなんだ、腹の具合は?

発車のベルが鳴り、甲高い汽笛がひびいた。列車が重い体を揺り動かし、もう一度、汽笛を鳴らして走りはじめる。車両のなかの人たちの体も一斉に揺れ、騒めきが起こり、すぐに消えて行く。地元の中学生や高校生の陽気な声ばかりが車内に漂っていた。

——もう、あんまり痛くない。すごい混んできたよ。どうしたんだろう。

「モーグリ」もささやき返した。

——そういう時間帯なんだろ。夕方だからな。

——変な格好している人が多い。

——田舎だから、時間も止まったまんまなんだろう。おれのガキのころと、これじゃ、なんにも変わってない。なつかしい気がするぐらいだ。おかげで、おれたちの新聞紙がめだたなくって助かるさ。人が多けりゃ、車内も暖かくなるだろうし。

「モーグリ」は頷き、新聞紙をひろげて自分の体を包みこんだ。「アケーラ」はすでに新聞紙で身をくるみ、エジプトのミイラのような姿になっている。向かい側の座席に坐る老人と中年の女は「アケーラ」のそんな姿にも無関心に、くたびれた顔で眼をつむっていた。老人は黒い鳥打ち帽に長靴をはき、女のほうは着物に毛糸のショールを羽織り、膝のうえにはかなり大きな風呂敷包みを大切そうに抱えている。二人が連れなのかどうか、二人とも一言も言葉を交わさないから、「モーグリ」には判断できない。

　通路は窮屈そうに立つ人でいっぱいになり、しゃがみこむ人も多くなった。向かい側の席の腕木に、通路の男がひとり腰をおろした。「モーグリ」の側の腕木にもそのうち、だれかが腰をおろし、さらには足もとの隙間に割り込んでくる人が出てくるかもしれない。上野から福島辺りまでのあいだも、おそろしく混んでいた。でも、あれは夜行列車だったからだ。今はまだ昼間なので、ぐっすり寝てしまう人はいない。この列車は能代という駅までしか行かないのだから、遠距離列車とも言えない。それなのに、どうしてこんなに混んでいるんだろう。夕方で、そのうえ雨が降っているから。この地方で、なにかわからないけれど特別な日だから。

「モーグリ」は自分のおなかをいたわって、新聞紙にくるまりながら眼をつむった。服がかなり乾いてきて、新聞紙のなかは気持よくぬくもっている。新聞紙の埃っぽいにおいが「モーグリ」の鼻をくすぐる。どうせもう少ししたら、またお便所に行きたくなるのだ。下痢をすると、とても疲れる。でも、セキリとはちがうから、心配はいらない。

　汽車は小さな駅に停まり、また動きだした。車両のはじのほうから、赤ん坊の泣き声が聞こえてくる。どこかの赤ん坊がエキリで死んだ、と母親から聞いたことがある。いつの話だったのか、どこの赤ん坊のことなのか、「モーグリ」にはなにも思い出せない。エキリとセキリのちがいもはっきりしない。でも、それで赤ん坊が一人、確かに死んだのだ。兄のトンちゃんが下痢になったとき、トンちゃんはもう中学生なのにオムツを当てられ、そのオムツを母がはずすと、水鉄砲のように下痢便を噴射させた。母の顔にそれが命中し、母が怒って、トンちゃんをどなりつけていた。まわりの畳も、障子も、黄色いうんこだらけになった。でも、ちっとも臭くはなかった。あれもただの下痢で、セキリとかエキリではなかったらしい。と言ってもそのあと、トンちゃんは死んでしまったのだから、ただの下痢というわけじゃなかったのかもしれない。

「モーグリ」の頭に、死んだ兄の顔がよみがえってくる。淀んだ黄色い顔で、兄はヨダレもたらさず、鼻の下もすっかりきれいになっていて、気むずかしく眼を開けようとしなかった。指先も、まぶたも、口も、動こうとしない。兄らしいところがひとつもなかった。兄とそっくりな形をした黄色いかたまり。綿の詰まった鼻の穴。焼き場のにおいが「モーグリ」の鼻を刺激する。

息が苦しくなり、「モーグリ」はとっさに眼を開けた。口から空気を吸いこみ、窓の外をながめた。あんなものは思い出しちゃいけない。容れものからはみだした糊をあわてて手で押し戻すように、「モーグリ」は自分の記憶を体の奥に押し隠した。

外では、雨が降りつづいている。秋田に着いたら、また、雨のなかを走らなければならないのかと思うと、がっかりしてしまう。それとも、別の列車に乗り継ぐのだろうか。きのうの今ごろはそう言えば、まだ東京にいたんだっけ。そう思いつくと、「モーグリ」はもう一度息苦しくなり、心臓の動悸が激しくなった。制服のセーラー服を着て、通学カバンを持っていた。ずっと昔のことのような気がする。とんでもないまちがいが起こっている。でも今さら、戻ることもできない。あまりに遠いところまで来てしまった。それに、なにがまちがいなのかもはっきりしない。考えたって、しかたがない。今はとにかく列車に乗っていて、その列車は線路のうえを乗客のみんなのために走りつづけているのだ。

列車が再び、駅のひとつに停まり、通路の人たちが波立った。今まで、車両をにぎわせていた通学生たちは少しずつ、下車していき、数が減っていた。乗客がいっぱいいるのに車内は静まっていて、遠く離れた声も「モーグリ」の耳に入ってくる。少年たちの不満そうな声。それをなだめる男の声。言葉まではわからないけれど、そのひびきは東京で聞き慣れた音を思い出させる。東京から来た人たちなのかもしれない。女たちの、生活の苦労を訴え合うような話し声。これは、地元の人たちにちがいない。ときおり、男たちの笑い声が沸き起こる。

「モーグリ」のおなかがまた、痛みはじめた。今度は、「アケーラ」を起こしてから、立ちあがった。これほど混んでいると、席をむりやり、奪い取ろうとする人がいないとも限らない。

——……またかよ。でも、顔色がだいぶよくなってきたな。おれもどうも、気分がわるい。いい気分で雨んなかを走ったら、このザマだ。もう若くはないんだな。いいから、早く行ってこい。人がうじゃうじゃいるから、気をつけてな。

通路は予想以上に混んでいた。床にリュックや風呂敷包み、竹のカゴなどさまざまな荷物も置いてあるので、一歩一歩、隙間を探しながら、右に左に慎重に足を運ばなければならない。だれかの体にぶつかったら、頭を下げてあやまる。「モーグリ」が子どもだから怒る人はいないけれど、どの人も露骨にいやな顔をする。モンペ姿の小さな女の子が床で眠っていた。そのかたわらでは、おなかの大きな母親らしい女がうずくまっている。気をつけて足を動かしたつもりなのに、革靴のかかとが女の子の頭に当たってしまったらしい。女の子が派手な泣き声をあげ、母親が「モーグリ」を睨みつけて、低い声でののしる。

——革靴なんかはいて、気取るんじゃないよ！

ごめんなさい、ごめんなさいとつぶやきながら、人混みを掻きわけて、先に進む。そう言えば今の人も東京の言葉だった、夜行列車じゃないのに。「モーグリ」は自分も思わず、普段の自分の言葉を使うようになっていることに気がついた。もっと用心しなければ。

ようやくデッキにたどり着いた。ここにも乗客が溢れ、便所の前には三人の老人がうずくまっていた。「モーグリ」がドアを見つめ、老人たちを見つめると、背をドアから離して、なかに入るよう眼で示してくれた。頭を下げて、なかに入った。そして、立ちすくんだ。床の低いところに、ボロ布にくるまれた赤ん坊が眠っていた。捨て子なのか、とまず思ったが、それならドアの前にいる老人たちが見逃がすはずはない。近くに赤ん坊の母親がいて、しばらくここで寝かせておこう、とわざと置いたのかもしれない。でも、なぜ便所のなかに置くのか、それも変な気がする。

「モーグリ」はためらいながらとにかく、ボロ布を引きずって、戸口まで移動させ、それから老人のひとりの肩をつつき、ボロ布を指し示した。老人には意味が通じなかったらしく、体を動かそうとしない。「モーグリ」は力ずくでボロ布ごと老人の体を押し、その老人が呻きながら腰をずらした隙に、ボロ布をドアの外に押し出し、大急ぎでドアを閉めた。ズボンとパンツをおろし、便器をまたいだ。あやういところで、下痢便を洩らさずにすんだ。とりあえずの便を出してしまうと、ほっとして、それから急に涙ぐんだ。もう、ここから出たくない。あの赤ん坊。老人たち。通路の人たち。ドアを開けたら、どんなひどいことが待ち受けているかわからない。でも戻らなければ、「アケーラ」が心配する。「アケーラ」がここまで迎えに来てくれればいいのに。赤ん坊はまだ眠っているんだろうか。このなかに戻しておけばいいんだろうか。

捨て子のはずはない。列車のお便所にわざわざ捨てる人はいない。でも、そうでもないのかもしれない。「アケーラ」だったら、どう判断するのか、きっとこんなにびっくりしないにちがいない。「アケーラ」に来てほしい。来てくれないかなあ。

席を立ってからかれこれ三十分もかかって、「モーグリ」は「アケーラ」のもとに戻ってきた。座席に腰をおろしたとたん、深い溜息をついた。頬が白く、口が泣きべその形になっている。

——腹の具合、よっぽどひどいのか。あんまり長いから便所まで様子を見に行こうかと思ったけど、そうすっと、二度と席を取り戻せないだろうし、動くに動けなくて、気が気じゃなかった。

「アケーラ」に言われて、「モーグリ」の眼にまた涙が浮かんだ。

——もう、一人でお便所には行かない。なんとかがまんする。がまんできなくなったら……、いいよ、席がなくなってもかまわない。

——ふん、どうしたんだ。なにかあったのか?

「モーグリ」の顔をのぞきこんで、「アケーラ」はささやく。「モーグリ」は答えようとしない。

——まあ、いいや。おれも便所に行ってくるから、席を見ててくれよ。おなかを充分、あっためてろよ。

「モーグリ」は頷き、「アケーラ」が通路の人たちを掻きわけて進むうしろ姿を見送った。お便所へ行けば、あの赤ん坊を「アケーラ」も見つけるだろう。そうしたら、「アケーラ」はどうするのか、車掌さんを呼ぶのかもしれないし、「モーグリ」のように赤ん坊を便所に置いて、そのまま帰ってくるのかもしれない。いずれにしても、「モーグリ」のとまどいの原因は察してくれることになる。

かたわらの席には、「アケーラ」の新聞紙と布袋が置いてあった。それを右手で押さえ、「モーグリ」は改めて、席のまわりを見渡した。兵隊服を着た顔色の悪い男たちがいつの間にか、近くの通路を占領していた。全員が床に坐って、ゲートルを巻いた足を投げだしている。どの男も痩せていて、口を開く元気もないらしい。マスクをしている男もいる。まだ若い男もいる。前後に二人の男が立ったりしゃがんだりして、瘠せた男たちに声を掛け、あるいは書類らしい紙になにか書きつけている。こちらは特に瘠せていないし、顔色も悪くない。服も清潔な作業衣に、白いワイシャツを着ている。瘠せた男たちをまとめて、どこかに連れて行くところらしい。

「モーグリ」の位置から少し離れたところで、しわがれた女の声がつづいていた。瘠せた男たちの一人に、好奇心から話しかけているらしい。女の無遠慮な声ばかりがひびき、相手の男の声は聞こえなかった。

——……苦労がな、いっぱいで、なんども神も仏もあったもんでない、そういう気持になるよなあ。……こだなご時勢でなあ……、おだぐの苦労どくらべものにゃあならねげんども、このあだりにも戦死した若い衆はいっぱいなんだよ……、なんでこだなひどいざまになったんだが。……んだげんども、生ぎのごったものは生ぎでいぐすかしょうがないんだなあ。……いままでよりわるいごどはおぎねっすよ。待遇だって、わるくはないべ？……北海道もこれがらは夏だもの、らくできるにちがいないべ。……国のためでな、石炭がないどどうにもならないごどがら……、まったく、汽車だってこのざまで、おらだらは、これでものんきにしてるげんど、東京も大阪も生ぎ地獄だどがで……、そのうえ、国のために炭坑で働ぐって、まず、なんとも……、体をじょうぶにしてな……、

「アケーラ」が席に戻ってきた。その顔を「モーグリ」は見つめた。

——なんだよ、おれが早く帰ってきたんで、びっくりしてんのか。おまえみたいな長い便所とはわけがちがわあ。

無頓着に言う「アケーラ」の耳もとに、「モーグリ」はささやきかけた。

——赤ちゃんがいたでしょ?

——どこに?

——どこって……。

——そりゃ、あちこちにいたみたいだけど、いちいち見ちゃいないよ。赤ん坊がどうしたんだ?

——……もう、いい。どうもしない。

「モーグリ」は眉をひそめて、黙りこんだ。あの赤ん坊はどこに消えたのか、もしかしたらあれは錯覚だったのかもしれない、と自分で疑いたくなった。

——ちえっ、すぐむくれるやつだなあ。おれもあまり気分がよくないんだから、世話やかせるなよ。今、ゆっくり眠っておかないと、本格的にやばくなりそうだ。

——熱があるの?

急に心配になって、「モーグリ」は「アケーラ」の額に手を置いてみた。少し熱いような気

がするが、はっきりしない。野球帽を脱いで、前髪を手で押しあげ、自分の額を「アケーラ」

の額に当てる。「アケーラ」は一瞬、とまどって身を引き、それからくすぐったそうに軽く眼をつむった。

――ふうん、ちょっと熱があるみたいね。

顔を離して、「モーグリ」はまじめくさってつぶやいた。

――おまえが下痢で、おれが熱か。ざまあねえなあ。

「アケーラ」はにやにや笑い、「モーグリ」の耳に口を近づけて言った。

――おまえ、また女言葉になってるぞ。気をつけろ。

「モーグリ」は「アケーラ」を睨みながら、ささやき返した。

――ねえ、横にいる男のひとたち、北海道まで行って、炭坑で働くんだって。いろんな人がいるんだねえ。

横眼で「アケーラ」は通路の男たちを見やってから、頷いた。

――……おれのおやじもへたすると、同じ目にあってたんだろう。

「アケーラ」のささやき声に、「モーグリ」は驚いて、通路の男たちを見つめ直した。墓地をねぐらにしていた「アケーラ」の父親とこの人たちが同じ種類の男たちだというのだろうか。四歳の子どもを連れて、静々と闇のなかに消えていく男のうしろ姿。顔をうつむけたまま、穴だらけの毛布を引きずり、水面をすべるように、墓地を通り抜け、街を通り抜け、「モーグリ」の頭のなかも通り抜けていく。まっくろな子どもの影が、そのあとを追っていく。男は生きているのに、もう死んでいる。だから、声を出さないし、足音もたてない。背を丸め、自分が本当に死ぬ場所を求めつづけている。とっくに死んでいるのに、四歳の子どもがいるから、なかなか本物の死体になれない。子どもと男は木々のざわめきに包まれながら、墓地を歩き、「モーグリ」の体の横を歩き、秋田から北海道に向かって、灰色の海のうえを歩いていく。

列車が駅に停まった。おりる乗客はほとんどいない。「アケーラ」も「モーグリ」も黙りこんで、窓の外をながめた。列車がまた、動きはじめる。雨は降りつづき、窓ガラスに雨粒がかたい音をたててぶつかっては、白くひかる筋を作って流れ落ちていく。

通路の顔色の悪い男たちの一人が立ちあがった。そのとき、列車が揺れ、「アケーラ」たちの座席に男の体が倒れこんできた。「モーグリ」は思わず、小さな悲鳴をあげる。「アケーラ」がとっさに両手で男の体を受けとめ、ゆっくり押し返した。体を起こしながら、その男は充血した眼で「モーグリ」の顔を見つめつづけた。なんの表情もなく、「モーグリ」の眼をのぞきこみ、そして低い声を洩らす。呻き声のようにも、げっぷのようにも聞こえた。なまぐさいにおいが「モーグリ」の鼻を襲った。作業衣を着た男につきそわれて、男はよろめきながら通路を進んでいった。便所に行ったらしい。「アケーラ」は溜息をつき、「モーグリ」の顔を見た。さっきまでの青白い、苦しそうな顔に戻っている。涙ぐんでいるようにも見える。また、おなかが痛くなってきたらしい。が、便所に立とうとはしない。今の男が帰ってくるのを待ってから、便所に行くつもりなのか。そう思い、「アケーラ」はそれまで膝に乗せていた新聞紙をまとめて自分の布袋につっこみ、煙草を吸いはじめた。通路の男たちが気のせいか、「アケーラ」の煙草をうらめしげな眼つきで盗み見ているような気がした。ほかの乗客にも、そんな気配が感じられる。たかが煙草、欲しけりゃ自分で駅売りから買えばいいじゃないか、と言ってやりたくなる。なんなら十七歳のおれがおとなのおまえらに配ってやったっていいんだぜ。でも、そんなの、おとなとして情けねえだろうが。

「アケーラ」は顔をしかめて、煙草を吸いつづけた。熱のせいなのだろう、喉がいがらっぽくなるだけで、床に投げ捨ててしまいたくなる。そうなったら、この男たちは腹を空かせたサルのように我れも我れもと跳びついてくるのだろうか。試してみたい気もしたが、その勇気もなく、がまんして煙草を吸いつづけ、においだけを嗅がせてやることにした。

この男たちは、「アケーラ」の父親に似ているわけではなかった。もっと小柄だったり、顔がまるかったり、もっと若かったり、眼鏡をかけていたり。でも、「アケーラ」自身、父親がどんな風体の男だったのか、はっきりしたことはなにも思い出せなくなっている。ただ、こんな風じゃなかったと思うだけで、次第にあやふやな気持になり、むしろ、そう言えば父親もあんな黒ずんだ手をしていたかな、一枚きりのボロ着は同じような垢光りをしていた、においもこんなだったろうか、と自分の父親を男たちの姿に探り出そうとしはじめていた。どこも似ちゃいない、似ているもんか、と頑固に思いつづけながら。男たちは「アケーラ」の眼で見ても、あまりに惨めで、あまりに汚なかった。サルのなかでも最低の、だれからも相手にされない負けザルたちだ。とは言っても、「アケーラ」の父親だって、同様の負けザルだったのではないか。「行きだおれ」の一人じゃなかったのか。

気分がますます悪くなり、吐き気まで感じて、「アケーラ」は煙草を床でもみ消し、吸いがらをズボンのポケットに入れてから、眼をつむった。熱があるときに、よけいなことを考えないほうがいい。せっかく「アケーラ」を名乗っているのだから、「アケーラ」らしく、「ジャングルの夜の歌」でもうたっていればいいのだ。――誇りと力のとき、ツメとキバのとき、おお、あの呼び声を聞け！……吠えろ、おお、吠えろ！

――……キミたち、あと少しでヨコテに着くからな。みんな、つかれただろう？　ヨコテに着いたら、すぐ食事にするからな。白いごはんをたっぷり食わせるぞ。それからクロサワまで行けば、迎えの人がキミたちを待っている。

「アケーラ」の背中のほうから、いやに軽薄なサルの声が聞こえてきた。ドアの付近に、みすぼらしい少年たちが数人かたまっていたが、その少年たちに語りかけているらしい。東京の言葉がこれほど下品なひびきを持っているとは知らなかった。

横のほうから、女の声が「冷たい寝床」をこそこそ這いまわるミミズのように流れてくる。

――……んだげんども、日本さこうしていられるだげ、えがったど思うんだっす。大陸から帰りだいったて帰らんない人がまだまだ、二十万も、三十万もござると聞ぐげんと。やっと日本さなんぎしてもどってきても、家もなく、家族もいないんだったら、あなた、ただのじゃまものだべっす。……ほんでも、いながにゃいながの苦労があって、米や野菜をただよごせと言わっでも、それはなあ……

――……ミンナ、そりゃ不安だろうけど心配はいらないさ。仕事もラクだし、夜は自由だっていうし……。そうだよ、映画館もある。トウキョウほどじゃないけど、りっぱなマチだから、退屈しないよ。なんたって、クイモノに困らないんだからね。トウキョウでうろうろしていたって、飢え死するだけだったと思えば、キミたちは運がいい……

〈……吠えろ、おお、吠えろ！
誇りと力のとき、ツメとキバのとき
影と溜息がジャングルをよぎって行く
心臓はあばらにドキドキ
それが恐れだ、おお……〉

——ねえ、お願い。

「アケーラ」の腕が強く引張られ、「モーグリ」の泣き声が耳もとに聞こえた。

——ねえ、わた……、おいら、もうがまんできないから、次の駅でおりる。どうしても、おりる。吐きそう。

そして、すぐさま「モーグリ」は自分の布袋と新聞紙を抱え、通路に出て行った。呆気にとられたままあわてて、「アケーラ」もそのあとを追った。理由がなんであれ、「モーグリ」が列車をおりたいというのなら、おりるしかない。乗りつづけていなければならない義務はないし、二人はいつもそばにいる必要がある。

通路を進むうちに、列車が停まった。小さな駅なので、すぐに動きだしてしまう。「アケーラ」が先になり、「モーグリ」の手を握って強引に通路の乗客たちを押し除けながら、デッキに出た。ドアを開けるのと同時に、発車ベルも汽笛もないまま、列車が動きだした。「モーグリ」の手を握ったまま、「アケーラ」はプラットフォームに跳びおりた。

列車は意外な速さを見せつけながら、あっという間に二人を残して消え去っていった。暗いプラットフォームにしゃがんだまま、二人は胸の動悸にあえぎながら雨に濡れてひかる線路を見つめ、それから自分たちの口から吐き出される白い息を見つめて体を震わせた。

——さむい。

「モーグリ」がつぶやいた。

——まるで冬みたいに寒い。

「アケーラ」もぼんやりつぶやいた。

今の列車をおりた他の数少ない乗客はすでに姿を消していた。反対側のプラットフォームに、つぎの列車を待つ十人ほどの人たちが雨のなかで身動きもせずにたたずんでいるのが見えた。大きな風呂敷包み、スーツケース、紐をまわした木箱なども、人の影と同じようにかたまって並んでいる。だいご、という駅名も柱に読むことができた。二人に向かって一人、傘をさした男が歩いてきた。「アケーラ」と「モーグリ」は手を握り合ったまま立ちあがり、くつろいだ陽気な顔を作って歩きはじめる。男はなにも言わずに通り過ぎた。そのまま二人は歩きつづけ、線路を渡り、反対側のプラットフォームに移った。屋根のついたベンチにとりあえず、腰をおろした。おなかの大きな女と付添いらしい老女が同じベンチにぼんやり坐っている。まわりに、列車を待つ人たちが集まっていた。傘をさしてたたずむ人、ゴム引きの帽子をかぶって雨を受けている人、ムシロを頭に乗せている人もいた。ベンチの下にはどういうわけか、泥だらけの猫が寝そべっている。その猫の鼻面を蹴飛ばさないように注意深く足の位置を定めてから、「アケーラ」は「モーグリ」にささやきかけた。

——おまえ、便所に行きたいんじゃないのか？

ベンチの下の猫を気にしながら、「モーグリ」もささやき返す。

——……でも、ここ、そんなもの、ないみたい。

改めて、「アケーラ」もまわりを見渡した。さっきおりたプラットフォームの先に信号があり、改札口らしい柵が見える。でも駅員も見えないし、屋根のある建物も、電灯も見えなかった。プラットフォームのまわり一面、田んぼの青い色がひろがっている。夕闇の雨のなか、湖の真中にいるような心地に誘われる。

——なんにもねえなあ。便所ぐらい、ありそうなもんだけど。……急におまえがおりるっていうから、うっかりおりちゃったけど、どうすんだよ。これじゃ、身動きつかないぞ。どこに人が住んでるのかもわかんない。雨は降っているし、おまけに、えらく寒いとくる。

「アケーラ」に言われて、「モーグリ」は肩をすくめてつぶやいた。

——だって、気持がわるくなって、吐きそうだったんだもん。……変な人がいっぱいいて、こわかった。あのままそばにいたら、あの人たちと一緒に、海のなかに引きずりこまれそうな気がした。……お便所に赤ちゃんがいたし。

「アケーラ」は溜息を洩らした。

——へえ、赤ん坊が便所にいたのか。たしかに、いかがわしい連中がいたな。人買いそのものってやつまでいた。

汽笛の音がひびき、ベンチの女たちが立ちあがった。猫は知らんふりで、寝そべったままでいる。まわりの一人が荷物を背にかつごうと身をかがめ、ほかの人はトランクを持ちあげ、プラットフォームを前に進んで行く。

――……おい、列車が来るらしいぜ。こんなとこにいたってしょうがないから、とにかく乗ってしまおう。そうするっきゃないよ。ここにいたら、のたれ死んじゃうよ。

「アケーラ」の言葉に「モーグリ」も頷き返した。さっきの列車からは逃げだしてしまったけれど、いったんおりてしまうと、列車の明かるく暖かい車両に戻りたくなる。

すぐに黒い機関車が煙を吐いて、今までの列車が去って行った方向から現われ、蒸気を車体の下から洩らして重々しく、そして騒々しくプラットフォームの位置に停車した。同じ列車が戻ってきたんじゃないかと疑いながら、「アケーラ」は再び、「モーグリ」の冷たい手を握って、ベンチから走り出た。乗車口の横に、列車の行き先を記した板がさしはさんであるのが眼に入る。そこには、青森――上野と書いてある。こともあろうに、上野に向かう夜行列車らしい。デッキに登ってから、「アケーラ」は「モーグリ」の肩を抱いて、笑い声をあげた。

――まあいいよな。北へ行きゃ寒いってことが、よくわかったんだから。

「アケーラ」がなぜ笑っているのかわからないまま、「モーグリ」も笑いだした。「アケーラ」はさっきの男たちとちがって、眼がよくひかり、無精髭の伸びている顔もピンク色を帯びて、唇は女の子のように赤い。熱のせいなのだろうが、青い色よりはずっと見ていて気持がいいし、安心させられる。

列車は夕闇の田んぼのなかを車輪の音をひびかせ、順調に走りはじめていた。

昭和二十年十二月六日

炭礦へ――浮浪者も征く

必ず頑張《ぐわん》らうぜ……固い握《あく》手がつぎ〳〵に交された、思はず萬歳が起る、乗客も駅員も聲のある限りに絶叫した、車窓の笑顔が大きくうなづいて列車は走り出した「魂まで喪へるルンペン」――と、ともすればつめたい酷評《こくひやう》を受けてゐた浮浪《らう》者六十一名が、石炭増産のために五日上野、東京の両駅から北海道と九州の炭礦《くわう》へ希《き》望に燃《も》えて出発した、北海道班《はん》は十名、九州班《はん》は五十一名……

昭和二十年十二月十五日

夢物語・炭山の待遇

去る五日九州田川炭坑《かう》に向って勇躍《やく》出発した平和日本建設教團の應募《ぼ》者相澤正（二二）遠籐邦《くに》勝（一六）の両君は突然《ぜん》山から帰り、十四日豊田商工次官を訪《たづ》ね、左の如く現地の状況《じやう》を訴へた

到着當日少量の麥飯に澤庵三切れだけの晝食を給與されたが、夕食になると、さらに量が減り、翌朝はまた減つてしまつた、味噌汁もなし僕等は村の農家を訪ねて塩を貰つてなめた、一日五合ときまつてゐる御飯の少いのには驚いた、往復の汽車賃のほか各人百円平均の前貸しをするといふ話も駄目、いよいよ収入の点が心配になつたのではつきり尋ねると、動員署では一日八円から十円で少くも月三百円にはなるといふ話だつたのに手取りは卅円前後と言はれ一同啞然とした、そんなわけで僅か四日間に一行五十二名中廿名は脱走し神奈川縣から一緒に行つたものは僕等が帰る日（十日）全部ゐなくなつた

昭和二十一年九月五日

對日理事會——積る悪勞働條件リデー氏説明

……出炭低下の理由は①戰前戰時中炭礦夫の大部分は朝鮮人であつたが、現在これに替つて日本人が従業したため、経驗不足であること②食糧不足のため炭礦夫は買出しなどに時間を浪費してゐること③設備機械類の老朽と悪勞働條件のため、勞働者が不安をいだいてゐるためである……

昭和二十一年十一月二十四日

少年ばかり五十數名を毒牙

栃《とち》木縣河内郡姿川村で十四歳の少年を食事付日當八十円で世話すると東京都三鷹町大沢村間組村田土工飯場へ賣飛ばした犯《はん》人飯沼《ぬま》正二郎（三四）を宇都宮署《しょ》で取調べたところ同人は同様手段で／宇都宮市で十七、八歳の少年三名、上野、北千住の戰災孤《こ》兒、浮浪《ろう》兒など五十數名を前記に賣飛ばしていたものである

昭和二十二年一月二十五日

北海道の炭礦へ行く浮浪者

去る十五日强制收容された上野浮浪者のうち目黒厚生寮二十名、淀橋保護所三名、荒川保護所十三名、上野勤勞署十四名、計五十名はこんど志願して北海道釧路市外庶路の明治炭礦第二鑛区へ就職することになつた

6　エワの子ら

病気になって死んだチビが叫んでいた。オキテだ！　オキテを忘れるな！

チビの体は冷たく、真白な粉にまぶされている。「アケーラ」にも、白い粉は降り注いでくる。そして、ほかのまだ生きているチビたちにも。窓は閉ざされ、子どもたちは息をひそめる。一人、死んだチビだけが金切り声で叫びながら走りまわる。だれにも、そのチビをおさえることはできない。チビは熱を出したと思ったら、あっという間に死んでしまった。チビのことだから、自分が死んだという意味がわかっていない。死んだチビは「アケーラ」を探している。モーグリやアケーラのお話をいっぱい聞かせてくれたあんちゃん。「アケーラ」は死んだチビから逃げだしたい。

オキテだ！　オキテを忘れるな！

チビの眼がひかり、「アケーラ」に両手を伸ばして駆けてくる。白い粉が舞い散る。……

自分の呻く声で、「アケーラ」は眼をさました。ＤＤＴの粉を体から払い落とそうと右手をあげ、ようやく自分が上野行きの夜行列車に乗っていることを思い出した。「アケーラ」の胸に頭を乗せて寝ているのは、あのチビではなく、「モーグリ」だった。二人はデッキに坐りこんでいた。今度の列車も混んでいることには変わりない。遠距離の夜行列車だからか、大きな荷物を持つ乗客が多く、網ダナにのせきれない荷物が通路をふさぎ、車両の混雑は一駅ごとにひどくなっていく。二人ははじめから車室に入るのをあきらめ、デッキに坐りこんだ。デッキなら便所は近いし、気軽にいつでも列車からおりることができる。

「アケーラ」は明きらかに風邪を引いていた。それが自分で恥かしかった。チビガエルの「モーグリ」がまた、妙にかいがいしく思いやりを示そうとするので病人の気分によけい落ちこみ、最早「アケーラ」という偉大な名前を返上するべきときが来たか、と気弱に思わずにいられなくなった。「モーグリ」は「アケーラ」のすでに新聞紙に蔽われた体のうえに自分用の新聞紙もひろげ、タオルを「アケーラ」の首に巻き、額に手を当てたり、足や腕を撫でさすったり。そうして子守り歌のつもりなのか、あらしも吹けば、雨も降る、などと流行歌をうたったり、ヤソの学校仕込みの抹香くさい歌も口ずさんだ。やみじになやめる、エワの子われらは、すくいのみひかり、したいてさまよう……

その声を聞き流しながら、結局、「アケーラ」はいつしか眠りこんでしまったのだった。熱があがっているらしい。体がだるく、眼を開けていても、目玉がとけてしまったように、物の輪郭がはっきりしない。シベリアどころか、青森にも行けなかった。雨にさえたたられなければ、こんなみっともないことにはならなかったはずなんだ、と「アケーラ」は弁解した。冬の墓地で平然と眠っていた四歳の自分自身に。そして、その自分に無言で寄り添っていた父親に。「モーグリ」は「アケーラ」のおなかに頭を埋め、両足で「アケーラ」の頭をはさみこむような形で眠っていた。下痢で「モーグリ」の体も疲れているのだろう。どんな下痢でも体力を消耗する。でも、ありがたいことにセキリではなかった。あのチビはセキリで死んだのだったろうか。セキリだかチフスだか、とにかく伝染病であのチビは死んだのだった。坊主頭の、眼のまわりがいつもただれていたチビ。「子どもの家」に来て、ようやくなじんだころに、伝染病で死んでしまった。オキテだ、オキテを忘れるな、という夢のなかの声が、「アケーラ」の耳にまだひびいている。

「アケーラ」はうつらうつら記憶をたぐり寄せた。ほかにも死んだやつがいたっけ。三人、いや、五人だったか。そのころの「アケーラ」は頭がぼんやりしていたので、墓地のころよりも記憶が遠くなってしまっている。当時、病気ばかりしていたせいなのかもしれない。「アケーラ」ばかりではなく、どの子どもも体が弱かった。ネギを巻きこんだ汚ないガーゼを首に巻いていた。保母たちも同じように首にガーゼを巻き、マスクも手離せずにいた。カズネエの手が真赤に割れ、血を流しているのを見つけて、「アケーラ」はすっかり喜んだことがあった。ぼくとおんなじだね。カズネエは浮かない顔で頷いた。だれかが死んだとき、トヨネエが「お母さん」に抱かれて泣きじゃくっているのを見つけ、「アケーラ」も泣き真似をして「お母さん」に抱きついてみたことがあった。泣き真似をしているうちに、本当に涙が出てきた。それで、「アケーラ」は心の優しい、感じやすい子ども、と評価されるようになった。死んだら、みんな、どこに行くんでしょうねえ。トヨネエが一人でつぶやいていた。どうせ死ぬんなら、お母さんやお父さんが死んだとき一緒に死ねばよかったのに、今ごろ一人ぼっちで死んで、迷子にならないかしら。自分の名前も知らないあんな小さな子が、どうして一人で死ななければならないのかしら。……

列車の速度が遅くなり、駅に停車した。駅の放送が「アケーラ」の耳を打った。やまがたあ、やまがたあ。

十人ほどの乗客がおり、入れ替りに、大きな荷物を抱えた乗客が先を争って乗りこんできた。野蛮なサルどもは歯をむきだし、互いに腕で押したり、脚で邪魔したり、ののしり合って、車内になだれこんでくる。その騒ぎで「モーグリ」が眼をさまし、体を起こした。

——……おなか、空いた。もう朝なの?

——朝なもんか。まだ、外は真暗だぜ。

答えるうちにも、乗客の群れが二人のところまで押し寄せてきた。仕方なく「アケーラ」も体を起こし、「モーグリ」の肩を引き寄せた。

——それにしても、ひでえ騒ぎだ。どいつも血走ってやがる。

それから腕時計を出して、時間を見た。

——九時半だ。そろそろ、腹が減るころだな。食欲があるのはいいことだ。だけど、弁当を買いに行くのは、この騒ぎがおちつくまでちょっと待ってな。

乗客たちのあいだで悲鳴があがり、子どもの泣き声もひびいた。列車のなかに人が溢れ、わずかな隙間も残されていない。それでもまだ、列車に乗りこむ人たちは途切れようとしなかった。この混雑ぶりに圧倒されて、「モーグリ」は小声で答えた。

——いいよ、食べなくても。ここ、どこ?

「アケーラ」は笑いながら言う。

——変な気がするけど、山形らしいぜ。

——山形？　けさ、中華そば食べたところ？　じゃあ、この列車、東京に戻ってんの？

——ああ……、そうらしい。でも、おれたちは途中でおりるんだから、関係ない。とにかく、雨が降っているあいだは乗りつづけるってことさ。

「アケーラ」と「モーグリ」の二人はすし詰めのデッキで、小さな岩穴に押し込められるような形になり、足を縮め、背もできるだけ丸め、膝に頰を押しつけて、顔を見つめ合った。開いているドアのほうから、雨混じりの冷たい風が吹きこんでくる。まわりの人たちの体もところどころ濡れている。雨のにおいがそこからも漂ってくる。

——このまま、じっとしているしかないかな。

「アケーラ」がぼんやりつぶやくと、「モーグリ」も眠そうに答えた。

——朝の都電でこういうのは慣れてるから、へっちゃらだよ。こうして坐ってられるんだもん、よっぽど楽チン。

横のほうから、乗客の背中や手足がからみ合って、二人になだれ落ちてくる。「アケーラ」はそのかたまりを両手で押し返す。正面には床に坐りこんだ男たちの背中が迫っている。その背中が押し寄せてくるたびに、二人でかわるがわる足で追いやる。

発車ベルが鳴り、ようやく列車が動きだした。「モーグリ」は膝に顔を戻して、溜息を洩らした。満員の都電で通学していると、どこからか大きな手が伸びてきて、スカートのなかをまさぐりだす。女の子ばかりを殺したがる男たちと同じ手がうごめく。熱いものをパンツに押しつけてくる。じっとしていたら、殺されてしまう。「モーグリ」は震える体を懸命にひねり、男の足を踏み、その場所から逃げだす。女の子だというだけで、なぜよりによってこんな奇妙な方法で殺されなければならないのだろう。世のなかになぜ、あんな男たちがどこにでもいるのだろう。別の世界があるのなら、そこに逃げだしたくなる。でも今はズボンをはいて、男の子になっているのだから、そんなこわい思いは味わわなくてすむ。「モーグリ」は自分が女の子であることに落胆しつづけていたので、男の子に化けた自分に、少しも不満を感じていなかった。「アケーラ」の方針がうれしかった。「アケーラ」もひょっとして、女の子というものにがっかりしているのかもしれない。でも、それを「アケーラ」に聞いて確かめるわけにはいかない。いくら「モーグリ」が男の子のふりをして、「アケーラ」が「モーグリ」を男の子として扱いつづけても、「モーグリ」が本当は女の子であることを二人とも忘れてはいないのだから。

「アケーラ」が半分、眼をつむりながら、低い声を出した。

――なあ、人が死んだらどうなるか、「モーグリ」にはわかるか。みんな、どこへ行くんだろうって、ときどき変な気がしてしょうがなくなるんだ。墓地に捨てられて死んだ赤ん坊なんて、どうなるんだろう。

「アケーラ」の茶色い瞳をのぞきこんで、「モーグリ」はささやき返す。瞳のなかには「モーグリ」の顔らしい白い影が浮かんでいる。

――天国に行くって、おとなはみんな言うけど……、雲のうえには、まっくらな宇宙がひろがっているだけ。海の底にも、地面の下にも、石炭や地下水、そしてマグマがあるだけ。死んだ人たちがそんなところにいるはずない。トンちゃんが死んだあと、わた……おいらはまだ十歳の子どもだったけど、天国なんて幼稚なこと言うなよって思った。そんなの、ごまかしだって。でも、自分で見つけようと思っても、わからない。トンちゃんが死んでから、死ぬのがこわくなった。それまでは、平気だった。自分が死ぬ夢もよく見てたし、死のうか、このまま生きつづけようか、どっちがいいかなって迷ってた。

——へえ。どうしてかな。

「アケーラ」はつぶやく。

——わかんない。一歳のころから、法事だとかお墓参りばっかりだったせいかな。おまえのお父さんはお墓ですって言われてたから。……でも、トンちゃんが死んだら、なにか全然、ちがう感じだった。あっという間に死体になって焼かれて、トンちゃんは突然消えちゃった。でもトンちゃんのなにかがどこかに残っているって気がしたの。この感じ、わかる？

「アケーラ」はまばたきをして、頷いた。「モーグリ」はひとり言のように、話しつづける。

——……だけど、どこにいるのかわかんない。お化けになってうろうろしているのともちがう。遠い北極星まで飛んで行って、そこで生きているんでもない。……今の学校は教室ひとつひとつに十字架がかかってるの。キリストさまがそこで死んでるの。とってもこわいんだ、それが。ゴミサってのもある。意味のわからない言葉で、神父さんが大きな金色の十字架を持ちあげて、一人でなにかを飲んだり食べたりするの。信者の生徒たちがベールをかぶって、それをわけてもらって食べるんだけど、それはおセンベのようなもので、うっかり歯で嚙むとキリストさまの血が流れるんだって。その血は止まらなくて、血まみれになって、それを嚙んじゃった人は地獄に落ちてしまうんだって。でも上手に食べると、天国に行けて、神さまにかわいがってもらえるんだって。……だけど、トンちゃんやおいらのお父さんにはそんな天国、なんの関係もないんじゃないかなあ。おいらだけ天国に行くわけにはいかないし。……キリストさまって、心臓が外から見えて、その心臓に穴があいていて、血が流れているんだ。おいらたちが悪いことばっかりしているから、キリストさまは苦しんで、死んじゃったんだって。でも、そのおかげで、どんな悪い子どもも本気であやまって、おセンベをもらうと、天国に行けるんだって。……だけど、そうだなあ、たとえばさ、「アケーラ」のジャングルのほうが、死んだあとの天国って感じがする。トンちゃんもおいらのお父さんも、「アケーラ」のお父さんも、みんな、ジャングルのきれいな鳥になったり、オオカミになったり、ヘビ、クマ、ゾウ、黒ヒョウ、シカ、トラ、それからええと、ウサギ、キツネ、虫たち、それにジャングルの花や草、どれでも自分の好きなものになって、ジャングルの仲間として、ちゃんと掟を守って、のんびり生きるの。……それも天国の一種だってことなら、うれしくなっちゃうんだけど。ねえ、これって「アケーラ」が教えてくれたことなんだよ。

「アケーラ」はしばらく考えこむように、眼をつむっていた。眠っているのか、と「モーグリ」が返事をあきらめかけたころ、「アケーラ」の眼が開き、口が動いた。

——「ジャングルは大きく、子どもは小さい。」あるいは、こんな言葉もある。「森と水と、風と木と、ジャングルの恵みはおまえとともに！　知恵と力と礼儀正しさと、ジャングルの恵みはおまえとともに！」……これは、人間の子どもモーグリが大きくなって、アケーラの遺言に従い、ジャングルをいよいよ離れて人間の世界に戻ろうというとき、動物たちがうたったはなむけの歌なんだ。クマのバルーにニシキヘビのカー、それに黒ヒョウのバギーラ。この三匹はモーグリのいわば後見人で、でも、バルーなんか、もうよぼよぼで、眼も見えなくなっている。一方、モーグリのほうはなんといっても人間だから、成長がやたら遅い。いつまで待っても、体に毛は生えないし、キバも生えない。シッポもないし、耳も鼻も働かない。おれみたいに十七歳になっても、まだおとなにもなっていないんだ。動物のほうは、二十年も生きたら、年寄りになってしまうっていうのに。ニシキヘビやゾウは別だけど。……モーグリはだから、人間の世界に戻っていく。ところが実は、ジャングルの仲間としても生きつづけるんだ。いつでもジャングルに戻ってくることができるし、ジャングルもモーグリを見守りつづける。そうなんだ、つまり、ジャングルは人間がこの世に生まれる前の場所であり、死んだあとの場所でもあるんだ。今、はじめてわかったよ。……チビのまま死んだやつらは、ジャングルでチョウチョになってるかもしれないし、おれのおやじはなんだろう、痩せた水牛かな。空襲で死んだ母親とか兄弟はシカかノウサギか。おれはやっぱ、死んだら、オオカミになりたいな。……おまえはなんになりたい？

ジャングルの光景をうっとり思い浮かべながら、「モーグリ」は答えた。

——ええと、そうだなあ、おいらは動物じゃなくて、お花でいい。コスモスみたいな花。

——ちえっ、女みたいなこと言いやがる。もっと元気が出るようなこと、言えよ。

「アケーラ」の顔は笑っている。

——じゃあ、トカゲ。トカゲってきれいだし、逃げるのも上手だし。

——あいかわらず、チマチマしてるな。どうせなら、大トカゲにしろ。昔の恐竜みたいなやつ。

「アケーラ」に言われて、「モーグリ」も小さく笑い声をあげた。

——……、だけど、おれはおまえとちがって、死ぬのはガキのころからいやだったぜ。墓地にいたころはなんにもわからなかったけど、おやじがいなくなってからは、死にたくない、死にたくないって思いつづけてたな。ガツガツ食えるものは食って、おとなに気に入られるようにウソもついて、つまんないケンカはしないし……。うっかり死体になって、ゴミみたいに捨てられるのはかなわねえ、と思ってた。道ばたなんかじゃ、ムシロかぶせて、それだけさ。おやじだって、どんな扱いを受けたんだか、わかったもんじゃない。共同納骨堂のタナで骨壺がほこりをかぶってるよ。お墓なんて、おれたちにはいつまで経っても縁がない。……あれだけ墓地でうろうろしてたくせに、お墓とは縁がないんだから、間抜けな話だよな。墓地にいて、おやじもおれもお墓に手を合わせるなんてこと、一度も思いつきもしなかったんだから、バチ当たりにはちがいない。

——おいらも近所の墓地でよくトンちゃんと遊んでた。拝んだことなんかない。……でも、まだバチは当たってない。

「モーグリ」は眠そうな声で言った。二人の体は乗客たちのあいだで窮屈なまま、かえって居心地の良い、自分たちだけのぬくもりに包まれる形を保っていた。ただし、そこから動きだそうとしない限りはというだけの話で、もし便所へ行こうとしたら、それだけで二人の領分はすぐさま奪われ、居場所を失なう危険があった。「モーグリ」は便所に行きたくなっていた。でもその怖れから体を動かすことはあきらめ、「アケーラ」の話に耳を傾けていた。このまま、もう一度寝てしまえば、そのあいだはお便所に行かずにすむかもしれない。デッキにいる人の数も少しは減るだろう。まだ、がまんはできる。下痢は一応、おさまったみたいだし、出るものは出てしまっているから、おなかはからっぽになっているはず。今は、「アケーラ」の熱のほうを心配しなければ。「モーグリ」は「アケーラ」のほんのり赤くなった顔を、その涙っぽいまつげの濃い眼、無精髭に囲まれた赤い唇を熱心に見つめつづけた。

――墓地には、ヤソのお墓もあったな。十字架の形だったから、そうなんだろう。ヤソの天国って、みんなと別のところにあるんかな。そんなはず、ねえよなあ。「子どもの家」の「両親」は神さまは神さまでも、神ダナのほうの神さまだった。でも、拝んでるのは見たことない。チビが死んでも、葬式どころじゃなくて、頭を下げてお別れをしろとは言われたけど、それだけだった。死んだチビには、みかんを持たせてやってたな、そう言えば。……自分の神さまがいやになってたみたいで、自分の本当の子どもを戦争で三人も死なせたらしいけど、宇宙のエネルギーに戻ったんだから、そこら辺に咲く花も、野良猫の産む仔猫でも、小川のミミズだろうが、死んだ子どもと全部つながっているんだって、おれたちに言ってた。ジャングルにみんなが戻っていくっていうのと、あんまり変わりはねえな。今度、会いに行ったとき、教えてやろうかな。とっくにそんなこと、気がついてるのかもしれないけど。……「お父さん」は昔、小学校の先生やってたって言うから、すごく頭がいいんだ。おれたちにいろんなことを教えてくれたんだぜ。ロシア革命の話とか、ユダヤ人の新しい国とか、インドのガンディのこととか……。ガンディっておまえ、知ってるか。見たところこじき坊主みたいだけど、すごくえらい人なんだぞ。無抵抗主義ってことで、インドを独立させて、宗教のちがいとか、階級のちがいでケンカするなって言ってたら、そんなのはいやだってやつに殺されたんだ。

「モーグリ」がこのとき、頭をあげてつぶやいた。

――どうしよう、やっぱりお便所に行きたい。行けるかなあ。

「アケーラ」も頭を起こして、溜息をついた。

——そうか、ちょっとまずいな。今度、大きな駅に着いたら、ホームにおりて、立ちしょんするほうがいいんじゃないか？

——だけど……、立ちしょんなんかできないもん。

眉をひそめて、「モーグリ」は言い返す。

——小さいほうか？　それとも、大きいほうなのか？

——わかんない。両方かも……。

——しょうがねえなあ。じゃあ、とにかく行ってみろよ。便所はすぐそこなんだから。このまま、這って行くほうがいいぞ。

少しためらってから、「モーグリ」は両手を床につけ、四つん這いになって、まず眼の前の大きなお尻に声をかけた。

——ごめんなさい、通らせて。お便所に行きたいの。

大きなお尻が少しだけ動き、男だか女だかわからない声が聞こえた。

——大きいほうだが？

——下痢してるから……。

——んだら……、ほら、通らっしゃい。

隙間がひろがり、「モーグリ」はそこに体を捩《ね》じこませた。今度は眼の前に、茶色の大きな袋が立ちふさがっていた。右側に迂回し、折り重なるようにしてそこに坐りこんだ男たちに再び、頼みこむ。大きいほうが洩れそうなのだ、と言うと、不機嫌な顔のまま、上半身を横にずらしてくれた。その谷間を乗りこえ、別の荷物に坐りこむ人の足のあいだを通り抜け、子どもを抱く女の人の背中のうえを通り、ようやく便所の前にたどり着いた。ドアは開け放しになっていて、なかにも乗客が数人坐りこんでいた。老人ばかりで、二人は女のようだった。襟元に手拭いを巻き、新聞紙のうえでおむすびを食べている。

「モーグリ」は立ちあがって、今までと同じように頼んでみた。

――あのう、お便所使いたいんですけど……、ごめんなさい、下痢しているんで。

老人の一人が頷いて答えた。

――入らっしゃい、かまわねがら。

他の老人たちも頷くが、一向に出て行こうとしない。「モーグリ」が動けずにいると、また同じ老人が言った。

――だれも見だりすね。気にもすね。早ぐ入らっしゃい。

「モーグリ」はなおも迷いつづけた。がまんできるものなら、がまんしたい。人のいるところで、どうしてうんこができるだろう。とは言ってもこのままでは、たぶん、洩らしてしまうことになる。パンツとズボンが汚れるだけならまだしも、床に下痢便を流す羽目になったら、この人たちはみんなで責めたてるにちがいない。こんな臭くて、汚ないものを垂れ流しやがって！　だいじな荷物にも、うんこがついたじゃないか！　こんな小僧、列車から突き落としてやる！

ようやく決意を固めて、「モーグリ」は便所のなかに入り、便器の場所にのぼった。老人たちは横を向いたり、背を向けている。好きでこんなところにいるわけじゃない、と言いたげに気むずかしく口を閉ざし、うつむいている。「モーグリ」も眼をつむり、すばやくズボンとパンツをおろし、便器にしゃがみこんだ。なにも考えず、なにも見ない。そうすれば、「アケーラ」から聞いた墓地の父子と同じになれる。いつも下痢をしていたという父子はお尻から音をたてて、それから湯気を出して、墓地のあちこちでうんこをしていた。

緊張した顔で「モーグリ」がどうにか「アケーラ」のもとに戻ったとき、列車も駅に着いた。よねざわあ、よねざわあ、と駅の放送が聞こえる。同時に「アケーラ」が起きあがった。

――ここは大きい駅らしいから、弁当を買ってくる。

そうして乱暴に、デッキの人たちをかきわけて外に出て行った。

数人の乗客がこの駅でおり、その何倍もの人たちが列車に乗りこもうと押し合いをはじめた。これがきょう最後の東京まで行く普通列車だから、こんなに混むのかもしれない、とはじめて「モーグリ」は思い当たった。この列車にさえ乗れば、とにかく明日の朝には東京に着く。ほとんどの乗客は東京まで行くつもりらしい。荷物のなかには、お米や、カボチャ、ジャガイモ、そんなものが詰めこんであるように見える。「アケーラ」を待つあいだ、「モーグリ」は自分の袋から巻紙を取り出し、それをちぎって、パンツのなかに押し入れた。さっき、紙を持っていなかったので、パンツのなかが気持悪かったし、またこれから先の用心に、おむつ代りにあてがっておこうと思いついた。デパートの巻紙は貴重品なのに、もうだいぶ使ってしまった。

発車ベルがひびき、汽笛が聞こえた。「アケーラ」はまだ戻ってこない。列車が重く揺れ、車両の連結部のぶつかり合う音が耳に届く。乗車口は開いたままで、夜の冷たい雨が吹きこんでくる。「アケーラ」がもし乗り遅れたら、どうなるのか。息を止めて、「モーグリ」は乗車口を見つめつづけた。列車の速度は少しずつ、速くなる。乗客のあいだから黒い頭が突き出て、手が伸び、それから、見慣れた「アケーラ」の体が現われた。

――へっ、あぶねえ、あぶねえ。もう少しで振り落とされそうだった。弁当とお茶を持ってるから、両手を使えなくてまいったよ。弁当屋はなかなか見つかんないし。しかも、こんなシケたニギリメシしか売ってやがんねえ。

まわりの乗客をむりやり押しのけて元の位置に坐りこみ、早速、茶色の包み紙を開いた。確かに貧相なおにぎりで、たくあんが添えられているものの、なかには梅干しのかけらが入っているだけで、海苔の代りに、見たことのない葉っぱが巻いてある。それが三つ並んでいる。量は足りなかったが、案外、味には満足した。すでに、時間は夜中の十二時に近くなっていた。列車は小さな駅を無視して、ときどき、汽笛を鳴らしながら、闇のなかを進みつづける。まわりの乗客たちはそれぞれ窮屈な姿勢で眼をつむっている。本格的に眠っている人もいないではないけれど、ほとんどはうつらうつら浅い眠りに身を委ねているだけだった。車両も、デッキも、これだけ人がひしめいているというのに、なにかを怖れるような静寂が淀んだ空気を抑えつけている。赤ん坊のぐずる声が遠くに聞こえた。車輪の固い音がひびきつづけるなかで、二人も自然に眠気に誘われていった。明日は存分に、食べたいものを食べよう、とささやき合いながら。

女の悲鳴が間近にひびき、眼をさました。まわりが一斉に騒めき、自分の荷物を見直したり、胸ポケットを確かめはじめる。

――切符もなくなってる！　サイフもぬすまっだ！

女のわめき声がどこから聞こえてくるのか、すぐ近くだという以外にはわからない。いくら女がわめいても、乗客のだれも動かなかったし、車掌も現われなかった。車内はすぐに、もとの息苦しい静けさに戻り、車輪の音が規則正しくつづいた。「アケーラ」と「モーグリ」も再び、眠りに落ちた。


――てめえ、なにしやがる！

――ばかやろう！　これでもくらえ！

――やりやがったな、このドブネズミ！

男たちのけんかが車室のほうで突然、はじまった。同時に、別の男の泣き声のような高い声がひびく。

――荷物が！　荷物がなえ！　だれが知らねが！　これぐらいの大きさの木箱だあ！　たのむっす、探してけらっしゃい！　あれがなぐなったら、死ぬよりほがなえは！

ざわめきが起こり、女の声があがる。

――ここにある箱、そうじゃないの？　今まで、こんなのなかったもの。どなたか、おぼえがあります？　……だったら、そうよ。だれか盗もうとして運びかけたのよ、きっと。

けんかの声はいつの間にか、消えていた。「アケーラ」と「モーグリ」は顔を見合わせ、腕時計を見た。三時をまわっていた。かたわらで眠っていた人たちも眼をさまし、ささやき声を交わす。

――見つかったんだな、運がえがったよ。

――ぬすびとだらけで、寝ていらんなえ。

――このごろ、人殺しも多《うが》いそうだ。

――おっかない、おっかない。

――んだげんとも、手入れのほうがおっかないぞ。

――この列車はどうだべ。

――山形でなんにもなえがったがら……、あとは小山か、大宮か、それとも上野で待ってるってこどもあるなあ。

――没収した米を巡査が食ってるって聞いだぞ。

――ひでえごどだ、まったぐ……。

「アケーラ」と「モーグリ」は眼をつむり、眠りつづけようとした。けれども、まわりがざわめきだし、空腹も手伝って、きれぎれにまどろむことしかできない。「モーグリ」は夢のなかで、ニワトリのオリに閉じ込められ、十羽以上もいるニワトリたちのくちばしから逃げまどっていた。家で飼っていた四、五羽のニワトリにえさを与え、卵を見つけてくるのが、七、八歳の「モーグリ」の役目だった。ニワトリたちは「モーグリ」に見向きもしないときもあったけれど、興奮して、「モーグリ」を追いかえそうとくちばしで攻撃するときもあった。ニワトリのくちばしは痛い。ニワトリはいじわるで、乱暴だった。ニワトリは寝ているか、怒るか、それ以外のことを知らない。

「アケーラ」はどことも知れない川岸を歩いていた。川風が冷たくて、頬が凍りつく。川の両岸には、「アケーラ」以外、だれの姿も見えない。風が吹き抜けると、川の水面が白く波立ち、岸の枯れ草が乾いた音をたてて揺れ動く。空が暗い。吹雪になるのかもしれない。「アケーラ」は裸足で歩いていた。川のまわりには、白く凍りついた田んぼがひろがっているだけで、家も、木も見えない。こんなところで休むわけにはいかない。「アケーラ」は歩きつづけた。川を見ると、白い大きな鳥が一羽浮かんでいる。白鳥だろうか。そう思ったとたん、白い鳥の首が横に折れ曲がり、体全体も横に倒れてしまう。死んだ鳥じゃないか。「アケーラ」はがっかりして、水面をゆっくり押し流されていく鳥の体を見送る。

——……全員、降車を願います。……降車してください。

プラットフォームから、男の声が聞こえてきた。乗車口が外から開けられ、その付近にいた乗客が荷物を持ってすでにおりはじめている。

——おい、手入れだぞ。

——こだな朝っぱらがら、なんちゅうことだ。

——くそ、いばりやがって……。

二人がまだぼんやりしているあいだに、まわりは乗客たちの声で溢れ、プラットフォームとは反対側のドアを開け、自分の荷物を素早く外へ投げ落とす人もいた。警官らしい男たちが山賊のような勢いで乗りこんできて、警棒を振りあげ甲高い声で叫びはじめた。

——早く降りろ、荷物を全部持って降りろ！　リンケンだぞ！

「アケーラ」は「モーグリ」の腕をとって助け起こし、ささやきかけた。

――よくわかんないけど、荷物検査らしいから、おれたちは大丈夫だ。でも、おまえは口を閉じてろ。

ほかの乗客たちともみ合いながら、プラットフォームにおり立つと、列車の各車両をピストルを構えた警官が四、五人ずつ見張っているのが見えた。

まだ空は暗く、空気は冷たかった。「モーグリ」の体が震えはじめる。ねぼけた頭で、事情がさっぱりわからない。さっきまでの夢よりも現実感がなく、ゲシュタポとか、アウシュビッツという言葉がよみがえってきた。〈アンネの日記〉でおぼえた言葉だった。「アケーラ」ととにかく引き離されまい、とその腕に両手でしがみついた。震えが大きくなると、歯が鳴り、眼にも涙が浮かんでくる。おしっこが洩れそうになる。お母さんの許しもなく、学校をさぼって「アケーラ」と旅行に出て、そのうえ男の子に化けていることが知られたら、ガス室に送りこまれてしまう。「アケーラ」がせめて一緒に死んでくれるのなら、静かに死ねるかもしれない。「アケーラ」は子どもとして扱われるのか、おとなの収容所にまわされるのか。収容所では男と女も分かれさせられるんだろうか。

――ぐずぐずするな！　六列縦隊に並べ！

プラットフォームのまぶしい電球の光に、警官のピストルがひかる。六列に乗客たちを並ばせようと警官たちは声を張りあげているのに、乗客のほうは案外、警官をおそれず、水飲み場で顔を洗う人もいれば、プラットフォームの端で立ち小便をしている人さえいた。ほかの警官たちがいばりちらしながら、乗客の荷物を調べはじめている。列車のなかからも、つぎつぎ大きな荷物が投げだされる。プラットフォームの柱には、うつのみや、と書いてあった。

――移出証明はきさま、持ってるのか？　なけりゃ没収だ。覚悟のうえだろうが。……つぎ！　なんだ、これは？　……え、米だろうが、米！　麦もあるな。よくばりやがって。……だめだ、二升までだ。二升！

乗客の荷物から重そうな布の袋や、ブリキの缶、ワラの包みが放りだされ、腕章をつけた男の持つ麻袋にその中身が投げこまれていく。米、麦、イモ。少し離れたところでは、子ども連れの女がやはり食料を没収されたのか、泣き崩れている。こぶしを握りしめて、警官を罵倒する乗客もいた。

――ちえっ、ひでえことになったなあ。今どき、ヤミ米の手入れかよ。おれのガキのころとこれじゃ、おんなじじゃねえか。

「アケーラ」は呆れて、つぶやいた。「モーグリ」は涙の浮かんだ眼を、「アケーラ」の袖に鼻水とともにこすりつけている。あまりこわがるとかえって怪しまれるぞ、と言い聞かせたくても、すぐそばまで警官が近づいているので、黙っているほかない。

二人組の警官が前の乗客のリュックサックと風呂敷包みの中身を調べ終えた。規定の量を超えてはいなかったらしく、没収の騒ぎは起こらなかった。つづけて、「アケーラ」たちの番だった。

――おまえらは、この二人だけか？

「アケーラ」は黙って頷く。

――荷物は？　おい、これだけなのか？

片方の若い警官が二人の布袋の口を開け、なかをのぞいた。

――おまえら、家出してきたんじゃないだろうな。えっ？　東京になんの当てもなく出て行ったら、たちまち浮浪児になって、悪いやつにつかまるぞ。それとも、列車ドロか、おまえらは。仲間がほかにもいるんじゃないのか？

——まあ、いい。違反品はなし。つぎ！

年長の警官は「アケーラ」と「モーグリ」の二人には無関心に、列のうしろに移って行った。若いほうの警官は舌打ちして、「アケーラ」を睨みつけてから歩み去る。見たところ、「アケーラ」とさほど年はちがわない。頬と額に汚なく崩れたニキビがひかっていた。その不潔なサル顔にツバを吐きかけてやりたかったが、「モーグリ」のためにそれはがまんして、うつむきつづけた。サルの言葉は所詮、意味のない、下品な雑音にすぎない。

——もう大丈夫だ。あそこで水を飲んできてもいいぞ。顔も洗いたいだろ？

赤くなった眼で「モーグリ」は「アケーラ」の顔を見あげ、首を横に振った。相変わらず、「アケーラ」の袖に両手でしがみついている。

——ちえっ、そんなにこわがるなってのに。しょうがねえなあ。

うしろのほうで新たに怒声と泣き声がひびいた。いつになったら、列車に戻れるのか、列車をこれほど遅らせる権利が、あのサルたちにあるのだろうか。プラットフォームを見渡すと、こぼれ落ちそうな数の乗客がひしめいているのがわかる。列車の乗客全員がおろされたのだから、一体、どれだけの人数になるのか見当もつかない。

二十分ほど経って、ようやく「アケーラ」の列が警官から解放された。列車に戻ってもよろしいと言われ、「アケーラ」と「モーグリ」は二人でまず水飲み場へ行った。顔を洗い、うがいをして、水も飲んでから、プラットフォームの端に立った。心なしか、空が明かるくなっているように見える。向かい側のプラットフォームの屋根でスズメが二羽、小さくさえずりながら、うろうろ動いていた。

──きょうは天気らしいな。天気にさえなってくれれば、おれたちはまた力を取り戻せる。

「モーグリ」は頷き返した。袖にしがみついていた両手からようやく、力が抜けてきた。

──だけど、おまえがびっくりするのも、むりねえよな。おれだって、最初、心臓がドキドキした。相手はピストルだもんな。しかも、おれたちを列車ドロ扱いしやがって。

──……家出か、とも言ってた。

「モーグリ」がささやきかけた。顔を見ると、泣きべそのまま、口もとが少しほどけて笑いかけているので、「アケーラ」は安心して話しつづける。

──ったく、失礼だよな。おれたちはこう見えても、東京育ちだってのに。

「モーグリ」は小声で笑う。

──にしても、今どきまだ、こんなことをしているなんて、ちっとも知らなんだ。もう、ヤミ米の時代じゃないはずなのに。

──ヤミ米って?

──そんなことも知らねえのか、「モーグリ」は？　米屋で米を売ってなかったら、いくらでも高い値段で自分が田舎から運んできた米を売れるだろう。ぼろい商売ができるってわけさ。ところで、おまえ、ちょっと向こうを見てろ。おれ、ここでしょんべん、すっから。それとも、おまえも立ちしょん、してみるか。ちっともむずかしいこたあないぜ。

「モーグリ」はあわてて「アケーラ」から体を離し、顔をそむけてしまった。

――ふん、努力の足りねえやつだ。

「アケーラ」はつぶやきながら、ズボンの前ボタンをはずし、線路に放尿した。そのとき、向かい側のプラットフォームに「日光」という文字を見つけた。森のなかに建つやたらに派手なお宮のペンキ絵が見える。三匹の猿が描かれたポスターも待合所の板壁に貼ってある。日光国立公園、国際的観光地、東照宮、中禅寺湖、という文字も見えた。

――日光か……。なあ、あれ見ろよ。ここから日光へ行けるらしいぜ。天気もよさそうだし、ちょっくら行ってみようか。日光って言えば、有名なところだからな。ほら、国際的観光地って書いてある。せっかく旅行してるんだから、少しは観光もしてみたいよな。

――うん！

「モーグリ」がうしろからはりきった声で答えた。

昭和二十一年八月一日

乗客の九割が違反――政治の貧困に車窓から怒聲

――「白米列車」便乗記

「魔《ま》の列車」があるかと思へばお米の本場東北六縣を縦断《だん》する上り列車を人よんで「白米列車」といふ、米びつのやうに、また豚《ぶた》箱のやうに、米や人を積んだ列車、それをねらつてこれらの列車が東京に着くまでには、必ずどこかで手入れの列車旋《せん》風が起る、巻きゲートルにピストル持参の武装警《けい》官がさつと列車を取りかこむ、全員降車が嚴《げん》命され人も物もホームに叩《たゝ》き出され、山とつまれた米、麥、馬鈴薯《れいしよ》の無償沒《しやうぼつ》收が行はれるのだ、おしあひ、ひしめく狂躁と混乱《こんらん》のうちにつひには発砲事件まで発生したといふ——秋田発上野行四〇四列車がある日の午後九時五十二分、山形駅にすべりこんだ／當局《きよく》にはこの列車こそ目のかたき、この晩も七十三名の警《けい》官がピストルで武装、要所をかためた、／食糧《りやう》營團の腕章《しやう》をつけた男が大きな痲《あさ》袋をいくつもひろげて檢《けん》問官のわきに立つ、約二千名の客が持てるだけの荷物をもつてゐる／この晩の無償没《しやうぼつ》收は約六俵半、かくて無法越境ものを拂ひのけ、身軽になつた列車は約四十分も遲《おく》れて発車した
汽車が出るなり車窓からは警官罵倒の聲、怒聲、反省どころか同じ買出し、同じ災難（？）それが口を親しくさせて騒然雑語の車内に政府はくそみそである、その車内にこんどは移動警察官の登場だ、混雑にまぎれて盗難が七件も発生したのだ、やつと許可された二升の米と朝食、子供の洋服まで盗まれた婦人もある

プラットフォームの階段を登って、「日光線」と書いてある指示板に従って、また同じような階段をおりた。時刻表をまず調べてみた。始発が五時二十分と書いてある。あと二十分ほど待つだけですむ。さっきのプラットフォームでは、乗客たちはすでに列車内に戻り、明かるい電球の下に警官ばかりが立ちつくしている。没収品の山も各車両ごとに残され、それが動物の死体のように見える。今さら、警官に呼び止められるのはなんとしても避けたい。それで二人はもう一度、階段を登り、駅の改札口まで行った。「アケーラ」は今までの切符を精算し、日光までの切符を買い求めた。そのあいだ、「モーグリ」は便所に行き、用をすませた。安心したことに、下痢はどうやら、すっかりおさまったらしい。改札口の外に出てみても、空はまだほんの少ししか明かるくなっていないし、店も開いていていない。二人、三人と、「アケーラ」た

ちと同じ列車に乗るらしい人たちが改札口を通っていく。そして、ひとけのない薄暗い広場には、警官に守られたトラックが二台、没収品と警官隊を運ぶために待ち受けているのが見えた。

このとき汽笛がひびき、上野行きの列車が動きだした。プラットフォームを振り返ると、警官たちが線路を横切って、一斉にこちらに向かってきた。そして、没収品を集めた袋をひとつずつリレー式に運びだしはじめる。「アケーラ」はとっさに「モーグリ」の手を握って、広場の端に積んであった材木の山かげに隠れた。

材木を背に無言でしゃがみこんでからしばらくして、「アケーラ」に「モーグリ」はささやきかけた。

――ねえ、列車ドロって、そんなに多いの？

「アケーラ」も小声で答える。

――多いんだろ、きっと。

――みんなから取りあげたあのお米、おまわりさんたちで食べちゃうの？　だったら、よっぽどドロボウだね。

――なにしろサルだから、あいつら、なんだってするさ。それより腹へったなあ。ここで弁当を買えるといいんだけど。

――熱はもう下がった？

思い出して、「モーグリ」は「アケーラ」の顔をのぞきこんだ。

――……たぶんな、これだけ腹がへるんだから。

――じゃ、よかった。わたしもおなか空いた。それに、眠い。ここって宇都宮なんだよね。

山形よりずっと南のはずなのに、やっぱり寒いね。お日さまが出てきたら、あったかくなるの？

「アケーラ」は頷き、眼の前の線路を見つめる。白い花が一面に咲いている。ハハコ草って名前だったっけ、と考えこんだ。よく見ると、ピンクの小さな花も咲いている。この位置からは、なんの花か見分けがつかない。ゲンゲか、クローバーか。背にした木材から、湿ったオガクズのにおいが伝わってきて、くしゃみが出そうになる。空の青い色が微妙に変わっていく。スズメの声がここでも聞こえた。でも、スズメがどこにいるのかはわからない。

「アケーラ」がなにも言ってくれないので、「モーグリ」も小さなあくびをくり返しながら、空を見あげ、白い花をながめた。わざわざ遠い北の地方まで行かなくても、ここにだって、花がいっぱい咲いていたのに、と思う。でも、花ならどこにだって咲いている。「アケーラ」が言ったのは、生きているうちには決して行くことができない「天国」のジャングルの話だったのだ。「アケーラ」だって本当はまだ行ったことがないジャングル。それにしても死んだあと、大トカゲになるのはあんまりうれしくない。ワニもいやだし、ヘビだったらいいだろうか。「モーグリ」はさまざまなヘビの種類を頭に思い描きはじめた。ニシキヘビ、コブラ、ガラガラヘビ、マムシ、シマヘビ、アオダイショウ……。

木材のかげから広場をのぞいていた「アケーラ」が立ちあがった。

――よし、ポリ公のサルどもはみんな、いなくなった。さっきのホームに急いで行かなくちゃ。発車時間ぎりぎりになってる。

二人はそれから勢いよく走りだし、改札口を駆け抜け、階段を登って、おりた。列車がすでに来ている。走ってきた勢いのまま、列車に乗りこむ。車両は空いていた。手近な座席にあわてて坐りこみ、息をつく。同時に、発車ベルが鳴り、短かい汽笛がひびいた。

——しまった、弁当、買うの忘れてた!

「アケーラ」がくやしそうにつぶやいた。

——いいよ、日光に着くぐらいまではがまんできる。

窓の外をながめながら、「モーグリ」が無関心な声で答えた。空はすっかり朝の色に変わっている。

——……なあ、「モーグリ」は、日光に行ったことあるのか?

「アケーラ」は向かい側の座席の老女二人の顔をそれとなく観察しながら、「モーグリ」に小声で聞いた。

——小学校の修学旅行で行ったよ。でも、あんまりよくおぼえてない。ケゴンの滝って水が少なくて、あんなところでほんとに自殺できるのかな、と思った。

老女は二人とも似たような色のくすんだ着物を着て、布の手提げ袋を抱え眼をつむっていた。どう見ても、観光客とは思えない。車内の乗客のほとんども、地元の人間らしい。すし詰めの夜行列車よりは気楽にちがいないが、土地の人ばかりというのも気を許せない。二人の東京の言葉がまわりの好奇心を招く。もっとも、ここは東京に近いから、東京の言葉など珍しがりはしないのかもしれない。

——なんだ、自殺って。

「アケーラ」はささやき返した。

——有名なだれかが自殺したんだって。あんなところで自殺したくなるなんて、変だよ。

――ふうん、本当に死にたきゃどこでも死ねるもんな。

――どうせ死ぬ気なら、自分んちで死ぬか、焼き場で死ねばいいのに、ね?

――焼き場でか?

――うん、死体を運ぶ手間がはぶけるもん。

「モーグリ」は大まじめに言い切る。「アケーラ」のほうがとまどい、頬も鼻も柔かく丸まった「モーグリ」の顔を見つめ直した。

――そりゃそうだろうけど、焼き場で自殺したいやつはさすがにあんまりいねえだろう。

――わたし……、おいらなら気にしないけど。

――おれは、墓地だったらいいけど。墓地で死ぬのは、気持いいよ、きっと。

――でも、墓地で死んでも、死体は焼き場に運ばれるんだよ。昔とちがって、今はみんな焼かなきゃいけないんだから。東京の死体はぜんぶ。……自殺したい人はここでどうぞっていう穴を特別に用意しとけばいいのかもしれない。そういうのがあれば、おいらのお父さんたちも安心してそこで死ねたんだよ。そしたら「アケーラ」のお父さんは交番に届けなくてすんだし、わざわざ死体を焼き場まで運ばなくてもすんだ。三つも死体があったんだから、たいへんだよ。でも、そうしたら、おいらたちは「モーグリ」と「アケーラ」になれなかった。

「アケーラ」は気むずかしい顔で頷いた。「モーグリ」は大きなあくびをして、体の力を抜き、「アケーラ」の肩に頭をのせる。

――「アケーラ」の体、やっぱり熱が少しあるみたい。寒くない? 新聞紙、そう言えば、さっきの列車に置いてきちゃったね。どっかでまた拾わなくちゃ。……さっきは、ゲシュタポに殺されるのかと思った。あんなの、ひどいよねえ。ガス室で死ぬのは、いやだなあ。

――いいから、少し寝なよ。おれも寝る。

「アケーラ」に言われ、ようやく「モーグリ」は口を閉ざし、眼もつむった。兄の死体が焼かれたときのにおいが鼻先によみがえってくる。頭の内側にしつこくまつわりついてくる甘ったるいにおい。百合のにおいとメロンとおしろいのにおい、それに魚のにおいが混じったような淀んだにおい。そのにおいだけが、焼き場の記憶として残されている。だれの体を焼いても、同じにおいがするものなんだろうか。それとも、あれは焼き場で焚いていたお香のにおいだったような気もする。でもそのにおいがよみがえってくると、いつでも「モーグリ」の体はどろりとした水になって溶けていく。

だれだっけ、同じようなことを言ってたやつがいた、と「アケーラ」は眼をつむりながら記憶を探った。穴の話だ。「子どもの家」の兄貴だろうか。中学の同級生だろうか。赤ん坊のときから級長だったようなやつがいた。頬に火傷のあとがあって、とび抜けて頭がいいのに陰気で、それでなのか、気がつくと一緒にいることが多かった。でも、友だちになったわけじゃない。そんなやつもいた。今ごろ、高校で勉強をつづけているんだろうか。そいつが教えてくれたような気がするけど、はっきりしない。どこだか遠い砂漠の国に、死ぬのを待つ穴があるという。病気や絶望や悲哀で死にたくなった人間はその穴に行き、身を投じる。アリジゴクの巣に似た、スリバチ状の砂地の穴なので、一度落ちたら、いくら後悔しても這いのぼることはできない。死病にかかった病人が多いため、飢えや渇き、そして太陽の熱のほかに、チフスやコレラ、天然痘などの伝染病で死ぬ可能性も与えられている。そんな穴が用意されているなんて、たいした知恵だよな、とあいつはまじめな顔で言ってたっけ。人間社会にはそういう穴が必要なんだ、なにかに絶望して死にたいと思うとき、あの穴に行きたいほど死にたいのかどうかと判断する目安にはなるじゃないか、あそこはいやだと思ってはじめて、まだ本当は死にたくないんだって思い直せるんだ、本当に死にたいのか死にたくないのか自分ではなかなかわからないものだから……

ほぼ一時間後に、列車は終点の日光駅に到着した。眠りこけていた二人は車掌に起こされ、あわててプラットフォームにおりた。朝のまぶしい光を体に受けた。眼をあげると、すきとおった水色の空がひろがっている。二人は単純にそれだけのことでうれしくなって、改札口を目ざした。ほかの乗客も一斉に改札口に向かっている。この町に働きに来た人、あるいは商品や食料を持ちこむ人たち。「モーグリ」ほどの子どもの姿もちらほら混じっている。学校に行くのではないらしい。ここで皿洗いとか、お寺の掃除のような仕事をしているのだろうか。白いペンキ塗りの駅舎の出口には、観光地らしく大きな案内板が立っていた。日光東照宮とか中禅寺湖という観光名所の名前を並べ、何番バスで十分とか、三十分とか記してある。でも、ややこしくて読む気が起こらない。駅前がバス乗り場になっていて、広場は朝の光に充たされていた。そこに、トラックが四、五台並んでいるのが、眼に入った。「アケーラ」と「モーグリ」は思わず、駅舎のなかに駆け戻り、そこからもう一度、外をのぞき見た。

どう見ても、そのトラックは宇都宮で見送ったのと同じ、警官隊を運ぶためのトラックとしか見えなかった。しかも、その数が増えている。ここまで自分たちを追ってきたのか、と一瞬、思いこんだ。まさか、そんなはずはないと考えてみても、とりあえずほかの理由が思い当たらない。「モーグリ」の体が震えはじめた。ゲシュタポというまがまがしい言葉が再び、体のなかに吹き荒れる。

よく見ると、トラックに乗りこんでいるのは警官ばかりではなく、赤い線の入った紺のハッピを着た警防団の男たちも多かった。それにしても、それぞれ長い棒を持っていて、物騒なことには変わりない。これからトラックの荷台に乗りこもうとしている一団も見える。スコップやツルハシなどの工具も運びこんでいる。トラックは全部で六台、ほかにジープ、数匹の猟犬の姿も見えた。「山狩り」という言葉が、「アケーラ」の頭に浮かびあがる。なにか凶悪なものが山に逃げこんだ。広場の端で、通りかかった人たちがこわごわトラックをながめている。警防団員の確認や荷物の準備に手間どり、「山狩り」の連中はすぐには出発しそうにない。

「アケーラ」はもう少し、一人で様子を探ってみようとした。が、「モーグリ」が震えながらしがみついて、離れようとしない。それで仕方なく、泣き顔の「モーグリ」の肩を抱いて、手近なベンチに坐りこんだ。つぎの列車を待つ人たちが十人ほど、ほかのベンチに坐っていた。なかには、窓の外を熱心に見つめ、小声で話し合っている男たちもいる。その声を聞きとろうとしても、「アケーラ」の位置からはどうしても聞こえない。聞かなくてもいいと思いながら、気になった。思いきって「モーグリ」を立たせ、その男たちのとなりに場所を移した。そしてなにげなく、男たちと同じように窓の外を見つめた。

——一度でも人をぶっ殺すと、あとは何人殺してもおんなじって気分になるんだわな。

——クセになるんだんべ。

——戦争中なんぞ、死体が見つかる怖れもなかったんだっぺ。

——犯人は兵隊で南方に行ってたって。

——戦況が悪くなる前に除隊してるんだんべ。おんなのひでえ扱いだけ、おぼえて帰ってきたんかしんねえな。

——けど、はあ、なにも日光じゃなくてもなあ。

——いい迷惑だわなあ。いったい、見つかんかね。

——ヤブをつっついて、また別の白骨でも見つけるんだんべよ。

——中禅寺湖にも、おんなのはだかの死体が沈んでたっていうべ。

——おんなの身元不明の死体はこの際、全部、おんなじ犯人に押しつけっちまうべってんじゃねえんか。

——まあ、確実に若いおんなばかり八人は殺してるってんだから、あと何人か勝手に増やされても、文句は言えねえべな。

——……つっつけばつっつくほど、死体が出てくる。

このとき、頰の赤いまだ十代ぐらいの駅員が待合室に顔をのぞかせて、怒ったような声を張りあげた。

——上り列車の改札をはじめますから、並んでください。

男たちはやれやれとつぶやきながら立ちあがって、待合室を出て行った。ほかの人たちもつぎつぎに出て行く。

——……おいらもこれに乗る。やだ、こんなところ。ほかのところに行こうよ、ねえ。

「モーグリ」が突然、立ちあがって、「アケーラ」の手を引張った。さすがに「アケーラ」はためらい、言い返した。

——だって、せっかくここまで来たのに。

——じゃ、わたしひとりで行っちゃう。さよなら。

「アケーラ」の手を離して、「モーグリ」は一人で待合室を駆け出ていく。あのクソガキ、切符も買えないくせに。「アケーラ」は腹を立てののしりながら、あとを追った。「モーグリ」はすでに改札口の前に立っていた。

——早く！　もう発車するって！

その声に重ねて、発車のベルが鳴りひびく。

——切符は乗ってからにして、とにかく乗んなさい。

駅員が見かねて、「アケーラ」に声をかけた。

——早く、早く！

「モーグリ」は改札口を先に抜けて、すぐ前に停車している列車に乗りこみ、金切り声で叫ぶ。「アケーラ」の体は自動的に動いて、乗車口に跳びついた。すでに、列車の車輪はゆっくりまわりはじめていた。デッキに立って一息ついてから、「アケーラ」はつぶやいた。

——強引だなあ。こんなのって、ありかよ。

「モーグリ」は息を弾ませながら、「アケーラ」の顔を横眼で見てピンク色の舌を出した。すると、その横から涙がこぼれ落ちた。

——こんなこわいところはだめ。いつかまた、来ることがあるから、きっと。いつだか知らないけど。

「アケーラ」はしぶしぶ頷き返した。いつかとは、二人にとってのいつかを意味しているのか、聞いてみたかったが、その勇気は出なかった。「モーグリ」も自分で言ってから、とまどいを感じた。本当にこのまま、いつまでも、どちらかが死ぬまで、わたしたちは離れることがないんだろうか。「われら、ひとつの血」と誓い合ったのだから。

——まあいいさ、あれじゃおちおち観光なんかしてる気分にはなれなかっただろうし。殺人事件らしいけど、やけに物騒なこと言ってた。ちえっ、こういうのを、はくちょうふむ思いっていうんだろうな。

——ふうん?

「モーグリ」は自分の頰を濡らした涙を指先で拭き取りながら、首をかしげた。

——白鳥を踏むような思いって意味だよ。おまえ、知らないのか。本当に踏んだことはないけど、なんともいやな気分なんだろう。だれだって、白鳥なんか踏みたくはないからね。そんな言葉があったっけ、と妙な気がしながら、「モーグリ」は頷いた。でも、その意味はよくわかる。

列車の速度は増していた。デッキから車室に移った。まだ、空席が多い。デッキに近い座席に、向かい合わせに坐りこんだ。通路を隔てた座席には、セーラー服にズボンをはいた中学生ぐらいの女の子が二人坐り、二人とも古ぼけた雑誌を熱心に読んでいた。

昭和二十一年八月三十日

栃木の少女殺しにも疑ひ

〔宇都宮発〕小平事件の内容はつぎの通り――昨年十二月二日夜日光町西町日光高女四年生沼尾靜枝さん（一七）が友人のところへ行くといつてそのまゝ帰らず、正月三日早朝同町植物園脇で頸部を短刀様の刃物で突き刺され死体となつてゐるのを発見され、日光署で死体検視の結果、暴行の事実は認められなかつた、同十二月三十日夜東京都京橋區新佃島西町馬場寛子さん（一九）は上都賀郡西方村本城地内で自分のマフラーで絞殺され、所持金全部を强奪された、なほ寛子さんは日光の姉のところへ遊びにゆく途中だつた

昭和二十一年十月二日

小平取調帳に浮かぶ

被害者は十二名

警視廳・傍證固めに懸命

殺《さつ》人鬼小平義雄（四二）は八月二十日愛宕署《しよ》内捜査《そうさ》本部で検擧以來僅《わづ》か一ケ月余《よ》で娘殺《ころ》し五件の下手人と確定したばかりか、その他續出した多くの白骨死体事件も手口から推して同人の犯《はん》行間違ひなしと見られてゐるが、彼と見られる犯《はん》行が續出したため一擧《きよ》に迷宮事件解決といふ喜びの中でいさゝか捜査《そうさ》當局もやゝ混乱状態《こんらんじやうたい》で、今や傍證《ばうしよう》固めに全力を擧《あ》げて解決事件の處理に手一杯《ぱい》といふさわぎだ

一、綠川柳子さん（一七）殺し（八月六日芝山内の裸体）

二、阿部よし子さん（一三）殺し（六月十三日芝區高浜町の自動車置場）

三、四、紺藤和子さん（二一）の白骨、松下ヨシエさん（二一）の裸体殺し（昨年七月十五

日、九月二十八日都下清瀬村）
五、宮崎光子さん（二〇）殺し（昨年五月二十六日大井の防空壕）

以上五事件は傍證《ぼうしよう》固めも出來、犯《はん》行確定となつたが、なほ残る事件でほゞ同人の犯《はん》行確実と見られ、またすでに犯《はん》行の一部を洩らしてゐるといはれるものに

一、芝山内の白骨（綠川さんと同時発見）

二、栃木縣上都賀郡西方村の雑木林絞殺死体（昨年十二月三十日馬場寛子さん（一八））

三、同郡眞名子村の山林中の白骨（昨年十一月発見）＝現場附近から出た女子用洋傘が一年前澁谷駅へ乗車券購入に行つた既報のインテリ女性、横浜市神奈川區六角橋東町中村義造さん長女光子さん（二二）のものとも見られるが実地檢證だけでは断定とまでは至らない

四、同郡清洲村山林中の白骨（本年二月発見）＝ほゞ犯行を自認してゐるやうだが、身許判然せず

五、澁谷駅地下室の白骨（本年一月十七日発見、篠川達江さん（一七）殺し）＝断定する證據物件が得られず難事件となつてゐる

六、中禪寺湖の溺死体（昨年六月十三日発見）＝六月頃小平が女を連れて日光へ遊びに行つたことを同人の叔母が申立てゝをり、この溺死体を檢視したところ三十歳ぐらゐで水も飲んでゐないこと、裸体である点などが嫌疑を深めてゐる

七、日光町の日光高女四年沼尾靜枝さん（一七）殺し（昨年十二月二日）

今度の列車の終点は宇都宮ではなく、上野だった。検札にまわってきた車掌にそう教えられ、二人はびっくりして顔を見合わせた。もちろん、それは悪いことではない。「アケーラ」の判断で、大宮まで切符を買うことにした。できるだけ、東京には近づきたくない。

宇都宮に着くと、それまで空いていた車内に、再び、荷物を抱えた多くの乗客が先を争って乗りこんできた。通路も人でいっぱいになり、車内は息苦しくなった。大宮までは二時間足らずという話だったので、デッキに移ってしまいたいのをがまんして、座席に坐りつづけた。二人の向かい側には、裾の大きくひろがったスカートに花柄のネッカチーフで頭を包んだ女と、白いスカーフを首に巻いたサングラスの男が坐った。

宇都宮で北のほうから来た列車と連結するために、二十分以上も停車していたので、ようやく「アケーラ」はプラットフォームに出て、弁当を買うことができた。自分の空腹を考えて、三個も買った。ここらで体にたっぷり栄養を与えてやらなくちゃ、と自分のお金に弁解しながら。

体の熱っぽさがまだ、つづいていた。「モーグリ」と弁当をわけ合って食べ、満腹すると、「アケーラ」は久しぶりに煙草を吸いはじめた。向かい側の二人がさかんに煙草を吸うのに対抗する気持もあった。深く吸いこむと気分が悪くなりそうだったので、口先でふかしつづけることにした。「モーグリ」は血色のいい顔で、おとなしくお茶を飲んでいる。頬が丸く、産毛がひかる。「アケーラ」は自分の頬を撫でてみた。無精髭が伸びて、頬が少しこけてしまった気がする。山形で雨に濡れたのが、ついきのうの昼だったとは、どうにも信じられない。「モーグリ」の下痢はすっかり治ったらしい。このチビのほうが実はずっと体が丈夫なのかもしれない。そう思いつくと、「アケーラ」は急に心細い気持になった。

窓の外では日の光が強く、田んぼの緑や木々の葉が濃い色に輝いている。「アケーラ」は両手を伸ばし、細めに窓を開けてみた。眼をつむって、窓から吹きこんでくる風の感触を味わう。冬から急に初夏になった、ととまどいながら、うららかな風の柔かさにうっとりした。

車内のあちこちでも窓が開けられたらしく、気持の良い風が漂いだした。通路に立つ乗客たちの顔も夜行列車とはちがって、ひどい混雑にもかかわらず、殺気立ってはいない。終点の上野までせいぜい、二時間ぐらいしかかからないという理由もあるのだろう。「アケーラ」は窓からの風を楽しみながら、「白鳥踏む思い」とつぶやいてみる。「白鳥」……、なんだったろう。白鳥が頭のなかでさっきから見え隠れしている。なにかを言いたがっている。でも、「アケーラ」は白鳥の鳴き声を知らない。「白鳥を踏む」？　そんなことは当然、しちゃいけない。あんまり残酷だ。白鳥は一声鳴き声をあげ、そして死んでしまうだろう。どこかの公園で、白鳥を見たことがある。大きな鳥で、真白で、首が長かった。子どもなら、その背に乗って、空に運んでもらえそうなほど大きな鳥。でも、公園の白鳥は翼が切ってあり、どこにも飛び去れないということだった。そんな白鳥でもまだ自分は白鳥だと思いつづけていられるものなんだろうか。公園の池などではなく、大きな川に浮かぶ白鳥をいつだったか、見かけた。「アケーラ」は川岸を歩いていて……。冬だった。雪がちらつき、川の水面は白く波立っている。「アケーラ」のほかには、だれもいない。いや、犬が一匹、寒風に凍える「アケーラ」のそばに寄りそっている。そして寒々とした川面に、白鳥が……、「白鳥号」が通り過ぎていく。「白鳥号」……。

「アケーラ」は眼を開けて、一人で大きく頷いた。そうだ！　ようやく、わかった！　糸口が一度見つかれば、たちどころにすべてが解きほぐされる。かたわらの「モーグリ」の肩をつかんで、早速、勢いこんでその耳もとにささやきかけた。

——おい、「アケーラ」と「モーグリ」はもうやめだ。これから、おまえは「カピ」で、おれは「レミ」になる。

「モーグリ」が驚いて顔を向けようとするのを押しとどめて、「アケーラ」はささやきつづけた。

——おまえ、きのうから、〈家なき子〉の歌をうたってたじゃないか。「やみじになやめるえわの子」って歌。なにか、ずっと気になっていたんだ。このままじゃいけないって思ってたけど、なにがどういけないのか、わからなかった。「モーグリ」はいつか、ジャングルから人間の世界に戻らなくちゃいけない。もともとが人間なんだから。そして、「アケーラ」は年老いて、赤犬との戦いで死ぬ。ここまではわかってるよな。ところで、この「アケーラ」は実は、おれのおやじでもあるんだ。ジャングルで力尽きて死んだんだから。そうだろ？　それで、おれもジャングルからおやじが死んだことで追い出された。なんせジャングルは死んだあとの世界、生まれる前の世界なんだから。いずれおれたちは、「人間の巣」を経験しなければいけない運命にある。そのときはもう、「アケーラ」と「モーグリ」という名前を使えなくなる。わかるか？

機械的に、「モーグリ」は頷き返す。

——……で、おれたちはこうして人間の世界に出てきたわけだけど、そのおれたちにふさわしい名前はなんだろうって、考えたんだ。な、もちろん、「レミ」と「カピ」なんだ。こんなぴったりの名前はない。〈家なき子〉の本も、おれはよく読んだからな。「レミ」と「カピ」は川に浮く「白鳥号」を追いつづけるんだ。そこには、「レミ」の本当のお母さんと本当の弟が暮らしている。でも、互いにそうとは知らない。そういう話だ。

——でも、「カピ」ってたしか、犬じゃなかった？　犬なんて、いやだ。

「モーグリ」は真剣な顔で、ささやき返した。

——そりゃ、「カピ」は犬だけど、「レミ」よかよっぽど頭が良くて、「レミ」を守りつづけるんだぜ。「カピ」のほうが旅芸人としては先輩だし、「レミ」と一緒に親方から文字を習うと、「カピ」のほうが先におぼえるんだ。少なくとも、本にはそう書いてあった。犬だからって、ばかにしちゃいけない。おまえが「レミ」でもいいけど、そしたら、おれはどうしたらいい？　親方にはなれないし、おれのほうが一応、年上で、体も大きいから、おれが「カピ」になるのも変だろ？　「カピ」って、イタリア語でキャプテンって意味なんだってよ。おれたちはこれから、二人で「人間の巣」で生き抜かなくちゃいけないんだ。ジャングルの掟を忘れずに、ジャングルの恵みとともに。な、わかるだろ？

「モーグリ」はよく理解できたというしるしに、大きく頷いた。確かに、自分でも意外な気がするほど、「アケーラ」の考えが理解でき、納得もできるのだった。〈家なき子〉の話なら、〈ジャングル・ブック〉以上に、よく知っていた。自分が犬になるのは、まだ少しだけ不服ではあったけれども。

「レミ」になった「アケーラ」は満足そうに、「カピ」になった「モーグリ」に笑いかけた。

7　白鳥号

「世界は、ぼくの前にひらけていた」とレミは思う。「そしてぼくは、北でも南でも、西でも東でも、どこへでも、気の向くままに行けばよかった。ぼくは子どもにすぎなかったけれど、自分自身の主人なのだった！」

でも、レミにはそれが喜びではなく、悲しみなのだった。そりゃそうだろう、と今、十七歳の「レミ」には納得できる。だって、まだ子どもなのだから。子どもにとっての現実はお金や体の心配ではなく、寒さ、暑さの苦しみでもなく、だれかに守られているという安心感なのだから。どんなチビでも一人になってしまうと真先に求めるものは、自分を守ってくれそうな人間なのだ。人間が見つからなければ、犬でもいないよりはましだ。うっかり、悪いやつらにひっかかってしまうチビも多い。悪くたって、かまってくれるのがうれしいのだ。墓地にいたころ、四歳の「レミ」がなにも不安を感じていなかったのも、一人ぼっちではなかったからなのだろう。「子どもの家」でも、まあまあ大丈夫だった。そう言えば、あの家にも犬がいた。野良犬がただ住みついていただけだったけれど、「レミ」もほかのチビたちもその白い犬を見るとうれしくなって、自分のパンのかけらをやったり、抱きついたり、犬の舌になめてもらおうと顔を犬の鼻先にすり寄せたりした。みんなで勝手な名前をつけていた。ジローとか、シロとか、トムとか。でも、カピは思いつかずにいた。

「子どもの家」をこの三月に離れて、今の「レミ」にはありがたいことに犬ではなく、正真正銘人間の「カピ」がいる。「レミ」はどこへでも気の向くまま、旅をする自由を失なわずにすみ、しかも「カピ」という仲間もいる。「レミ」に忠実に従い、なおかつ、おとなびた思いやりで「レミ」を見守ってくれる。「レミ」が冗談を言えば「カピ」は笑い、「カピ」が眠くなれば「レミ」と体を寄せて暖め合うこともできる。「カピ」は頭がいいから、無分別な真似をしでかさない。日本の地図もよく知っている。「レミ」としては「カピ」と支え合いながら、とにかく前へ進みつづけるのみ。ひとりぼっちの身のうえとは、なんというちがいだろう。レミの親方も言っていた。運命は、たたかう勇気をもった人間をいつまでもいじめるわけがない。注意深く、そしてすなおであれ、と。

大宮で列車の半分ほどの乗客がおりた。「レミ」と「カピ」も他の乗客と同じようにほっとした顔で、プラットフォームにおり立った。けれども、この駅でおりなければならない理由があるわけではなく、改札口に急いで向かう必要もない。水飲み場で再び、顔を洗い、うがいをした。まだ、朝の十時前。宇都宮で夜明け前に起こされたので、朝が呆れるほど長く感じられた。改札口の脇にある便所に行き、「レミ」はハサミで口のまわりに伸びた髭を切った。カミソリとはちがい、髭は二ミリほどの長さに残ってしまう。「カピ」が歯ブラシを欲しがっていたことを思い出した。歯ブラシを買うとき、カミソリも買うほうがよさそうだ。鏡に映る自分の顔を注意深くながめた。やはり、少し瘠せてしまったらしい。体がなんとなくだるい。まさか悪い病気ではないだろうが、「カピ」のためにも早く体調を取り戻さないとまずい。薬局で風邪薬も買おうか。

「カピ」のおなかはすっかり治っていた。でも、眠気と疲労で体は重く、頭の働きも鈍くなっている。ちょっと町を歩いてみるか、と「レミ」に聞かれても気が進まず、答をためらった。すると「レミ」は、まだ時間も早いし、あの川越線とかいうのに乗ってみるか、と言った。町なかを歩きまわるよりはそのほうが楽そうなので、「カピ」は微笑を浮かべ、頷いた。

すでにプラットフォームに入っていた川越線の車両に乗りこんだ。今度は汽車ではなく、ディーゼル車だった。それだけで、東京の近くに戻ってきたというなつかしさを、二人とも感じさせられた。東京の街なかでは、電車しか走っていない。

二人の乗りこんだディーゼル車はところが意外にも、二十分ほどで川越という駅に着くと、そこが終点だということで動かなくなり、乗客を全員おろしてしまった。「レミ」と「カピ」も仕方なくその駅でおり、プラットフォームのベンチにとりあえず坐って、ぼんやり、そのまつぎの列車を待った。この駅から私鉄に乗れば、東京の街のひとつ、池袋に出ることはできる。「レミ」にはそれがわかっていたが、なにも言わずにおいた。東京に足を踏み入れるわけにはいかない。その考えを変える気はなかった。まして、池袋は「カピ」の家に近い。そこから歩いて家に帰れると知ったら、「カピ」はそのとたん、「レミ」を忘れて、一目散に走り去ってしまうかもしれない。そうならないという保証はどこにもない。そして、「レミ」はまだ「カピ」との旅行を終わらせたくはなかった。「レミ」と「カピ」の時間はまだ、はじまったばかりなのだ。

「レミ」はつぎの列車を待つあいだ、〈ジャングル・ブック〉のときと同じように〈家なき子〉の話をおぼえている限り、「カピ」に教えてやった。「カピ」もその話を知ってはいたが、忘れてしまっている部分のほうが多かった。レミがどのように捨てられ、貧しい農家で育てられたか。なぜ、そこから旅芸人の親方に売られなければならなかったか。親方からどのように芸を教わり、カピとほかの二匹の犬、そしてサルと芝居ができるようになったか。はじめのうちは、カピがレミの監視役をつとめていた。カピは白いプードル犬で、警官の帽子をかぶっている。カピは動物たちのリーダーで、時計を読め、人の心も読める。レミのさびしさを知ると、カピは寄り添って、レミの手をなめる。レミはひとりぼっちじゃない、とカピはそっとささやきかける。親方から与えられたレミの役は、ばかの役だった。カピやサルの賢さを際立たせるための役どころ。「サルのジョリクール氏の召使い、または、こはいかに、ばかはこちらでございい」という題の芝居で、パントマイムで演じられる。サルや犬が演じるのだから、せりふがないのは当然ではある。インドでの戦争で地位と財産を得たイギリスの将軍ジョリクール氏は今までの賢い召使いカピが年を取ってきたために、カピが見つけてきた新しい召使いを雇うことにする。それは犬ではなく、人間の子どもレミ。ジョリクール氏はとてもお金持ちになったので、人間をこき使う楽しみがそろそろ自分に許されてもいいだろう、と思う。しかし、このレミは学校などに行ったことがない貧しい農家の子どもだから、テーブルに置かれたナプキンの使い方も知らない。皿の並べ方も、フォークの使い方も知らない。間抜けな顔でぽかんとしているだけ。あげくに、ナプキンで洟《はな》をかんだり、首に巻いたりする。ジョリクール氏は大笑いし、カピは呆れ返って、四本の脚を空に向けひっくり返る。道端に集まった町の人たちはそれで大喜び。お椀を口にくわえ、後脚で立ってまわるカピにお金を投げ与える。ほんとに、人間のあの間抜けな子どもに比べ、あのサルはりこうだ、犬もりこうなもんだ、と感心しながら。

三十分ほどベンチに坐っているうちに、つぎの列車が来た。これは東飯能という駅まで行くらしい。二人は立ちあがって、大きく伸びをしてから、この列車に乗りこんだ。線路のまわりから再び、人家が見えなくなり、田んぼがひろがった。行く手には、青い山影が見える。窓を大きく開けて、風を心地良く体に受けた。昼時という時間帯のせいか、乗客はそれほど多くはなかった。通路に立っている人もいない。やがて、終点のひとつ手前の駅に着く。ここまでは順調に進んでいたのに、急にまた、この駅で列車が動かなくなってしまった。放送がないので、列車からおりなくてもいいらしいが、それにしても、なぜここで列車が停止しつづけているのかわからない。ほかの乗客たちは事情がわかっているらしく、あきらめたように黙りこんでいた。車内の静かさが重苦しい。

——……故障なの？

「カピ」は「レミ」にささやきかけた。

——なに、やってんだろうな。

「レミ」がつぶやくと、前の座席に坐っていたモンペ姿の女の人が怒ったような顔で教えてくれた。

——事故……、脱線事故があったの、あんたら、知らんのかね。世間はそれで大騒ぎだってのに。

そのとなりの大学生らしい青年がいかにも寛大そうに微笑を浮かべて言った。

――事故の場所がこの近くだったたってことまでは、なかなか気がつかないよね。それにこれは八高線じゃないし。

仕方なく、「レミ」は恐縮した様子で首をすくめ、頭を掻いて頷き返した。これ以上話しかけられても困るので、「カピ」に顔を向け、沈痛な顔で溜息をついて、それから腕を組み、考えごとにふける振りをした。さいわい、女も大学生もおしゃべりなたちではないらしく、二人とも黙りこんでしまった。今さら、あんなおぞましい事故の話を蒸し返す気にはなれない、という顔つきだった。

十五分も経ってから、ようやく列車が息を吹き返し、動きはじめた。車内の人たちの眼が一斉に右に向く。「レミ」と「カピ」も釣られて、窓の外を見つめた。列車はゆっくりと、川の流れに沿って走っている。崖が高くなり、川の水がきらきらひかる。川岸には黄色い花、白い花が咲き、のんびりした田園風景にしか見えない。が、柱のようなものが一本、川岸にぽつんと立っていて、その根もとを花束や線香が取り巻いているのが眼をかすめたような気がした。「レミ」と「カピ」が口を開けて外をながめているうちに、列車は終点の東飯能に到着した。プラットフォームに立っても、脱線事故の話が気になりつづけた。よほど大きな事故だったらしい。一体、いつ起きたんだろう。駅員に聞けばもちろん、すぐにわかることではあるけれど、二人とも、その気になれなかった。こんな大事故も知らないのか、と呆れられ、二人の素姓まで疑われかねない。

改札口で精算をし、いったん外に出てから、時刻表を見あげた。このあと、どこへ向かうか決めなければならない。小さな駅のくせに、川越線のほかに八高線という線も通っているらしい。八高線を使えば、高崎にも八王子にも行ける。また、となり合って西武線の駅もあり、それに乗ると、吾野というところまで行くし、池袋にも出られる。でも、池袋に行くわけにはいかない。日光でこりごりしたので、山のほうにもできるだけ近づきたくない。それで高崎と吾野は避ける。となると、八王子に向かうしかない。東京を遠巻きにしながら南下しつづけることになる。

——あと四十分ぐらいで、つぎの八王子行きが出るな。ちょうど昼だから、なんか食いたいところだけど、食いもの屋もなんにもありそうにないしなあ。

「レミ」が言うのを聞いて、「カピ」はまわりに人の耳がないのを確かめてから声をかけた。

——ここって、前に遠足で来たことがあるみたい。この駅の名前、なんとなく知ってる。

——ふん、そうかもしれないけど、つまり、そんだけここはイナカだってことだ。

「レミ」は不機嫌な声で答えた。川越同様、このとなりの西武線に乗れば、簡単に東京に帰れることを気づかせたくない。「カピ」から離れて、駅の外に出た。真昼の光で、駅前の広場が白くまぶしい。快晴の空がひろがり、気温もだいぶ上がっていた。正面に山並みの青い影が見えた。

——線路のほうに行ってもいい？　お花が咲いてる。

「カピ」がうしろから来て、駅の脇のほうに走っていった。あわてて、「レミ」もそのあとを追う。体が汗ばんできたので、ジャンパーを脱いだ。「カピ」の後姿はどう見ても、みすぼらしい小さな浮浪児だ。服が大きすぎるから、よけい栄養不良のチビに見える。まったくああいうチビは身の危険を知らない仔犬と似たようなものだ、と「レミ」は満足した思いになり、息を吐き出した。

　線路の脇、そして枕木のあいだにも、白い花、茎の長い黄色い花が咲いていた。小さな赤い花も咲いている。「カピ」はその線路に沿って、でたらめな鼻歌をうたいながら歩いた。東京の真中では、線路のそばに近づけないし、こんな花も咲いていない。都電の線路は四角い石で敷きつめられ、山手線の線路は茶色い小石で埋められている。土手には花が咲いているけれど、金網にふさがれているから近づくことができない。金網を越えた悪い子が土手から落ちて、山手線の電車に轢《ひ》き殺されたという話もよく聞かされた。同じ線路でも、ここではのんびり好き勝手に花が咲いている。黄色いチョウが二匹からみ合うように飛んでいく。「カピ」の十メートルほど先を、茶色い犬が一匹、花のにおいを嗅ぎながら歩いている。虫の羽音も耳を打つ。レールが日の光に白くひかる。「カピ」は口を開けて、歌いはじめた。

――われ神をほめ　主とぞたたえます　永遠《とわ》のみ父を　あめつちと共に……

――……おい、「カピ」、どこまで行くんだよ。

「レミ」の声が聞こえた。「カピ」は知らんふりをして、歩きつづけた。日の光を浴びて、レールの脇を歩く。それだけで、気持がうきうきした。布袋を振りまわしながら、歌声をさらに大きくした。

――みつかいうとう　けるびむのうた　せらふぃむのうた　絶ゆるひまなし……

　茶色い犬が「カピ」の声に振り向き、しっぽを振って駆け寄ってきた。そして、「カピ」につき添って歩きはじめる。

——もう、いいだろう？　腹はへるし、おれ、つかれたよ。

「カピ」は笑いながら、うしろを振り向いた。

——やあだ！　ワンちゃんだって、こんなに喜んでるんだよ。

——エサをくれるかと思ってるだけさ。そろそろ駅に戻らないと。

——せっかく、こんなに気持がいいのに。

明かるい日射しのもとで「レミ」の姿を見ると、年がずっとうえの、体のどこかが悪い男の人のように見え、一瞬、怯えを感じた。でもすぐに、いつもの「レミ」がよみがえってきた。中途はんぱな髭のせいで、陰気なおとなに見えてしまったのかもしれない。それとも、熱がまた出てきたのだろうか。「カピ」は少し心配になったが、お日さまを浴びれば「レミ」の病気だって治るはず、と思い直した。日光消毒とか、日光浴という言葉が「カピ」の頭に浮かびあがった。

しっぽを振って、かたわらを歩いていた茶色い犬が急に吠えながら、線路の左手に駆けていった。田んぼの端に、黒い大きなものが横たわっていた。犬はそのそばまで行き、さかんに吠えたてている。「カピ」も線路からおり、そこに近づいてみた。見あげるように大きなかたまりが草のなかにうずくまっていた。胴体には、窓らしい四角い穴が並んでいる。ガラスは一枚も残されていない。右のほうが押しつぶされ、巻貝のように尻つぼみの形になっている。どうやら、それは客車の残骸のようだった。右側のほうは屋根がゆがみ、窓枠も押しつぶされ、ずり落ちたり、ちぎれてしまっている。悲鳴としか聞こえない声で犬は吠えつづけ、口には白いアワを吹いていた。右に走り、左に走り、少し離れてはまた戻ってくる。でも一メートル以上は、その残骸にどうしても近づけずにいる。

――事故の車両かな。犬には死んだ人のにおいがわかるんだ。

「レミ」が「カピ」の横に立って、つぶやいた。「カピ」は頷き、少しずつあとずさりをはじめた。犬の吠え声のなかで、客車に押しつぶされた死体、窓から突きでた青い手足、外に投げだされ血を流す人たちの姿が「カピ」の眼に見え、その呻き声、泣き声が波打って耳にひびいた。草の緑に囲まれて、黒い客車と傷ついた人たち、そして死体がひとつの生きもののようにうごめいている。

――……きっと、いっぱい死んだんだろうな。慰霊碑代りに、この一両だけここまで移して置いてあるんだ。向こう側にまわると、花束とか線香とか、置いてあるのかもしんない。

線路の脇まで戻ると、「レミ」がつぶやき、客車に向かって、手を合わせ頭を軽く下げた。喉をからした犬も疲れきった様子で線路に戻ってきた。「レミ」を見て、「カピ」もあわてて手を合わせて、犬の分もまとめて、事故にあった人たちに謝まった。うるさくして、ごめんなさい。この犬も、わたしたちも、うっかりここに来ただけなんです。なにも知りませんでした。だから、わたしたちを恨まないでください。死んでも死にきれない思いだとお察ししますが、わたしたちに悪いことをしないでください。どうぞ、わたしたちにはかまわず、安らかにお眠りください。では、さようなら。

昭和二十二年二月二十六日

八高線の列車轉覆——買出し千名死傷

〔浦和発〕二十五日午前七時五十分ごろ八高線下り列車が買出客を滿載し高麗川駅南方五百メートル急坂のカーブにさしかかつた際、六台編成のうち二、三台目の連結器がはずれて後部の四台が高さ約五メートルのがけからころげ落ち、同列車乗務員はこの事故を氣づかず、二台を引つ張つたまま高麗川駅へ入つてから発見したものである、これがため列車は不通となり死傷者約一千名を出した、八王子、川越、大宮各保線区から救援隊と近接各町村民や医師團も出動して、列車の下敷となつた負傷者をトラックやバスで飯能、毛呂、川越、大宮の各病院に収容しているが、とても収容しきれず民家にまであふれている、同日午後一時現在、埼玉縣警察部への報告では死者百七十八名、重傷者約三百名、軽傷者約五百名に達している

昭和二十二年二月二十七日

死者遂に百九十名

〔浦和発〕八高線大事故の死傷者数は二十六日正午現在埼玉縣警察部への報告では、現場の即死者百七十八名、各地に収容した重傷者は川越七十七、飯能七十四、大宮二十三、毛呂山八十、越生十一、計二百六十五名、その内十二名が死亡し死者は百九十名となり、なお数名が生命危篤である

東飯能から、約四十分で八王子に着く。

茶色い犬が駅のプラットフォームまで従いてきて、二人の脇に坐りこみ、眼が合うとしっぽを振って見せた。このまま列車のなかまで従いてきたら、あるいは列車を追ってずっと走りつづけてきたらどうしたらいいのか、と「カピ」は不安になった。そうなったら覚悟を決めて列車をおり、犬とともに旅行をつづけるべきなのではないか、そう「レミ」に訴えかけた。ほっときゃ、そのうちあきらめるさ、と「レミ」は冷淡に言うだけなので、「カピ」は犬と顔を見合わせながら一人でうろたえつづけていた。

列車が駅に入ってきた。二人が乗りこみ、プラットフォームを振り返ると、犬は坐りこんだまま、二人をおとなしく見守っていた。毎日、暇つぶしにああやって駅のまわりをうろついてるんだよ、と「レミ」に言われ、「カピ」はがっかりしながら、犬に手を振った。列車が動きだしても、犬は立ちあがろうともしなかった。犬がもし、仲間に加わってくれたら、本当に〈家なき子〉の旅みたいになって、芸を犬に教えながら楽しく過ごせただろうに。

八高線のディーゼル車は緑のなかを軽やかに進みつづける。

以前、「カピ」の家で飼っていた犬は、野犬狩りにつかまって処分されてしまった。つづけてもう一匹の犬も、ネズミ用の毒まんじゅうを食べて死んだ。それ以来、家では犬を飼っていない。兄も死んでしまった。野犬狩りにつかまった犬は近所のお屋敷からもらってきた白い雑種の犬で、なにも芸はできず、庭に穴ばかり掘っていた。「カピ」はその犬の背中にまたがったり、後肢を持ちあげて、前肢だけで歩かせてみたり、みかん箱を引かせて犬ゾリにならないか試したこともあった。サーカスの犬のように、輪をくぐったり、綱わたりができるようにもしたかった。一度もその犬は、「カピ」の期待に応えようとしなかった。ネズミの代りに死んだ犬のほうは小さなスピッツで、神経質に吠えるだけの、つまらない犬だった。芸を仕込みたいと思わせるような相手ではなかった。兄と「カピ」は雑種の犬を一緒になって、遊び相手にしつづけた。つまり、いじめつづけていた。おとなしくて、辛抱強い犬だったので、体をひっくり返されても、口をこじ開けられても、鼻の穴に草の茎を入れられても、腹を立てて噛みついてくることはなかった。兄がその背に思いきりまたがったら、重みで押しつぶされ、便を洩らし、それ以来、兄を見ると逃げだすようにはなっていたけれど。

「レミ」は八高線の座席に「カピ」と並んで坐り、オオカミと犬のちがいについて一人考えこんでいた。犬には確かに、霊魂の気配を感じる能力があるらしい。キツネが女に化けても、犬だけはすぐに正体を見破ってしまう。では、オオカミはどうなんだろう。そんな話を聞いたおぼえはない。でもだからと言って、オオカミにそのような能力がないという証拠にはならない。犬は人間とともに生きる動物だから、人間によく観察されて、記録もされている。でも、オオカミは人間などいなくても生きていける動物だから、人間にはわからないところがまだいっぱい残されている。ジャングルで亡霊がうろうろしていても、オオカミは犬とちがって怯えることをしないのかもしれない。死後の世界と自分が生きている世界との区別などつけていない。つける意味もない。犬はそうはいかない。犬は人間の一部になってしまっている存在なのだ。人間のように、犬は生死のちがいを知っている。死をこわがり、生に執着する。考えてみれば、人間化された犬ほどひ弱で哀れな存在はないのかもしれない。だから、人間の手を離れてしまうと、掟をなにひとつ知らない卑しく残酷な野犬にならざるを得なくなるのだ。この「カピ」だってそうだ。「レミ」が守りつづけることで、「カピ」は人間らしく成長する。「カピ」がいくら背伸びしたところで、一人では生きていけない。「カピ」には、「レミ」が必要なのだし、「レミ」もまた、「カピ」を必要としている。「カピ」がいなかったら、「レミ」はひとりぼっちのさびしさにあっという間に押しつぶされてしまう。まったく、「こはいかに、ばかはこちらでござい」ってわけだ。

順調に終着駅八王子に到着した。

二人は町に出て、まずそば屋に入った。「カピ」は再び、中華そば。「レミ」は親子丼。店は混んでいた。子どもを連れた母親たち。近所の職人たち。老人たちも遅い昼食、それとも早いおやつ代りに、そばやうどんをのんびりすすっている。山形だろうが、八王子だろうが、そば屋の店内はどこもよく似ている。「レミ」と「カピ」は顔もあげずに、その店内で食べつづけた。「カピ」の希望でソフトクリームを買い、外に出た。藤の花の造花が飾られている商店街を、二人並んでソフトクリームをなめながら歩く。おもちゃ屋のショーウインドウの前で十五分ほど過ごし、漢方薬局のウインドウに並ぶ干からびたマムシや朝鮮人参、サルノコシカケなどをながめる。ミシン売りの実演も楽しんでから、小さな薬局を見つけ、「レミ」だけがそのなかに入った。風邪薬に歯ブラシ、歯みがき粉、カミソリ、それから念のために下痢止め、ほかになにか必要なものがあっただろうか、と「レミ」は店内を見渡した。フルーツ・ドロップの缶が眼に入り、「カピ」のためにに、それも買い求めた。

八王子は二人にとって意外なことにりっぱな都会だった。商店街を行き交う人の数は多く、さすがにここは東京都内なので言葉に「レミ」たちとの大きなちがいはないらしく、それだけでもくつろいだ気分に誘われた。外で待っていた「カピ」は「レミ」の予想通り、フルーツ・ドロップのプレゼントに大喜びして、早速、レモン味のドロップを口に入れ、「レミ」にも好きなドロップを選ばせた。「レミ」が缶を振ると、白いハッカ味が転がり出てきた。それを無造作に、「レミ」は口に放り込んだ。白いハッカ味はとても数が少ない。一缶にたった二、三粒。「カピ」は急いで、自分の布袋にドロップの缶をしまいこんだ。

商店街の裏手にまわると、お寺が見えた。そこに、二人は入ってみた。小さな墓地がある。日当たりのいい場所を選んで、一休みすることにした。寝不足で、体が重い。

——こんなちっぽけな墓地じゃ、外の人間が勝手に寝泊りするわけにはいかないよな。

少し得意そうに、「レミ」が言った。「自分の墓地」こそが本物の墓地なのだと言いたげに。実際、この墓地は端から端まで十メートルばかりの広さしかない。墓石は新しく、花もまだ枯れずに、お墓を飾っている。

——ここは静かで、気持いい。昼寝したくなってきた。

かたわらの墓石に頭をもたせかけ、「カピ」は眼をつむる。強い日の光が、その顔をまともに照らしだしている。「レミ」は自分の布袋とジャンパーを地面に敷き、そのうえに片ヒジをついて横になった。そして、雑草の細い葉をちぎっては地面に散らしながら、ひとり言のように話しはじめた。

——だけど、体がばらばらになって死んだら、それでもジャングルに戻れるんだろうか。

人間って、いろんな死に方をするからなあ。

眼をつむったまま、「カピ」は答える。列車事故の死体が犬の鳴き声とともに、オレンジ色のまぶたの内側によみがえってくる。

——もちろん、ジャングルに行けるよ。

——頭が完全につぶされて川の水に流されてさ、右手はずっと遠くの海で腐って溶けて、胴体はぜんぜんちがうところで人食いトラに食べられちゃって……、そんなことになったら、死んだあと、わけがわからなくなるんじゃないかなあ。……自分たちの骨がこうしてお墓にしまってあると思うから、死んだ人間は安心して死後の世界に行けるんだろ？　つまり、ジャングルのことだけどさ。

黒々とした大きなハエが二匹、生きた人間の気配に引き寄せられて、二人のまわりを飛びまわりはじめた。「カピ」の鼻、「レミ」の耳たぶ、唇に羽根を休めたがるので、くすぐったさに二人とも、手でハエを払いのけなければならない。ハエはそれを楽しむように、二人の顔のまわりをますます元気よく飛びまわる。「カピ」が言う。

——でも、お墓って、死んだ人にはあんまり関係ないのかもしれない。一度死んじゃったら、こんな世界のことなんか、どうでもよくなっちゃうんじゃないかなあ。だから、どういう風に死んだって、おんなじ。そうじゃなかったら……、殺されて湖に投げ捨てられたり、山に捨てられたりして死体を見つけてもらえなかった人たちなんか、自分のせいじゃないのにどうしたらいいかわかんなくなる。

——だから、そういうのが成仏できなくて、うらめしやって出てくるんだ。

近所の犬が吠え、車の警笛も聞こえてくる。二人の鼻先に、日の光で熱せられた草と土のにおいが漂う。

——そういうこともあるんだろうけど……、死ぬって、脳みそも死ぬんだから、全部きれいに消えちゃうんじゃないの。自分が人間だったとか、女だったとか、そんなことも消えて、風みたいなものになって、そうするとってても気持よくなって、それからだんだん、別の場所に移っていって、ジャングルにたどり着いて、ジャングルに溶けこんでいくの。おいらは一度もトンちゃんのお化けを見ていない。

「レミ」は二匹のハエを追い払いながら、あくびとも溜息ともつかない息を洩らす。

——だけどそれじゃ、墓地がなんのためにあるのか、わかんなくなる。……うん、でも、死体を変なところに捨てちゃいけないってことは、死体を埋める特別な場所をちゃんと用意しておく必要があるってことか。戦争中はしょうがないとしても、死体がどこにでもどろどろ埋めてあるなんてことになったら、町をうっかり歩いていられなくなる。って言うか、町中がお墓になっちまうもんな。おれもガキのころ、墓地にいて、お化けはまったく見なかった。そういうのが出そうな感じもなんにもなかった。……そうだよな、死んだやつらは墓地なんかにうろうろしちゃいないんだ。

「カピ」は眠そうな声で答える。

——……でも、ときどき、うろうろしに来るのかもしれない。……風みたいに。自分の好きだった場所にもたまに、行ってみたくなるのかもしれない。それが、お化けってものなんだよ、きっと。だからトンちゃんのお化けは見えないけど、気配を感じることはある。……自分を殺した人間には、お化けも近づかない。それとも、仲間を誘って犯人をこらしめんのかな。

――頭がおかしくなってるやつだったら、いっぱいお化けが出ても、なんにも感じないぜ。

――女の人を殺すと、男の人って気持良くなるのかな。わかんないなあ……。どうして、女ばっかり殺したくなるんだろ。

「レミ」はすぐには答えられなくなって、溜息をついた。草の葉をちぎり、しつこく顔のまわりを飛びまわりつづけている二匹のハエに投げつけた。なぜなのか、「レミ」にだってまったく理解できない。同じ種族で自分より弱いものを殺すようなやつは、少なくとも、ジャングルにはいない。オスとメスのちがい、それははっきりしている。メスばかりをねらって殺すようなバカなオスはジャングルには存在しない。オスを気に入らなくて殺してしまうメスはいる。子どもを産むメスはなんとしてでも生かしつづけなければならない。それが「ジャングルの掟」だ。でも、人間の男と女はジャングルには住んでいないのだから、そんな掟を知らない。オスと男はちがう。メスと女のちがいよりも、オスと男のほうがちがうような気がする。人間の男だけがなにかおかしい。男の意味がわからない。「レミ」の体は男だけれど、だからといって、人間の男がどういうものか、理解できているわけではない。体裁上、男らしく話し、男らしく体も動かしてはいるけれど、そして、第二次性徴とやらでパンツを汚してしまったり、自分から刺激したくなるときもあるけれど、オナニーにとりつかれてしまうサルじゃあるまいし、というプライドがあるから、極力、自制している。でもそんなことと、人間の男の意味が関係あるようにも思えない。「人間の巣」を簡単に理解することはできない。中学を卒業してから、同年輩の連中とほとんどつきあわなくなっているから、十七歳がどういう年齢なのかもよくわからない。「人間の巣」で本物の母親に育てられたやつらはもっと、男らしくなろうとするんだろうか。「レミ」のまわりにはいつも、保母という女の人たちがいて、そのうえ、「お母さん」だっていたけれど、それと「本物」はどこがちがうのか。「レミ」の推量としては、「本物」にちやほやされたやつが女を殺すようなことをしでかすような気がする。でも、「レミ」がそれを言えば、ひがんで邪推していると思われそうなので、うっかり口にすることはできない。世間では、「レミ」のような、「本物」を知らないほうがいかがわしい男になると思いたがっているのだ。

——……仔犬を平気で殺すやつと同類だよ、そんなの。頭のおかしいやつのことなんか、考えたってしょうがない。殺されないように気をつける必要はあるだろうけど。

「レミ」の声に、「カピ」はなにも答えなかった。眠ってしまったらしい。「レミ」はもう一度、溜息を洩らし、眼をつむった。胸の動悸が激しくなっていた。「カピ」がなにを考えているのか、ふと、気味が悪くなる。「カピ」はまだ、「カピ」になりきれずにいる。「レミ」を「レミ」として信じてはいない。「レミ」と「カピ」は一点の曇りもなく、互いに信じ合っていなければいけないというのに。

「レミ」がまどろみかかったとき、突然、顔のうえになにか痛いものが襲いかかってきた。思わず声をあげ、「レミ」はその痛くて、黒いものを右手でつかんで起きあがった。つかんだものを見ると、それは土埃で汚れた竹ボーキだった。

——こいつ、ノラ犬が！　出てけ！　出てけ！

小さな坊主頭の老人が真赤な顔で、竹ボーキを「レミ」の手から取り戻そうと両手で引張りながら甲高い声で叫んでいた。「カピ」がこの声で眼をさまし、うしろであわてて立ちあがった。こんなところで争ってもしかたがない。相手は弱い老人なのだ。それでも腹が立ったので、「レミ」はできるだけ悪者らしく口をひん曲げ、ツバを吐き出してやってから、竹ボーキを手離し、立ちあがった。そして、「カピ」を振り向いて、片眼をつむって見せてから、声をかけた。

——おい、行こうぜ。

八王子の駅まで急いで戻り、「レミ」は時刻表を念入りに調べた。中央線で東京に向かうわけにはいかないし、甲府に向かうのも、「カピ」の母親の田舎が甲府だという話なので、やはり気が進まない。そうすると、あとは横浜線に乗って、南に進みつづけるしかない。南に進めば、海がひろがる。どうせなら、海辺で遊ぶのも悪くはないかもしれない。明日も天気は良さそうだし、泳ぐのは無理だとしても岩場でカニを追ったり、ヒトデを拾い集めることはできる。「レミ」がそのように言うと、「カピ」もうれしそうに賛成した。

横浜線は山手線と変わらない通勤用の電車だった。四時を少し過ぎた時刻なので、まだそれほど混んではいない。学校からどこかへ集団で出かけるところらしい中学生たちがにぎやかに乗り合わせ、「レミ」と「カピ」はドアの脇に立って、なにも言わずに外をながめつづけた。なんの特徴もない田舎の風景がつづく。この辺りの中学生はさすがにモンペははいていないけれど、女の子はズボンをはいて、男の子はそろって坊主頭だった。数人ずつ集まって、はしゃいで笑ったり、うわさ話に熱中している。「レミ」も「カピ」もその声を聞いているだけで、疲れを感じ、気が重くなった。

一時間ほどかかって、終点の東神奈川に着く。すぐ京浜線に乗り換え、横浜に着いたのは六時ごろ。

まだ空は明かるく、おなかも空いてはいなかった。駅には人が溢れている。こんな混雑しているところでうろうろしているよりは、先に進んだほうがいい。二人はそのように判断して、横須賀線に乗りこんだ。この電車もそれぞれ家に向かう乗客ですし詰めになっていた。それでも、確実に一駅一駅、海に近づいている。海へ。海へ。

鎌倉を過ぎるとようやく乗客が減り、逗子ではさらに車内が空いた。でも、海はまだ見えない。二人は相変わらず、ドアのそばに立って、海を待ちつづけた。空が暗くなり、家の光が黄色にまたたきはじめる。海らしいひろがりがちらっと見えたと思ううちに、横須賀駅に着いた。

ここで残りの乗客のほとんどがおりてしまった。ここからも海らしいものが眼をかすめた気がした。車内はがらんとして、かえって声を出しにくく、体も気ままに動かしにくくなる。会社員らしい男が二、三人、新聞を読んでいる。レインコートを着た若い男女が煙草を吸い、ボストンバッグを持った中年の男が二人、なにかささやき合っている。


ようやく、終点の久里浜駅に電車が着いた。プラットフォームに立つと、まわりがすっかり夜の世界に変わっているのに気がついた。ほかの乗客が急ぎ足で姿を消してしまうと、駅は寒々しく静まりかえる。

――ここ終点だよ。ここから先、どうすんの？

「カピ」が小声で聞いた。

――横須賀でおりたほうがよかったのかな。とにかく外に出て、飯を食おう。食堂ぐらいはあるだろう。せっかく、ここまで来たんだ。飯を食ってから、海岸まで行ってみようぜ。時間はまだ早いからな。

「レミ」は伸びをしながら答えた。

夜になって、風が出はじめていた。海のにおいがする。甘く湿ったにおい。そのにおいを嗅ぐと、空腹が刺激される。

――ここ、学校から海水浴で来たことある。アメリカのペルリという人が黒船で来たところ。その石碑とイカリを見たのおぼえてる。

改札口に向かいながら、「カピ」がささやきかけた。

――おまえの学校って、いろんなとこへ行くんだな。おれの小学校は狭山湖とか長瀞ぐらいにしか行かなかったぞ。

――でも、ちっともいい学校じゃなかった。いばってる男の子がいっぱいいて、女の子をこき使うの。言うこときかないと、階段から突き落とされる。おいらにはトンちゃんがいて、同級生と遊ぶひまもなかったし……。ここにもそう言えば、トンちゃんみたいな男の人がいたよ。まあ坊って名前だった。町をうろうろしていて、みんながおもしろがって、まあ坊、どこ行くの、とか、くさい、くさい、体を洗えとか、この石、食べてごらんとか、からかってた。おいらの同級生たちもまあ坊、まあ坊って呼んで追いかけてた。

――どこにでも、サルはいるもんだな。おれもう、サルにはうんざりだ。おまえもこれからは、サルに悩まされずにすむさ。

改札口が近づき、二人は口をつぐんだ。どうして自分がこの先、サルに悩まされなくなるのかと聞くことが、「カピ」にはできなかった。でも漠然と、「カピ」自身、そんな気もした。「レミ」がそう言うのなら、たぶん、その通りなのだろう。

駅前は小さな、暗い広場になっていた。広場に面した店の電灯が闇のなかで心細くひかっている。自転車に乗った人が広場を横切って行く。ガラス戸を開け放した食堂の前で、女の人が掃除をしている。上りの電車に乗る人たちが少しずつ闇のなかから現われ、駅に集まりはじめていた。

「レミ」と「カピ」はいちばん近くの食堂に入った。思いがけず、なかは客でいっぱいだった。地下足袋やゴム長をはいた男たちが酔払って赤い顔になっている。二人は煙草の煙がこもる店の隅に坐った。ハエ取り紙がそれぞれのテーブルのうえで、表面にびっしり貼りついたハエの死体とともにかすかに揺れていた。「レミ」は定食を、「カピ」は親子丼を注文した。二人で陰気に黙りこんでいると、かえって注意を引きやすいし、声をかけられる危険がある。それで「レミ」はお話のレミとカピがいかなる旅をつづけなければならなかったか、「カピ」に話して聞かせることにした。――あるとき、警官が犬とサルと子どもの一座を道から追いたてようとする。いざこざが起き、その結果、親方が刑務所に入れられてしまう。レミはほとんど文なしのまま、親方が解放される日まで犬とサルを連れて旅をつづけなければならなくなる。心細さに泣くレミを慰めるのは、人間よりも賢いカピ。そうして、レミたちは白鳥号の母子と出会うことになる。

――白鳥号って、「カピ」もおぼえてるか？　川岸の馬に引かせて運河や川をゆっくり進む大きなイカダみたいな船らしいんだけど、実言うとおれ、今でもまだ、どんな船なのか、よくわからないままなんだ。レミには小さな部屋が与えられるし、病気の少年とお母さんの寝室も必要だろう。なんたって、この少年の病気を治すために白鳥号は作られたんだから。料理女もいるし、船頭もいる。この二人の寝る場所が必要だろうし、もちろん台所もなかったら困る。食料品をかなり積みこんでいるはずだし、風呂や便所はどうするのか。風呂に入るのには、燃料がいる。ストーブのためにも、石炭はたくさん積んで運ばなければならない。馬のエサだって必要だ。それから、洗濯ものはどこに干すんだろう。白鳥号は何ヵ月も川を気ままに流れつづけるんだぜ。そんなことを考えると、とんでもなく大がかりな船になるはずなんだけど……、そこら辺が納得いかないんだ。でも、こんなのウソくさいとバカにしながら、正直言って、ガキのころ、うっとりしていたんだ。おれも白鳥号に乗ってみたいなあって。ガキってまったく、バカだよな。

そこに親子丼と定食が運ばれてきたので、二人は食べることに集中しはじめた。他の客たちはにぎやかに酒を飲みつづけている。どこかの工事の話。どこかの女の話。「カピ」は親子丼をせっせと口に運びながら、「レミ」があこがれたという白鳥号を頭に思い浮かべた。川や運河を静かに進みつづける船。温室のような部屋を乗せたイカダの形の船としか、「カピ」には想像できない。そこに美しい婦人と病人の男の子がいる。その婦人はもちろん、大金持ちで、しかもレミの本当の母親なのだ。男の子はレミの弟。従って、レミも最後は大金持ちになってレミの弟も丈夫になり、めでたしめでたし、となる。「レミ」にはそれがうらやましかったんだろうか。お金持ちで美しくて、優しい母親。でも「カピ」としては、白鳥号はいつまでも悲しみとともにさまよいつづける運命にあって欲しい。と言うか、そういう船だと、いつの間にか思いこんでいた。だから、白鳥号に「カピ」も小学生のころ、憧れていたのだった。男の子の病気は少しずつ悪くなる一方で、お金も消え失せ、婦人は老けこみ、白鳥号には絶望しか残されていないのだ。そんな白鳥号と出会ったら、どんなにこわく、そしてどんなに美しく見えることだろう。

先に食べ終わった「レミ」は風邪の薬を口に入れ、それから煙草を吸いはじめた。

——だけど、船っていいよな。隅田川の船ぐらいしか、おれは知らない。隅田川に白鳥号が浮かんでいるはずはないもんな。汚ねえゴミ船や、家族が住んでる船とかばっかりだ。ゴミみたいな釜やナベのあいだで赤ん坊が泣いてて、ちっともきれいになってない洗濯ものがいっつもひらひらしててさ、白鳥号とはえらいちがいだ。でも、そんなのでも、住むには悪くないって気もするな。陸のちっちゃな寮の部屋は息がつまるよ。

「カピ」も食べ終わり、お茶をすすりはじめる。熱くて、少しずつしか飲めない。

——いっそ、ここから船で密航しようか。どこに行くんでもいいや。

「レミ」のささやき声に、「カピ」は小さな笑い声をあげた。子どもみたいな冗談だとしか思えなかった。

店を出る前に、交代に便所へ行った。二人で並んで立つと、男の客の一人が声をあげた。

——よう! 兄ちゃんたち、見かけねえ顔だな。遊びに来たんか?

「レミ」は「カピ」の背を押しながら、軽く頭を下げて見せた。

——海水浴には、まだ早かったな。

——もう、帰るんか。酒、飲んでけ。タバコを吸うんなら、酒も飲めるんだろ。

——弟にも酒を飲ませてやるぜ。

——おれたちもガキんころから酒は飲んできたんだぞ。

男たちが真赤な顔で二人をからかいはじめた。急いで外に出て、駅に駆け戻った。

——ちえっ、うるせえやつらだ。だけど、おまえ、聞いたか？「カピ」のこと、弟って言ってたぜ。

「カピ」は答える。

——うん、言ってたね。

——やっと兄弟らしく見えるようになってきたんだな。しばらく一緒にいると、だんだん似てくるものなんだ。

——……そうなのかな。

「レミ」は自信ありげに頷く。

——そうさ。よし、そんじゃ、とにかく海辺まで出てみようぜ。ここでちょっと待ってろ。海はどっちに行けばいいのか、駅員に聞いてみる。

言われるまま、「カピ」は駅舎の前にたたずんだ。さっき入った食堂の光が見える。バスが乗車口を開けて、眼の前に停まっていた。運転手が外で煙草を吸いながら、「カピ」を見つめている。あの人の眼にも、「レミ」と「カピ」は兄弟に見えるんだろうか。ちっとも似ていないはずなのに。「レミ」には本当の兄弟がいない。本当の母親もいない。「カピ」にはその両方ともいる。兄は死んだけれど、その兄は「レミ」とはちがう。「レミ」がもうひとりの兄になるとすると、母親はどうなるんだろう、頭が混乱してくる。本当の母親なんて、ちっともいいものじゃない。でも、いないよりは、いたほうがいいのか、そこら辺がよくわからない。

「レミ」が戻ってきた。駅の反対側を流れる川に沿ってまっすぐ歩けば、海にぶつかるらしい。そう言えばそうだった、と「カピ」は以前に来たときの風景を思い出しはじめた。ちっともきれいじゃない川が流れていて、宿舎からその川をたどって海岸に出た。砂浜をえぐって流れる濁った川。地引き網を引く漁師たち。そのまわりを走る犬。まあ坊がにやにや笑っている。砂浜で準備体操をさせられた。あのころの「カピ」は胸がまったいらだった。今は少しふくらみかかっている。でも小学校のときの水着のままでまだ充分なふくらみに過ぎない。今の中学校にはプールがないし、臨海学校というものも一切、ないらしい。泳ぐのが苦手なので、それで別にかまわない。それにしても、この海で泳いだことが思い出せない。ここまで来て、海に入らなかったなんて、そんなことがあるんだろうか。

川はすぐに見つかり、川沿いの道も見つかった。二人は暗い道をのんびり歩きだす。電柱の光がところどころで砂地の道を照らし、家並みの電灯の光は道まで届かない。

海岸に出るまで、案外、時間がかかった。すぐ近くだと思うから、遠くに感じるのかもしれない。家並みが切れて、電柱も消え、細い道も消え、足のまわりが砂浜に突然、変わった。月光の明かるさだけでは、砂浜がどこまでひろがっているのか、海がどこからはじまっているのか、見定めることができない。代りに、波の音が二人の耳に届いた。規則正しく、二人にささやきかけるような波音。海の湿った風も二人の体に吹き寄せてくる。

——やあ、すぐそこが、海だ！

——ほんとだ！　白い波が見える。

——へえ、もうちょっと明かるいといいのになあ。

——でも、沖になにか見えるよ。漁船かな。

——漁船にしちゃ、でかいな。いくつも見える。ふうん、ボートもけっこう、まわりに浮かんでるぜ。

波打ち際まで近づいた。二人ともすぐに靴と靴下を脱いで、足を海水にひたしてみる。まだ少し、肌に冷たい。そのまま、海水のなかを波打ち際に沿って走り、戻ってくる。海のなかに進み、波に襲われる前にあわてて駆け戻る。そうして遊んでいるあいだも、沖の光が気になりつづけた。客船のように見えた。でも、あんなところになぜ、客船が停泊しているんだろうか。まさか、ペルリの乗っている黒船のお化けであるはずはないし。

砂浜を左に少し進んだところで、足を投げだして坐りこんだ。白い犬が近づいてきて、そのまま遠ざかっていく。黒い大きな犬に鎖をつけて散歩させている人の影も見える。

——夜になると、さすがにちょっと冷えるな。ここで寝たら、風邪をこじらせてしまう。

「レミ」がつぶやく。それを聞き、ためらいながら「カピ」は口を開いた。

——ねえ、旅館にはおいらたち、泊れないの？　旅館に泊りたいってわけじゃないけど。

——お金はあるんだけど……、考えてもみろよ、この二人で旅館に行ったって、黙って泊らしちゃくれない。おれはまだ未成年だし、おまえはほんのガキだし。念のために親もとに問い合わせてみるなんて言われたら、おれたちの場合、どうしようもねえだろ。なんだよ、風呂にでも入りたくなってきたのか？

「レミ」に言われて、「カピ」は首をかしげた。

――ちょっと、聞いてみただけ。

――風呂なら、銭湯ってもんがあるんだから、いつでも入れるんだぜ。銭湯じゃなにも聞かれないから安心だ。

――うん。……銭湯って、幼稚園のころに行ったきり。銭湯のお湯って、すごく深いから、おぼれそうになってこわかった。

「カピ」は足の指で砂をすくいあげてはそのまま少しずつ、こぼしながら言う。砂は生暖かく乾いていて、足指のあいだから素早く流れ落ちていく。

――へえ、あんなの、せいぜい、膝うえぐらいの深さだけどね。おれは今、銭湯通いの身だ。

「子どもの家」にはちゃんと風呂があったから、銭湯なんて知らなかった。その代り、一週間に一度くらいしか入れなかったけど。冬なんか、十日に一度くらいだった。必ず、大きいチビどもと一緒だった。

「レミ」は脚のあいだに両手を入れて、砂をまわりからかき集めている。

――……でも、「レミ」は本当のお父さんをちゃんと知っているんだもん、それで充分じゃない。

「カピ」が眉をひそめて、ひとり言のようにつぶやいた。

――なんだよ、突然に。

驚いて、「レミ」は「カピ」の顔をのぞきこんだ。「カピ」はうつむいて、言葉をつづける。

――だって、四歳までお父さんといっつも二人きりで、じゃまをする人もいなかったんでしょ。わたし……おいらはお父さんをまるっきり知らないし、お母さんだって、このひと、にせものなのかもしれないって思ってたときがあったぐらいで、おいらのお母さんって感じは全然ないもん。母親って、子どもたちが思うほど大きくて広いものじゃない。それって、夫に見捨てられた母親の場合なのかもしれないけど。おいらのお母さんはとにかく、トンちゃんひとりで母親の部分を使いつくしちゃってた感じ。……トンちゃんよりだんぜん丈夫で、体も大きくてそのうえ口答えするし、ヒミツも作るおいらを、トンちゃんと同じようにかわいいとは思いにくかったんだろうと思う。おいらはつまんない、ふつうの子どもだもん。しかも、おいらは男の子ですらなかったし。いっぱい勉強して、早く自分で生きていけるようにしなさいって言ってた。トンちゃんと二人でずっと生きていくつもりでいたんだよ、あのひとは。だからトンちゃんが死んじゃってかわいそうなんだけど。生きる楽しみがなくなっちゃったんだもんね。おいらじゃトンちゃんの代りにはなれない。お父さんが生きてれば、あのひとももっと安心して、トンちゃんの妹のおいらともつきあえたんだろうけど。……学校の先生してても、ほんとには楽しくならないんだね。でも、やっぱり、おいらのお母さんなんだよ、もちろん、どんなにつまらなくたって。本当の親子じゃないかもしれないなんて夢のようなこと、思いつづけるのは、もう卒業した。……だからね、本当のお母さんなんて、ちっともいいものじゃないってこと。「レミ」のほうが、おいらよりずっとましかもしれないってこと。

「カピ」はようやく言葉を切り、顔をあげて「レミ」を見つめた。

——ちえっ、ぜいたくなこと、言いやがる。なんにも母親のことがわからないってのは、どうにも気持がわるいもんだぜ。桃太郎じゃあるまいし、おれだってきっと人間の母親から生まれたんだろうから、どうしたって、どんな母親だったのかって気になるさ。母親をまるで知らないと、母親に育てられた連中とどこかちがうのかって、やっぱ、ひがんじゃうし。

——おいらだって、おんなじだよ。父親のことなんか、まるで知らないんだもん。だから、どっかおかしいのかなって、すぐ思いたくなる。母親もそういう眼で見てる。担任の教師をお父さんだと思って、なんでも相談しなさいなんて言うんだから。

腹を立てたような声で「カピ」が言いたてるので、「レミ」もつい、声を荒げて言い返す。

——おまえはだけど、どんな父親だったか知ってるじゃないか。お墓だって、ちゃんとあるんだろう。大ちがいだよ、おれとは。

——でも、「レミ」は少なくとも、お父さんのにおいを知ってる。体があったかくて、うんこもあったかいのを知ってる。おいらはそんなの、なんにも知らない。今さら、それでさびしいとか、つらいなんて思ってるわけじゃない。おいらはそんなおセンチ、大きらい。でも、「レミ」の話を聞くと、うらやましいと思っちゃうの。父親をおいらは知らないってことを思い出すんだね、きっと。「レミ」のお父さんは「レミ」を見捨てて逃げだそうとはしなかったんだ。そうでしょ?

「カピ」の顔が月の光で青白く浮きあがって見えた。

——まあ、そうだろうとは思うけど、本当のところはわかんないよな。でもとにかく、おれは施設育ちになったし、「カピ」は自分の家で、自分の家族と育ったわけだ。そのちがいを無視されると、おれとしてはイライラするんだ。おれがいばれることって言えば、それぐらいしかないんだから。正直言って、おまえがうらやましいとも思ってんだから。……もう、いいよ。ややこしくなってきた。だけどさ、モーグリだって、レミだって、お話じゃ、最後に本当の母親が現われて、それですっかり幸せになりましたって終わるだろ。チビどもに読んでやるときも、これはまずいと思ったから、本当の母親の部分は省略してたんだ。そんな話、チビどもにはつらすぎるからな。おれだって、ずいぶん考えこんだものさ。本当の母親って、そんなにいいものなのか、だとすると、それを知らない自分たちのような者はよっぽど不幸ってことになるのか。でも、どうもそんな気もしない。じゃあ、うそなのか。うそだとしたら、どうしてうそがこんなにたくさんのお話になっているのか。どういう意味があるのかって。

「レミ」が溜息をつくと、「カピ」も溜息を洩らし、沖の光を見つめる。

――だから、そんなのはうそだし、お話を作る人たちは子どもじゃなくて、親だからよ。本当の母親ってこんなにいいものなんだぞって子どもに教えこめば、子どもは逃げだせなくなる。いくらいじめられても、子どものほうが悪いんだってことになる。……でも、「レミ」のお父さんみたいな親だったら、そんなのと全然、ちがうなあって思うんだ。おいらは自分のお父さんのこと、小学校でも今の学校でもヒミツにしつづけてるんだよ。あんな死に方、ひとに知られたら大変だもん。でも、「レミ」のそばにいると、「レミ」のお父さんもそばにいるような気がして、なんとなく安心できるの。

思いがけないことを言われて「レミ」はうろたえ、砂だらけの手で頭を掻きまわした。

――まあ、とにかく、おれたちは今、「レミ」と「カピ」なんだから、ずっと一緒さ。おれたちでどっちがいいの、悪いのって言い合っても、目くそ鼻くそってことだ。

――やだなあ、それを言うなら、どんぐりの背くらべって言ってよ。

「カピ」の眼がいたずらっぽく動き、口もとに笑いが浮かんでいた。ほっとして、「レミ」は小さく笑いだした。

――ちえっ、「カピ」はどうも女っぽくていけねえ。もっと男らしくなれよ、そのほうが楽チンなんだから。それより、あの光、案外、白鳥号だったりして。

顎で沖の光を示し、「レミ」が言うと、「カピ」も沖を注意深く見つめた。

――……客船みたいだけど。四つ、ああ、五つも浮かんでる。

――うん、どうも気になるなあ。きっと、なにかが起きてるんだ。そうでなきゃ、あんなところに停まっているわけないもんな。

「レミ」は立ちあがって、海岸の右手をながめ、左手をながめる。「カピ」も同様に、まわりを見渡した。いつの間にか、犬の数が増えていた。砂浜のあちこちで、黒い犬、白い犬、大きな犬、小さな犬が気ままに走ったり、砂を掘ったり、ゴミを振りまわしている。

「レミ」が弾んだ声を出した。

――おい、しめしめだ。あっちにボートがある。どうせ、なにもすることがないんだし、ちょっと様子を探りに行こうぜ。うまく行きゃ、密航できるかもしれない。アメリカまで行けたら、けっさくだぞ。

――海賊船だったら、殺されちゃうよ。幽霊船だったら、もっとこわいよ。

早速、「レミ」は裸足のまま、運動靴をはいた。それで「カピ」も仕方なく、靴下と革靴をはいた。白い木綿の靴下はすっかり、汚れてしまっている。でも、靴下をはかないと革靴なので、必ず靴ズレを起こしてしまう。二人が歩きはじめると、四、五匹の犬が気がついて、あとを追ってきた。野良犬ではないのかもしれないが、気味が悪い。犬たちを刺激しないよう、うしろをできるだけ見ずに、同じ歩調で、しかも先を急いで歩きつづける。なぜ、こんなに犬が多いのか、いつものことなのか今晩だけのことなのか、二人には見当がつかず、次第に、声を交わすことにも怯えを感じはじめた。犬たちに聞かれたら、いっぺんに怒らせてしまい、二人に襲いかかってくる。

百メートルほど歩き、ようやく、砂浜に置き忘れられたボートにたどり着いた。「レミ」に言われて、「カピ」はすぐさまそのボートに跳び乗った。「レミ」は犬たちを無視して、海にボートをありったけの力を振りしぼって押しだす。ボートが波に浮かぶと、波打ち際に取り残された犬たちが二人に向かって一斉に吠えたてた。「レミ」はズボンを濡らしながら、ボートを波にさからって押し進める。顔が赤くなり、額に汗が浮かぶ。海水は膝の高さになり、股まで濡らそうという辺りになって、ようやく「レミ」はボートに乗り移った。犬たちはまだ、海岸で吠えつづけている。オールを使いながら、「レミ」はその犬たちにアカンベをして見せた。

——ざまあみろってんだ。けったくそわるいやつらだ。だけど、おまえが「カピ」になってから、犬につきまとわれるようになってないか。

——ただの偶然だよ、そんなの。……でも、あのままずっと見張ってたら、おいらたち、あそこに戻れなくなる。

——べつに、あそこに戻らなきゃならない理由はないさ。ここは湾の奥らしいから、帰りは岬のほうに上陸したっていい。ボートの持ち主には、ちょっと申しわけないけど。

「カピ」は頷き、ドロップの缶を出した。自分の分を口に入れてから、「レミ」にも缶を手渡す。「レミ」は手を休めて、イチゴ味のドロップを口に入れ、缶を投げ返した。濡れたズボンをできれば脱いでしまいたい。でも、「カピ」の前では、パンツ一枚の姿にはなりにくい。海上に出ると、風が一層、強くなり、体温も奪われていく。オールを懸命に動かしつづければ、体が熱くなるにちがいない。「レミ」は厳しい顔になって、オールを力いっぱいこぎつづける。

荒れているというほどの海面ではなかった。それでも、海になじみのない「レミ」にとっては、予想以上に波が手強く、手も腕もすぐに痛くなった。まっすぐ進んでいるつもりでも、右に曲がってしまっている。沖の船に近づくのは、容易なことではないらしい。二十分も経つと、「レミ」はすっかりうんざりし、後悔しはじめた、が、今さら、引き返すわけにはいかない。「カピ」にバカにされてしまう。そもそも、自分が言いだしたことなのだ。どんなことにも必ず、終わりはある。「レミ」は自分に言い聞かせ、ボートを進ませつづけた。前へ進め！　前へ進め！　レミの親方の口ぐせを真似て、「レミ」も口ずさむ。この一歩一歩、じゃない、一こぎ一こぎが大切なんだ。レミだって、一文無しでフランス中を歩きつづけた。前へ進め！　前へ進め！

一時間経った。「レミ」の体は汗みずくになり、手を見ると、皮が破れ、血で赤くなっていた。眼がかすんで、同じボートに乗っている「カピ」の姿もよく見えない。海の水面がゆるやかにうねり、鋭く月の白い光を反射させている。ようやく岬を過ぎると、今まで見えなかったところからも、船の姿が現われた。一隻、二隻……五隻、数がどんどん増えていく。今まで見えていた船を合わせたら、全部で十数隻にもなる。月の光で見るせいか、それぞれがかなりくたびれていて、「カピ」が言うように幽霊船の集団そのものにしか見えない。一隻一隻がかなり大きな船なので、それが集団になると、人工のひとつの島が海底から姿を現わしたようにも見える。

「レミ」はオールの手を止め、口と眼を開け、しばらく船の集団に見入った。

——……いったい、なんなんだ？　これから戦争をおっぱじめようってわけでもないだろうし。だいいち、軍艦とはちがう。

「レミ」の声に、「カピ」も震え声を返す。

——ねえ、大丈夫？　もう、やめようよ。陸に戻ろうよ。

——射ち殺されはしないさ。向こうのほうから、ほかのボートも近づいているし。

一番手前の船を目ざして、「レミ」は最後の力を振りしぼって、オールを動かす。十分。二十分。ようやく、その船を眼の前に見あげるところにたどり着いた。海上の月光だけが頼りの闇に慣れた眼に、船の窓から洩れる光がまばゆく感じられた。海面からそそり立つような鉄板の船腹にはさびが浮いていて、海草のようなものまでがところどころにこびりついている。

——ねえ、ほんとに幽霊船だよ、これ。このまま帰ろうよ。やめたほうがいいってば。

「カピ」の声がまた、聞こえた。「レミ」はそれには答えず、ボートを船尾のほうにこぎつづけた。そこには、甲板から細い縄バシゴが垂れ下がっている。このまま帰るのは、どっちみちできる話じゃない。ここまで来るのに、体力を使い果たしている。甲板でしばらく休ませてもらわないことには、海岸まで再びボートをこいで戻れそうにない。もしかしたら、この船のロシア人だかアメリカ人だかわからない船員が「レミ」の様子を見て、無茶なやつだなあ、とたのもしく笑いながら、岸まで二人を送ってくれるかもしれない。そうしてくれたら、どんなにありがたいことか。それほどに、「レミ」はくたびれ果てていた。

縄バシゴの真下まで来て、「レミ」はオールをボートのなかに入れ、立ちあがって縄バシゴの端を両手でつかんだ。

——「カピ」が先に、これを登って甲板に行くんだ。おれが下で押さえててやるから、こわくはない。

——そんなこと、できない。

「カピ」は怯えた声で言い返す。

——じゃあ、「カピ」ひとりでこのボートに残るか？　おれはもう、ボートをこげないから、どっちにしろ、乗船する。そして、できたら甲板で朝まで眠らせてもらう。そうなると「カピ」も乗船するしかないだろ？　な、だから思いきって登ってみろよ。大丈夫だから。

——だって……、こわいよ。この船、絶対に変だよ。夜中じゃないのに、どうしてこんなに静かなの。おいらがボートをこぐから、そうしたらどうにか戻れるよ。

——いいから、とにかく乗船するんだ。せっかくここまで来たんだから。みんな上陸して、だれもいないんなら、それはそれでかまわないだろ。さあ、早く。

苛立った声で「レミ」が言うと、ようやく「カピ」は腰をあげた。

——この袋はどうすんの？

——紐をズボンのベルト通しに結べばいい。それよか……、いいよ、おれが持ってやる。危ねえからな、おまえ、びくびくしてるから、できるだけ、身軽なほうがいいだろう。

「カピ」は上を見あげ、溜息をついた。それから布袋を「レミ」に渡し、縄バシゴに両手でしがみつき、慎重に右足を乗せ、それから左足を乗せる。

——そのまま、一段一段登っていけばいいんだ。下を向いたり、よけいなことはするなよ。

「カピ」はなにも声を出さず、一段ずつ、見ていてじれったいほどゆっくりと登りはじめた。近くで見ると、縄バシゴの一段ずつの間隔はかなり広く、踏板も縄も荒々しく太い。それだけに下で押さえていないと、かなり揺れる。「カピ」だけではなく、「レミ」にしても実は、今まで縄バシゴなど登ったことがなかった。自慢できるほどの運動神経があるわけでもない。「カピ」のあと、自分の登るときが心配になった。縄バシゴを押さえてくれる人はだれもいない。でも、登らないわけにはいかないのだ。

甲板まで、何メートルの高さなのだろう。暗がりのなかなので、船の影が実際より大きく見えているのかもしれない。四メートル、五メートル。そんなところなのか。「カピ」の体は予想していたよりも早く甲板にたどり着き、消えていった。甲板で「カピ」のために特別な騒ぎは起きなかったらしい。「レミ」は布袋をズボンにしばりつけ、いよいよ縄バシゴを登りはじめた。「カピ」と同じように、一段ずつゆっくりと、着実に進む。おそれていたほどの揺れはなかった。ただし、うっかり手をすべらせたら、呆気なく海に落ちてしまう。皮のすりむけた手の痛みで呻き声が洩れ、涙が眼に浮かぶ。船の丸窓を通り過ぎた。あと少し。手が血でべってしまう。当分、これじゃ手が使いものにならなくなりそうだ。船の鉄サビのにおいが鼻をつく。どこから来た船なんだろう。外国の船で、日本語がまったく通じなかったら、まずこの手を見せてやろう。同じ人間なんだから同情して、とにかく包帯ぐらいは巻いてくれるにちがいない。ようやく、甲板が見えてきた。あと五段。四段。ここまで来て、海に落ちてはたまらない。用心しなくちゃ。

甲板の手すりをつかみ、「レミ」は最後の痛みをこらえて手すりに全身の力を預け、縄バシゴから甲板に体を移し入れる。甲板に着地した瞬間、めまいがして、その場にうずくまった。


——……ねえ、「レミ」、「レミ」ったら。

「カピ」の声に顔をあげると、横に「カピ」もうずくまって、「レミ」を見つめていた。

——ねえ、この船、やっぱり幽霊船だったよ。もう、逃げられない。ここで死ぬのを待つだけだって。あのおじさんがそう言った。あのおじさんも、もうすぐ死ぬんだって。

「カピ」の眼に涙が浮かんでいる。

——ばかなこと、言わないでくれよ、幽霊船だなんて。

言いながら、「レミ」は甲板をはじめて見渡した。マストの照明灯の光を受けて、甲板は黄色い色にぼんやり照らし出されている。そして、そこには数えきれない人間の群れが静かに横たわっていた。

泣きながら、「カピ」は自分の聞いた限りのことを「レミ」に伝えた。

——コレラが出たんだって。航海中に死んだ人たちは海に流したんだって。でもあとからあとからコレラになる人が出て、その人たちは久里浜病院に入ったけど、残りの人たちもコレラ菌を持ってるからって、上陸させてもらえないんだって。おいらたちも乗船しちゃったから、もうここにいるしかないんだって。

——コレラだなんて、どうして……。

呆気に取られて、「レミ」はつぶやき返し、改めて甲板のうえを見つめた。そうすると、この人たちはコレラになるのをこうしてただじっと待っているのか。それにしても、大変な人数だった。五百人、それとも千人。ほとんどの人が汚れた下着姿で、毛布にくるまって横たわっている。そして、千人もの人たちがひしめいているというのに、不自然に静まりかえっていた。「レミ」の体も震えはじめた。やがて、近くの男が二人を手招いているのに気がついた。「カピ」に話を聞かせた男らしい。こわくて体がこわばっているものの、もっと事情を知りたくて、「レミ」は「カピ」とともにそろそろとその男に近づいた。

——あほな坊主どもだなあ、おめえらは。

男は寝そべったまま、片腕で頭を支えて、二人をせせら笑った。髭だらけの黒い顔で、眼が落ちくぼみ、黄色い目ヤニがこびりついている。歯も黄色く、首も手も黄色く見える。前にボタン代りの紐がついたシャツを着て、頭には汚れた兵隊帽を乗せている。

——おめえらはもう、おれたちと同じ運命だぞ。どの船もみんな同じさ。船ごと、隔離させられてるんだ。ここまで来て、一歩も上陸できねえ、食いもんもねえ。コレラになって入院したほうが、よっぽどましだっぺ。ここにいたら、おれたちゃ、餓死だな。もう、十日以上経つ。せっかく、日本に帰ってきたのによお、ひでえ話よ。けんど、おめえらはよく監視に引っかかんなかったな。まあ、だれもこの船に乗りたがるやつがいるとは思わねえよな。

——どこから来た船なんですか。

思いきって、「レミ」は男に聞いてみた。相変わらず、事情がさっぱりわからない。

——どの船もカントンだ。と言ったって、おめえらにゃどこのことだか、わかりゃしねえんだろ。まったく、内地はのんきでいいよな。おめえら、やけに栄養がよさそうじゃねえか。肉をかじってみたくなるぜ。

「カピ」が妙な声を出して、二メートルほど離れたところに体を動かした。男は口を開けて笑いだした。臭い息が吐きだされ、「レミ」も思わず、少しあとずさる。

——けっ、戦地で死なずに助かったと思ってたら、こんなところで死ぬとは知らなんだ。アメリカさんの命令らしいけどな、戦争が終わったら、兵隊さんなんか、もう見たくもねえってさ。好きで兵隊になったわけじゃねえのによお。

——うっせえぞ。

——ガキ相手にメソメソしやがって。

——静かにしろよう。

まわりに、波音のような声がひびいた。だれも顔をあげてはいないし、体も動かしてはいない。どの人も眠っているか、自分の思いのなかに深く沈みこんでいるように見える。それでいて、群れの全体が「レミ」と「カピ」の二人を注意深く見守っている。二人が逃げだそうとしたら、その瞬間、野犬のような群れが一斉に襲いかかってきて、二人の体を食いちぎってしまうのかもしれない。そんな気味の悪さに、「レミ」も圧倒された。

遠くのほうでざわめきが起き、群れが動いた。丸い輪ができて、男が一人、その真中に取り残された。男は声をたてて胃液のようなものを吐き戻している。白衣を着て、マスクをつけた男たちがどこからか現われて、吐いている男を担架に乗せて、またどこかに消えていった。ここからは見えない場所に、担架を船の甲板からボートに移す装置があるのかもしれない。

——へっ、あれはコレラじゃねえよ。おれたちゃワクチンを注射されてんだ。コレラになるやつはとっくになってら。あいつはそうさな、チフスか、天然痘か……。

さっきの男がつぶやき、「レミ」と「カピ」の顔を見比べながら低い笑い声をあげた。こんな男の相手をしていることはない。そう思い決め「レミ」は「カピ」を促し、もっと船尾のほうに足音を忍ばせて進んだ。足音をひびかせるだけでも、ここではなにを言われるかわからない。

男しかいないのかと思っていたら、緊急用のボートのかげに、女たちの一群が固まっていた。女たちは二人を見てもなにも言わず、起きあがりもしない。呻き声をあげて、寝返りを打った女が一人だけいた。コレラという病気ではないにしても、どの人も病人のようにしか見えない。

ちえっ、なんてこった、もういい、ここで寝よう、考えるのは眼がさめてからだ、と「レミ」はくたびれきった頭で結論を出した。「カピ」に眼で知らせてから、布袋を床に置き、それを枕に体を横たえた。「カピ」も同じように横になり、顔を「レミ」と間近に向かい合わせる。

——どうしようもないから、とにかく朝まで待とう。

「レミ」はひりひり痛みつづける自分の両手を見つめながらささやいた。

——コレラって伝染病なんだよね。あっという間にうつって、死んじゃうんでしょ。だから……、ねえ、おいらたち、もう、うつっちゃったのかもしれない。だって、注射してない。

「カピ」の小さな丸い顔が青白く、ゆがんでいる。

——だとしても、逃げだせないんだから、しょうがねえよ。こんなことになるとはな……、まあ、どうにかなるさ。心配すんな。

しばらく黙りこんでから、「カピ」がまた、ささやきかける。

――もし、コレラで死ぬんだとしても、列車事故で死んだり、山のなかで殺されるよりはこわくない。まだ、死にたくはなかったけど……、まあ、いいや。このまま死んだら、海に死体を捨てられるのかな。

――それは航海中の話だろ。こんな陸地のそばで捨てるわけない。それこそ、コレラ菌をまき散らすことになる。

突然すぐそばで、女の一人が悲鳴のような呻き声をあげた。その声に応じて、他の女も泣き声をひびかせはじめた。

――ああ、苦しい！　ああ！

――痛いよう！　もう、いやだよう！

白衣の人たちはこの女のためには現われなかったし、女もすぐに黙りこんでしまった。コレラの病人というわけではないらしい。「レミ」も「カピ」も眼をつむって、眠りのなかに一刻も早く逃がれようとした。

〈おまえの両手はだらりと力なく、血は頰から消え去る
おまえの喉は詰まってカラカラ、心臓はあばらにドキドキ
恐れだ、おお小さな狩人よ――これが恐れだ！　……〉

「レミ」の頭のなかに、このなじみ深いオオカミの歌がよみがえる。歌のように、「レミ」の体に恐怖が手の痛みとともに波打っている。白鳥号に乗ったつもりがコレラ船とは、おれの運

もここまでってことなんだろうか。おやじは少なくとも病院で死んだのに、おれはコレラ船で死ぬ。いや、死なない。死ぬのか、死なないのか。——不幸な人間はちょっとやそっとじゃ死なない——そんな言葉もレミの話にはあった。でも、どうもそうじゃないらしい。運の悪いやつはどこまでも運が悪くて、あっけなく死んでしまう。レミの親方は冬の夜、道端で凍死する。レミも凍死するはずだった。でも、カピを胸に抱いていたおかげで、死なずにすむ。犬はどういうわけか、寒さに強い。犬に雪のなかから助けられた話は、ほかにもあったような気がする。この「レミ」にも、犬ではないけれど「カピ」がいる。「レミ」が死ぬときは、「カピ」も死ぬ。そうして、二人でジャングルの世界に戻るんだ。「レミ」が死なないときは、「カピ」も死なない。どっちでも、似たようなものだ。それにしても、コレラってどんな病気なんだろう。

一方、「カピ」もできるだけ体を小さく縮めて、自分の死に覚悟をつけようとしていた。神さま、助けてください。お願いします。あんまり苦しくないように死なせてください。トンちゃんもわたしを助けてください。とてもこわいです。コレラで死ぬなんて考えてもいなかったけど、不満は言いません。だれでも死ぬんだから、かまいません。ただ、苦しいのはいやです。死ぬときって、どの辺りで意識が消えるのか、それもわかりません。——かなしみ憂いに　慰めをたまえ　痛みわずらいに　みちからをたまえ　いまわのそのとき　みたすけをたまえ——

「カピ」の体の奥から眼と鼻に涙が押し寄せてきた。「レミ」がいるから、ひとりぼっちではない。ほかにも、たくさんの人がここにはいる。でも、とってもさびしい。「カピ」は父親と兄の墓を思い浮かべる。兄のお骨を入れるときに、墓石の前にどんな穴が実は隠されているのか、そして、父親の古い骨壺の横に兄の新しい骨壺が並べられるのも確認しておいた。あの横に、もうひとつ真白な骨壺が並ぶのだ。最初は真白でも、やがて父親の骨壺のように、くすんだ色に変わっていく。石の蓋を閉じてしまうと、穴は真暗になる。母親はたったひとり生き残って、お墓を花で飾りつづける。兄のときのように、いつの間にか、わたしの遺品をきれいに片づけてしまうのだろう。お母さんはわたしのときも泣くんだろうか。お葬式をしてくれるとして、わたしはそれを見ることができるのかどうか。わたしのこの体がわたしのものじゃなくなるのが死ぬってことで、それでこんなにさびしいのかもしれない。

「カピ」の眼から涙の粒が流れつづけた。ほかにも、この船で泣いている人はいっぱいいる。耳を澄ますと、泣き声が夜空にコーラスの歌声のようにひびいているのが感じられる。その歌声に「カピ」の知っている、神さまのための歌声が重なる。――くいとりすぺっか　たむんでぃ　みぜれれのびす　たんとぅむえるご　さくらめんとぅむ――われらの罪を許したまえ、われらを悪より救いたまえ――お母さん、わたしが「カピ」になって、わたしがコレラで死んだって聞いたら、びっくりするんだろうな。わたしが「カピ」になって、「レミ」と一緒にいることを知らないんだから、なぜ、こんな船にわたしが乗ったのか、どうしてもわからないままなんだろうな。ああ、おなかが痛くなってきた。きっと、コレラの下痢なんだ。頭も痛い。胸も苦しい。このまま寝て、眼がさめることがあるんだろうか。――痛みわずらいに　みちからをたまえ　いまわのそのとき　みたすけをたまえ――

船の揺れを感じながら、「カピ」は眠りに落ちていく。

夜中の何時ごろか、「カピ」は自分の便意に眼をさました。いよいよ、下痢がはじまった。

眼の前では、「レミ」が健康な寝息をたてている。「レミ」はまだ、下痢にならないらしい。上半身を起こして、甲板を見渡した。この広い甲板のどこにお便所があるのか、たった一人で探し歩く勇気が出ない。「レミ」を起こしたところで、なんの助けにもならない。「カピ」は再び、体を横にして、便意をこらえた。冷や汗が額に浮かぶ。全身に悪寒が走る。もう、がまんができない。ついに熱い液体がお尻から噴き出た。どうせ、もう死ぬんだ。コレラで死ぬんだから、これぐらいしかたがないんだ。うんこまみれで死ぬなんて、でも、やっぱり悲しい。「カピ」はお尻から下痢便を流しつづけながら、泣き声をもらした。便のにおいはしない。パンツから下痢便は足に流れ出て、ズボンの腰まわりを濡らしていく。生暖かく、べたついた感触に、吐き気を感じる。胃のなかにはなにも残っていないらしく、口からも液体しか出てこない。便よりも、口から吐いたもののほうが、鼻に近いせいか、いやなにおいがする。吐き気が止まらなくなった。体をうねらせて吐くと、お尻から下痢便が噴き出る。全身がべたつく汚物に蔽われていく。「レミ」は少しも気がついてくれない。まわりのだれもが知らんふりのままでいる。それぞれが病気で苦しんでいるから、「カピ」がどんなに苦しんでいようと、それに気がつく余裕がないのだ。呻き声が聞こえる。泣き声も聞こえる。正体不明の、動物のような声も聞こえる。「カピ」は泣きながら吐きつづけ、便を洩らしつづける。次第に、意識が遠くなっていく。船が揺れている。船の歌声が聞こえる。――くいとりすぺっか　たむんでぃ　みぜれれのびす――お母さんの泣き声もひびく。波の音がふくらんで、押し寄せてくる。

「カピ」は深い息をひとつ洩らした。体がだんだん、冷たくなっていく。夜空の全体が明かるく輝やきはじめ、「カピ」の横たわる船を照らしだす。

昭和二十一年四月十日

隔離二百五十　引揚船コレラ

〔横須賀発〕去る五日廣東《カントン》から浦《うら》賀に入港したV七五リバティ型《かた》輸《ゆ》送船（陸軍復員者四千三十八名乗船）のコレラ患《くわん》者は七日には十五名、八日には十六名となり、九日現在で國立久里浜病院に隔離《り》した患《くわん》者数は疑似症《しやう》をも含めて総《そう》数百七十九名に上り、うち十六名が眞性と決定、更に九日廣東《カントン》から浦《うら》賀に入港したV六九号にもコレラの疑ひある患《くわん》者が七十七名も発生してゐる

このため乗船者全部の上陸を禁止し、久里浜檢疫所、久里浜病院附近の交通を遮断する外、海岸一帶の住民三万人に豫防注射を実施、當分の間浦賀、久里浜方面の漁撈を禁止してゐる

同日

無職者が一番多い

發疹チフスと天然痘患者職業別

東京都民生局《きよく》調査《さ》による五日現在で千七百四名に達した発疹《しん》チフス患《くわん》者を職業別にみると、無職が四百四十六名で第一位、次ぎは會社員の百十五名、學生五十八名、職工五十二名の順、

列車の旅行は特に危險視されてゐる、年齢別は廿一歳から二十五歳までの元氣盛りが最高で、男女とも十六歳以上四十五歳までが多い

天然《ねん》痘《とう》患《くわん》者は五日現在で千二百六十九名、チフス同様無職者が最高で三百九十二名、會社員百五十六名、浮浪《らう》者はチフスの場合とは逆で八十六名、職人七十八名、日傭勞《らう》務者五十名、工員四十八名、

年齢はチフスとは逆に一歳から五歳までの子供の多いのが目立つてゐる

昭和二十一年四月二十六日

海上にコレラ都市　食につまる復員者たち

四月五日最初のコレラ患《くわん》者発生以来隔離《かくり》のため浦《うら》賀沖に繋《けい》船中の復員船は二十五日現在で十六隻《せき》、人員八万人に達してゐるが、陸上に病菌《きん》を一歩も入れないため、嚴重な交通遮断《しやだん》をしたので船内の食糧《りやう》事情は今まで判《はん》明せず、船舶運營會や上陸援護《えんご》局《きよく》では十分な給養《やう》を受けてゐるものと判断《はんだん》してゐたところ、たま〳〵二十日状況《じやう》視察《しさつ》のため検疫《けんえき》に赴《おもむ》いた係官により、乗船将兵の殆《ほとん》どが手持食糧《りやう》を食ひ果し、兵の携《けい》行糧《りやう》秣で辛《から》うじて粥《かゆ》をすゝつてゐる実情で、ひどい船では丸二日間絶《ぜつ》食のところもあることがわかつた

コレラ容疑船である廣東地區からの復員船はまだ九隻入港の豫定で、こゝ数日中に十二、三万人に海上都市は膨脹することは必至だ、これに対する食糧の増援は神奈川縣でも懸命になつてゐるが、横浜市の米さへＳＯＳを叫んでゐる折柄、絶望に近く、農林省に至急救援方を頼んでゐる

同日

發疹チフス盛返す

発疹《しん》チフス患《くわん》者は三月下旬《じゆん》からやや下火になつたが、最近また〳〵増加し、二十日には百二十九名、二十一日百二十八名、二十二日百八十八名、二十三日には二百三名と最高記録《ろく》を作り、二十四日は百九十二名、二十五日午後二時現在で累《るゐ》計五千四百名を突破した

8　ひとつの血

体が揺れ、頭がなにかにぶつかった。眼を開けると、「レミ」の肩が見えた。そして「レミ」の大きな耳たぶ。「カピ」はまばたきをして、体を起こした。「レミ」が薄眼を開けて、「カピ」の動きを追う。まわりには相変わらず、大勢の人たちがひしめいていた。でも、二人が体を折り重ねて寝ているのはどうやら船ではなく、列車のデッキらしい。外から、駅の放送が聞こえてくる。ぬまづ、ぬまづう。それに重なり、べんとーにおちゃ、べんとー、という呼び声もにぎやかにひびく。その声を聞いて、「カピ」はおなかの痛みを思い出した。自分の服を見下ろし、そこが汚れてはいないことを確かめた。

——よく寝てたな。

「レミ」も伸びをしながら、起きあがった。

——ここ、沼津だって……。変だなあ、いつ、この列車に乗ったんだっけ。

まだ眠そうな声で、「カピ」はつぶやいた。

——けさに決まってるだろ。どの列車も、どうしてこう人が多いのか、やんなるな。おい、弁当、食うか。

充血して赤い眼の「レミ」は無頓着に答える。

——うん、でも、また下痢がはじまったみたい。コレラかもしれない。コレラで死んだかと思った。でも、夢だったんだね。

「レミ」の膝には、すでに駅弁が二つとお茶が置いてあった。「カピ」にそのひとつを手渡しながら、「レミ」は小声で言う。

——さっき、小田原で買っといたんだ。……おまえな、コレラなんて大きな声で言うなよ。列車から追い出されるぞ。みんな、神経質になってんだから。

「カピ」は頷き、弁当の紐をはずしかけてから、「レミ」にささやいた。

——食べる前にお便所に行かなくちゃ。

立ちあがろうとしたとき、「レミ」のてのひらが妙な色にひかっているのに気がついた。赤い色と茶色い色がまだらになり、ところどころに血が滲《し》み出ている。ゆうべ、二人でボートに乗ったのは本当のことだったらしい。でも、そのあとのことがわからない。

首をかしげながら、坐りこんでいる人、立っている人を掻きわけ、「カピ」は便所に向かった。夜汽車ほどの混雑ではないけれど、それでも車室から乗客が溢れ、デッキも人と荷物でいっぱいになっている。便所の前にも、乗客が立ちふさがっていた。その乗客を手で押しのけ、便所のドアを開けたとき、駅の発車ベルがひびき、列車が身震いをして動きだした。

「カピ」の帰りを待たずに、ほかにすることもないので「レミ」は先に弁当を食べはじめた。一目見ただけでがっかりするような、粗末な弁当だった。小さないなりずしに、こんにゃく、さといも、ごぼう、それにメザシ。

ほかの弁当は売ってなかったので選びようもなかった。食べものには無頓着なつもりなのだが、とにかく量が少なくて、いつも空腹を抱えている気がしてならない。箸を動かすたびに、てのひらが痛んだ。袋から便所用の巻紙を出して、血の滲んでいるところに貼りつけた。皮がむけているだけだから、たいした傷ではない。ゆうべはボートに乗る前に、久里浜で定食を食ったっけ、と「レミ」は思い出す。冷えたコロッケがおかずだった。それから海岸に出て、ボートに乗った。それから、どうしたんだろう。

「レミ」にも、その後の成行きが闇のなかに見えなくなっていた。中国から来て、船ごと隔離されているコレラ船に乗りこんだことはおぼえている。「レミ」と「カピ」が眠ってから、係官だかだれだかが気がついて、この二人は迷いこんだだけなのだから早く陸に戻せ、と命令したのかもしれない。海に突き落とされたわけではないらしい。そんなことをされたら、いくらなんでも眼がさめるだろう。二人は眠ったまま、ボートに移され、横須賀辺りまで運ばれたのか。そこから二人は、夢うつつのまま、電車をこの東海道線に乗り換えたというところか。「レミ」にとって、それよりも気になるのは、コレラ菌の伝染力だった。寝ているあいだに、だれかがワクチンを注射してくれたのなら、問題はない。でも、ただ放り出されたのだとしたら、コレラ菌がこの体のなかですでに暴れはじめているかもしれないではないか。「カピ」の下痢が気になる。自分の体のだるさも気になる。もしコレラやチフスの患者になったら、いやでも病院に駆けこまなければならない。ほかの病気とはちがうから、放っておいたら死んでしまう。でも、病院に行けば、いろいろ調べられるに決まっている。そして、「カピ」は即刻、母親のもとに保護され、この「レミ」は警察の取り調べを受けることになる。保護者に黙って子どもを勝手に連れだせば、たとえ「カピ」が自分から喜んで従いてきたとしても、社会的には犯罪とみなされる。子どもは親の所有物なのだ。でも、「レミ」はちがう。「レミ」はだれのものでもない。社会的な判断も当てはまらない。ただし、伝染病は別だ。そう言えば、〈ジャングル・ブック〉の世界にも、〈家なき子〉の世界にも、伝染病の話が出てこなかった。伝染病の怖れだって、レミやアケーラのまわりにはいくらでもあったはずなのに。インドのガンディなら、こういうときの心構えを教えてくれたにちがいない。あのこじき坊主のまわりには、飢え死にしそうな連中といっしょにおぞましい伝染病も渦巻いていただろう。でも、ガンディはあらゆる伝染病の群れのなかを平然とにこやかにハダシで歩いていく。伝染病のほうがそれで驚いて、ガンディの家来になる。どうしたらガンディのような境地になれるのか。ガンディについての本をちゃんと読んでおけばよかった。

「カピ」が便所から戻ってきた。

——どうだった？

「レミ」はなにげなく聞いた。

——そんなひどくはないみたい。

早速、「カピ」は弁当を開けて、食べはじめる。

——おれ、下痢止めの薬、持ってるから、弁当を食い終わったら飲んどけよ。おれも風邪薬を飲んどく。体をこわすのが、いちばん、困るからな。

おなかがよほど空いていたとしか思えないような勢いで、「カピ」は口を動かしつづけた。

そして呆気なく食べ終わると、溜息をついてお茶を飲みはじめた。天井を見あげ、乗車口の窓から射し込む光を見つめ、「レミ」に声をかける。

——ここら辺って、富士山が見えるんじゃなかった？　ねえ、見えるかな。

すると、前に坐っている若い女が「レミ」の代りにつっけんどんな声を出した。

——もうとっくに過ぎたよ。

驚いて、二人で女の顔を見、曖昧に頷き返した。口紅が赤く、頬の真中に大きなほくろがあった。女のとなりには、色の黒い男。その横には、モンペの老女たちが背中を向けて坐っている。汚れた兵隊服を着た男たちがまわりに立っている。「カピ」はがっかりして、口を閉ざした。人なかでは、できるだけ黙っていなければいけない。「レミ」との約束を思い出した。さらに、頭がちっとも働かない子どもの振りをしたほうがいい、と言われたことも。

二人は黙りこんで、それぞれの薬を飲んだ。そして膝をかかえ、列車の揺れに身をまかせてまどろんだ。眠るぶんにはいくらでも眠れそうだった。鈍行の列車は小刻みに停まりながら、騒々しく車輪の音をひびかせて進みつづける。昼の列車なので、乗客は少しずつ入れ替っていく。大きな駅に着くと、乗客の波が乱暴に入れ替り、必ず一騒ぎが起きた。

「カピ」のおなかは鈍く痛みつづけていた。でも、薬のせいか、さし迫った便意は感じずにすんでいる。まどろみのなかで、自分の家に戻っていた。六畳の部屋でいつものふとんにくるまって寝ている。横のふとんには「レミ」が寝ていて、母親が「レミ」の額をタオルで拭き、なにかささやきかけている。それに応えて、「レミ」は眠そうな声を出す。小さな子どもみたいに、すっかり甘えちゃって、と「カピ」は笑いだしたくなる。庭から光が射しこみ、小さな葉っぱがぱりぱり音をたてて舞いこんでくる。気がつくと、母親が「レミ」の体を抱いて、泣き叫んでいる。「レミ」も死んじゃったのか、と「カピ」も泣きたくなる。母親の腕から「レミ」の頭がすべり落ちて揺れている。庭に面した廊下に影がよぎる。まっくろな男の子と「レミ」の父親がそっとどこかへ消えようとしている。六畳間が暗くなり、ふとんが水びたしになる。水がどんどん増えるのに、母親はちっとも気がつかないで、「レミ」の死体を抱きしめている。このままじゃ、みんな流されてしまう。ふとんが重みを増し、水の底に沈んでいく。「レミ」はまどろみながら、富士山に逃げていく「カピ」を必死に追いかけていた。「カピ」は犬でもあるから、足が速いし、どこにでも潜りこんでいく。「レミ」の頭のなかにそびえる富士山はセルロイドで作ったような、安っぽくひかる細長い円錐形の山だった。そのため「レミ」の足はすべって、先に進めない。見あげると、ところどころに割れめがあり、カビのような茂みもある。小さな動物たちがひそんでいるらしい。「カピ」はしっぽを振って、うれしそうに割れめをのぞきこみ茂みに鼻をつっこんでいる。「レミ」はいまいましくてならない。今度、つかまえたら、鎖をつけてやる。「カピ」もそれでこりるだろう。「レミ」にとって、四月にはじめたばかりの電気屋での仕事はつらい。重い荷を運び、指に突き刺さる針金や真空管のガラスが「レミ」を追ってくる。あの寮にも、もう戻りたくない。「カピ」はそんなことにも知らんふりで駆けまわる。まだ、ほんのチビなのだ。今はチビでも、いつかはおとなになる。今のうちに、「カピ」にもっといろいろなことを教えてやらなければならない。「ジャングルの掟」のつぎは、「旅芸人の掟」。「この世のなかは、やさしさだけでは生きていけない」、「犬を見れば飼い主がわかる」、それからなんだっけ、「足にまかせて、ただまっすぐ前へ進む。」こじき坊主のガンディのように。ハダシでガンディは前へ前へと進みつづける。銃弾で最後の一歩を貫かれる瞬間まで。

浜松でもう一度、二人は弁当を食べた。

「カピ」の下痢はほとんど治まり、「レミ」のほうに下痢がはじまった。熱も出ているらしい。病気に負けないためには、よく眠り、よく食べる。それが、とりあえず「レミ」の真先に思いつく治療法だった。体力さえつければ大抵の病気は治る。逆に、栄養状態が悪ければ、いかなる病気も命取りになる。「子どもの家」に移ってすぐのころ、「レミ」は肺炎になって入院した。しばらくして今度は、ロクマク炎という病気になって、かなり長いあいだ、寝ていなければならなかった。栄養状態が悪かったから、そんな病気になったにちがいない。トラホーム、ぎょう虫、中耳炎、シラクモ、そして気管支炎にヘルニア、シモヤケ。その程度は病気とみなされず、時おりまわってくる園医が消毒したり、薬をくれるだけだった。あのころはいつも、みすぼらしく汚ない体で、あちこち痛いやらかゆいやら、そして苦しい夜も多かった。それが最近では、風邪さえもめったに引かなくなった。これも食料事情が良くなったせいなのにちがいない。

食欲をほとんど感じないまま、こんなことを考えながら「レミ」は弁当を残さずに食べ、それから便所に行った。下痢便がほとばしり、口からはせっかく食べたばかりの弁当が噴き出た。もったいないことをした、と落胆し、これはやっぱり、悪い病気のはじまりなんだろうか、と不安に駆られた。「カピ」のそばに戻ってから、下痢止めと風邪の薬をそれぞれ、通常の二倍ずつ口に入れた。皮のむけたてのひらもまだ痛みつづけている。

――どうしたの？

「カピ」がささやきかけた。

――おまえの下痢が、おれにうつった。おまえはなんだか元気そうになったな。

心ならずも、「レミ」は皮肉っぽく言わずにいられなかった。「カピ」の頬は桜色にひかっている。唇も眼もきれいな色に澄んでいる。そして、「レミ」の唇はしなびたミカンの皮のように白く乾いている。

――下痢？

「カピ」はすぐに右手を伸ばし、「レミ」の額に当てた。

――熱があるね。風邪がぶり返したんだ、きっと。

口ではそう言いながら、「カピ」の顔は、まさかコレラじゃないよね、と深刻な不安を訴えていた。「レミ」も同様の不安を顔に浮かべ、「カピ」の顔を見つめ返す。

――ああ、たっぷり薬を飲んで、よく眠れば、そのうち、「カピ」みたいにケロッと治るさ。

――そうだね、じゃ、おいらの膝に頭を乗っけて眠ったらいいよ。

こんなチビにいたわられたくないと思いながらも、背に腹はかえられず、「レミ」は「カピ」の膝に頭を置き、手足を縮めた。「カピ」はその頭に手を置き、もう片方の手で、「レミ」の胸を押さえる。寒気がして、息が苦しかった。「レミ」は眼を閉じ、眠りを求めた。眠れば、きっと少しは楽になる。「カピ」の肉のついていない腿が耳たぶを押し、次第に、その骨が痛みとして感じられだす。瘠せて未発達な腿は、居心地がとても悪い。それでも、体温は伝わってくる。古着のにおいを通して、「カピ」のにおいが鼻をくすぐる。だいぶ体が汚れているはずなのに、イチゴに似た清潔なにおいがする。頭のうしろに「カピ」のおなかがときどき触れて、そのやわらかさを伝える。小さなカエルを連想させるおなか。こいつ、まだ、まるで子どもの体なんだなあ、と「レミ」は妙に感心する。チビどもを膝で寝かせてやったことはいくらでもあるが、自分がチビの膝で寝たことはない。「カピ」には怒られそうだけど、本当の母親ってひょっとして、こんな感じなんだろうか、と思いたくなる。それとも、ガンディの膝のほうがこんな感じなのかもしれない。ばかばかしい連想にはちがいないけれど……。

ようやく寝ついたと思うと、二十分ほど経って「レミ」は起きあがり、便所に駆けこむ、そのくり返しがつづいた。やがて、さすがにおなかがからっぽになって下痢もおさまってきたのか、しばらく眠りこんだ。そのあいだに、岐阜を通り過ぎた。「カピ」もうつらうつら眠りつづけた。夢のなかで、「カピ」は本当の犬になって、保健所のオリのなかで鳴き声をあげていた。岐阜で列車のなかがかなり空きはじめた。その理由がわからないまま、眠りつづけていると、ほぼ一時間後に、米原という駅に着き、そこが終点だとはじめて知らされた。「レミ」を起こし、プラットフォームにおりた。東海道線なら必ず、大阪まで行くものと思いこんでいたので、二人ともすぐには頭がまわらず、足も動かなかった。どんな駅におろされたのか、さっぱりわからない。見たところ、わびしげな暗い駅だった。それにしては、プラットフォームの数だけは多い。

——見て、あの電車、大阪行きだって。

少し離れたプラットフォームに停まっている電車を指して、「カピ」がほっとした声を出した。

――ほんとだ、あれに乗っちゃおうか。こんな中途はんぱなところでおろされても困るもんな。

――うん、だったら急いだほうがいいみたい。もうすぐ発車するって放送で言ってるよ。

「カピ」はすぐに走りだそうとして、「レミ」が熱のある体だったことを思い出した。それでも、「レミ」は元気なときのように全速力で走り、階段を駆け登っていく。「カピ」は急いで、そのあとを追った。

二人が電車に跳び乗ったのとドアが閉まるのとが、同時だった。荒い息でドアを背に立つと、「レミ」はそのまま、しゃがみこんでしまった。びっくりして、「カピ」もそのかたわらにしゃがんでささやきかけた。

――どうしたの？　おなかが痛くなったの？

「レミ」は深い息をついて、しわがれた声で答える。

――それもあるけど……、メマイがした。クソッ、でも、走んなきゃ、間に合わなかったんだから……。

――うん……、大阪行きの電車があるなんて、言わなきゃよかった。

――ちえっ、あんな駅にいるよりは、大阪に行ったほうがいいに決まってるさ。……大阪なら、食いものもあるし、病院もある。

「カピ」は頷き、まわりを見た。車内は混んでいるが、念入りに探せば、空席が見つかるかもしれない。すでに、八時を過ぎ、会社帰りらしい人は見当たらない。「カピ」のおなかはしきりに空腹を訴えていた。

その場に「レミ」を置いて、「カピ」は一人で車内を見て歩いた。老人が大きな風呂敷包みを置いて占領している席をようやくひとつ見つけ、思いきって話しかけてみる。

——あの、病人がいるんで、ここに坐らせてもいいですか。

黒い鳥打ち帽をかぶった老人は「カピ」を睨みつけたが、だめだとも言わなかった。それで「カピ」は「レミ」のもとに駆け戻って、その体を起こし、だれが見ても病人だとわかるように自分よりも大きな「レミ」の体を肩で背負うようにして、見つけた席まで連れていった。「レミ」と「カピ」が二人で老人を見つめると、老人は舌打ちして立ちあがった。荷物を通路におろし、自分もその脇に立つ。

——どうせ、わいはすぐおりるさかい、勝手に坐れ。

——え、そんな……。

「カピ」が口ごもっていると、「レミ」は早速、窓際に体を投げだし、眼をつむってしまった。

——まあ、ええがな。病人ちゅうのは、ほんまらしいから。

——すいません。

頭を下げて、「カピ」も「レミ」のとなりに坐った。向かい側の席に坐っている大学生らしい青年たちが「カピ」に話しかけてきた。

——どないしたんや。

——えらい苦しそうやなあ。脳貧血てやつやろか。手もケガしとんのか。

できるだけ子どもっぽく、「カピ」は困惑しきった顔を作って答えた。

——さあ……、カゼ引いてんのにムリするから……。

まさか、コレラかもしれない、などとは言えない。でも、言ってみたらどうなるのか、試してみたい気もした。みんな一斉に逃げ去って、この二人だけ車内に残されるのだろうか。

――どこまで行くんや？

――大阪。

――ほんなら、二時間ぐらいかかるから、ゆっくりそのあいだ、寝かせとくとええな。

「カピ」はおとなしく頷き、「レミ」に顔を向けた。「レミ」はタヌキ寝入りをしているんだろうか。しかめ面で、かたく眼を閉ざしている。思いついて、自分の上着を脱ぎ、「レミ」の体に掛けてやった。「レミ」は身じろぎもしない。溜息をついて、「カピ」は「レミ」の体に寄り添い、眼をつむった。二人とも寝てしまえば、大学生たちもあきらめて自分の世界に戻ってくれる。少しして、学生たちと老人の話す声が聞こえてきた。

――天然痘の患者がまた、逃げだしたそうでんな。なんでまた、逃げるんやろ。

――そら、家族や仕事が心配なんでっしゃろ。突然、病院に閉じこめられても、困るがな。

――肺ペストが出たゆう話も聞いたなあ。

――やれやれ、種痘にＤＤＴに、いくらヤッキになっても、どれだけおさえられるんやら……。

――ピストル強盗に、追ハギに、殺人に、一家心中……、戦争に負けるちゅうのは、こういうことなんやろな。

――近所で強盗に入られて、鉄棒で頭をなぐられた人がいはりますよ。

――突然、ピストルで殺される世んなかですねん。

――そや、こんな子でも、凶悪な犯罪を平気でするそうや。世んなかが無秩序になると、子どもからすさんでいくもんらしい。

――犠牲になるのんは、いつでも子ども、若者なんやろな。九州で起こった一家心中なんか、十七歳の長男から四歳の子まで、なんと六人の子らが殺されたんですねん。おとなのゴタゴタが原因やのに、むごい話や。

――……と思えば、大がかりな列車強盗をやらかすのも、子どもやろ。

――せやけど、子どもにしたらおもろうておもろうて……、

――……恨みもあるんやろ、こわいこっちゃ。……

――……東京も……浮浪者が……、

――……ひもじゅうて……、

――……広島のピカドンは……、

――……そやさかい、まず毛が抜けて……、

夜十時過ぎに、大阪駅に着いた。

薬のおかげで、「レミ」の下痢はとりあえず止まってはいたが、熱があがり、体に力が入らなかった。熱のためか、手のほうはだいぶ乾き、痛みが減っていた。巻紙が貼りついたままで、無理にはがせば、また血が流れ出そうだった。放っておけば、そのうちいつか紙ははがれ落ちるだろう。体力をつけるために、とにかく栄養のあるものを食べなくちゃ、と「レミ」は主張した。すでにおなかが鳴りつづけている「カピ」が反対するはずもない。

かなり遅い時間なのに、駅を行き交う人の数は多かった。上野駅と同じように、新聞紙をひろげて食べものを食い散らし、だらしなく寝転がっている人たちもたくさんいた。窓口で切符

が売りだされるのを、辛抱強く待ちつづけているらしい。

便所で用を済ませてから駅の外に出た。駅前広場が暗く沈み、その向こう側にオレンジ色の光がばらばらにまたたいているのが見えた。海のうえの漁船の光のように、不安定に揺らいでいる。その光を目ざして、「レミ」と「カピ」は進んだ。駅のなかとはちがい、広場は閑散とし、車の影も見えない。紙クズが広場の隅に吹き寄せられ、そこに数匹の犬が体を丸めていた。オレンジ色の光は、屋台のアセチレン・ガスの光だった。上野で嗅いだのと同じにおいに、鼻が刺激される。

――時間が遅すぎたんだな、ちょっとしか店を開いてねえや。

「レミ」が落胆した声を出した。

――でも、焼き鳥もおイモもあるよ。ほら、見て、あっちにうどんもある。

弾んだ声で「カピ」は言った。どれもおいしそうに見える。「カピ」の口にヨダレが溢れる。

――うん……、おれはもっと上等なもんが食いたかったんだけど、しょうがねえ、とにかくうどんでも食うか。

うどんの屋台では、兵隊帽を頭に乗せた若い男が二人、ドンブリを前にお酒を飲んでいた。うどんを作っているのは、赤ん坊を背負った老女だった。赤ん坊の祖母なのだろう。母親の姿は見えない。老女も二人の男もなにか気に食わないことでもあるのか、不機嫌に押し黙っていた。

――うどん、二つ。

「レミ」が遠慮がちに注文した。知らない土地で病気の身では、どうしても弱気になる。「レミ」と「カピ」が屋台の前に立つと、犬が足もとに寄ってきて、二人の足のにおいを嗅ぎはじめた。皮膚病の、汚ない灰色の犬だった。二人で交互にシッシッと追い払っても、犬のほうは平然としている。

うどんはすぐにできあがった。老女の背中は赤ん坊の重みで曲がっているけれど、手の動きは素早く、汁をドンブリに注ぎ入れるときも、大きなオタマジャクシから一滴もこぼさない。四角いアブラアゲの入ったキツネうどんにカウンターのうえに置いてあった刻みネギをたっぷり入れ、唐ガラシも振りかける。それからドンブリを持ちあげ、息を吹きかけながら熱いうどんをすすりはじめる。「カピ」が大喜びで食べる一方で、「レミ」は汁の奇妙な甘みが気になり、うどんも舌に重すぎ、途中でドンブリを投げだしたくなった。でも、ここで食べておかないと、治る病気も治らなくなる。その怖れでむりやり食べつくした。犬は相変わらず、二人の足もとから離れようとしない。じっと顔を仰向けて二人の手もとを見つめているかと思うと、まわりをよろよろと歩き、皮膚病の体を二人の足にこすりつけようとする。

——……どこに行きよったん。

男の一人が憂鬱そうにつぶやいた。

——犬とおんなじや。いつかは帰って来よる。

もう一人が言い、「レミ」と「カピ」に無関心な眼を向けた。

——食い逃げはあかんよ。二ハイで二十円や、早う、払いいな。

老女が怒った声を出した。「レミ」はあわてて、ズボンのポケットから十円玉を二つ探りだし、カウンターに置いた。

——なんや、こりゃ。こんなニセガネにだまされんよ！

老女の声に、男たちも十円玉に顔を寄せた。

──ふうん、こらあ冗談きついなあ。日本国、昭和二十七年なんて書いたある。

──確かに、十円硬貨ではあるな。こんなもん、よう作るもんや。おもろいけど、これやったらニセガネの役にも立たんよ。兄ちゃん、これ、どうしたんや。どこぞで拾たんか？　自分じゃ、こんな手のこんだもん、作れんやろ。

めまいを感じながら、「レミ」も男たちと一緒に、十円玉を見つめた。なにが起きているのか、考える力が湧いてこない。コレラの熱で、奇妙な夢にいつの間にか、閉じ込められてしまっているらしい。夢のなかでも気分は悪く、今すぐにでも横になって眠りたい。

──兄ちゃん、とにかくこれじゃあかん。ゼニ、持ってないのんか。

ぼんやり、「レミ」は頷く。

──浮浪児なんやろ、あほくさ。こんなことになりそうな気はしたんや。手もなんや皮膚病でぼろぼろになっとるし。

──兄ちゃん、その袋になに入れてんのや。なんかゼニの代りになるもん、ないか。ポリスにしょっぴかれるのがいややったら、はよ、なにか探しいや。

うしろに立つ「カピ」を「レミ」は振り向いた。知恵の足りない子どものように「カピ」は口を開け、眠そうな眼には涙を浮かべている。「レミ」も泣きたくなって、急いで自分の袋をのぞきこみ、空の弁当箱と新品のハサミ、それにカミソリも出した。

──浮浪児にしたら、物持ちやなあ。

──ウドン二杯にこれは払いすぎや。この弁当箱ひとつで充分や。な、おばば、そうやろ。

ほら、上等な弁当箱やで。ぴかぴか光っとる。

——ハサミとカミソリはしもとけ。そのハサミひとつで兄ちゃん、肉一貫ぐらいは交換できるんやからな、大切にしとき。

なにも言わずに、「レミ」はハサミとカミソリを袋に入れ、老女の顔を見つめた。

——しゃあないのう。もう、ええよ。けど、兄ちゃん、これから気いつけな。あほなイタズラしたら、痛い目にあうんやから。

頭を軽く下げ、「レミ」はふらつく足で屋台を離れた。「カピ」がうなだれて、そのあとを追う。皮膚病の犬が二人の足もとにまといつき、うっかりすると、犬の体に足を取られて転びそうになる。広場の端が段になっているので、そこにとりあえず腰をおろした。体を寄り添わせて坐った「カピ」がささやきかけてくる。

——ここじゃ、おいらたちのお金、使えないんだね。

——ああ、そうらしい。

溜息混じりに、「レミ」は答えた。

——どうしよう。ここのお金を持ってないんだから、つまり一文無しってことだね。「物々交換」はできるらしいけど。

——ああ。

「レミ」は頷いた。熱がよほどあがっているのだろう。眼に映るものがどれも揺れている。今、食べたばかりのうどんが喉に逆流してくる。

——さっきの人たち、でも、あれで親切な人たちだったよね。「レミ」の弁当箱一コで許してくれたんだもん。……だけど、もっとなんか食べたいなあ。あそこで売ってるおイモとか。ねえ、おいらの石けんあげたら、おイモくれるかな。

——ちえっ、まだ食い足りないのかよ。どうしても食いたいんなら、ひとりでやってみろ。おれは……、イモなんかいらん。

——じゃあ、ちょっと試しに聞いてみるね。ここの様子も、もう少し知りたいし。

「カピ」は元気よく立ちあがり、広場に並ぶ屋台に戻っていった。そのあとを、犬が追う。「レミ」は両手で頭を抱え、眼をつむった。イモだろうが、一文無しだろうが、とにかくコレラの不安のなかでは、なにもかも消え失せてしまう。吐き気がする。頭がまわる。いっそ、コレラになったから、救急車を呼んでくれ、とわめいてしまいたい。レミはどのように死んだんだろう。それは〈家なき子〉に書いてなかったからわからない。たぶん、金持ちの老人になって、中風にでもなって死ぬのだろう。気に食わない死に方だ。母親と出会う前に、レミはコレラで死ぬという筋書きに変えたほうがいい。白鳥号の母親を追いつづけ、いったんは白鳥号を見つけたと思い、乗りこんだらそれがコレラ船で、レミは哀れにもコレラになって、川岸でのたれ死ぬ。カピがその死体を守り、弔いの歌をうたう。本物の白鳥号はそれとも知らずに、その川岸をゆっくりと通り過ぎてゆく。

——うまくいっちゃった。「掟を守る者には良い獲物」だね。どんな掟だか、よくわからんぽんだけど。

犬とともに戻ってきた「カピ」が乱暴な勢いで坐りこみ、「レミ」の鼻先に汚ない新聞紙の包みをつきつけた。吐き気がまた、こみあげてくる。顔をそむけて、「レミ」はつぶやいた。

――いいから、さっさと食べろ。

――うん、ジャガイモって大好きなんだ。石けん一コで、三つもくれたよ。「物々交換」っておもしろいね。お金で買うより、本当に手に入れたって気がする。

「カピ」はジャガイモを頬張りはじめた。その足もとに犬は坐りこみ、ジャガイモのかけらがこぼれ落ちるのを待ち受けている。

――おまえって、大食いなんだな。

うんざりして、「レミ」は「カピ」を睨みつけた。口がジャガイモでふさがっている「カピ」はものが言えず、代りに、二、三度、大きく頷く。

――おれは駅に戻って、便所に行く。

「レミ」は立ちあがり、かすんだ眼で駅舎に向かって歩きはじめた。体の重みがなくなり、まっすぐ歩けない。そのあとを、「カピ」はジャガイモを食べながら歩く。さらにそのうしろに、皮膚病の犬が従う。駅の光がにじんで、虹の輪をひろげている。左から右へ、右から左へ動く赤っぽい光も、空のあちこちを照らしている。駅に入る電車の光なのかもしれない。駅の放送や汽笛がオオカミの遠吠えのように耳にひびく。まるで、この「レミ」に呼びかけているようなひびき。――早く、おれたちの体に乗りにおいで！　遠い、すてきなところに連れてってやるよ！――

駅舎が近づくにつれ、光のまぶしさに呻き声が洩れた。出入りする乗降客の黒い影にぶつかり、危うく、倒れそうになる。「カピ」がその体を支え、「レミ」の顔をのぞきこんだ。

――病気がひどくなってるの？

それから、「レミ」の額に手を当てた。

——すごく熱い。

「レミ」はあえぎながら、ささやき返す。

——……とにかく便所へ行って、出すものを出したい。……心配すんな。今のところはまだ、倒れやしない。

眉根を寄せて、「カピ」は頷いた。けれども、「レミ」の体から離れようとはしなかった。「カピ」に支えてもらうと確かに体を動かすのが楽になるので、「レミ」も「カピ」の体に頼らずにいられない。まぶしさに半分眼をつむって、駅舎のなかに入る。

——犬はどうした?

頭がはっきりしていることを示すために、「レミ」は声を出した。

——もう、いないよ。駅に入ると怒られるって、知ってんじゃないの。

——イモはおまえ、全部、食ったのか?

——そんなに食べらんないよ。あまったおイモは紙に包んで、袋に入れといた。

ようやく、駅の便所に着いた。「レミ」が男便所に入ろうとしても、「カピ」はまだ離れようとしない。立ち止まって、「カピ」に言った。

——おまえは、女便所だろ。

——いいの、おいらは男の子だから。

そう答えて、「カピ」は平然と男便所に進もうとする。「レミ」も黙って、「カピ」の小さな肩に寄りかかったまま、なかに入った。男が数人、小便器に立ち、手洗い所でも三、四人の男が髭を剃ったり、歯をみがいていた。なにも言わずに、「レミ」は「カピ」の体を離れて個室に入った。さすがに、個室にまでは一緒に入れない。便器を見ると一度に吐き気が押し寄せてきた。床にしゃがみこんで、さっきのうどんを全部、吐き戻した。涙がこぼれる。でもそれで気分が少しおちついた。いったん立ちあがってズボンをおろし、下痢便も絞り出した。薬の効果で、液体からおかゆ程度に便が固まっている。血が混じってはいないか、ほかに不吉なしるしが見えないか、観察しようとしたが、穴の底に落ちた便をはっきり見届けることはできない。外では、すでに「カピ」がこわばった顔で「レミ」を待ち構えていた。男便所に入ったのは、もしかしたら「カピ」にとって、生まれてはじめての経験だったのかもしれない。

――どう?

「カピ」がささやきかけた。

――うん、これで薬を飲めば、なんとかなりそうだ。

微笑を浮かべて、「レミ」は答えた。手洗い所で口をゆすぎ、ついでに水をたっぷり飲み、薬を通常の三倍口に放りこんだ。手を濡らすと、痛みが戻ってくる。「カピ」から取り戻したタオルで丁寧にてのひらを拭き、巻紙をまた貼りつける。

――そうだ、「カピ」も歯をみがいたらいいよ。せっかく歯ブラシを買ったのに、まだ使ってない。

「レミ」が言うと、「カピ」は言い返した。

――「レミ」だって、歯をみがいてないし、髭も剃ってない。鏡、見てごらんよ。「レミ」の嫌いなサルみたいな顔になってる。

あわてて、「レミ」は鏡をのぞいた。おぞましいことに「カピ」の言う通り、顎髭が荒地の雑草のように不ぞろいに伸び、頬がこけ、サルそのものの顔がそこには映っていた。眼をつむってもう一度、見直すと、今度はもう少しまともな顔が映った。それにしても我ながら、むさ苦しい不潔な顔になり果ててはいる。いつの間に、髭がこんなに伸びてしまったのだろう。本当は「カピ」が歯をみがいている横で、「レミ」は大きな溜息をつき、鏡から眼をそらした。「カピ」のように歯をみがいて、髭も剃りたい。でも今は、その元気がない。明日の朝、必ず清潔な「レミ」に立ち戻って見せよう。病気の治り具合によっては、二人で——と言っても男風呂、女風呂べつべつに——銭湯にも行こう。「レミ」は自分に言い聞かせ、同時に、不安で眼の前が暗くなった。でも、もし治らなかったら。コレラで死ぬしかないのだとしたら……。

歯みがきを終えた「カピ」は、備えつけの干からびた石けんで顔も洗ってから、いかにも健康な、つやつやした顔で「レミ」に笑いかけた。

——じゃ、もう行く?

こんなチビのころはいくら栄養不良だったとしても、おれもこんなアメ細工みたいな顔をしていたんだろうか、と気おくれを感じ眼を細めながら、「レミ」は頷いた。

「カピ」の体を借りずに、駅前の広場に戻った。さっきまでは幾つか残っていたアセチレン灯の光がすべて消え失せて、暗い裸か電球だけが取り残され、影の領域がひろがっていた。その影のなかに、人の影がいくつも漂っているように見える。でも、それは眼の錯覚なのかもしれない。駅を離れて町なかを歩きまわる気にはなれなかった。右手のガード下に「レミ」は向かった。「カピ」が心配そうに、その体に寄り添って歩く。さらにそのうしろを、さっきの犬が歩いていた。「レミ」も「カピ」もその犬を追い払うのを、もうあきらめていた。二人が駅の便所に入っていたあいだも、まるで飼い主に忠実な犬のように耳を緊張させて駅舎の前で待ちつづけていたにちがいない。それでも、やがてこの犬も不意に、二人から離れて行くに決まっている。人に支配されていない犬とは、そういうものなのだ。ガード下に真暗な穴が見えた。トンネル式の通路があるらしい。朝まで眠るのにちょうどいい場所だ。「レミ」はまっすぐそこに近づいた。通路は完全な闇に沈み、なにも見えない。なかに踏みこむのがためらわれた。でもまさか山のなかではあるまいし、人食いトラや猛毒のコブラがひそんでいるはずはない。「レミ」は自分に言い聞かせ、湿ったレンガの壁を左手の指先でたどりながら、なかに十歩ほど進んだ。なにかに運動靴の爪先が当たる。腰を屈め、両手を前に伸ばす。布に包まれたやわらかく、暖かいものに指先が突き当たった。思いきって、それをつかんでみた。すると、人の呻き声が返ってきた。

——……なんやねん。ほっといてんか。

入り口のほうに後ずさってまわりに人がいないのを確かめてから「レミ」は腰をおろし、それまで背中に貼りついていた「カピ」に小声で言った。

——ここには、先客がいっぱい、いるみたいだ。大きい声を出すなよ。ここで、おれたちも寝よう。

指先で「カピ」がすぐ横に坐ったのを確認してから、ズボンのポケットを探ってマッチを出し、一本、擦ってみた。闇に小さな割れ目ができ、急速に闇が溶け去っていく。そして、通路の奥に折り重なって寝る人たちの群れがボロキレの寄せ集めそっくりに浮かびあがった。元の色はさまざまでも、布が汚れて古びてしまうと、同じ色にしか見えなくなる。男もいれば、女もいる。子どもも赤ん坊もいる。体を起こして、しなびた乳を赤ん坊に含ませている女もいた。ボロキレではなく、ムシロに身をくるんでいる人もいる。こわれかけた木箱や竹のカゴがあちこちに見える。遠くに、コッペパンをかじる子どもの姿も浮かんだ。

マッチが燃えつきると、突然、闇がかたまりになって落ちてきた。「レミ」は布袋を枕に、壁のほうを向いて横になった。「カピ」もその脚に頭を乗せて横たわる。「レミ」は両手を伸ばしてその腕をつかみ、「カピ」を自分の体で守れる位置まで引きあげた。危険な場所ではないのかもしれないが、一応、「レミ」には「カピ」の身を守る義務がある。

——犬はどうした?

「レミ」が聞くと、「カピ」はささやき声で答えた。

——まだ、そこにいるよ。

——ふうん、そいつもここの常連なんかな。

——あしたになっても離れなかったら、どうする? おいらたちの犬にしてやる?

——そんな汚ねえ犬、冗談じゃない。今だって気をつけないと、病気をうつされる。すり寄ってきたら、けとばしてやれ。

「カピ」はためらった声で言う。

——……病気もいやだけど、けとばすのもいやだなあ。

——ちえっ、勝手にしろ。

「レミ」はあくびをして、闇のなかで眼をつむった。もともとなにも見えていなかったのだから、眼をつむっても変化がない。夢のなかでさらに、夢を見ようとしている気分に誘われる。ようやく、壁と自分の体の合間に寝る「カピ」の背中に左の手を置き、右腕を頭の下に置いた。ようやく、これで眠れる。そう思い、息を吐きだした。そしてすぐに麻酔薬でも嗅がされたように、眠りに落ちた。

犬が気になって眠れそうにない、と「カピ」は小さく身を丸めながら、息を殺していた。「レミ」がコレラなのかどうかも心配だし、自分だってコレラから逃げきれるのかわかったものではない。「白鳥を踏む思い」と「レミ」は言っていたけれど、白鳥のように、真白で美しいなにかを踏みにじってしまっているような、そんな気分の悪さにつきまとわれている。ガラスでできた白鳥号が闇のなかを流れていくのが見える。そこには、コレラで死んでいく「レミ」が青い体を横たえている。泣くこともできずに絶望に凍りつく母親が、そのかたわらに立ちつくしている。それは、「カピ」自身がおとなになった姿だった。白鳥号は悲しみの冷たい光を反射させながら、暗い川面を進む。川岸に、オシロイ花が咲きほこっている。「カピ」の家の庭に、オシロイ花がどんどん増えて、母親が困っていた。夕闇のなかに、赤や白、ピンクの花が浮かびあがる。「レミ」の父親がそこにたたずみ、灰色の顔で白鳥号を見送る。裸かの小さな男の子が犬のようにオシロイ花のなかを駆けまわっている。

お尻がかゆい。かゆい一点がたちまち、まわりにひろがる。おなかもかゆくなる。股もかゆい。かゆくて、眠りながら体を転がす。それから、眼をさました。かゆみも同時に眼をさまして、全身を容赦なく襲う。「カピ」は上半身を起こし、両手で体のあらゆるところを掻きむしった。犬の皮膚病がうつったのかと思い、つぎに、ノミと気がついた。

——……「カピ」もやられたのか。

「レミ」の声が聞こえた。すぐに、マッチを擦る音がつづき、まぶしい光が弾けてひろがった。「レミ」も起きあがり、顔をゆがめてマッチを持たないほうの手で背中を掻き、腰を掻いていた。

——こりゃ、ひでえや。おれ、熱もあがってきたみたいで、頭がガンガンしやがる。腹は痛むし、メチャクチャだ。

「レミ」が話すうちに、マッチは消え、「レミ」の姿も闇のなかに消え去った。

——薬、効かなかったの？

お尻を掻きながら、「カピ」は小声で聞いた。

——まいったなあ。風邪じゃないとしたら、ヤバイよなあ……。おまえはノミ以外は異状ナシか？

——うん、でも死にそうにかゆい。

——ノミじゃ死なないけど……。

言いかけてから、「レミ」はしばらく黙りこみ、やがて深く息を吸いこんで吐きだした。それから「カピ」の耳に口を寄せ、低い声で言った。

——なあ、今はまだ大丈夫だけど、もし、おれが動けなくなったら、おまえ、おれを置いて、警察に行け。おれのことは言わずに、東京から来て迷子になったとでも言うんだ。そうしたら、おまえを家に送り届けてくれる。おまえはたぶん、発病しなくてすむらしいから、コレラのこともなにも言うな。

　――だって、「レミ」は?

「カピ」が心細い声で問い返す。

　――おれか? 　おれはこうして転がってりゃ、そのうち、病院に運ばれるさ。おれのおやじとおんなじだ。おまえはそばにいないほうがいいんだ。おまえは生き残るんだから。

　――いやだよ。

「カピ」が闇のなかで「レミ」の左腕にすがりついて、すすり泣きをはじめた。

　――そんなの、だめ。「レミ」を一人で死なせるなんて、できっこない。絶対、離れない。

「レミ」は右腕で「カピ」の肩を抱いて、自分も泣きそうになりながらささやく。自分の病気が悲しいのか、「カピ」の言葉がうれしくて涙腺が刺激されているのか、自分でも区別がつかない。

　――死ぬとはまだ、決まっちゃいないけどさ。……そりゃ、おれだって、「カピ」とは別れたくない。でも……。

　――じゃ、一緒にいる。うちに帰るときだって、一緒。お母さん、驚くだろうけど、きっとわかってくれるよ。どうせ、トンちゃんがいなくなって、うちんなか、がらんとしてんだから。

「レミ」の胸はいよいよ感動で熱くなり、眼がしらに涙が盛りあがった。闇のなかで、顔が見えないのがさいわいだった。

　――……でもな、「カピ」がそう言ってくれるのはうれしいけど、世間って、そういうわけにはいかないんだ。いくらおれたちが自分でそう思ってても、世間のだれもおれたちを本当の兄弟だとは認めてくれないし、おまえのお母さんもそういう世間のなかで生きているから、おれみたいな者を一歩も家んなかに入れようとはしない。……「人間の巣」って、すごく窮屈なんだ。レミを育てた貧しい農家のおばさんとか、そういう例外はあるけど、そのおばさんだって、貧しさを理由にレミを旅芸人の親方に売り払おうという夫を止めることはできなかったんだ。レミが本当の子どもだったら、話はどう変わっていたんだろうって思うよ。貧しさがもちろん、ここでは大きな理由になってるんだけど、じゃ、大金持ちの本当の母親はどうか、大金持ちだから、身寄りのない子どもたちをたくさん育てよう、なんてことは思いつきもしない。自分の本当の子ども、つまりレミ一人だけを必死に探しつづける。「人間の巣」ってのは、本当の子ども、それともせいぜい、親せきの子どもしか受け入れないところなんだ。もし、それを守らないと、人間の世界がめちゃめちゃになっちゃうんだろうな。

全身いたるところを掻きむしりながら、「レミ」はできるだけ冷静に、「カピ」に言い聞かせた。世のなかにたくさんある感動的なお話のようには、実際はまったく物事が運ばないという事実だけは少なくとも、墓地出身の「レミ」はよく知っている。その威厳を命の瀬戸際にいるのかもしれない今こそ、世間知らずのかわいい犬っころの「カピ」に示しておきたかった。

——じゃあ、おいらたち、結婚しちゃえばいいんだ。おいらは本当は女の子なんだから、結婚しようと思えばできる。

「カピ」もかゆみで体をよじり、あちこちを掻きながら言った。

——できないよ、そんなこと。おまえ、まだ十二歳のガキだろうが……。

さすがに「レミ」はうろたえ、顔を赤らめずにいられなかった。闇のなかでは、そのうろたえも「カピ」の眼には見えない。

――でも、おいらたちは結婚したんだから、もう離れられなくなったって、お母さんに言ったらどうなる?

――おまえ、結婚ってどういうことか知ってんのか?

心ならずも「カピ」を咎《とが》めるような口調になっていた。

――……一緒に暮らすこと。一緒にごはんを食べて、お風呂に入って、そのうち、子どもが生まれる。

「カピ」はためらいながら答えた。「レミ」も困惑し、言葉を慎重に選びながら言い聞かせる。

――結婚するには、まず、「カピ」がもっとおとなになる必要があるんだ。頭の中身もそうだけど、体もガキのままじゃちょっとまずい。おとなになる第一段階のしるしに「月のもの」と呼ばれるものがあるって話だけど、「カピ」はまだその段階ですらないんだろう?

――五年のとき、小学校で教わったけど……、でももう胸は、ちょっとだけふくらんでるよ。

「レミ」はますますうろたえて、ツバを呑みこむ。

――ちえっ、ばかだなあ。そんなのは、だれもしるしだとは思わねえ。そりゃ、もう少ししたら第一段階は「カピ」にも来るだろうよ。だけど、それを過ぎたってまだだめなんで、少なくともおれぐらいの年齢にならなきゃ、だれもまじめに考えちゃくれない。さもなきゃ、おれが異常者扱いされて、警察に訴えられるだけさ。

――どうして?

深い溜息とともに、「カピ」はささやく。

――「カピ」はまだ当分、親の保護が必要なガキだってこと。親の持ち物なんだから、「カピ」にはなにも自分で決める資格がないんだ。「人間の巣」ってのは、窮屈なんだって言ったろうが。
――……「レミ」はおいらにいやらしいことをしてみたいとは思わないの？
闇のなかの「レミ」の顔が今度は青ざめた。「カピ」に一瞬、憎悪を感じ、歯を食いしばる。
でも今は二人の別れのときなのかもしれないのだからと思い直し、しぶしぶ口を開いた。
――おれは墓地出身の施設育ちにはちがいないけど、サルではないんだ。だから二度と、
そういう最低のことは言わないでくれ。そんなこともわかってくれていなかったのかって、
がっかりする。……いいか、先の先のことで、そのとき、おれたちは結婚するかもしれない。
でも、それまでは今のことだけを考えてれば充分なんだ。それで精いっぱいなんだから。そし
て、今のおれたちはなんだ？「レミ」と「カピ」だ。そういうおれたちだってことが、おれ
にはうれしいんだ。わかるか？
「カピ」が頷く気配が伝わる。
――「レミ」のまま死ねるんなら、おれには本望さ。でも、もし死なずにすんだら、そし
て、いったん別れても……、そうだな、あと五年したら、結婚して、「カピ」の家におれも住
めるようになるということも考えられる。でも、どうなるかわからない。五年経ったら、「カ
ピ」はもう、「カピ」じゃなくなってるんだから。女ってやつになってるんだから。
「レミ」が口を閉ざすと、「カピ」はしばらく考えこんでから声を出した。
――ごめんね。チカンってすごく多いから、もしかして、「レミ」だって男だから、そうい
うことを考えるのかなって心配になっちゃうの。大きくなったおチンチンを押しつけてくるん

だよ。気持わるいし、こわいし……。「レミ」のおチンチンは大きくならないの?

「レミ」の心臓が縮み、息が止まる。それこそ、「おチンチン」が大きくなりそうになる。深呼吸をして、冷静な声をむりやり絞り出す。

——おまえはほんとに、なにも知らないで聞いてんのか? 自然現象でどうしてもそういうことはあるさ。種族保存のためにも必要なことだし。でもなんてえか、「カピ」だって、オナラをするだろ? 種族保存とは関係なく、男のおチンチンもときどきオナラをしちゃうことはある。……でも、「カピ」がそんなこと、知る必要はないし、知ってほしくないよ。

——だけど、トンちゃんもいつもおチンチンをいじってたし、チカンもいるし、女の子を殺したがる人もいるし……。なにも知らなくてもいいってわけにはいかないと思う。「レミ」がもし、おいらの胸に触ってみたいっていうんなら、触ったっていい。そうしたら、「レミ」のおチンチンは大きくなるのかどうなのか、教えてほしいって、ちょっとだけ思ったんだけど。……でも、そんなこと、わざわざしなくてもいい。おいらの胸なんか、まだブヨに刺されたあとぐらいにしかふくらんでないんだもん。すぐにまた、消えちゃいそう。このまま、おいらも本物の男の子になれたらいいんだけどなあ。それでも「レミ」はおいらのそばにずっといてくれる?

「カピ」は体をよじって、おなかやわきの下をかきむしる。

——「カピ」はまだ女でも男でもないチビで、チビでいられるのは今しかないんだから、今を大切に守らなきゃいけないんだよ、おまえ自身も、おれも。……でもちょっと、おれ、外に出てくる。下痢がまたはじまったみたいだ。吐き気もする。大丈夫、おれはどこにも行きゃしない。

よろめきながら、「レミ」は立ちあがった。

——おいらも行く。

——「カピ」はここで待ってろ。

それでも、「カピ」はあとに従いてきた。なんと言っても、心細いのだろう。コレラが心配で、眼を離せない心境でもあるのだろう。その気づかいには心が温まるが、たとえば、うんこをするには恥かしくて困る。

広場の空はすでに、白みかかっていた。街灯の裸か電球はまだ点《とも》ったままで、肌寒いほどに空気が冷えている。広場の向こう側につづく道を、大きなトラックが走っていく。自転車もすばやく走り抜ける。広場の端を、大きな風呂敷包みを背負った女たちが歩き、大きな黒い猫が一匹、広場の真中をのんびりと横切り、駅舎に近づいていく。「レミ」は右手のレンガの壁沿いに歩き、コンクリートの土管が積まれているかげにまわって、「カピ」に頼みこんだ。

——向こう側で待っててくれ。

「カピ」の姿が消えたのを確かめてから、「レミ」はズボンをおろし、しゃがみこんだ。針が何本も突き刺さったようにおなかが痛い。眼がかすみ、頭が痛い。そして、体のここかしこがかゆい。皮のむけたてのひらまでが、再びひりひりしはじめている。朝の空気にお尻を剥き出しにして少し経ってから、熱い汁が流れ出た。「レミ」は呻き声をあげる。肛門が熱と下痢のために、すり切れてしまっている。布袋を持ってこなかったので、紙がなかった。ポケットを探っても代りになるようなものがなく、あきらめてズボンをそのまま、引きあげた。それから、今、出したばかりの汁を注意深く点検した。ほんの少しの量しか、そこには残されていない。

おしっこの色が白っぽい砂利を染め、血の色などは見えなかった。

犬が近寄ってくるのに、気がついた。ゆうべからつきまといつづけている皮膚病の犬だった。犬は「レミ」には眼もくれずに、砂利の地面に残った水たまりに鼻を近づけ、においを嗅ぎはじめた。そして、食欲をそそるにおいがそこにあるわけもないのに、犬はしっぽを振りながら舌で嘗《な》めようとする。「レミ」はとっさに、その犬の胴を思いきり蹴飛ばした。さらに、犬が鳴き声をあげ逃げ去るまで二度、三度と蹴飛ばしつづけた。

——やめて！　なに、してんの！

「カピ」が叫びながら、駆け寄ってきた。入れ替りに、犬は逃げ去っていく。

——なんで、犬をいじめるのよ。そりゃ汚ない犬だけど、なんにも悪いことしてないじゃない。

「レミ」は肩から息を吐き出し、「カピ」を睨みつける。

——気持わるいから、女言葉はやめろよ。あのなあ、あの犬、おれの尻から出たもんを平気で嘗めようとしたんだぜ。おれがもしコレラだったら、あいつもコレラになっちゃうじゃないか。だから、やめさせただけさ。

口を小さく開けて、「カピ」は地面の水たまりを見やった。

——……でも、犬もコレラになるの？

——わかんないけど、やっぱ、やばいんじゃないのか。

——ふうん。おいらが変なこと言ったから、「レミ」が急に、犬にヤツ当たりしたのかと思った。本気になると、「レミ」って力が出るんだね。

「カピ」はがっかりした顔で言った。自分よりも強い相手には、だれでも、動物だって怯えずにいられない。「レミ」はそう思いやり、わざと疲れきった声で答えてやった。

――火事場のクソ力ってヤツさ。ちえっ、頭がふらふらする。……ちょうどいいから、この土管のなかで一眠りするか。さっきの場所はノミが多くてかなわん。

――うん、そのほうがいい。おいら、袋を持ってくる。待ってて。

元気よく、「カピ」はガード下の通路に走って行った。コンクリートの土管はいちばん下に三本、そのうえに二本、そしててっぺんに一本と三角の形に積んであった。直径が一メートルほどもあるので、二人が並んで寝そべるには充分なひろさがある。土管自体の重みで、簡単に山が崩れる心配もない。「レミ」は土管の山をよじ登り、てっぺんの一本のなかに潜りこんだ。クモの巣が張り、細かい砂利がこぼれ落ちている。土管から顔を突きだして、ガード下から戻ってきた「カピ」に声をかけた。

――「カピ」、ここだよ。ながめがいいぞ。

「カピ」は笑い声をあげ、二つの布袋を右手に持ちながら、へっぴり腰でよじ登ってきた。こういうときに、「カピ」の上等な革靴は動きを不自由にする。こんな革靴でよくコレラ船の縄バシゴをのぼれたものだ、と「レミ」は今ごろになって感心した。その革靴も今は、砂や泥で汚れてしまい、履き古した靴にしか見えなくなっている。

てっぺんの土管にたどり着いた「カピ」は「レミ」を見習って頭を突き出し、駅前の広場を見渡した。

――へえ、気持いい！　遠くまで、よく見えるね。はじめから、ここに寝ればよかった。

――ゆうべは真暗で、なにも見えなかったもんな。

――だけど、このノミ、どうしよう。服を脱いで、つぶさないといけないのかな。まだ、いっぱいいるみたい。

「レミ」は苦笑して、つぶやく。

――このままだと、ノミはみんな、「カピ」のほうに移ってくぞ。おれの体より「カピ」のほうがおいしそうだからな。

――犬が集まってる。

「カピ」が言った。

白々とひとけのない広場の左端の辺りに、十匹ほどの犬がうろついていた。さっきの犬がそこに混じっているのかどうか、土管からは見わけることができない。大きな黒い犬、小さな茶色い犬、瘠せたブチの犬、大きさも種類もばらばらの犬が頭を垂れ、地面に落ちているなにかをあさっている。久里浜の犬たちを思い出し、「レミ」は眉をひそめた。どうしてどこに行っても、飼い主から離れた犬がこうもたくさん、いやがるんだ。やっぱり、「カピ」が犬の名前を名乗っているからだろうか。

くたびれたリュックサックを背にした中学生くらいの男の子が四人、犬が集まっている場所とは反対の、右のほうから駅に向かって歩いてきた。始発の列車に乗るつもりで、早めに駅に来たのだろう。正面の、半分こわれたビルの脇からは、子ども連れの女も歩いてくる。モンペをはき、手提げ袋を重そうにぶら下げている。五歳ぐらいの子どもは「カピ」と似たような、だぶだぶの汚れたズボンを引きずって歩く。駅のほうから汽笛がひびき、犬の吠える声がつづいた。一匹が吠えると、ほかの犬も吠えはじめる。中学生たちが立ち止まった。子どもを連れた女もたたずんだ。大きな黒い犬が中学生に向かって進む。ほかの犬たちもその動きに気がついて、黒い犬のあとを追いはじめた。頭を低く垂れ、歩き方がおぼつかない。それでも、中学生に向かう歩みは次第に速くなり、先頭の黒い犬はうなり声をあげながら、中学生の一人に跳びかかろうとした。同時に、中学生たちは悲鳴をあげて、逃げだした。女も子どもを抱きあげて逃げていく。でも、犬たちは女のほうには注意を向けず、もっぱら中学生たちを追いかけていった。ヨダレを垂らして走る犬たちはみるみるうちに中学生たちに追いついていく。

――助けてえ！　狂犬やあ！　助けて！

女が金切り声で叫びはじめた。

――大変だよ。なんとかしないと！

「カピ」は急いで土管からおり、犬に投げつける石ころを探しはじめた。遅れて「レミ」も地面におり、とにかく犬のほうに走りだした。コレラに苦しむのはあとまわしにするほかない。中学生の一人がズボンを黒い犬にかみつかれ、悲鳴とともに地面に倒れてしまった。あとの三人も残りの犬に囲まれ、一歩も動けなくなっている。手ごろな石ころをポケットに入れて、「カピ」は「レミ」を追って走る。女の叫び声は途切れない。でも、その声に応じて助けに駆けつける人が出てこない。犬の群れは他の三人に八方から跳びかかり、かみつきはじめた。三人は泣きながら、手足をやみくもに振りまわしている。

「レミ」はまず、黒い犬に近づき、その腹を蹴飛ばした。二度蹴ったところで、犬は中学生の脚から口を離し、「レミ」に向き直ってうなり声を出した。口から白いヨダレが噴き出て、眼も赤く濁っている。正真正銘の狂犬だった。急いで「レミ」はジャンパーを脱ぎ、それを振りまわし、黒い犬を牽制しながらあとずさった。息を弾ませて駆けつけた「カピ」が他の三人を襲っている犬の群れに石を投げた。小さな石がひとつだけ、ブチの犬の頭に当たった。たぶん、そんな石は当たらないほうがよかったのだろう。ブチの犬は「カピ」を振り向き、口からヨダレを垂らしてうなり声をあげた。その声に誘われ、ほかの犬たちも一斉に中学生たちから「カピ」に目標を移し、にじり寄ってきた。黒い犬までが「カピ」をねらいはじめている。

——だめだ！　急いで、さっきの土管に逃げるんだ！

「レミ」は叫び、「カピ」の腕をつかんで走りだした。土管まで、五十メートルほどの距離がある。五十メートルなら約九秒。大丈夫、なんとか逃げのびることはできる。コレラのうえに狂犬病だなんて、冗談じゃない。おまけにこんなにたくさんの犬が相手じゃ、食い殺されてしまう。あのアケーラですら、赤犬の群れとの戦いのあと、力つきて死んでしまった。「レミ」がなにかにつまずき、膝が折れ、地面に手をついた。とたんに、数匹の犬が「レミ」の体に跳びつき、ズボンやワイシャツの袖にかみつく。「カピ」が空気の洩れたような泣き声を張りあげた。「レミ」はジャンパーを振りまわしながら、「カピ」を叱りつけた。

——なにしてるんだ！　早く逃げろ！　今のうちだ。おれもなんとか逃げるから。

そのあいだにも、「レミ」の手首、ズボンの腿に犬の歯が突き刺さってくる。痛みよりも怒りに「レミ」の体は熱くなり、震えた。くそっ、おれの肉を犬なんかに食わせるもんか。ゆうべからつきまとっていたあの皮膚病の犬は、おれを助けようとはしないのか。さっき蹴飛ばしてやったのを恨んで、むしろ犬仲間をそそのかしやがったのか。ふくらはぎに激痛が襲った。勝ち誇ったように、二匹の犬が「レミ」の体に乗って、服を食いちぎっている。「レミ」は体を夢中で転がし、手足で犬たちを払おうとした。その手に犬は食いつき、足を引きちぎろうとする。全身の痛みに呻き声と涙が血とともに流れ出た。血のにおいと、犬たちのにおい。こいつら、生きながら腐ってやがる。おれの血のにおいは腐っていない。コレラで死ぬのかと思っていたのに、こんな最低の死に方をしろっていうのか。おれの血が体のいたるところから流れ出ていく。なんてたくさんの血だろう。血は熱く、湯気があがる。犬たちのくさい口も体も、おれの大切な血で赤く濡れている。こいつら、おれの肉を食いつくそうというつもりなんだ。早く、逃げないと。おれは今、アケーラではなく、ただの人間に成り果てているから、犬ごときに肉を食われてしまう。ああ、コレラで死ぬほうがよっぽどよかった。「レミ」の頬の肉がえぐり取られた。おなかの肉もちぎられる。体のなかに風が吹き抜け、体温が下がっていく。墓地で嗅いだ血のにおいを思い出した。同じにおい。あのときも血の量があんまり多いので、びっくりしたものだ。三人分の血が墓地に沼を作っていた。そのうちの一人分は、「カピ」の父親の血だった。「カピ」の父親の血も混ざった血のにおいでおれの人生がはじまり、おれ一人の血のにおいで終わるっていうのか。それじゃ、あんまりじゃないか。犬に食われるために、おれは生きてきたのか。おやじより、もっと惨めな一生じゃねえか。なんてこった。

「レミ」の耳に、腐れ犬の群れとは別の犬の吠え声が、一筋の光のように射しこんできた。オオカミの「死の歌」に似た、悲しげな、澄んだ吠え声が朝の空にひびく。「レミ」は吠え声をたどって、その源に眼を向けた。土管のうえに立つ「カピ」が真白な犬の姿に変わり、顔を空にあお向けて、悲しみの歌を吠えているのが、かすんだ眼に映った。ふん、「カピ」のやつ、なかなかやるじゃないか。「カピ」の父親の血も混ざった血のにおいからはじまったおれの人生を、今、「カピ」が見送っている。やけに、つじつまが合っている。でも少なくとも、おれは一人ぼっちで死なずにすむんだ。おれには「カピ」がいる。「レミ」は微笑を浮かべた。体の痛みが「カピ」の歌声に吸い取られていく。

――われら、ひとつの血！　われら、ひとつの血！

歌声は「レミ」の耳に、このようにひびいた。その耳たぶも、鼻も、犬たちは真赤な歯でかじり取る。喉も食いちぎられ、脚ももぎ取られ、「レミ」の体はその生命を終えていく。「カピ」は土管のうえで、悲しみの美しい歌を涙を流しながら、世界中の空に届けようとあらん限りの力をこめて吠えつづける。

――われら、ひとつの血！　われら、ひとつの血！

昭和二十二年二月二十日

二十二歳の娘さん　野犬に食殺さる？

十九日朝九時すぎ世田谷区烏山仲町吉川龍太郎さん方裏畑で廿歳位、小柄の女の野犬にかみ殺されたらしい死体を発見成城署へ届出た

吉川さんの話では発見の前夜十八日夜地震のあつた直後の十時半ごろ野犬のほえつく声と女の悲鳴が数回聞えそのとき同家の納屋裏に三頭の大きな犬がうずくまつていたといい、付近にはいつも数頭の野犬が群をなしているところからこの群に襲われたも

のと見られる

不成績の野犬狩り

野犬狩は警視廳衞生係が四組の業者に請負せ連日地域別に行つているが、その成績は昨年十二月に五十五頭、本年一月に七十八頭、二月は十九日までに三十頭で、一組二人で一日に一署管内を單位にまわるのでなか〳〵徹底しない

昭和二十二年七月三日

野犬、子供をかみ殺す　横須賀で他にも被害

〔横須賀発〕一日午後五時ごろ横須賀市逸見町五〇三後藤四郎氏長男浩君（八才）は友達五名と裏山で野犬七頭に襲われ浩君は全身をかまれて死亡、他の五名は危うく難を逃がれたが、野犬はさらに山の下まで追いかけ付近に遊んでいた同町五一九工藤勇さん三女秀子ちやん（七才）の腹部にかみつき軽傷を負わせた

また一日朝五時ごろ逸見町一〇六二保坂愛子さん長女洋子さん（二三）は左足をかまれて一週間の負傷、また二日朝には入山二三五大野繁太郎さん長女里子ちやん（三才）が右肩と背中数ケ所をかまれて一ケ月の重傷を負い

ほかにも被害者がある模様で横須賀署では青年團と協力、本格的野犬狩りをはじめた

9　こはいかに

間のびした駅の構内放送に耳を打たれ、「カピ」は眼を開けた。たからづかあ、たからあづかあ。へえ、お母さん、たからづかだって、と母親に話しかけようとして、となりに坐る「レミ」を見、ようやく「レミ」との旅行がまだ、つづいていることに気がつかされた。髭が伸び、アライグマのような顔になった「レミ」は口を開けて、熟睡している。「レミ」の病気を思い出し、その額に手を当ててみた。熱は下がっている。とすると、病気はコレラではなかったのかもしれない。「レミ」の顔や耳、腕、ズボンも注意深く点検した。どこにも犬に噛まれたあとはないし、血もついていない。「カピ」は自分の顔もなでまわしてみた。傷はない。服も破れていない。ノミのかゆさも消えている。安心して伸びをすると、おなかが鳴った。そう言えば、と思い出し、自分の布袋を探り、新聞紙に包んだゆうべのジャガイモを取りだした。それを二つに割り、片方をかじりだす。冷えきったジャガイモは水っぽく固まっていて、新聞紙のにおいもして少しもおいしくなかった。茹でたてのジャガイモにバターをつけて食べたい。「カピ」は溜息を洩らさずにいられない。それから、卵かけごはん。トーモロコシも食べたいなあ。「カピ」は列車のなかに眼を向けた。この列車も混んでいて、通路に人がひしめいている。通路のどこかから、今にも母親と兄が姿を現わしそうな気がしてならなかった。そんなことはあり得ないと考えつくと、かえってそのほうが不思議なことのように思えた。だいたい、どこに行く列車に乗っているのかも、「カピ」は知らずにいる。すみれの花咲くころ、という歌がうたわれたところとして、「たからづか」という劇場の名前は聞き知っていたけれど、なぜ、こんな遠い地方を走る列車の駅名になっているのか、理解できない。いつだったか、すみれの花が描いてあるノートが、少女雑誌の付録に入っていた。それを見た母親が、「すみれのはなさくころ……」とうたいはじめ、「カピ」はそのときはじめて、その歌を知ったのだった。「カピ」は窓の外をながめながら、頭のなかで、すみれの花咲くころの歌をハミングしはじめた。歌詞を知らないから、ハミングでごまかすしかない。外は急に山の風景に変わった。木々の緑が細かい雨に濡れてひかり、黄色い花、青い花も草むらに咲いていた。北に行かなくても、花はどこにでも咲いている。列車の汽笛がひびいた。一斉に、乗客が窓を閉めはじめる。「カピ」がとまどっているうちに、列車はトンネルに入っていく。ジャガイモを食べ終え、「カピ」はもう一度、眼をつむった。列車の音と揺れは眠気を心地よく体にふくらませてくれる。すみれの花が「カピ」のまわりに咲きそろい、ついでヒヤシンスが咲き、黄色いユリ、ピンクのユリ、フジ、アヤメが咲く。においが濃すぎて、めまいがする。バラが咲き、ツバキが咲き、キンモクセイ、クチナシが咲く。花のにおいで血のにおいは消され、花の根もとからいろいろな死体が鈍くひかる眼をのぞかせている。

車掌の検札で、「レミ」は深い眠りから引き起こされた。胸ポケットから「カピ」の分と切符を二枚、車掌に渡した。

――福知山なら、もう次の駅ですからね。

車掌は言いながら、切符を返してくれた。「レミ」はその切符を見つめた。なるほど、福知山、と書いてある。こんな切符を買ったことを忘れてしまうほど、ボロキレのように眠りこけていたのだろうか。それにしても、福知山という駅がどの辺りにあるのか、さっぱりわからない。「レミ」は大きなあくびをひとつして、むくんだ感じのする顔を両手でこすった。髭の感触に自分で驚き、そう言えば、コレラか狂犬の群れに殺されるところだったのに、と首をかしげた。ありがたいことに、どうやら無事に切り抜けたらしい。生きている証拠に、空腹を感じだしている。ワイシャツの胸ポケットから、「カピ」の腕時計を取りだした。一時半という時刻を示している。外は明かるいから、当然、昼間の一時半という意味にちがいない。我ながら、よく眠ったものだと感心した。

――福知山でおりるの？

「カピ」の声が急に耳の脇に湧いてきたので、一瞬、「レミ」の心臓は震えた。

――ああ、おまえ、起きてたのか。いったん、おりてみてもいいな。

――雨が降ってる。たいした雨じゃないけど。

言われて、「レミ」も窓の外をながめた。よく見ないとそれと気がつかずに見過ごしてしまいそうな軽い雨がまわりの木々や家の屋根に降り注いでいる。ずいぶん遠くまで来たもんだ、と「レミ」は感慨深く息を洩らした。雨の降り方まで、東京辺りとはまるでちがう。

列車の速度が遅くなり、汽笛がひびいた。

二人は立ちあがり、通路の人を掻きわけてデッキに出た。福知山でおりる人はたくさんいるらしい。ほかの線との乗り換え駅でもあるようだ。相変わらず、大きな荷物を抱えた人が多く、モンペや兵隊服を着ている。水筒を肩から下げ、くたびれたリュックを背負っている。いちいち、そうした乗客に二人は驚かなくなっていた。本物の浮浪児らしく全身がだいぶ汚れてきた二人にとってはかえって安心のできる、うつろな眼をしたみすぼらしい人たちだった。

列車が大きく揺れて、停車した。先を争って乗車口に押し寄せる乗客たちの波に呑まれ、プラットフォームに二人とも投げだされた。こんな遠くまで来てもサルはやっぱりサルだ、と「レミ」は舌打ちして、まわりの乗客を見渡した。この調子では、世界中、どこまで行っても、たとえ本当のシベリアに行っても、アルゼンチンやアフリカの喜望峰まで行っても、サルはこうして下品にわめきながら、はびこっているのだろう。体が急にかゆくなった。ノミの存在を思い出した。

――おまえ、体、かゆくないか？

「レミ」は腹をかき、胸をかきながら、「カピ」に聞いた。

――よく、わかんない。かゆいような気もするけど。

――今の列車でおれたちのノミがほかの連中に移ってくれてれば、いいんだけど……、まだ、一匹か二匹ぐらいは残ってるかもしれない。「カピ」も便所でちょっと調べてみろよ。

「カピ」は笑いながら頷いた。冗談のようにしか聞こえなかったらしい。

二人は階段を登り、改札口に向かった。駅に着いたらとにかく、便所へ行く。すでに、その習慣が二人の身に定着していた。駅の便所ほど二人にとってくつろげる場所はない、といつの間にか思い決めるようになっていた。

——病気はどう?

便所の前まで来て、「カピ」が言った。便所に駆けこむ乗客が列を作っていた。その列から少し離れたところに二人は立ち、人の波が引くまで待つつもりでのんびり構えた。急ぐ理由はなにひとつない。

——ああ、ちょっと良くなってきたみたいだ。今ごろ、薬が効いてきたのかな。

「レミ」は照れくさい気持で答えた。残念な思いもないではなかった。良くなるはずがないじゃないか、なにしろコレラなんだから、となにげなく答えるほうが、なんと言っても潔いし、「カピ」の感動も深くなるだろう。ゆうべ、「カピ」に言い聞かせた自分の悲愴な言葉を今となっては、後悔せずにいられない。しかし、コレラで死にたかったわけではないので、もちろん、「カピ」にウソをつくつもりもない。

——でもまだ、無理はしないほうがいいよ。雨に濡れちゃうから、外にも出ないでおこうね。

分別くさく「カピ」は言う。

——うん、だけど、なんか食わないと……。

——この駅で売ってるお弁当を食べようよ。待合室で食べたって、かまわないんでしょ。

「レミ」は頷いた。元気なチビにはかなわない、と内心、つぶやく。

——おまえはいいのか、本当にそれで?

——だって、今はぜいたく言ってる場合じゃないもん。そのうち、どっかでゆっくりできたら、おナベとお米を買って、炊きたての卵かけごはんを食べたいけど。……でも、その前に、お金のことを考えなくちゃ。こんなふうにしていたら、「レミ」のお金、すぐになくなっちゃう。ねえ、本当のレミとカピみたいに、おいらたちも旅芸人になって、お金を稼ごうよ。そのお金を貯めれば、おナベやお皿を買えるし、もっと貯まったら、おふとんも着替えも、それからラジオも買える。ね、東京なんかにもう、戻らなくてもよくなる。二人でずっと一緒にいられる。

「カピ」の顔は興奮で、赤みが差していた。

——ちえっ、なに言ってんだよ。だいいちそんな大荷物、どうやって運ぶんだよ。それに、おまえにどんな芸ができるっていうんだ?

わざと「レミ」は意地悪く言わずにいられなかった。お金はまだ、かなり残っている。けれども、このまま旅行をつづければ、確かにやがてお金は消え失せ、「レミ」と「カピ」は東京に戻るに戻れなくなり、どこかの町で仕事を見つけなければならなくなる。一体、どうなるんだろう、という不安はある。が、そのときはそのとき、という成行きまかせの気持のほうが今までも強かったし、今も強い。流行の言葉ではないけれど、「明日には明日の風が吹く」、「明日の青空は見えねえぞ」と、今のところはうそぶいておきたい。いずれにしろ、もう東京には戻れそうにない。

——ええと、おいらは無芸大食だから……でも、歌ぐらいならうたえるよ。

——あんなヤソの歌じゃ、だめだ。

——救世軍は讃美歌でお金もらってるのに。

——そういうのは、旅芸人とは言わないんだよ。あれは、社会奉仕ってやつだ。子どもの歌もだめだし。そうだなあ……、おれもお話がちょっとできるってぐらいで、しかも、子ども向けの話ばっかりだから、どうもまずいな。

つい釣られて、「レミ」も旅芸人になる可能性を、自分で探りだしていた。「カピ」は無邪気な笑顔を、「レミ」に向けている。

——じゃ、紙芝居は？

——本格的な紙芝居屋だって、子どもからお金を取るだけだから、たいした稼ぎにはならない。おれたちが画用紙に絵を描いて紙芝居しても、物好きなガキがただで見るだけだから、だめだね。

——じゃ、いっそ、「こはいかに」のお芝居をしようよ。おいらがりこうなサルの御主人になって、「レミ」はトンマな召使いになるの。ちょっと練習すれば、お金をもらえるお芝居ができるようになるよ。

「レミ」は少し、考えてから答えた。

——でも、おまえはサルじゃなくて本物の人間だから、「こはいかに」ほど、おもしろい芝居にならないんじゃないかな。それより、おまえが犬になって、犬の芸を真似して見せるってのがいいよ。きっと、そのほうが受けるぜ。首輪とクサリをつけて、犬みたいにオシッコしたり、おすわりして、時計の時刻をワンワンって答えたりするんだ。……うん、それがいいかもしれない。そして最後に、おまえがお椀を口にくわえて、観客からお金を集める。おれはいばってるけど、間抜けな親方になるんだ。

「カピ」は口をとがらせて言う。

――「こはいかに」じゃ、だめなの？　サルの真似なら、してもいいんだけど……。

――ばかだなあ、今、決めなくたっていいんだから、これからゆっくり考えようや。もっといくらでもいいアイデアが出てくるさ、なにしろ、おれたちのコンビなんだから。

にっこり笑って、「カピ」は頷き返した。

――「われら、ひとつの血」だもんね。「レミ」の病気も良くなったし、ドンマイ、ドンマイ！

便所に並ぶ列はすでに、消えていた。上機嫌で「レミ」は男便所に向かった。当然、「カピ」も従いてくるのかと思ったら、「カピ」は勝手に女便所に入ろうとしている。思わず、「カピ」に声をかけた。

――おい、そっちに入るのか？

――ゆうべは特別。「レミ」はもう一人でも大丈夫なんだから。

――ふん、わかったよ。

「レミ」はさっさと、男便所に入った。「カピ」に突き離された気がして、がっかりしているのが自分で恥ずかしかった。臭いにおいのこもる個室に入って、便を出そうとする。でも、なにも出ない。それからズボンを脱ぎ、パンツの内側にノミがいないか、綿密に調べる。一匹も見つからない。外に出て、手洗い所で薬を飲み、顔と首を洗い、それから、急いで髭を剃った。「レミ」は髭剃りがまだ下手で、必ず、肌に切り傷を残すことになる。今も、唇のうえを切ってしまった。まばらに生える柔かい髭なのでカミソリで剃りにくいし、おまけに、ニキビもある。頬と顎にニキビが増えているのを確認してから、久しぶりに歯もみがいた。頬の肉が落ち、不健康な青黒い顔が割れた鏡に映っている。いかにも、病後という顔だ。鏡の前で、「レミ」は溜息を洩らし、それから便所の外に出た。「カピ」もちょうど、女便所から出てきたところだった。「カピ」は髪の毛も洗ったらしく、野球帽は上着とともに布袋につっこみ、濡れた髪の毛から垂れる水滴をいちいち手で拭っている。「カピ」もノミを発見しなかったらしい。それで、ノミのことは忘れることにした。

いったん、改札口を出て、つぎに乗る列車を決めた。山陰線と舞鶴・小浜線という列車に、ここから乗れるらしい。山陰線は京都に行くか、鳥取のほうに行く。あまりに有名な京都に行く気にはなれないし、鳥取という地名には二人とも怯えを感じる。鳥取には砂丘があるらしい。よほどさびしく、危険も伴なうところなのだろう。それで、舞鶴のほうへ行くことにした。つぎの発車まで、一時間半ぐらい待たなければならなかった。しかもそのまま敦賀まで行こうと思ったら、乗り継ぎでさらに待たされることになる。とにかく、東舞鶴という駅まで切符を買った。

雨はまだ、降りつづいていた。キツネの嫁入りのような雨で、空が明かるいのに、案外、雨量が多く、一向に降りやみそうにない。改札口で四人分の弁当とお茶を買って、待合室で食べはじめた。山陰線の改札を待っているらしい人たちが、待合室に入ったり出たりしていた。雨合羽を着ている人もいれば、全身、雨で濡れている人もいた。大きなマスクをした女の子もいる。松葉杖をついた傷痍軍人もいる。着物の裾をからげた老夫婦も、大きな、四角い風呂敷包を背負った中年の女たちもいた。

窓を閉めきりにすると暑くなるので、待合室の窓は開け放してあった。ときおり風向きによって、そこから白くひかる細かい雨粒が勢いよく吹きこんでくる。窓際のベンチにはだれも近寄らず、反対の壁際に数人の男女が窮屈そうに坐りこんでいる。「レミ」と「カピ」は壁と窓の中間辺りに坐ったので、雨を避けきれず、頬や手に水滴が少しだけ当たった。

弁当を食べながら、「カピ」は自分が犬になる芝居とはどんなものか、頭を悩ませつづけていた。革の首輪をつけられ、重い鉄のクサリで「レミ」に引きずりまわされる。「カピ」は四つん這いになって走らなければならない。口を開け、舌を垂らして、息を吐き出す。オスワリ！　と言われ、舌を垂らしたまま、「カピ」はオスワリをする。伏セ！　チンチン！　逆立チ！　突然、「カピ」は鼻を鳴らして、「レミ」に背を向け、観客の一人に近づいていく。「レミ」は怒って、ムチを振りまわしながらわめき散らす。「カピ」は知らんふりで、観客の足もとのにおいを嗅ぎ、やおら、片脚をあげて、オシッコを気持よさそうにはじめる。――もちろん、本当にオシッコをするわけじゃない。犬の格好を真似して、口でシャーシャー、ポトポト、と言う――なんてことをするんだ、この礼儀知らずめ、それだから、いつまで経っても、犬はバカにされるんだぞ！　「レミ」が大げさに嘆いて、叫ぶ。「カピ」はしっぽを振って――どんな仕掛けを作ればいいんだろう――、「レミ」のもとに戻り、ワンワン、と吠えて、さあ、親分、仕事をはじめましょう、と促す。なんだ！　と「レミ」は眼を見開く。仕事を早くしろって。犬に説教されるようになったら、人間もおしまいだ！　しかたなく、「レミ」はポケット――「レミ」の服は昔のオランダ人のような、つまり首のまわりに白いジャバラを巻いて、黒いマント、黒い三角帽子をかぶった服装がいいだろう――から大きな時計を引き出し、じゃあ、これは何時何分かな、と「カピ」に聞く。ワンワンワンで三時、ワンワンで二十分。「カピ」は本当は人間なのだから、ちっともむずかしいことはない。観客におもしろがってもらうために、「カピ」はできるだけ犬になりきって、親分の「レミ」の命令を無視して見せなければならない。時計の時刻当ての途中で、「カピ」は急に寝転がってしまう。怒る「レミ」になにを言われても、起きあがろうとしない。「レミ」はカンシャクを起こして、「カピ」の体をムチで打つ。――実際に打たれるのはいやだから、打つ真似だけ――「カピ」はそのムチを口でくわえ、観客のあいだに逃げこむ。それから首輪としっぽを自分ではずして立ちあがり、人間に変身する。今度は「カピ」がムチを振りまわしながら、「レミ」を叱りつけ、その服を取りあげて、自分が身につける。「レミ」には首輪としっぽをつけてやる。「レミ」はキュンキュン鼻を鳴らして、ぐるぐる同じところを走りまわる。オスワリ！　オ手！　チンチン！「カピ」の声が鋭くひびく。こいつは不出来な犬で、どうも困る！　図体ばかり、大きくなって！　でも、せめてもの芸として、この犬は踊ることができます。わたしの歌に合わせて、みなさまに御満足いただけるような踊りができますかどうか、うまくいきましたら、どうか盛大な拍手をお願いいたします。犬といえども、プライドというものはちゃんとございますゆえ、心して御観賞頂きますよう。そして、「カピ」と「レミ」は一緒に頭を下げ、「カピ」は息を深く吸いこんでから、ボーイ・ソプラノの澄みきった声で、「あめのみつかいのうた声ひびく　グロリア　インエクシェルシスデオ……」とうたいはじめる。……

最初の弁当を食べ終わり、「レミ」は二つめの弁当を食べだした。食欲よりも、義務感に駆られていた。食べれば食べるほど、いやな病気は遠ざかっていく。この先、自分たちがどうなるのか、「レミ」の不安は体の奥で小さなネズミ花火のように、火花とともに回転しつづけていた。二人で本当に旅芸人になって生きていけるのなら、それはむしろ好運というものだろう。旅芸人は無理でも、どこかの飯場に潜りこんでもいいし、ゴミ屋、あるいは闇屋の下働きに雇ってもらってもいい。でも、そんな自由がいつまで、この二人に許されるのか。新聞を読まないまま、ラジオも聞かないまま、日々を過ごしている。たいした日数が経っているわけではないが、「カピ」の母親にとっては充分に長い日数にちがいない。そのあいだ、じっと待ちつづけるよりは、普通の母親なら事故の可能性も心配して、警察に捜索願いを届けるだろう。日本の警察はノロマで無能だとよく言われるけれど、こんなときだけはいやに動きが速く、日本中に「カピ」の顔写真がばらまかれ、こんな少女を連れた「挙動不審の者」を見かけたら、すぐ最寄りの交番に通報しましょう、というポスターが至るところに貼られ、ラジオでは毎日、少女発見の協力を市民に呼びかけているのかもしれない。身代金を要求しない場合は、誘拐とは言わないのだろうか。毎年、つづけて子どもの誘拐事件が起こり、誘拐された子どもたちのほとんどは殺されている。最近は、「カピ」と同じ十二歳の女の子が「家出少年」に殺されている。八歳の女の子もかわいそうに麦畑で殺されてしまった。お金を要求しなくても、子どもを殺したら、当然、ヤツ裂きの刑に価いする。小さな男の子と女の子の三人を殺した悪ラツ非道なサルもいたっけ。「冷たい寝床」では、そんなことが始終起こる。無防備なチビたちをお金と引き換えに、あるいはただ自分の衝動で殺してしまうようなサルどもはニシキヘビのカーに食べてもらうべきなのだ。そんな「冷たい寝床」から遠く離れたところへ行きたい。「仲間の権利はいちばん劣った者の権利」という掟に守られている世界は、本のなかに書かれたジャングル以外に存在しないのだろうか。「冷たい寝床」では、この「レミ」までが誘拐ザルにされてしまう。

「レミ」は二つめの弁当の折りを膝に置いた。これ以上は、もう食べられない。半分以上残った弁当の中身をながめ、「レミ」は不意に、おなかが空っぽになったところにこうしていつも、元気回復のためと信じて、一度にたくさん食べてしまうから、下痢を引き起こしてしまうのかもしれないと思いついた。なんて、ばかなんだろう。

となりの「カピ」も二つめの弁当を三分の一ほど食べ、あとを持て余していた。「レミ」は鼻から息を洩らし、「カピ」に声をかけた。

——むりに食べることはないよ。

「カピ」は頷き、弁当に蓋をしながら答えた。

——じゃ、これ、袋に入れておいて、あとで食べる。

——そんなみみっちいこと、やめろ。食中毒にでもなったら、アホらしい。いろんなバイキンがうようよしてるんだから。

我ながら苛立った声を、「レミ」は出していた。余裕を失なっている証拠だ、と自分を叱りつけた。

列車がひとつ発車し、いったん駅は静かになり、待合室からも人が消えた。けれども、またすぐに待合室に人が集まりはじめ、改札口の前もにぎやかになった。「レミ」と「カピ」が乗ろうとしている列車を目ざす人たちなのかもしれない。待合室の奥に、汚れた包帯で頭と手を巻いた男が老女に付き添われて坐っていた。学校を終えた学生服、セーラー服の集団が外で騒いでいる。「レミ」と「カピ」のすぐ近くでは、白い布に包んだ四角い箱を膝に抱いて、うつむいている若い女が坐っていた。その女は眼帯を眼に当てている。夫の骨壺を一人で運んでいるのだろうか。

中身の残っている弁当を「カピ」は黙って、「レミ」に手渡した。「レミ」はそれも合わせ、四つの弁当の折りを待合室のゴミ箱に投げ捨て、それから久しぶりに煙草を吸ってみた。おいしくもないが、気分が悪くもならなかった。

――ねえ、「レミ」はどんなふうに、子どもたちにレミのお話を聞かせてやってたの？　子どもたちがつらくなるから、最後に本当のお母さんと巡り会うところは省略してたって言ったよね。

「カピ」が「レミ」に体をすり寄せてきて、小声で聞いた。

――うん、べつに決めてはいなかったけど……、たとえば、レミとカピは結局、また二人きりになって、親切にしてくれた花作りの一家とも会えなくなって、旅をつづける。何日も何日も歩きつづけて、いつしか二人はインドにたどり着く。そこであのガンディと出会って、レミは弟子になるんだ。ガンディとともにインドをまわり、レミはゾウを自分の乗りものにする。ガンディは「ジャングルの掟」に似た考えをみんなに教えているんだから、自分のものはなにも持たないし、靴もはかないんだ。布っきれを体に巻いているだけで、ナンキン豆とバナナしか食べない。断食もしょっちゅうする。すごいだろ？　レミはゾウに芸を仕込んで、みんなで旅芸人の仕事をつづけて、ガンディと自分たちの食費だけは稼ぎつづけるんだ。そうして、ある日、ガンディはその考えを嫌うある男に殺されてしまう。そのとき、レミはもう立派なおとなになっているから、二代目のガンディになって、ゾウとカピを引き連れ、孤独な、しかし世界史に残る高貴な聖者として旅をつづけることになる。……こんな話もでっちあげてやった。なかなか感動的だろう?

――カピって、そんなに長生きするの?

「カピ」は話の内容を懸命に追いながら、ひとりごとのようにつぶやいた。

――カピは特別な犬だから、いつまでも死なないんだ。おれが話をしてやったチビたちも同じことを聞くから、こう答えてやると、すごく喜んでた。そういう犬がどこかにいるかもしれないって思うと、親のいないチビたちはほっとするんだ。

――ふうん。……じゃ、白鳥号はもう出てこないんだね。

――気が向いたら、出てくるときもある。レミとカピのあとを追って、白鳥号も川から川を伝わってはるばるインドの地まで来て、ガンディに救いを求めるんだ。次男の病気を治してくださいって、行方不明のままになっている、赤ん坊のときに誘拐された長男のレミを見つけてくださいってね。すると、ガンディは言う、自分に与えられた人生のあるがままをあなたは受け入れなさい、そしてあなたの富を捨てなさい、あなたは自分の安楽のみを願いすぎている。そうして、次男は死んで、長男もあきらめ、白鳥号の女は頭を丸めて尼さんになり、インドのお寺で信仰の毎日を送るようになる。

――へえ、ガンディってもちろん、どこかで写真を見たことがあるけど、……上野動物園にインドから象が来て、その名前がインディラ・ガンディからもらったインディラだったよね。このガンディと関係あるのかな? ガンディってとにかく、すごくえらくて、キリストさまみたいな人なんだね。キリストさまは死んだ人を生き返らせたり、一匹のお魚を千匹にしたり、水のうえも歩いたし、それなのに、殺されちゃうの。

——でも、ガンディは宗教の教祖ってわけじゃなくて、思想家だからちがうんだけど、でも、似てんのかな。インディラ・ガンディってのも、ネール首相の娘じゃなかったっけ？ まあ、あんまり気にする必要はない。おれが言ってるのは、レミとカピの話なんだから。

話しているうちに、「レミ」の体がかゆくなってきた。「カピ」も無意識に、自分の肩や腿を手で掻いている。もうノミはいないはずなのに、と「レミ」は心配になった。でも、今の話に出てくるレミのように放浪の聖者になるには、ノミやシラミ、ナンキン虫の類いを怖れているわけにはいかない。この「レミ」が二代目ガンディになるわけではないにしても、レミを多少は見習わなければと思い直した。そう思うと、元気も湧いてくるような気がした。

舞鶴・小浜線の改札がはじまった。「レミ」と「カピ」も改札の列に並び、プラットフォームに出た。中学生や高校生の姿が増えている。近距離の列車なので、この時刻の列車は通学用に走らせているのかもしれない。二人はその群れを避け、壁に貼ってある観光ポスターを熱心に見つめつづけた。「天の橋立」——これはさすがに、名前を聞いたことがある。有名なところなのだろう。「三方五湖」、「気比ノ松原」、「若狭蘇洞門」——どれも知らない名前ばかりだ。西舞鶴から北海道に向かう定期航路のポスターもある。若松から出発して、舞鶴と伏木というところを経由して、小樽まで行くらしい。舞鶴から小樽までは一週間かかって、船の名前は「新潟丸」、三等船室で二百二十四円と書いてある。旅館の広告もあった。この福知山にも、旅館はあるらしい。

ディーゼルの気動車がプラットフォームに入ってきた。「レミ」と「カピ」は車内に入らず、デッキに立つことにした。西舞鶴までなら、四十分ぐらいしかかからない。さっきのポスターで、「レミ」は西舞鶴からいっそ小樽まで船で行けるものなら行きたいと気持をそそられていた。たった二百円程度で行けるとは、信じがたい安さだった。上野から福島までだって、学生割引で二百八十円もした。二千円の見まちがいだったのかもしれない。二千円だとしても、払えないことはない。二人分五千円で、北海道まで乗り換えのわずらわしさもなく、日本海をながめながら行くことができるのだ。日本海！　いったい、どんな海なのか。「レミ」の胸は期待に弾む。大きな黒い波がうねる。波の音が重くひびく。シベリアからの氷の風が吹き荒れる。世界にはいろいろな海があるのだ。今までの自分はなんと狭いところに縛りつけられて生きてきたことか、と「レミ」はしみじみと思い返した。定期航路の船なら、まさかコレラ船のような事態とは縁がないだろうし、食事も風呂もついているにちがいない。小樽まで行ったらお金がかなり乏しくなるが、サルの数は少ない土地だろうし、「カピ」と二人で原始林のなかに入って、ささやかな小屋を作ってもいい。海辺にいれば、シベリアに行くチャンスをつかめるかもしれない。シベリアまで行ったら、もちろん、二度と日本には戻ってこない。「レミ」と「カピ」はロシア人になって、ガンディのように放浪しつづけるのだ。ガンディは裸足で歩いていたというけれど、シベリアは寒いので、裸足を通すのはむりかもしれないし、「レミ」の仲間にゾウを加えるのもあきらめなければならない。代りに、犬ゾリを走らせようか。

雨は降りつづき、窓の外には寒々しい風景が横に流れつづけていた。家のひとつひとつは大きく、黒い瓦が雨にひかっている。家のまわりには、竹ヤブが揺れ動き、その淡い透明な緑が二人の眼を引き寄せた。東京では、ほとんど竹ヤブというものを見たことがなかった。

——ここら辺って、竹が多いんだね。

「カピ」が小さな声で言った。

——夏はヤブカが多くて大変なんだろうな。

「レミ」も小声で答えた。体がまだ、あちこちかゆい。寒いところへ行けば、ノミも死んでしまうだろう。

——タケノコって、だいっきらい。おいらね、本当言うと、すごく好き嫌いが多いんだ。お豆腐がきらい。シジミとか、アサリ、エビ、イカ、みんなダメ。キナコも、納豆も、トロロも、大根も、ゴボウも、バナナもきらい。サンマもいや。おさかなはだいたいきらい。塩ザケとスルメは好き。でも、これからはできるだけ好き嫌いをなくさなくちゃ。なんでも食べられるようにならないといけないんだよね。

——塩ザケが好きなら、まあ、あまり心配はいらないさ。それと、ジャガイモもライスカレーも好きなんだろう？　だったら、かまわないんじゃないかな。ロシア人がなにを食べてるのか、知らないけど、どうせ塩ザケか、ジャガイモってところだろう。

——ロシア人？

「カピ」に聞かれて、「レミ」はあわてて答える。シベリアへの移住計画はまだ、話すわけにはいかない。

——たとえば、の話だよ。ここら辺の人はタケノコばっかり、食べてんのかな。おれもタケノコは苦手だ。これからもどうせ、たいしたもんを食えるわけじゃないんだから、心配することない。駅弁が食べられるんなら上等さ。

体がまたかゆくなり、「レミ」は身をよじった。

――ノミがまだ、居残っていやがる。おまえはどうなんだ?

「カピ」はこともなげに答える。

――まだ、何匹かいるみたい。そのうち、どこかに行っちゃうよ。

――かゆくないのか?

――かゆいけど……、これぐらいなら、ガマンできる。ジンマシンと比べたら、どうってことない。トンちゃんがすぐジンマシンを起こして、倒れたの。ジンマシンってすごいんだよ、耳から血が流れるし、息もできなくなる。顔も体も風船みたいにふくらんじゃうんだから。たんぱく質のものを食べると、そうなるんだって。おいらは卵を食べても、牛乳を飲んでも、なんともないけど。

「子どもの家」にもそんなチビがいたのを思い出しながら、「レミ」は頷いた。

――人間って、変なものだよな。ジンマシン起こしたり、なんかちょっとしたことで頭の具合がおかしくなったり、犬に噛まれても、バイキンが体に入っても、列車から振り落とされても、寒すぎても、暑すぎても簡単に死んじゃうんだから。でも、すごく弱いのかと思うと、しぶとく死なないときもあるし。わけがわかんねえや。動物にもジンマシンってあるのかな。

――動物は決まったものしか普通は食べないから……。人間はいろんなもの、食べすぎるんだね、きっと。ニワトリの卵なんて、ほんとは食べちゃいけないのかもしれない。ガンディみたいに、ナンキン豆とバナナだけ食べてればいいんだろうけど、おいらはどっちも好きじゃないから。でも、ナンキン豆とバナナだけって、なんだかサルみたい。

窓の外をながめながら、「カピ」は首をかしげた。

――サルは意地汚ないから、なんでも食べるんだよ。そして人間は、ガンディ以外の人間ってことだけど、生きのびるためにどんなものでも食べるんだ。おれとおやじも土や苔まで、口に入れてたからな。だけど、そうかと思うと、自分から死にたくなるやつもいる。せっかく死なずにすんでるのに、ケゴンの滝に飛びこんだり、おまえのおやじみたいに女のことで包丁で互いに殺し合ったりする。自殺したいやつらのために穴を用意しとけばいいって、確か、「カピ」は言ってたな。それはいいんだけど、どうしてそういうやつらがいつだってうろついてやがるのか、それがおれにはわからん。……空襲でたぶん、おれの母親や家族はいっぺんに燃えて死んだ。それを、おれのおやじはきっと見ていたと思うんだ。おれ一人がどういうわけか助かったから、おれを連れて、そのまま生きつづけることになった。そのとき、自分から死のうとは、思いつきもしなかったと思う。頭がぼんやりして、なにも考えちゃいなかっただけなのかもしれないけど。おかげで、おれはこうして生きのびてるわけだ。

「レミ」も窓の外を見つめつづけていた。

――自殺をした人は地獄へ行くんだって、宗教の時間に教わったよ。おいらのお父さんは地獄にいるのかもしれない。そして、「レミ」のお父さんは天国にいるんだよ、きっと。

「カピ」はまるでタケノコの話をするような、無関心な口調で言った。

――……そんなこともないだろうけど。

「レミ」はさすがに口ごもってしまった。

――天国がジャングルなら、地獄はどういうところなのかな。やっぱり、同じジャングルなのかもしれない。雨が全然、降らないで、動物たちが死んじゃうときもあるし、ジャングルはおそろしいこともいっぱいあるんでしょ。マラリアとか、ドクグモとか、サソリとか。

気動車は夕方の雨のなかを進みつづける。にぎやかな中学生、高校生たちは少しずつ、数を減らしていく。あやべ、うめざこ、まぐら……。

——まあな。それにおれのおやじが「カピ」のおやじでもいいし、「カピ」のおやじがおれのおやじでもかまわないんだ。だれの親だからって、そんなこと、たいして意味はない。

ふと、「カピ」は微笑を浮かべて、「レミ」の顔を見つめた。

——「われら、ひとつの血」だから……。

「レミ」もほほえんで頷いた。「カピ」の瞳が茶色にひかっている。「カピ」とはもう離れたくない、という痛切な願いが「レミ」の背筋を走り、体が震えそうになった。

車内から乗客が大勢、デッキに移ってきた。列車の速度はブレーキの音とともに遅くなり、西舞鶴の駅にすべりこんでいく。ひときわ派手なブレーキの音がひびき、列車は前につんのめるようにして停止した。ドアが開かれ、乗客が早速、プラットフォームにおりていく。「レミ」と「カピ」も乗客の波に押し出され、プラットフォームに跳びおりた。この列車はまだ、東舞鶴、中舞鶴まで走りつづけることになっているが、ここから乗ろうとする人はほとんどいない。

二人は乗客の群れに混じって、とりあえず改札口に向かった。まだ、雨は降りつづいている。傘を持っていないので、うかつに駅を離れることはできない。

「レミ」は「カピ」と並んで、駅舎の正面口に立ち、広場を見つめた。全国どこに行っても、駅前には広場があり、そこは大抵、バスの発着所になっている。駅舎のたたずまいも大きいか小さいかのちがいがあるだけで、似たり寄ったり、駅員の顔まで同じように見えた。

——おい、見ろよ、あのバス、港に行くって書いてある。波止場まで行くんだ。ちょっと行ってみようぜ。ボートをこぐのも、コレラ船ももうこりごりだけど、定期航路の船なら見てみたいと思わないか。

「レミ」の言葉に、「カピ」は答えた。

——さっき、ポスターが貼ってあった。小樽まで行く船のことでしょ？　それに乗るつもりなの？

——なんだ、「カピ」も気がついてたのか。乗るかどうかまだわからないけど、とにかく見てみよう。じゃ、いいな、あのバスに乗るぞ。

二人は雨のなかに走りだし、乗車口を開けて客を待っている乗合バスに息を弾ませて乗りこんだ。二、三分後に、バスは警笛を鳴らして出発した。女の車掌が二人に行き先を聞きにくる。港まで、と「レミ」が言う。そして車掌に言われた料金を支払い、切符を受けとる。「レミ」のお金は、ここでは通用した。車内は案外、混んでいて、座席には坐れなかった。吊革につかまってバスの揺れとともに、体が前にうしろに、左右に揺れる。列車にさんざん乗ったあとなので、バスの揺れも、車内の大きさも、車窓からのながめも新鮮で、もの珍しかった。列車とちがって、バスは町なかを走るから、自転車に乗る人、道を歩く人の顔が見える。道沿いの商店や住宅のなかものぞくことができる。軒先で女が二人、おしゃべりをしている。暗い板の間で、老人が一人でなにかを作っている。巡査が店のなかで、主人に話しかけている。黒い傘がバスの窓すれすれに動いていく。傘を持ちあげて、バスを見送る人もいる。下駄を手に持って、泥道を走る子どもたちもいる。

曲がりくねった道をしばらく進み、少し大きな道に出たと思うと、そこが港だった。町並みが突然とぎれ、左手に銀色の水面が見えた。本物の海がひろがっている。「レミ」と「カピ」はバスをおり、雨に濡れながら急いで乗船待合所の建物を探した。埠頭の手前に、それらしい建物がすぐに眼に入った。「小樽―舞鶴―若松、若松―舞鶴―伏木―小樽」と書かれた看板が、その建物の屋根に架けられている。ペンキがところどころ剝げ落ちた貧相な看板の端には、「定期客船、新潟丸乗船切符販売」という文字も見えた。早速、そこに駆けこんだ。なかには人の姿がなく、切符の窓口も閉まっていた。窓口のうえにかかげてある運賃や手荷物料金などの表示を、「レミ」はとりあえず注意深く読んでみた。確かに三等は二百二十四円と書いてある。子どもはその半額で、学生割引はないらしい。通船料とあるのは、本船まで運んでもらうはしけの料金なのだろう。それから毛布は無料で貸してくれると書いてある。食事は一食につき十円、外食券を要す。「レミ」には「外食券」の意味がわからない。一食十円というのも、いくらなんでも安すぎる気がする。でも社員食堂のようなところだと思えば、食券一枚十円が妥当な線なのだろうか。窓口で直接聞いてみないとはっきりしたことがなにもわからない。

「レミ」は窓口に顔を寄せて、大きな声を出した。

――だれか、いますか。

返事がないので、窓口のくもりガラスの戸を勝手に開け、顔をのぞきこませて叫んだ。

――だれもいないんですかあ！　船に乗りたいんですけど！

今度も返事は返ってこなかった。

——だめだ、人っ子ひとりいやしねえ。

「レミ」が「カピ」のそばに戻ってくると、「カピ」が窓口の横を指差して言った。

——あそこに、乗船のお問い合わせは事務所本部までって書いてあるよ。

その貼紙を、「レミ」は見落としていた。軽く舌打ちをして、貼紙に近づいた。道の向こう側に、「船舶運営会」という事務所の本部があるらしい。

——面倒だけど、しょうがねえな。

——営業時間をもう、過ぎちゃったのかな。きょうは日曜日ってこともないよね、さっき、学校から帰る人たちが乗ってたもん。

待合所のガラス戸を開け、ひさしの下に立った。かなり広い道路が建物の前を通り、その向こう側には、「船員組合」とか、「貨物扱い所」、「船具専門」、「引揚援護局事務所」、「日本郵船」という文字をかかげた木造の建物、石造りの建物が雨のなかに並んでいた。食堂も多い。でも、人影はほとんど見えない。「レミ」はワイシャツの胸ポケットから腕時計を出して、時刻を確認した。夕方の五時十分。船の関連事務所は五時とか、四時半で一日の仕事を終えてしまうということなのだろうか。雨が降っていても、空はまだ充分に明かるい。

——なんか用があるんか?

突然、建物の裏のほうから、黒い雨合羽を着た老人が現われ、二人に声をかけてきた。二人とも、その声にびっくりして、思わず身を寄せ合った。

——なに、してはんの。船のことでなんやしらん、聞きに来はったんやないのか。

ようやく「レミ」は気持をおちつけて、老人に答えた。その体のうしろに、「カピ」は半分だけ、身を隠してしまっている。

——小樽まで行くにはどうしたらいいのか、聞きに来たんですけど、ここにはだれもいなかったんで……。

老人は無遠慮に「レミ」と「カピ」の顔を小さな眼でのぞきこんでから、金歯をひからせて笑い声をあげた。シイタケのような焦茶色に日焼けしたその顔は笑うと、シワだらけになった。

——ほほう、小樽とな。この前も、あんさんみたいなのがうろついて、北海道に行きたいて強情張りよってなあ。よう言わんわ。この新潟丸は一カ月に二度ずつしか来いしまへんのや。今度は十六日に入港して、十九日に出港予定やから、あと二週間以上待たなあかん。しかも、十九日に出港したら、若松へ行くんやで。小樽へ行くんやったら、三十日まで待つしかないんや。列車で行くほうが、ずっとかしこいで。いくらきつうても、二週間もあれば、小樽に着くさかいに。ま、この船はあきらめるんやな。

——……ちえっ、いやんなるな。せっかく、駅からここまで来たのに、また、駅まで逆戻りだ。「レミ」は老人に向かって、ぼやかずにいられなかった。老人は頷き、今度は小さな眼をすぼめて、にやにや笑いながら言った。

——けど、あんさんらは船に乗りたいんやろ? 小樽に行かなならん用でもあるんか? もし、大きな船に乗りたいだけなんやったら、いくらでも方法はあるんやで。新潟丸はあかんけど、新潟丸だけが船やあらへん。港には今も、貨物船と輸送船が入港してる。貨物船はまだしばらく出港せえへんけど、輸送船は今晩、出港の予定や。朝鮮へ行く船やけど、ここからまず下関へ行きよる。国へ帰る朝鮮人を乗せとるんや。わいの知り合いに頼めば、あんさんらは下関まで乗せてもらえるんやで。まあ、モグリやな。下関まで石炭室か倉庫で言われた仕事を手伝えばよろし。仕事はいくらでもあるんやから。な、わいに百円払うてくれたら、乗せてやるで。どや、悪い話やおまへんやろ。

下関と小樽とでは正反対の位置になってしまうけど、と「レミ」は「カピ」を振り向いて、眼で問いかけた。どうしようか。また、コレラ船のようなことになったらいやだし、でも、百円だけで下関まで行けるのなら、それはそれで利用しない手はないという気もするし……。

——でも、おれたち、本当は小樽に行くはずだったんで、下関にはなんの用もないからな。むりして、そんな船に乗る気にはなれないよ。ここからじゃ船も見えないし、その話、おじさんには悪いけど、どうもにおうぜ。沖に出たところでお金をふんだくって、おれたちを海に突き落とすつもりなんじゃないのか？　そんなことは絶対にしないって信用できる形で保証してくれなくちゃ。

用心深く、「レミ」は老人に向かって言った。老人の鼻の穴からのぞいている白い鼻毛がかすかに震えた。

——ふん、あんさんはしっかりしてるんやな。保証やいうたって、どないしたら……、そや、ここに無線電話があるから、その船と連絡をつけられますわ。

言いながらせっかちに、老人はガラス戸を開け、なかに入っていった。下関まで行ってもいいという「レミ」の気持をすでに見抜いてしまっている。老人の立場もいかがわしいのだから、「レミ」たちのいかがわしさを気にはしないだろう。観念して、「レミ」と「カピ」もそのあとにつづいた。「船舶運営会」とやらで働いている人物なのか、なんのためらいもなく事務室のなかに入っていく老人の様子を見ているとそんな気もしたが、そんな人がモグリの世話をするとも思えない。こういうところでは互いにみな知り合いで、ひとの領域など勝手気ままにだらしなく踏みにじってしまうのかもしれない。「レミ」はそのように解釈しておくことにした。

窓口の裏にある事務室は、六畳ほどの、学校の小使い室のような小さな部屋だった。真中に石炭ストーブが置いてあり、まわりに木の机が並んでいる。隅に、古いタイプの電話機と見慣れない機械が見えた。たぶん、それが無線電話なのだろう。その横には黒板がかけられ、湯呑や茶筒、それにヤカンを並べた小さなタナもある。安っぽい板を打ちつけただけの壁には、老人が着ているような黒い雨合羽が二つ垂れ下がっていた。老人はまず、机のうえの分厚い帳簿を調べてから、機械のあちこちをさわり、受話器を自分の頭にとりつけて、小さなラッパの形をした送話器に向かって叫びはじめた。

——こちら、船舶事務所、こちら、船舶事務所！　だれか、いはりませんか！　だれかいはったら応答せよ！　応答せよ！

事務室の入り口にたたずんでいた「カピ」が声を出さずに吹きだした。「レミ」も笑わずにいられなかった。老人の言葉も、姿もどこか間が抜けていた。

——……ああ、通信のうらべはんでっか。わいは事務所のわたなべ言うもんですが、えらいすんまへんけど、船倉のこんどうはんに至急伝えたいことがありますねん。どうぞ。……はい、こんどうはんに頼まれたもんをこれからお届けしますさかい、甲板でお待ちください、と伝えてくれはりますか。どうぞ。

老人はそこで素早く、受話器を頭からはずして「レミ」の耳に片方の丸い部分を押し当てた。

〈……ああ、了解しました。竜王丸はこれから二時間後に出港しますので、急いでお願いします。どうぞ。〉

パラフィン紙を震わせたような、甲高い声が「レミ」の耳にひびいた。あわてて受話器を老人に押し返し、送話器に早く答えろ、と指で差し示した。老人はしかつめらしく頷き、平然と会話をつづける。

——……はい、了解。竜王丸は下関にも寄港するんやから、たいした問題はないんやろが、ついでになにか必要なもんがあったら、わいが持っていきますが、どないですか。どうぞ。

……了解。では、朝鮮まで無事な航海をおつづけください。

老人は立ちあがって、受話器をはずし、「レミ」を振り返った。

——どや、これで信じる気になったやろ？　となると、急がなあかんな。なに、ほんの十五分で竜王丸には着くんやが、知り合いの近藤に話をせなあかんさかい……。

あわただしく老人は事務室を出て行った。「レミ」に答える暇も与えない。しかたなく「カピ」を促して、「レミ」もそのあとを追った。老人に都合よくあやつられているようなこの成行きはしゃくにさわるが、さっきの船からの声がウソだとも思えない。こうなったら、行くだけ行ってみよう。「レミ」は心を決め、「カピ」にささやきかけた。

——妙な展開になってきたけど、あのおっさん、すっかりその気になっちまってるし、とにかく下関まで行ってみようか。

——いいよ、おもしろそうじゃん。でも、石炭室か倉庫で働かされるんだって。なにをやらされるんだろ。

した。

建物の外に出たところで、老人が雨合羽の頭巾をかぶり二人に声をかけてから、先に歩きだした。

——どうせ、ちょっとのあいだだ。荷物とか石炭を運ばされるんじゃないのか。

「カピ」は顔を火照《ほて》らせて答えた。

——雨んなか、ちょっと歩きまっせ。わいの船はあっちの桟橋やから。

「レミ」と「カピ」は雨に全身をまともに打たれながら、老人のあとを歩きはじめた。ゴム長をはいた老人は老人らしくない速度で、海沿いの道をまっすぐに歩いていく。傘を持たない「レミ」たちは体が疲れていることもあり、老人の速度に追いつけず、距離がだんだんに開いていった。波止場にはほかに人影が見えないので、それでも老人を見失なう怖れはない。空はようやく夕闇の暗さに近づいていたが、まだ街灯の光を必要とするほどではなかった。

百メートルほど歩いたところで、老人はもうひとつ別の小さな桟橋におりていった。足を引きずるように、「レミ」と「カピ」もそのあとを追う。体がまた、びしょ濡れになっていた。でも、山形ほどここは寒くないので、苦にならない。これでもし、体調を崩してしまったら——そうなったら、下関で船をおりずに、朝鮮まで乗りつづけようか。ロシア人になるのも、朝鮮人になるのも似たようなものだ。十七歳の「レミ」にはどうだかわからないが、少なくとも「カピ」にはきっと親切にしてくれるだろう。日本人とちがって、子どもを大切にする人たちなのだ。そうなると、朝鮮向けの名前ぐらいは前もって考えておく必要があるかもしれない。朝鮮の名前はけれども、さっぱりわからない。船に乗っているという朝鮮の人たちに教えてもらうしかない……。

二人は桟橋におり、つづけて老人が待ち受けている古ぼけた小さな船に跳び移った。漁船ではなく、甲板の広いはしけ船だった。雨を避けて、老人に言われるまま、すぐに狭い操舵室に入り、ようやく一息ついた。同時に、老人はエンジンのスイッチを入れ、船を後退させはじめる。二人はとりあえず自分の袋からタオルを取り出し、顔や頭を拭き、服についた水滴も大ざっぱに拭い去った。体が火照って、全身から湯気が立っている気がしたが、実際には甘ずっぱい体のにおいだけが誘い出されていた。

老人のはしけは向きを変えると、エンジンの音を高くして、海面を順調に進みはじめた。うしろを振り向くと、窓ガラスの向こうに港の赤みを帯びた光が見えた。豆電球のようにその光はまたたきながら、少しずつ遠のいていく。はしけが作る海面の波に光が砕け、さまざまな色にきらめき散っていく。左手に陸地の影がつづき、人家の明かりが神社のボンボリそっくりに横に連なっている。反対側の光は少し遠く、数も少ない。

雨合羽の頭巾も取らず、老人はまっすぐ前を向きながら、二人に話しかけた。

――この湾は奥深くて、ちょうど天然の隠れ場所みたいになってるんや。なかに入れば、波も静かでのう。けど、大きい船は入られへん。竜王丸は四千トン以上やからな。下関から釜山への連絡船は七千九百トンやった。空母ともなれば三万トンはふつうだがな。それで、大和が七万トン。なんの役にも立たへんかったドアホな戦艦や。……どや、見えるか。あれが竜王丸や。立派なもんやろ。海軍の生き残りやから、頑丈は頑丈なんや。

二人は正面の水面から盛りあがった黒い影に見入った。コレラ船よりもずっと大きな船のように見える。煙突からすでに灰色の煙を吐き出し、いつでも出港できる態勢に入っているらしい。窓の光が船腹に暗く並んでいる。はしけは軽快に竜王丸に近づいて行った。

——……わいはあんたらになんも聞かんし、ひとにも言わん。あんたらもわいのことは黙ってるんやで。互いに事情ってもんがあるさかいにな。せやけどまあ、あんたらは気ままでうらやましいこっちゃ。こんなご時勢やと、あんたらみたいな若いもんがいっちゃん、元気がええ。やるだけのことはやったらええ。……よっしゃ。そのタラップ登ってや。

　はしけはタラップのちょうど真下でエンジンを止めた。甲板からおろされているタラップは水面すれすれに端の部分を突き出している。老人は手早く、そこにはしけのロープを結びつけた。縄バシゴとはちがって、タラップはなんの不安もなく登ることができる。「カピ」がまず、身軽に駆け登り、「レミ」がつづいた。老人も最後に、ランタンを手に持って登りはじめた。

　甲板に着くと、老人よりも若い、背の高い男がやはり黒い雨合羽を着て、三人を待ち構えていた。青黒い顔に細い眼と赤い唇がひかっている。老人はその男に耳打ちをし、男がなにか聞き返し、老人が答え、そんなやりとりをしばらくつづけてから、唐突に老人が「レミ」を振り返って、手を突きだした。

——話はもうついたから、あとはこのおっさんの言うことをよう聞くんや。約束の百円、二人分やから二百円やな、早う払ってや。

——はい……、じゃあ、これ。

「レミ」はあわててズボンのポケットから百円札二枚を取りだし、老人に手渡した。ニセ札だとまた言われるのではないかと、身構えずにいられなかったが、ありがたいことに老人はそれをろくに見もせず、合羽の下のポケットに突っ込み、そのまま、またタラップをおりていった。

どう見ても、犯罪者が一目散に逃げていくような、いかがわしい卑屈な姿だった。「カピ」はいつの間にか、「レミ」の腕にしがみつき、顔も押しつけていた。

――ふん、相変わらず、いやなジジイだよ。おまえらもまんまとだまされやがって。おまえらみたいな汚ねえ浮浪児が二匹消えたって、だれも気にしやしねえ。だけど、そっちのチビはあんまり使いもんになりそうにねえな。健康状態はいいようだけど。とにかく、なかに入れ。おまえらが人目につくのはまずい。まず船倉までおりて、仕事の説明はそれからする。船客には絶対、声をかけるなよ。万がいち、なにか聞かれても黙ってろ。おまえらはモグリのおばけなんだからな。

男は二人を睨みつけ、自分からさっさと甲板を横切り、船尾の鉄バシゴに向かって行った。

――なんだ、あのサル。ひでえやつだ。

「レミ」は顔をゆがめ、「カピ」にささやきかけた。

――おいらたち、アンジュとズシ王みたいなドレイになっちゃったのかな。下関でだれかに売り飛ばされるんだよ、きっと。ねえ、今のうちに逃げなくちゃ。海に飛びこめば、なんとかなる。

男が二人に向かってどなりつけた。

――ぐずぐずすんな！

反射的に二人は男に駆け寄る。そして顔を見合わせ、うなだれた。ばかな。なぜ、今、逃げださなかったのだろう。

――もうすぐ出港だから、忙しいんだ。おれも定位置に戻らないとまずい。早く、この階段をおりろ。

昼の赤い男は白いペンキが塗ってある鉄の階段を指差して言った。雨のせいか甲板には乗客の姿が見えなかったが、階段をおりてみると、船腹の細長いデッキには、まわりの海をぼんやり見つめている人や煙草を吸っている人たちが疲れた顔でたたずんでいた。十人以上の子どもたちが階段をのぼったりおりたり、デッキを走り抜けたりして遊んでいる。男が「レミ」と「カピ」のうしろにまわり、背を押した。もうひとつ下のデッキに通じる階段をあわてており はじめる。そのデッキにはさらに多くの人たちが手すりにもたれかかって、港の光をながめていた。この人たちが国に帰るという朝鮮の人たちなのだろう。自分の国に帰れるのだから、うれしいはずなのに、いよいよ日本を離れるとなると、今までの日々が思い出されて、複雑な心境になるのかもしれない。「レミ」は背中をうるさく押しつづける男に腹を立てながら、この船の「正式」な乗客たちの立場を考えずにいられなくなった。どれだけの年月、日本にいた人たちなんだろう。無理矢理、日本に連れられてきて、どんな仕事を押しつけられ、どんな生活をつづけてきたんだろう。一方では自分から朝鮮や中国やカラフトに行った日本人もいた。兵隊として、ビルマだとかインドネシア、だれも名前を聞いたことのない島まで行かされた人たちもいる。戦争が終われば、その人たちが一斉に移動をはじめる。シベリアに連れて行かれた人たちもいる。そして最近では、ブラジルに行く人たちがいる。「ぶらじる丸」に乗って。ブラジルに行った人たちは、ブラジルと日本で戦争をはじめない限り、もう日本に戻ってくることはないのだろうか。そして、この「レミ」たちはどうなるんだろう。

男に背を押されながら、階段をつぎつぎおりていった。いったい、何層の作りになっているのか、いくらでも階段はつづく。船倉と男は言っていたので、とにかく、船のいちばん底までおりなければならないのだろう。定位置とは船倉のことにちがいない。老人はこの男を、船倉のこんどうはん、と呼んでいた。階段は船腹から内側に位置が変わり、海が見えなくなった。水面より低い層におりつづける。空気がだんだん淀み、温度もあがっていくような気がした。天井が低くなり、階段の角度が急になっていく。天井の明かりも数が減っていく。こんな船底に近いところまで来ると、乗客の姿は消え失せ、代りに、寸足らずの水兵服や汚ない下着姿の男たちがあわただしく行き来しはじめる。出港前の忙しい時間に、「レミ」と「カピ」にわざわざ注意を向ける人はいなかった。

——この階段で終わりだ。廊下をまっすぐ歩いていけ。きょろきょろするな。

階段をおりきったところで、男はまた、二人の背中を突き飛ばすように押しやった。今、この階段を全速力で駆け戻れば逃げられるかもしれない、とその一瞬、「レミ」の頭に軽やかに甲板まで逃げ去る自分たちの姿が横切った。でも、男から逃げてどうなるというのだろう。海に跳び込んでも、岸までとうてい、今の体力では泳ぎつけそうにない。乗員のだれかに助けを求めることもできない。自分たちの意思で、お金まで払って、この船にモグリとして乗りこんだという事実が自分にはね返ってくるだけだ。へたをしたら、警察に突き出されてしまう。乗客のなかにまぎれこんでも船をおりるときにきっと、モグリだということがバレて、やはり警察行きだ。「レミ」は息を吸いこんで、思い直した。まあ、あわてることはない。もしかしたら、下関に着いたところで、無事に解放されるのかもしれないのだから。

廊下の突き当たりに、大きな鉄の引き戸があった。男がその戸を開け、なかに入るよう、顎で二人を促した。天井の高い、体育館のような倉庫が、二人の前に現われた。土埃のようなモヤがかかっていて、裸か電球の光も暗いので、隅のほうはよく見えない。上半身裸かの男たちが大きな木の箱を運んでいる。犬の吠える声が聞こえ、二人を驚かせた。乗客が一緒に自分の国まで連れて行く犬も、ここに閉じ込められているらしい。大小さまざまな形の木箱が雑然と倉庫の壁に沿って積まれていた。どこに犬がいるのか、すぐには探し出せそうにない。

男はそれまで着ていた雨合羽を脱ぎ、顔の汗を拭ってから、二人を細い眼で睨みつけて低い声で言った。

――いいか、あと一時間で出港だから、それまではおまえたちの仕事はない。おれの言う場所でだれにも見つからないように隠れていろ。特別に大切な積荷を見張っていればいい。だれかが来て聞かれたら、乗客の子どもが遊びに来た振りをしろ。見分けはつきゃしないから大丈夫だ。もし三等船室に連れていかれても、おとなしく従って、しばらくしたらまた、ここに戻ってこい。出港したら、石炭運びと便所やシャワー室の掃除をしてもらう。ここから乗客に渡す毛布や料理の材料も運びだす。乗客がゲロを吐いたら、その始末もおまえたちの仕事だ。朝まで働いて、昼間はここで寝る。わかったな。たった三晩だ。あっという間に下関に着いちまう。そのあいだ、ぜったいにおれの指示なしに勝手に動くな。よし、こっちに来い。あの荷物のうらがおまえたちの寝場所だ。勝手に一歩でも離れるなよ。声も出すな。

ほかの木箱に比べて黒っぽく見える、三十センチほどの正方形の木箱が五段ずつ積まれた一山を、男は指し示していた。なにが入っているのか聞くこともできないまま、「レミ」と「カピ」は男に従ってその山に近づいた。食料品の入っているらしい麻袋の大きな山がとなり合っていた。山と山の隙間を通って、木箱の山の裏にまわると、そこに一メートル四方ぐらいの空間があった。

——そこにしゃがんでいろ。だれが来ても立つんじゃないぞ。

隙間から「レミ」が男の顔をのぞくと、男は苛立った声で言い、それからせわしげに立ち去っていった。「カピ」と「レミ」は肩で息をし、顔を見合わせた。

——くそっ、まあ、とにかく坐るか。

木箱を背に、二人並んで床に腰をおろした。粉のようなザラザラしたものが床を蔽い、釘や縄の切れ端も落ちている。

——狭くて、暑いね、ここ。変なにおいもする。油のにおいかな?

「カピ」が眉をひそめてささやきかけた。

——ここは機関室も近いんだろうな。この荷物、密輸品じゃねえのか。あいつ、相当な悪者なのかもしんない。

もう一度、溜息をつき、「レミ」は自分の膝を抱え、顎を乗せた。

——ここから動くなって言ってたけど、お便所にも行っちゃいけないんだね。ごはん、もらえるのかな。おなか、空いてきた。せめて、ごはんを食べてから、この船に乗ればよかった。

——なにもくれないってこともないだろう。とにかく、今はここにじっとしてればいいらしいから、やれやれだ。

——……ネズミがいるかもしれない。ネズミに嚙まれると、コレラじゃなくて、チフスだっけ、ペストだったっけ、そういうこわい病気になるんだよ。

「カピ」の言葉に、「レミ」は思わず笑い声を洩らしてしまう。

——今度は、ペスト船かよ。こうなったら、どうともなれだ。マラリアだろうが、天然痘だろうが、あとはなんだ、黄熱病でも放射能でも、なんだってかまわねえ。つくづくおれ思うのは、いちばん世のなかでこわいのは「人間の巣」だよ。放射能やバイキンもそりゃこわいけど、人間みたいになにか悪いことを考えて人間を苦しめようとしているわけじゃないもんな。

あわただしい足音が木箱の山の向こうに迫ってきたので、二人は黙りこみ、身を縮めた。何人もの人たちがまわりを行き来し、短かく声をかけ合っている。おい、そっちだ、そっと置け、もう少し、だめだ、もっともっと……。

大きな木箱が積みあげてある壁から突然、大きな音が押し寄せてきた。同時に、床が震えはじめる。木箱の向こうで働いている人たちはその音を気にせず動きまわっていた。それで、「レミ」と「カピ」の怯えは消えた。船がこわれたわけではない。出港を前にたぶん、エンジンがまわりはじめたのだ。これだけの船ともなれば、エンジンも並大抵の大きさではないのだろう。

船倉から人が立ち去らないまま、二十分経ち、三十分経った。空腹を抱えたまま、二人は眼をつむって、木箱のあいだで体を丸める。乗客がひしめく列車のデッキに坐りこんでいるのと、気分はあまり変わりない。列車のデッキでは背中に当たるのが人間の体だったのが、ここでは固い木箱だというちがいがあるだけで、じっとしているうちに眠りに誘いこまれていく。エンジンの音と震動も慣れてしまえば、かえって心地良い眠りの寝台に変わってしまう。「カピ」は相変わらず、ネズミの心配をしながら——母親がネズミ捕りにかかったネズミをバケツの水に溺れさせたとき、その様子を「カピ」は観察したことがあった、ネズミは口を開け、悲鳴をあげて、「カピ」を見つめながら、水のなかで浮き沈みし、踊るようにもがいていた——、「レミ」は下関ですばやく男の手から逃げ去る手順を考えながら——下関に着いたら、そこでまた新しい乗客が乗りこんでくるのだろう、そして荷物の積込みがはじまる、そのあいだの混乱をねらって、男は「レミ」と「カピ」を上陸させる、そのまま解放してくれるはずはなく、きっと知り合いのドレイ業者に売り渡すつもりでいる、ぎりぎりの瞬間まで、ぼんやりと男に従いつづけ、二人ともバカ面をしていなければならない、そして突然、全速力で走りだすのだ、じぐざぐに店や家のなかも通り抜け、縁の下にも潜りこみ、鉄道の駅に走りこんで、どんな列車でもいいから乗ってしまう、列車は汽笛を鳴らしてすぐに出発する、「レミ」と「カピ」は貨物列車のブタの群れのなかにいる、男とドレイ業者が町を走りまわっているのが見える、「レミ」と「カピ」はブタの鼻に体中をくすぐられ、大きな声で笑い転げる——、静かに体を寄せ合いまどろみつづけた。

　遠くのほうに、船の汽笛がひびく。二人は眠りつづける。エンジンの音がさらに大きくなり、震動が激しくなる。それでも、二人の眼は開かない。男もまだ、姿を現わさない。

　四千トンクラスの「竜王丸」は「レミ」と「カピ」の気がつかないうちに、夜の海面をごくゆるやかにすべりはじめる。海のどの方角に向かえばいいのか眠たげに探るように、「竜王丸」は船首をゆっくりと巡らす。そして、不意に記憶を取り戻したという風情で、湾の外に進みはじめる。

　それは暗い海のなかを、クラゲのように、それともイタズラ好きなイルカのように、ただ無心に浮き沈みを楽しんでいたのだろうか。

船がそろそろとそれに近づいていく。

水に流れができ、それも前にうしろに流され、やがて強い渦に巻きこまれて、船にまっすぐ吸い寄せられていく。船底にぶつかる多くのクラゲのように。大きな魚、小さな魚、あるいは流木やちぎれた海草や無数のプランクトンのように。

でもそれはプランクトンでもなければ、クラゲでもなかった。船の底にぶつかると同時に、「機雷」と呼ばれるそれは爆発し、自分に触れた物体を力の及ぶ限り破壊する。……

「レミ」と「カピ」の体に、雷が同時にいくつも落ちてきたような音と衝撃が襲ってきた。積荷の木箱が頭のうえから降り注いできて、天井の電球が消え、暗闇になった。木箱の下敷きになった二人が呻きながらもがいていると、床が傾きはじめ、それとともに、まわりの木箱が少しずつ二人の体から離れ、床が低くなった方角へずり落ちていった。

――わあ、びっくりした。なにが起きたの？

「カピ」が暗がりのなかで、「レミ」の体にしがみついた。

――知るか……。なにかにぶつかったのかな。くそっ、足をくじいた。

船倉の淀んだ空気に流れが生まれていた。船倉の壁に穴が開いたらしい。なにを言っているかわからない男たちの叫び声も、二人の耳にひびいた。頭のうえでは、なにかが落ちる音、ぶつかる音が渦巻いている。

――逃げたほうがいいみたい。ねえ、なんか、あっちに変なものがひかって見えるよ。どうしよう。ねえ、足、痛いの？

「カピ」は腰をあげ、「レミ」の腕を引張りながら震える声で言った。

——おい、あれ、水だよ。すげえ、海の水がこっちに来る！

——立ってよ、早く！　逃げなきゃ。

「カピ」は一心に、「レミ」の腕を引張りつづけた。海水は闇のなかで、どこから光を受けているのか、鈍い灰色の光をかすかに反射させながら、二人に向かってみるみる突き進んでくる。木箱のいくつかが水に浮かびあがり、勢いよく回転しながら、水の奥に吸いこまれていく。二人の足もとにも、水がにじみはじめる。呻き声をあげて、「レミ」はとにかく立ちあがった。

——でも、どこに逃げたらいいんだ。

——さっきの鉄扉から外に出てみようよ。ねえ、あの鉄扉、どっちだった？

再び、とんでもなく大きな音がつづけて起き、船倉が揺れ、床の傾きも大きくなった。人間の悲鳴のような声も聞こえてくる。二人の体が床の傾きに合わせて、まわりの木箱とともにずり落ちていった。動きに逆らおうとしてもしがみつくものがなく、むしろだんだん加速度がつき、灰色に鈍くひかる水のかたまりに自分のほうから迫っていくことになる。「レミ」はとっさに、自分のズボンのベルトを抜いて、「カピ」の右手に結びつけ、自分のベルト通しをくぐらせて、輪を作った。

——こうしておけば、少なくとも、離ればなれにならずにすむ。おれたち、もう、ダメかもしれない。助かるかもしれない。わかんないけど、いつも一緒なのは変わらない。

——うん、いつも一緒……。

その瞬間、大きな波が二人に襲いかかってきた。大きな水のかたまりに吸いこまれ、重く渦を巻く水のなかを二人の体は回転しはじめ、押し流されていく。

〈なんで、こんなことになるんだ！〉

「レミ」は全身で腹を立てながら、水の音に聞き入った。それはジャングルの奥の動物たちの声のように八方からひびき、「レミ」の体を震わせる。「レミ」の腕にしがみつき、「カピ」は眼を開いて、水のうねりを見つめていた。ぼんやりと白い泡のようなものしか見えない。なにが起きたのか、まだ見当がつかないままでいる。このまま死ぬなんて、こんな簡単に死ぬなんて、ウソに決まってる！　こわがるヒマさえないなんて！　息が苦しい。「レミ」！　神さま！

そう思ったのと同時に、意識を失なった。

船倉に押し寄せた海水は大きな渦を作り、逆流し、船底に開いた巨大な穴から、二人の体を小さなゴミのように海中に吐き出した。二人の体は海中を踊り、くるくるまわりながら、海の底に沈んでいった。まわりにも、別の人間の体が舞い、木箱や木材、機械がゆっくり沈んでいく。

やがて、最後の音をひびかせて、「竜王丸」の船体が垂直にそそり立ち、海底に沈みはじめた。人々がこぼれ落ち、軽い荷物や毛布、靴、板、食器、紙、布、あらゆるものが海面にまき散らされ、船体のまわりにできた大きな渦に巻きこまれていく。

船が水面から消え失せ、渦がおさまるまで、三十分とかからなかった。板やボート、浮袋にしがみついて、海面に残された人たちは静まりかえって、港からの救助を待ちはじめた。

――――――
昭和二十年八月二十四日
旧海軍輸送船・浮島丸（四七三〇ｔ）帰国の朝鮮人徴用工らを乗せ、寄港地の京都府舞鶴湾で触雷沈没。五四九人死亡。二九年船体引揚げ、原因調査はしなかった。

――――――
昭和二十年十月七日
関西汽船別府航路・室戸丸（一二五七ｔ）大阪港を出発後、神戸市魚崎沖で触雷沈没。三五五人死亡、二二七人重軽傷。

――――――
昭和二十年十月十四日
九州汽船・珠丸（八〇〇ｔ）対馬厳原から博多へ航行中、壱岐勝本沖で触雷沈没。救助者は五四人、死亡二四六人。

10　水の子ども

……………夜明けの空に似たひんやりした藍色がまわり一面にひろがっていた。上も下もわからない。遠くに白いきらめきが見え、そこから雪のように光の粒が降りそそいでくる。そこが上の世界なのかもしれない。真裸かの男の子どもが海草のあいだに浮かんでいる。この子どもと手をつないでいるもうひとりの、より小さな女の子ども。二人の子どもの体は美しい真珠色に輝いていた。小さな女の子どもはその美しさに見とれ、うれしくなって笑った。笑い声の代りに、これも同じ真珠色のあぶくが鈴のような音をたてて湧きあがり、遠くの白いきらめきに向かって走り去っていく。まだ寝ている男の子どもの手を引いて、より小さな女の子どもは海草のあいだを泳ぎはじめた。男の子どもは眼をさまし、びっくりしてまわりをながめ、それからより小さな女の子どもを見つめて、ようやく微笑を浮かべた。名前は思い出せないけれども、なじみ深い、大好きな顔。男の子どもの口からも真珠色のあぶくが吐き出され、体のまわりを踊り巡ってから、白いきらめきに吸い寄せられていった。真裸かの二人の子どもは互いの体を撫で合い、抱き合い、かじったり、なめ合ったりしてみた。互いの体がすっかり気に入って、二人とも、またうれしくなった。互いの体は同じところもあったし、ちがうところもあった。どちらの体も自分たちで見とれるほど美しかった。銀色の小さな魚の群れが寄ってきて、二人の子どもを避け、細い海草の林のほうに方向を変えて泳ぎ去っていく。赤い魚の群れが白いきらめきを受けて、頭上を過ぎていく。黒々と茂る海草や赤い色を帯びた海草が音をたてずに揺れ、そのあいだに、青い魚やウミヘビ、小さなエビ、二枚貝に巻き貝、トゲだらけのカニが見え隠れする。二人の裸かの子どもは手をつないで笑いながら、藍色の濃い海底を泳ぎ、赤い魚、青い魚を追い、ウツボから逃げ、自分の口から出るあぶくをつかまえようとした。いくら遊びつづけても、疲れを感じないし、眠くもならない。おなかも空かない。飽きることもない。海底には、大きな岩が突き出ていた。二人の子どもはやがてそこに近づき、首をかしげた。岩ではなく、それは「人間」の作ったものだった。「人間」はそれに乗って、海を渡る。でも、今は海の底に沈み、魚たちが遊び、貝たちが住む「冷たい寝床」になっていた。二人の子どもは急に悲しい気持になり、そこを離れ、海草の林に戻った。よく見ると、まわりには子どもたちと同じような真裸かの、真珠色にひかる人たちがのんびりと泳ぎたわむれていた。海のなかを動いているその姿は魚と見まちがえてしまいそうだった。あの人たちから見れば二人の子どもも、やはり魚にしか見えないのかもしれない。魚の背に乗って、赤ん坊に乳を与えている女の人がいる。エビの髭で遊んでいる子どももいる。ウミヘビと追いかけっこをしている男の人たちもいる。海の向こうにある自分たちの国に帰ろうとしている人たちだったっけ、と二人の子どもはぼんやり思い出した。これからこの人たちは魚のように群れを作って、自分たちの国の海まで泳いでいくのだろう。それじゃ、自分たちはどこへ行くところだったんだろう、と二人の子どもは顔を見合わせた。どうしても思い出せなかった。それで、二人の子どもはまた、少しだけ悲しい気持になった。手をつないで泳ぎ、銀色の小魚を追いかけ、海底のヒトデやイソギンチャクをからかい、奇妙な形のクラゲたちに挨拶をした。それから、遠くの白いきらめきを見つめた。銀色のクラゲのひとつがそのきらめきに引き寄せられ、雪のような光の粒に変わって、そのままどこかに消え去っていく。二人の子どもは微笑を浮かべた。たぶん、あそこへ行けば、なにかがわかる。早速、クラゲのあとを追って、まっすぐ白いきらめきに向かい、藍色の水のなかを突き進んで行った。白いきらめきはみるみるうちに強すぎる輝きに変わり、二人の子どもの眼を射した。水のなかのやわらかな深い光に慣れた二人の子どもの眼は鋭く痛みはじめる。体も同じように、痛みに襲われる。でも、あとに戻ることはできない。二人の子どもは輝きのなかに進みつづけ、ついに、風船がはじけるような音とともに空中に躍り出た。白い輝きが、そこでは悲痛な叫び声とともに吹き荒れていた。

*

…………夜。電球の光。アセチレン灯の光。架線から火花を散らしながら、かたわらを都電が走り去っていく。

——……暑いなあ。水浴びしてえなあ。

女の声が聞こえた。その女の横を、二人の子どもは手を取り合って歩いていた。うしろから、声変わりをしたばかりの少年の声が返ってきた。

——ちっとも暑かねえ……。

別の少年の声も聞こえた。

——かあちゃん、どこさ行ぐんだよお。

小さな子どもを背負った女はその声を無視して、つぶやきつづける。

——……暑いなあ、東京は暑いなあ。

二人の子どもはうしろを振り向いた。坊主頭に学帽を乗せ、半袖シャツと色褪せた学生ズボンを着た少年たちが、二人の子どもににこりともしないで頷き返した。日に焼けた少年たちの顔は同じように眼が細く、唇がひび割れている。背の低いほうの少年の眼が赤くなり、涙が盛りあがっていた。

——かあちゃんよう……、かあちゃんよう……。

二人の子どもも重い足を引きずって、めまいを感じていた。喉が渇き、耳に虫の羽音のような音がひびく。

女は青ざめた顔で口を開け、眼だけをひからせて歩きつづける。背中の子どもの重みに、まっすぐ歩けず、右に左に足をもつれさせ、体をななめに傾ける。髪が乱れて、汗のひかる顔に幾筋か貼りついている。

——暑いなあ……、水浴びして、さっぱりしてえなあ。

少年たちがささやき合う声が、二人の子どもの耳に届いた。

——……かあちゃん、どうするつもりなんだっぺ？

――さわぐな。かあちゃんだって、どうしたらええか、困っとるんじゃ。そのうち、どっかで野宿するっきゃねえべ。

――東京さ出てくりゃ、おばさんがなんとかしてくれるって、ありゃ、ウソだったんかな？

――東京はでかいんじゃ。簡単にゃ見つからん。

――栃木にも住めねえ、東京にも住めねえ。あんなとうちゃんでも生きてたほうがよかったべ。

――うるせえ。女みてえなこと、言うな。おらとおめえでこれから、とうちゃんの代りに働くって約束したの、忘れたんか。

背の低いほうの少年はうなだれて、眼をこすった。

道には、酒に酔った男たちが赤い顔でふらふら歩いていた。かっぽう着を着た浴衣の女たちが陽気に笑いながら走り去っていく。煙草をくわえたワンピース姿の女が、建物と建物の隙間にたたずんでいる。犬が頭を垂れてうろつき、猫が道を横切っていく。都電がさっきとは反対の方向から走ってきた。架線から飛び散る火花がまぶしい。体の大きなアメリカ兵が二人連れ立って、まわりを珍しそうにながめながら歩いていく。そして垢だらけの子どもたちが、そのまわりを取り巻いている。

女は歩きつづける。四人の子どもたちもしかたなく、それに従って足を引きずりつづける。アセチレン灯で照らされた両脇の屋台から、さまざまなおいしそうなにおいが子どもたちを襲ってくる。子どもたちの眼がかすむ。朝から、なにも食べていない。大きい少年たちの背負うリュックサックにも、食べものは入っていない。女の手提げ袋にも、食べられるものはなにひとつない。栃木の山を出た最初の日に、母子六人で全部、食べつくしてしまった。わずかに持っていたお金も列車の切符代や、子どもたちの洋服代で使い果たしてしまった。

——……暑いなあ、この川で水浴びしてえなあ。

女はつぶやき、唇を強く噛む。何度も強く噛みつづけたので、血が吹き出ている。女のゲタをはいた足の指も血で赤く濡れていた。二人の子どもは握り合っている手に力を入れ、顔を見合わせた。すると、涙の粒が二人の頬に流れ落ちた。

右手に、大きな川がひかっていた。金や赤の細かい光が闇のなかで舞いおどり、川というよりも、虫たちがにぎやかに群れる野原のように見えた。夜、そんな野原に足を踏み入れると、金や赤の光が一斉に宙に飛びあがり、子どもの体を照らしだす。

女の背中で眠っていた小さな女の子がぐずつきはじめた。

——マンマ、食いてえ。マンマ、マンマ……。

——よしよし、泣くんじゃねえ。まず、水浴びしようなあ。いなかでも川で遊んだろ?きっと、気持ええぞ。

女は川を見つめ、ひとりごとのようにつぶやいた。二人の子どもも涙を流しながら、川面の光をながめた。歩きつかれた足が、熱の重いかたまりになっている。水に足をひたしたら、じゅっと音をたてそうだ。

——かあちゃん、おら、こんなとこで水浴びなんかしねえぞ。

——だれも、水浴びしてねえのに……。

うしろの少年たちが弱々しい声をあげた。

女ははじめて、その少年たちを振り向いて、微笑を浮かべた。

――なんも気にするこたねえ。ここは東京だから、だれも気にしやせん。……なあ、おまえらもさっぱりしてえだろ?

女はまず少年たちに向かって、それから二人の子どもに向かって言い、優しく笑いかけた。眼が赤と金にひかり、頬がまっさおになっている。二人の子どもは涙で頬を濡らしながら、女に笑い返して頷いた。

女と四人の子どもたちは川沿いの道から橋のたもとに立った。コンクリートの堤の下に、川の水が小さな波を作り、押し寄せては引いていく。この橋には都電が走らず、人の姿も少ない。右側に、別の橋が見えた。その橋には都電が通り、人の数も多い。川がひかり、都電の音がひびく。汽笛の音も遠くに聞こえる。川面から湿った風がかすかに吹き寄せてくる。

――さあ、かあちゃんと一緒に行こうな。

二人の子どもはもう一度、頷いた。と同時に、うしろから女に背を押され、川に二人そろって転がり落ちた。

――そら、おまえらも!

年長の少年たちの背も、女は力を振りしぼって押した。少年たちはとまどいながら、母親の思いにさからわず川に落ちていった。女はそのあとを追ってすぐに、小さな子どもを背負ったまま、ゲタをぬいで自分から川に跳び込んだ。なむあみだぶ、なむあみだぶと女の口から声が洩れた。

二人の子どもはコンクリートの堤に体のあちこちをぶつけ、水のなかでも、その痛みに呻きつづけた。夜の川のなかは暗く、川面の金と赤の光は青と紫の色に変わって、川底を走っていた。小さな子どもを背負った女が頭を下にゆらゆら沈んできて、二人の子どもの影を見届けると、さざ波のような微笑を浮かべた。青くひかる髪の毛と着物の裾が暗い水の流れに引きこまれ、それから女の体はゆるやかに回転しながら、青と紫の光のなかを流れ去っていった。川面では、年長の少年たちが手足をさかんに動かし、白い水しぶきをあげていた。でもその二人もやがて水流に押し流されていく。二人の子どもは暗い水のなかで抱き合い、涙を流し、女のあとを追って、川の流れにその体を回転させはじめた。

都会の川の水は濁り、生臭いにおいがした。

（昭和二十二年）

……七月十六日夜十時ごろ本所寄り言問橋のたもとから隅田川へとびこみ、一家六人が心中をはかり、母親と子供三人は死亡した——

栃木縣佐野市押田ヤスさん（四三）長男G君（一五）次男S君（一二）三男明君（一〇）四男保夫君（七才）長女照子ちゃん（四才）の六人で

子供たちの父親は二年前死亡、ヤスさんは十五日知人をたずねて上京したが判らず、生きる当てもないとて、十六日は浅草をぶらついたその帰り、子供たちに暑いから泳ぎをしようと言問橋のたもとに出、つぎ〳〵に子供を眞暗な川につきおとし末の照ちゃんをおぶつて自分もとびこんだ

長男のG、次男Sの両君は泳ぎができるので母を救おうとしたが、満潮におされ五百

米上流の石がきにはいあがり、夜十一時ごろ墨田区須崎町関口恭子さん方に助けをもとめた

母親ヤスさんの死体は照ちゃんをおぶつたまゝ源森橋付近で、枕橋付近では三男明君の水死体が発見されたが末の男の子保夫君の行方はまだ知れない……

……七月十六日午前九時半ごろ墨田区本所石原町先大横川岸に四十四、五歳位の男の水死体がついた、本所署で調べたが自殺らしく持物なく身許不明

……七月十六日朝十時中央区銀座四ノ五共同便所のマンホールから生後五ヶ月ぐらいの女兒の死体が発見された、死後約二週間

……七月十六日夜八時ごろ文京区菊坂町H医院玄関前で、若い母親と幼女がばつたり倒れた、同病院で手当したが、毒をのまされていた幼女は死亡、重態の若い母親が虫の息で語つたところは

栃木縣足尾町S・S子さん（二八）と長女太喜子ちゃん（三才）、前線生活から重病で帰つた夫に、この妻は足尾銅山の女工となつて四年もつくしたが去月とうとう夫は死んでしまつた、一時はぼう然としたが愛兒をかゝえ職を求めてさる十三日上京、結婚前看護婦として八ケ年眞面目に勤めた病院を探し回つたものの燒けて判らず、都会の風は親子にとつて余りにも冷めたかつた

希望を失つた彼女は十六日朝最後の心盡しに子供に赤いハナオのゲタを買つてやり、よろこんで遊ぶ愛兒に思いきつてネコイラズをつけたパンを食べさせた、むろん自分もそれを食べ母子心中をはかつたが、子供の苦しむのを見かね子供だけは助けようと通りがかりの前記医院にころげこもうとして倒れたのだという

＊

……………綿入れを着た女が苦しそうにセキをしていた。その膝に、小さな男の子が寝ている。三つの湯たんぽを抱えた老女が障子を開けて、部屋のなかに入ってきた。

——湯たんぽの用意できたら、早く寝ろや。

二人の子どもは女たちと一緒に、コタツに足を入れて、クレヨンで古い新聞紙に絵を描いていた。大きいほうの子どもは銀色のオオカミの絵、小さいほうの子どもは青いゾウの絵。老女は火鉢の脇に坐って、ひとつひとつの湯たんぽにヤカンのお湯を慎重に入れ、それを古毛布の端切で包みこんだ。その湯たんぽのひとつを二人の子どもの脇に置き、女の分も渡してやりながら女に話しかけた。

——あんたもカゼをこじらせる前に、ゆっくり寝たほうがいいよ。きょうもなんて冷えるんだろうねえ。しょうが湯を作ってやるからね。あんたらも欲しいかい？

二人の子どもは顔をあげて、元気よく頷き返した。

老女は再び、障子を開け、外に出て行った。

——おお、寒い。雪でも降りそうだ。

廊下から声が聞こえてくる。二人の子どもは顔を見合わせて、くすくす笑いだした。

——なにがおかしいのかね。

女が鼻をすすりながら、言った。

大きいほうの男の子が答えた。

――だって、毎晩、おばばはおんなじこと言うんだもん。

小さいほうの女の子も言った。

――きっと、あしたも言うよ。

女は微笑を浮かべ、膝の男の子の坊主頭を撫でまわす。

――兄ちゃんはあした、学校だよ。宿題はできとんのかね。

――うん、時間割も、もうそろえた。そう言や、あさっては節分だよ。お寺で豆まきするんだって。行ってもいいだろ？

――あたいも行く！

小さいほうの女の子は青いクレヨンを握りしめたまま、女に向かって言う。

――しょうがないね、でも、このチビさんにはナイショだよ。聞いたら、行きたがるに決まってるから。

二人の子どもはそろって頷き返した。

――早く、カゼが治るといいのにね。そしたら、あたい、チビちゃんにナワトビ教えたげるんだ。

おかっぱ頭の女の子が言うと、女は溜息まじりに答えた。

――早く、あったかくならないかねえ。春になったら、こんな風邪、あっという間に治るはずなんだけど、……この冬は炭もろくにないし、タドンもレンタンもなかなか、手に入りゃしないんだから。もっと寒い地方の人はいったい、どうしてんだろねえ。

大きいほうの男の子が自分のオオカミの絵に黒い縁取りを最後の仕上げとして加えながら、つぶやいた。

——九州はもっと、あったかいんだろ？　それに、とうちゃんは炭坑で働いてんだから、石炭はいっぱいあるんだ。

——さあね、ようわからんけど、九州だったらここよりゃあったかいんだろうね。でも、山んなかだから、たいして変わりゃしないか。

言い終わらないうちに、女はあくびをした。すると膝のチビがむずかりだした。女はチビの顔をのぞきこみ、額に手を当ててつぶやく。

——まだ熱がある。あしたは病院に行かないといけないねえ。兄ちゃんたちはきょう、日曜だってんで、朝からほっつき歩いて遊んでたのに、ぼうやはかわいそうに、かあちゃんといっしょにおうちでねんねだ。

廊下に足を引きずる足音がひびき、老女が部屋に冷たい空気とともに戻ってきた。丸いお盆に湯呑が五つのっている。

——さあ、しょうが湯を飲んで、すぐにおやすみ。

老女は火鉢のヤカンからひとつひとつの湯呑にお湯を注ぎ入れ、それぞれに配った。

——ほら、チビちゃんのもあるからね、特別製だからおいしいよ。

二人の子どもはそろって、文句を言いたてる。

——ずるい、ずるい。なにをチビには入れてやったんだよ。

——あたいもおんなじのを飲みたい。

——ばかなこと、言ってないで、早くお飲み。チビちゃんは病人なんだからね。

二人の子どもはうつむいて顔を見合わせ、溜息を洩らした。それから、自分のしょうが湯に息を吹きかけながらすすりはじめた。しょうがと梅干しとミソが少しずつ入っている。それだけのものでも寝る前のしょうが湯は二人の子どもにぜいたくな気分を味わわせる。チビのしょうが湯はたぶん、お湯をぬるくしてあるだけなのだろう。二人の子どもはそう、思い決めることにした。女も老女もチビも、ふうふう吹きながら黙ってしょうが湯を飲んでいる。

柱時計がこのとき、鳴りだした。ボン、ボンという音を二人の子どもは数えはじめる。ひとつ、ふたつ、みっつ……ななつ、やっつ。

——八時だ！

わかりきったことを驚いたように、おかっぱ頭の女の子は叫んだ。

——さあ、ほんとにもう寝ないと……。

女が言うのに合わせて、茶の間の電灯が消えた。

——また、停電！　きのうは七時に消えたから、きょうは大サービスだったね、日曜だからかな。

大きいほうの子どもが暗闇のなかでつぶやいた。老女が慣れた手つきで、コタツ板のうえに用意してあったロウソクにマッチで火を点す。コタツのまわりの大小の顔がほの赤く浮かびあがった。老女と、チビを抱いた女がどっこいしょ、と言いながら同時に立ちあがる。老女はコタツのふとんを板のうえにあげ、なかからレンタンを取りだした。壺のなかのレンタンはもうほとんど、灰になってしまっている。老女は障子を開け、そのレンタンを廊下に出して、火鉢にかけてあったヤカンのお湯をかけた。一方、女はチビを立たせて、茶の間の隅に行き、仏壇に手を合わせた。

――どうか、とうちゃんの無事をお守りください。炭坑で事故が起こりませんように。

……ほら、おまえたちも早く、手を合わせて。

暖かなコタツから追い立てられた二人の子どもはそれぞれのオオカミとゾウの絵を手に持ったまま、チビの肩を押して、仏壇の前に立った。老女はうしろで、火鉢の火の始末をしている。

――とうちゃん、おやすみなさい……。

二人の子どもは絵をそれぞれのわきにはさんでから手を合わせ、ぼんやりした声を出した。セーターのうえに綿入れを着て、さらに黄色い毛糸のマフラーを首に巻きつけているチビが仏壇の金色の位牌を見つめてつぶやいた。

――でも、ここにとうちゃん、おらん。とうちゃんに聞こえん。

――ご先祖さまがちゃんと遠くにいるおとうちゃんに伝えてくださるんですよ。

老女がうしろからチビの頭を抱いて、自分も黙って手を合わせた。

女がロウソクを持って、湯たんぽを抱えた。そのうしろにやはり湯たんぽを抱えた二人の子どもが従い、最後に老女がチビの手を引いて、冷たい廊下に出た。右に行くと台所に突き当たり、風呂場もある。でも、マキが足りないので、すでに十日間、お風呂には入っていない。左に行くと、店がつづく。ホーキやザルの雑貨を扱う店だったのが、今は品物を仕入れることができず、店は閉めたままで、子どもの遊び場になっている。廊下の向かい側に、部屋が二つ並んでいる。そのひとつに女は入って行き、二つの部屋を隔てる襖《ふすま》を開けて、奥の部屋に進む。

両方の部屋にふとんがもう敷いてあった。

二人の子どもは湯たんぽと自分たちの絵をふとんの脇に置き、白い息を吐きながら大急ぎでネルの寝巻に着換えた。ふとんの枕もとには布で作ったランドセルが二つ並べて置いてある。赤い布のランドセルのほうは、この四月から小学生になるおかっぱ頭の子どものために、女が苦心して、ふとん包みからこしらえたものだった。そのなかには、すでにリボンと絵本と正月に買ってもらったばかりの羽子板が入れてある。二人の子どもが震えながらふとんのなかに潜りこむと、女が湯たんぽを足もとからふとんに押し入れた。となりのふとんに寝巻姿になったチビと女が湯たんぽと一緒に入る。手前の部屋では、老女が一人でふとんに入り、そして、ロウソクを吹き消した。

二人の子どもは冷えた足と手を互いの体に押しつけ合い、くすくす笑い声を洩らした。湯たんぽの熱はまだ伝わらず、ふとんのなかは冷えきっている。

――……しずかに寝んと、オニが来るよ。頭をがしがし、オニに食べられるよ。

女の声が聞こえた。

二人の子どもは毎晩聞く言葉なのに相変わらずこわくなり、自分の小さな枕をそれぞれ抱いて、体をぴったり合わせ息をひそめた。眼をつむっても開けても、同じ闇がひろがる。女のセキが闇の底を打ちつづける。ふとんのなかがやがて温もり、体がやわらかく闇のなかにとけていく。二人の子どもはすでに、寝息をたてていた。

夢のなかで、二人の子どもはオニが鉄棒を振りまわしながら、家に近づいてくるのを見守っていた。オニは三匹いた。オニたちはにおいを嗅いで、ここにうまそうな子どものにおいがするぞ、とキバの生えた口で舌なめずりをする。鉄の棒で店の雨戸を破り、内側のガラス戸も打ち割り、家のなかに入ってくる。同時に、凍りつく風が吹き込んできた。二人の子どもの体も氷のなかに閉じこめられ、髪の毛は白く逆立つ。三匹のオニはにおいを嗅ぎながら、廊下を進んでくる。納戸の襖を開き、茶の間をのぞく。二人の子どもとほかの三人が寝ている部屋の襖が開く。オニたちはそれぞれ、ランタンをかかげて、三つのふとんに寝ている五つの頭を数える。氷の風が部屋のなかを充たし、寒さに老女が呻き声をあげ、寝返りを打った。オニたちが黒い影になって、部屋に入ってくる。

　二人の子どもはこのとき、眠りからさめて、眼を開いた。夢の世界は消え去ったはずなのに、部屋のなかには三匹のオニが歩きまわっていて、開け放しの廊下から、氷の風が吹きこんでくる。二人の子どもは身動きもできずに、オニたちの動きを見守った。クレヨンで描いたオオカミとゾウが本物になって、オニたちを嚙み殺し、踏みつぶしてくれないか、と一心に祈る。でも、オオカミとゾウは一向に現われようとしない。三匹のオニは兵隊が着るオーバーに身を包み、地下足袋にゲートルを巻いていた。一匹のオニが老女のふとんに近づき、老女の脱ぎ捨てた着物の山から白いヒモを拾って、ランタンと鉄の棒を仲間に手渡してから、素早くそのヒモを老女の首にまわし、その両端を力いっぱい引張りあげた。老女の体がふとんのなかで大きく動き、泡立つような低い音がひびいた、と思うと、その体は動かなくなった。もうひとりのオニが、女の首に同じようにヒモを巻き、無言のまま、それを引きしぼる。やはり、女の喉から笛に似た音がこぼれ出た。同じふとんに寝ていたチビが突然、泣き声を張りあげた。眼をさまして、オニたちの影を見つけたらしい。べつのオニがチビの口にまず手を押し当てて、それからチビのマフラーを首に巻きつけ、勢いよく引きしぼった。

二人の子どもはふとんのなかで体を動かさず、声も出さずに、ただ、大きく開いた眼から涙を流していた。オニたちはなんの苦もなく、無表情にふとんに寝ている女やチビを殺してしまう。つぎはいよいよ、二人の子どもの番なのだ。喉を絞められて死ぬのは、どのくらい苦しいのだろう。

三匹のオニたちが二人の子どものふとんのまわりに集まってきた。三匹のオニが三本のヒモを手に持っている。二人の子どもの顔を三匹そろってのぞきこんだ。二人の子どもの眼から耳もとに伝わる涙が、オニたちの眼をひからせた。二人の子どもはまばたきもしないで、涙を流しつづけた。二人の首に赤いヒモを巻きつけ、オニたちは顔を真赤にして、そのヒモを引っぱる。声も出さず、体も動かさず、呆気なく、二人の子どもは夢の世界に沈んでいった。二人の子どもの首をちぎり取ろうとするかのように、オニたちは赤いヒモを念入りに引っぱりつづけた。

息絶えた二人の子どもの眼からはまだ、涙のしずくがこぼれつづけていた。

（昭和二十二年）
……二月三日午前九時ごろ静岡市新通七丁目、雑貨商K・Sさん方で母はま（五三）妻なか（二六）さんと長男明人（八才）長女史の（六才）次男治人（二才）ちゃんの五人が絞殺体となつて発見された
縣刑事課の調査によると凶行は前夜深更に行われたものらしく被害者が全部絞め殺されていることと、屋内が相当乱雑になっている点から犯人は二人以上の強盗とみられている、なお同家は土地持ちの裕福な家庭だが、主人Sさん（三六）は昨年末から福岡

縣大峰炭鑛に出稼中である

……◇教科書用紙＝月平均千五百万ポンドはつくらないと四月からの新学期に間に合わない、このため月に一万トンの石炭がいる、それで新聞用紙の分から半分も削りとつて無理算段したが、それでも百五十万トンがせい一杯ということは既報のとおり、六・三・三制で新発足するこの学期はじめには十人に一冊の割でしか新教科書はわたらない◇一般用紙・紙製品＝便せん、ノート、封筒なども半分の七十万ポンド、この第四・四半期（一―三月）は学習ノートに主力を注ぐことになつた、それでも学期毎に生徒一人に一冊という計画はくずれ、一ケ年に一冊もむずかしい

＊

………………見おぼえのある家の前に、二人の子どもは立っていた。少し傾いた板塀に、木の引き戸があり、表札がかかっている。古びた板に墨で書いてあるので、夜の闇のなかでは読むことができない。

――この家には、犬もいないし、男もいない。ちゃんと調べはついてるから大丈夫だ。

二十歳ぐらいの四角い顔の青年が二人の子どもにささやきかけた。おとなの兵隊帽をかぶり、顔の下半分は汚れた手拭いで隠してある。二人の子どももそれぞれ、同じように顔を隠していた。足には運動靴ではなく、穴のあいた地下足袋をはいている。

――……でも、この家、よく知ってる家みたい。

三人のうちでいちばん小さな十二歳の子どもがつぶやいた。

――うん、おれもだ。知っている家はまずいんじゃねえのか。

大きいほうの子どもも引き戸を見つめて、青年に言った。

――心配ねえよ、どこにでもある家ってことよ。だいいち、おまえらはこの土地の者じゃねえだろうが。

青年に言われて、二人の子どもはそうだったっけと思い、頷いた。

――暗くて、なんにも見えないのに、どうしてなつかしい気がしちゃったんだろう。変だね。

小さいほうの子どもが大きいほうの子どもにささやきかけた。

――こんな時間にうろついてると、頭が妙な働きかたをするのかもしれないな。

大きいほうの子どもがささやき返す。

――おい、のんきなことを言ってる場合じゃねえんだからな。なかに入ったら足音はもちろん、くしゃみひとつするんじゃねえぞ。寝てるやつらを起こさないに越したことはねえんだ。だから、わざわざ午前二時なんて時間を選んでるんだからな。だけど、運悪くだれかが眼をさまして騒ぎだしたら、おれの包丁でおどしてやるから、おまえらはそのあいだに目ぼしいものを集めるんだ。最悪の場合は、この包丁でブスリとやるしかねえ。とにかく、なにがあっても、おまえらはおれの指示に従え。勝手なまねをするんじゃねえ。

――わかった。だけど、殺さないでくれよ。それだけは、おれたち、まっぴらごめんだ。

大きいほうの子どもが言った。

――そうだよ、人を殺すのはオニだけなんだよ。おいら、オニになるのはいやだ。

小さいほうの子どもも真剣な声で言いつのった。

――おれだって殺したかねえよ。こう見えても、おれは平和主義者なんだ。よし、じゃ行くぞ。気をつけて、おれのあとをついてこい。

青年は布に包んだ包丁をシャツのなかから出し、ズボンの腰に注意深く差しこみ、それから両手を板塀のうえに置いた。はずみをつけて上半身を板塀に乗せ、片脚ずつ引きあげて向こう側に跳びおりた。すぐにそのあと、引き戸のねじ込み式の鍵をいじる音が聞こえ、引き戸が開けられた。二人の子どもはそこから、なかに入る。青年は箱型の懐中電灯をかかげて、玄関のガラス戸に向かって行く。玄関の脇には、ナンテンとヤツデが葉を茂らせている。どう見ても、二人の子どもには見おぼえのある家だった。勝手口に通じる細い路地が、左側のツツジの植込みの向こうに見える。玄関のガラス戸にはヒビが入っていて、障子紙で補修してある。玄関の前には、荒ナワをつけた木箱が置き去りになっていた。ナワを引張ればそれは子どもにとって、ソリにも、馬車にも、自動車にもなる。その箱の車を引く幼いころの自分の姿が見え、小さいほうの子どもは息が苦しくなった。箱のなかには、こわれた西洋人形やまん丸な顔をした兄が乗客として坐っている。五、六歳の女の子は箱車を重そうに引きずりながら、十二歳の、手拭いで顔を隠した子どもを睨みつけていた。

青年はズボンのポケットから小さなヤスリを出し、玄関の鍵に近い部分のガラスにそれを当てて、慎重にこすりはじめた。懐中電灯は大きいほうの子どもがかざしている。青年が泥棒のベテランなのかどうか、二人の子どもは知らなかったし、いつ、どのようにして青年と知り合い、泥棒仲間になったのかも、さっぱり思い出せなかった。たぶん、地下道辺りで、ほんの二、三時間前に声をかけられたのだったろう。二人の子どもはひどく、おなかが空いていた。

微かな鋭い音がひびいた。青年の右手に、くもりガラスの小さな三角形がひかっていた。それを十二歳の子どもに手渡し、ガラス戸に開いた三角の穴に右手を差し入れて、内側から鍵をまわしはじめた。ねじ込み式の簡単な鍵は簡単に開けることができる。作業を終えた青年は懐中電灯を受けとり、深呼吸をひとつして、ガラス戸をゆっくりと開けた。逃げだすときの用意に、それはわざと大きく開けておく。三和土の左側にゲタ箱があり、そのうえに、タンポポとハハコグサが牛乳ビンに活けてあった。いかにも子どもの手で集めてきたらしい、みすぼらしい花。

三人は地下足袋のまま、玄関の式台にのぼり、廊下をまっすぐ忍び足で進んだ。十二歳の子どもには、眼を閉じていても迷わずに歩くことのできる廊下だった。その幅、その長さ、どこの板が軋《きし》むのかさえ、はっきりとわかる。右側に、二階にのぼる狭い階段。左手に三畳間。そこは半間の押入れのある「女中部屋」だった。つづいて、風呂場に台所。反対側は六畳の居間。そこには、母親と子どもたちがふとんを並べて寝ているはずだった。六畳につづく四畳半の茶の間。掘りゴタツがあり、茶ダンスやラジオが壁際に置いてある。けれども、今晩の目的は六畳間のタンスの中身だった。衣類を扱うヤミ屋としか、青年はまだ知り合いになっていなかった。

大きいほうの子どももぼんやりとながら、家の間取りをすでによく知っている気がした。家族がどこに寝ているのかもわかっていた。でも、先を進む青年にはなにも告げなかった。告げたとしても、この家族にとって、なんのちがいがあるだろう。自分たちにしても、それで目的が変わるわけではない。

青年はまず廊下を突き当たりまで進み、左手に台所があるのを確認してから、右側の板戸をまず細めに開け、そこにだれもいないのを見届けてから、板戸を大きく開けて四畳半の部屋のなかに入った。真先に茶ダンスのなかをのぞく。そこにふかし芋で作ったダンゴがしまってあるのを見つけ、それを取りだした。青年は手拭いの下からつづけざまに二個、口のなかに入れ、二人の子どもはひとつずつ口に入れた。口のなかにやわらかな甘みが、幼い日々の感触とともにひろがる。四、五歳のころの、庭先でのひなたぼっこで味わった甘い暖かさ。大きいほうの子どもは直接にはその暖かさを知らない。けれども十二歳の子どもの思いを、今では自分の思いとして受けとめることができる。

急いで食べたふかし芋で、十二歳の子どもはせきこみそうになった。それをがまんするために、あわてて、両手で喉と口を押さえようとした。右手の先が、茶ダンスのうえに置いてある茶筒にぶつかる。茶筒が倒れ、畳に転がり落ちる。三人ともその瞬間、息を止め、体を固くして、家の気配をうかがった。なにも起こりはしなかった。静かに息を吐き出し、青年は居間につづく襖を五センチほど開け、懐中電灯の光を射し込み、なかの様子を探った。それから、襖を少しずつ十センチ、三十センチと開けて、なかに忍び入る。二人の子どももあとにつづいた。ふとんがふたつ、その間に小さなふとん。そこに赤ん坊が寝かせてあった。手前のふとんには、おとなの女が寝ている。反対側のふとんには、四歳ぐらいの男の子が行儀よく天井を向いて眠っている。二人の子どもはとまどいながら、熱心にその三つの大小の頭を見つめた。それがだれなのか、考えるのがこわかった。

廊下に物音が聞こえた。青年と二人の子どもは体の動きを止め、中途はんぱな格好のまま、廊下の物音に注意を集中させた。廊下をだれかが歩いてくる。台所に水を飲みに行くのだろうか。台所の前で足音が少しのあいだ止まり、それから茶の間に入ってきた。青年と二人の子どもは落胆して一瞬、眼をつむった。それから、三人は急いでひとつに固まり、青年が布に包んだ包丁を取り出した。布を払い落とし、よくひかる出刃包丁を茶の間のほうに突きだして身構えた。そのとき、おそろしい悲鳴が家のなかにひびきわたった。火災報知器のような音量の悲鳴に、母親が跳び起き、赤ん坊が泣きだし、男の子がふとんのうえに寝呆け顔で坐りこんだ。

――静かにしろ！　黙れ！

青年は気味の悪い、低い声で叫び、悲鳴をあげつづける若い娘に出刃包丁を振りたてて見せた。丈の短かい寝巻を着た娘の縮れた髪は滑稽なほど乱れ、白い胸元もだらしなくはだけていた。

――おまえもこの部屋に入るんだ！　ここに坐れ！

悲鳴の代りに、娘は声をたてて泣きはじめた。そして、居間の母親の脇に行き、その体にしがみついた。母親は瘠せていて、娘は肥っていた。

出刃包丁をかざしながら、青年は泣きわめく赤ん坊に近寄り、その体を抱きあげた。左手に赤ん坊を抱え、右手でその頬に包丁の先を突きたてる。赤ん坊の母親と手伝いの娘がそろって、短かい悲鳴をあげた。

――声を出すんじゃない！　おまえらが少しでも変なまねをしたら、この赤ん坊がかわいそうなことになるんだからな。おとなしく、おれの言う通りにしろ。まず、その子どもがじゃまだから、手と足をしばっておく。……おまえ、そこらのヒモでしばれ。

大きいほうの子どもは母親の枕もとから二本のヒモを見つけ、まだ半分、眠っている顔の男の子の両手をうしろに縛り、それからふとんのうえに寝かせて、両足も縛った。痛くないように、しかも簡単にほどけないように、丁寧に縛った。

——おい、よく聞け。このブタ女は女中だな。よし、女中は台所に行って、残ってる飯でニギリメシをできるだけたくさん作れ。卵があれば、茹で卵もだ。たくわんがあれば、ありったけを出せ。……おまえが見張りについていけ。こいつはナリは小さいけど、復員兵からかっぱらったピストルを持ってるんだから、気をつけろ。

十二歳の子どもは事前の打ち合わせを思い出し、あわてて、ジャンパーのポケットからタオルの包みを出し、娘に向かって、それを構えて見せた。タオルのなかには、欠けた急須が入っているだけだった。急須の注ぎ口をほんの少しだけ、タオルからのぞかせている。娘は声を絞って泣きながら、台所に向かった。小さいほうの子どもはそのあとに従いていく。

——おまえは、柳ごうりを出して、そこにあるだけ、服を詰めろ。ぐずぐずするな！

母親に命令をしてから、青年は腕が疲れたのか、赤ん坊を畳に置き、自分も坐りこんで、出刃包丁をその胸に突きつけながら指示をつづけた。大きいほうの子どもは母親の作業を手助けした。押入れを開け、柳ごうりを引きずりだし、その中身を点検する。ボロキレのようなものしか入っていない。二番めの柳ごうり、三番めも中身をまず放り出してから、売り物になりそうな冬のコート、女物のスーツ、ハンドバッグを選んで、空の柳ごうりに戻していく。さらに部屋のタンスの中身を全部、引っぱり出して、同じように、めぼしいものを選んだ。ブラウス、セーター、ズボン、スカート、着物、帯。小さな引出しからは、預金通帳や母子手帳、ヘソの緒の箱、指輪や首かざりも出てきた。指輪と首かざりだけを、柳ごうりに投げ入れた。タンスのうえには粗末な仏壇が置いてあった。その引出しも開けてみた。思った通り、現金が入っていた。でも、たいした金額ではない。仏壇の写真と眼が合った。なにをしているんだ、きみはだれなんだ、と写真の男は怒っているようでもあったし、ばかなことをしているね、と悲しんでいるようでもあった。見おぼえのある顔だった。新聞の切り抜きで毎日のようにながめつづけた、自分の父親のつぎに親しい顔。このおれのことがわからないのかな、前には、墓地にいたおれをはげましてくれたものなのに、と思うと、子どもも悲しくなった。昔、わざわざ切り抜いておいた新聞記事はそう言えば、どこに消えてしまったのだろう。あの記事に出ている写真と仏壇の写真を見比べてみたい。

——早くしろ！　ぼうっとするな！

青年がしわがれてきた声で叫んだ。大きいほうの子どもは一瞬の夢からさめたように、あわてて手を動かしはじめた。

五個の小さなオニギリと茹で卵を三個、そしてたくわんをお皿にのせ、娘が台所から戻ってきた。十二歳の子どもがそのあとにつづく。娘が震えながら卵を茹で、残りごはんでオニギリを作っているあいだ、十二歳の子どもは口を固く閉ざしつづけていた。なにもかもがなつかしかった。うっかり口を開いてこの娘にスミちゃんって話しかけたら、きっとそれだけで自分は声を放って泣き崩れてしまうことだろう。木の冷蔵庫。床板の穴。ナメクジが這う流し。勝手口の土間には、カマドウマが跳ねる。ガス・コンロのヤカン、ナベ。七輪が狭い土間に置いてある。十二歳の子どもはひたすら、自分の空腹のみに考えを集中させつづけた。ほかの思いは喉の奥に呑みこみ、うっかり口や鼻からそれがこぼれ出たりしないよう、息さえも気をつけて押さえこむ。
大きいほうの子どもは三つの柳ごうりをいっぱいにすると、それに用意しておいたヒモをからげた。ふとんのうえでは、小さな男の子がいつの間にか眠っていて、赤ん坊も泣きつかれたらしく、自分のこぶしをしゃぶりはじめていた。母親の横に娘は坐り、疲れきった顔ですすり泣いている。母親はふとんに正座して、出刃包丁を持つ青年を睨みつづけていた。長い髪が逆立ち、唇までが青白くなり、暗い部屋のなかで亡霊のように見える。

青年は包丁を赤ん坊に突きつけたまま、ニギリメシを口に入れた。二人の子どもも急いで食べはじめる。青年と大きいほうの子どもが二個ずつ食べた。茹で卵は人数分あったので、ひとつずつ食べることができた。母親と娘に見つめられながら食べるのは恥かしい気がしたが、空腹のほうが切実だった。とくに一仕事終えたあとの食事には、うっとりするほどの満足感があった。

皿がからっぽになると、三人は立ちあがった。青年が包丁を赤ん坊に突きたてているあいだに、二人の子どもが柳ごうりをひとつずつ、門の外まで運んだ。最後の柳ごうりを持ちあげたとき、青年は赤ん坊を左手に抱き、出刃包丁を右手で突き出しながら、あとずさりをはじめた。

――玄関まで、赤ん坊は借りておく。だから、まだ、じっとしているんだぞ。

ふとんのうえの二人の女はなにも答えなかった。柳ごうりを運んで廊下に出るとき、十二歳の子どもはうしろを振り返って、母親を見た。母親は二人の子どもをすきとおった眼で見つめていた。さまざまな強い感情が底に沈んで、その表面が清く澄んでいるような冷えきった眼だった。十二歳の子どもはすぐに背を向けて、廊下に進み出た。喉が苦しくなり、鼻と眼が熱くなった。玄関の三和土におりたとき、涙で眼が見えなくなった。過ぎ去った時を、もう取り戻すことはできないのだ。あの人も、そしてこの自分も。

玄関の式台に、青年が赤ん坊を置いた。式台の床が冷たくて、赤ん坊は泣きだした。

――走れ！　おれがその柳ごうりを運ぶから、おまえらは外のふたつを運ぶんだ。

青年が息を弾ませて言った。そして、三和土の柳ごうりのヒモをつかみ、門に向かって走りだそうとした。が、柳ごうりの重さで思うようには速く走れない。

玄関に取り残された二人の子どもは顔を見合わせ、式台で泣く赤ん坊を見つめた。家のなかは静まりかえっている。でも、母親は今すぐにでも赤ん坊を取り戻そうと身構えているにちがいないし、娘は外に駆け出て、都電通りをあえぎあえぎ走り、交差点の交番に泣きながら倒れこむ覚悟をつけているはずだ。赤ん坊は手足を苦しげによじらせて泣いていた。右の頬が包丁の先端で切り傷を受けている。そこから血が流れ、首を伝わり、寝巻の襟に黒ずんだ染みを作っている。泣き声は大きくふくらみつづけ、二人の子どもの体を揺るがせる。小さな赤ん坊の泣き声とは思えない音量が、家のなか、そして外にひろがっていく。オオカミの群れ、いや、ゾウの群れが一斉に吠えたてているような泣き声。

――逃げよう……。

――逃げなくちゃ。

十二歳の子どもは今は、泣きじゃくっていた。顔を隠していた手拭いを取り、それで眼もとを乱暴にこすりつづける。大きいほうの子どもも顔の手拭いを取り、小さいほうの子どもの手を握った。理由のよくわからない涙が、大きいほうの子どもの眼にもこみあげてくる。

――一気に走るんだぞ。あいつにはおれたちより柳ごうりのほうが大切なんだから、どうせしつこくあとを追ってはこない。

二人の子どもは手をつないで、外に駆け出た。ナンテンとヤツデの葉が月の光を受けて、青白くひかっている。門の前には、三つの柳ごうりが投げ出され、手拭いで顔を蔽ったままの青年が立ちはだかっていた。

——おい、待て！　どこに行くんだ！　ばかやろう、逃げる気か！

二人の子どもは全速力で走りつづけた。都電通りに出ると、青年の声は聞こえなくなった。たぶん、もう大丈夫。それでも二人の子どもは走りつづけた。交番のある交差点とは反対の方向に進んだ。都電の線路がひかり、裸か電球の街灯がひかっている。でも、都電は走っていないし、人の姿も見えない。道は下り坂になり、走りつづける足に加速度がついていく。二人の子どもはおびえきっていた。なぜ、こんなことになったのか、わからない。母親のすきとおった眼と赤ん坊の泣き声が、二人の背に貼りついている。いくらおなかがすいているからと言って、してはいけないことがある。坂をおり、十字路を越えると、道はまた登り坂になり、鉄道の土手にぶつかる。二人の子どもは苦しい息に眼をかすませたまま、その土手をふらふらする足でよじ登った。土手のうえでしゃがみこみ、鉄道の線路を見下ろす。かすんだ視界に、青くひかる線路が何本も浮かんで震えていた。列車はもちろん、まだ走っていない。線路を照らす裸か電球が遠く近くにまたたく。土手の急斜面には、白い花が一面に咲いていた。花の陰には、トカゲもヘビも、カエルも、虫たちもいっぱい隠れているのだろう。ここはジャングルではないから、オオカミはいない。クマもニシキヘビもいない。でも、土手の底を流れるドブ川には、ザリガニにドジョウ、ゲンゴロウ、タガメが眠っているはずだ。

――あの線路を歩いて、駅に行こう。

――じゃあ、下まで転がっていくんだね。

――うん、きっと気持いいぞ。

二人の子どもは体を横にして抱き合い、土手の斜面を転がりはじめる。体中に、濡れた草の葉がからみついてくる。虫たちが驚いて、跳ね出る。トカゲが鳴き、ヘビがくるくる踊りだす。カエルが妙な声で叫びながら、下のドブ川に落ちていく。白い花の斜面を、二人の子どもは泣きながら、そして笑いながら、ひとつのかたまりになって転がり落ちていく。

（昭和二十一年）
……四月二十八日午前二時ころ小田原市江細田杉本チヨさん方へ十二三歳の子供を混へた三人組が侵入、行李に衣類を詰め食事をして逃走
……四月二十八日午前二時淀橋區下落合京橋京三さん方に六人連の賊が侵入八百円、衣類三十点、靴三足を奪つた
……四月二十九日午前零時ごろ川崎市鹿島田東芝特殊合金工場へピストル强盗が押入り守衛、宿直二十一人を縛りあげ、合金用の砂糖をトラックに満載したのち、五千円を强奪
……四月二十九日午後七時半北多摩郡田無町二口秀吉さん（二七）は赤坂區氷川神社前で二人連の男に脅迫され、着てゐた背廣と時計
……同夜十時同區台町で下谷區下谷町田中幸太郎君（一七）ほか一名は二人の男に百二十円
……王子區赤羽島村繁喜さん方ではさる二十五日夜三人組拳銃强盗に眞珠六百五十個時

價四万円とトランク一個を奪はれた
……五月四日午後十一時五十分神田區旭町喫茶店高柳芳雄さん方へ二人組が侵入棍棒で脅迫、衣類、一万円小切手と八百円
……同日午前二時半南多摩郡稲城村矢口角田幸吉さん方に三人組が押入り鎌で脅迫、小麦粉三俵、白米三斗、衣類十八点、腕時計二個、自轉車一台に六百五十余円を奪ひ逃走した
……同夜七時半澁谷區代々木初台町で同區代々木西原町松実信義さん（三八）は三人の男に毆られ五百六十円を
……同十一時荒川區尾久町六丁目都電停留所で王子區王子町野原ヤス子さん（二五）は四十五歳位の男に首を押へられ二百円と配給切符を奪はれた
……遲《ち》配十日にたへかねて横浜市保土谷區二俣《また》川町民約千名は三十日午後二時「食はせろ二合一勺《しやく》」「生殺《ころ》し絶《ぜつ》対反対」などと大書した筵《むしろ》旗を押し立て縣廳《ちやう》にデモ、糸川二一郎、佐藤正平氏ら代表委員十余《よ》名が知事室で後藤内務部長と會見、町民の大半は野蒜、芹《せり》などの摘《つ》み草で辛《から》うじて命をつないでゐると窮状《きゆうじやう》を愬《うつた》へ即時非常米の放出、今までの遲《ち》配分を遡《そ》及して配給せよと要求した……
これに対し縣では現下の食糧事情から到底困難なことを返答するや、たまりかねた大衆は子供を背負つたお神さん達を先頭に知事室に据り込み戰術に出て事態は一時険悪となつたが、「われわれは今日の晝飯も食べてゐないのだ、なんでもいゝから食へる物をよこせ」と要求、結局縣では非常用の乾パン五百袋を配給……

＊

……………狭く、暗いところで、二人の子どもは抱き合って震えていた。真裸かの小さな赤ん坊だった。二人まとめて、ボロキレに包まれていて、さらに外側が新聞紙でくるんであった。二人の手足の力では、そこから逃がれて、外に這い出すことができない。手足を震わせ、ときどき、弱々しい泣き声をあげ、そして互いの体の一部を乳首代りに吸うことしかできなかった。二人の子どもが寝ている場所はしばらく揺れつづけた。だれかの手でどこかに運ばれているようだった。奇妙な音とともに大きく揺れ、二人の体がぶつかり合って泣き声をあげたこともあった。乗り物の車輪の振動が伝わってきて、油のにおいに息が詰まりそうになったこともあった。急に鋭い光が射しこんできて、びっくりさせられたことも、突然、冷たい空気がなだれこんできて、息が苦しくなったこともある。いろいろな音が聞こえた。女や男たちの声。自転車のベルの音。バスの警笛、ブレーキの音。子どもたちの歌声。教会か、学校の鐘の音。歩道の足音。巡査の笛の音。ラジオの音。スピーカーから流れる音楽。

　二人の子どもが入れられているところは、かすかにみかんのにおいがした。みかんの汁ではなく、しなびた皮のにおい。それで二人の子どもは、そこはみかん箱なのかもしれない、と思い合わせた。みかん箱の揺りかごということなんだろうと納得してしまいたいが、捨てられる仔犬みたいだとも思わずにはいられなかった。自分たちは捨てられようとしているのだろうか。このみかん箱を運んでいるのは、二人の子どもの母親なのだろうか。二人の体重でかなり重いみかん箱になっていることだろう。二人の耳に外の音が届いているのならば、それはつまり、二人の泣き声が外に洩れているということを意味しているのではないか。みかん箱から人間の赤ん坊の泣き声が聞こえれば、不審に感じる人がいるにちがいない。でも、二人の泣き声はあまりにか細く、たとえ洩れ聞こえても、猫の鳴き声にしか聞こえないということなのか。それとも――と二人の子どもは互いの顔を見つめ合った。みかん箱と新聞紙、ぼろきれで三重に包まれたこの場所はほの明かるい影になっていて、顔の輪郭も見届けられない。――それとも、この二人はすでに死んでいるのだろうか。生きているときのように泣いているけれど、それは泣いたつもりになっているだけ。震えているつもり。物音を聞き、においを感じているつもり。そうなのかもしれないし、ちがうのかもしれない。

　みかん箱が規則的に揺れ動きはじめた。箱を運ぶひとが再び、歩きはじめたらしい。車の警笛が聞こえる。路面電車のチンチンという音。やがて、湿った土のにおいが、みかん箱のなかに漂ってくる。甘い木のにおい。そして、街のにぎやかな音が消えていく。二人の子どもは乳のにおいの代りに、土と木のにおいを存分に嗅ぎ、腹を充たそうとする。カラスの鳴き声が聞こえた。水鳥の鳴き騒ぐ声も聞こえる。池が近くにあるのかもしれない。耳を澄ますと、みかん箱を運ぶひとが砂利を踏む音も伝わってくる。疲れているひとにとって砂利道は歩きづらい。重い足がますます、重くなっていく。二人の子どもに伝わる砂利を踏む音のリズムが少しずつ遅くなり、履物の底が砂利を引きずる音も混じりはじめる。それにつれて、みかん箱は斜めにかしいだり、運ぶひとが腕の疲れに耐えられなくなって持ち直すのか、たてに大きく揺れたりもした。そのたびに、二人の子どもは狭い箱のなかで、互いの体を押しつぶし、頭や胸をぶつけ合った。

真上から、苦しげな、微かな声がひびいてくる。二人の子どもはその声に聞き入った。溜息、呻く声、あえぐ声、嘆く声、どれともつかないきれぎれの声。女の声のように聞こえるが、はっきりしない。

突然、みかん箱が大きく左右に揺れて、鈍い音とともになにかにぶつかり、そして静かになった。草のにおいが流れこんできた。二人の子どもを上から蔽っていた板が取り除かれ、新聞紙とボロキレも取り払われた。光が直接、射し込んでくる。二人の子どもはまぶしさに体を縮め、うなり声をあげた。でもすぐに、丸い影に涼しく包まれた。人間の女の顔のようだった。乱れた髪が影のまわりで海草のように揺れている。口が緑にひかり、眼も緑にひかり、そこから緑色の水の大きなしずくがつぎつぎに音をたてて落ちてきた。二人の子どもは女の顔を熱心に見つめ返した。これは自分たちの母親なのだろうか。影になっていて、どんな表情を浮かべているのか見届けることができない。髪の毛がうしろから日の光を受けて、ふわふわ舞いながら、きらめいている。眼がまた、緑色にひかる。緑の水滴が落ち、二人の子どもの腕と額を濡らす。女は長く息を吐き出してから急いで、二人の子どもの体をボロキレと新聞紙で蔽い、そしてみかん箱も閉ざしてしまう。

体に慣れた薄暗さが戻ってきて、二人の子どもは体の力を抜き、顔を見合わせた。母親かもしれないあの女はもう、ここから立ち去ったのだろうか。二人の子どもはここに捨てられて、少しずつ死んでいくのだろうか。女は泣いていたのだろうか。どんな悲しみがあったのだろう。二人の子どもを捨てるしかない、と自分ひとりで決めたのだろうか。二人の子どもの代りに、なにを選んで生きつづけようとするのか。二人の子どもの肌はまだ、女の涙で濡れていた。女は今も泣いているのだろうか。それとも、自分の生活がこれからどうなるのか、そればかり考えこんでいるのだろうか。それとも二人の子どもを捨てて、久しぶりの安堵に日の光を浴びながら、にっこり笑っているのだろうか。二人の子どもは女の今までの苦しみを受けとめ、女の代りに、自分たちの眼から水のしずくをこぼした。おしっこも流した。みかん箱のなかが濡れるに従い、だんだん体が冷えていく。寒さと空腹に、二人の子どもは細い泣き声をあげた。それとも、泣いている気がしているだけなのだろうか。とっくに死んでいて、みかん箱のなかには二つの赤ん坊の死体が転がっているだけなのかもしれない。女は二人の子どもに枕を押しつけて、まず殺してから、みかん箱に放りこんだのか。いったい、この世に生まれてから、どのくらい生きさせてもらったのだろう。たった一日？　一週間？　一カ月？　それは女の苦しみの期間でもあった。女はこれから、どこへ行くのだろう。張りつめて痛む乳をこれからも、絞りつづけなければならない。その乳は便所に、台所に流されていく。

　二人の子どもは眼をつむり、互いの体を抱き合った。冷たく、硬い体に変わっている。もう、寒さも感じない。空腹とも縁がなくなった。二人の子どもは心地良い、静かな眠りに落ちていく。犬が来て、その体を食いちぎろうが、カラスに突つかれようが、あるいは体が腐って崩れていこうが、今の二人の子どもにとっては、すでに無意味な出来事でしかなくなっている。

（昭和二十年）

……十二月になつて、養育院《やう》に収容された捨子は男十八名、女十四名、生後十日、二十五日といふのもあり、おつぱいを吸ふ元氣もなく十三人が死亡、現在養育院《やう》にゐる東京都の孤兒《こ》は三百十四名だ

（昭和二十一年）

……一月二日午後二時ごろ足立區長門町常磐線中川鉄橋下で生後七ヶ月ぐらゐの女の嬰兒死体を発見

……一月四日午前九時大森區田園調布二丁目の道路に南京袋に包んだ生後七日死後二、三ヶ月経過した裸の赤坊（男）の死体を遺棄してあつた

……一月十九日午後三時ごろ浅草公園六區電氣館三階喫煙室に生後二十日位の赤い綿入を着せた男の嬰兒が遺棄されてゐた

……一月二十七日午後一時頃淀橋區角筈二の六八共同便所に死後一週間位経過した男の嬰兒死体が遺棄してあつた

……一月二十八日午後二時京橋區築地三ノ一四東京劇場内三階廊下に生後一箇月女の嬰兒が遺棄され、また同日午後五時半上野駅待合室に生後四十日位男の嬰兒が棄てられてあつた

……二月三日夜七時本郷區中根岸四產院前に生後一箇月位の棄子があつた

……二月六日朝浅草公園富士館内座席に生後二十日くらゐの男兒の棄子があつた

……四月十三日朝足立區千住橋戸町七四荒川岸に木綿布、油紙新聞紙でつゝんだ生後一週間位の男の嬰兒死体が漂着、死後十日位を経過

……四月二十一日朝八時ごろ四谷區若葉町三丁目六ノ五都四谷授產所脇の空地で生後間もない男の嬰兒が右背から胸にかけて突き傷をうけ死んでゐた

……四月二十三日朝九時半、世田谷區若林町五四三先下水内から男の嬰兒死体が発見された、他殺の疑ひ濃厚

（昭和二十二年）

……七月、八月と捨て子が目立つてふえた、警視廳への届出は八月になつてから、ほとんど毎日一人ぐらいの割合となつている、この子たちは警察から区役所にわたり、そこで〝下谷ハナ子〟などと仮りの名がつけられて板橋の東京都養育院附属病院育兒室に送られる、八月二十三日現在四十二名（男十二、女三十）の親知らぬ赤ん坊が育てられているが、だいたい生後二ケ月から五ケ月が多い（略）

安野女医の話によるとどの赤ん坊も標準体重の八割に達せずほとんど生活力薄弱という診断が下される、死亡率は五十％に上り、二日に一人ぐらいのワリで死んでいく

11　終わりの日

その日、私たちの頭上には青一色の空が輝いていた。深い青。光に充たされた純粋な青。「青」という色の元はこの色だったのか、と私たちは眼を細めて、その青空に見とれていた。青空という言葉の意味が、その日以来私たちにとって、変化してしまったような気がする。そうではなかったか、と少なくとも私は今でもつぶやきたくなる。

その日、私たちは飯田線の列車に乗っていた。六月のはじめで、すでに夏の強い光が沿線の風景をまばゆく照らしだしていた。汽車ではなかったので、各駅停車の車両の窓は大きく開け放され、温もった風が車内に漂い、私たちの体はハチミツのように溶け、その甘さを感じながらまどろみつづけていた。私たちは始発の辰野から乗ったので、二人並んで坐ることができた。と言っても、二両しかない昼下がりの鈍行列車は空席だらけだった。同じ車両に乗り合わせている乗客たちも初夏の風を受けながら、うたた寝をしていた。それで私たちはその車内では警戒することを忘れ果てていた。

私たちは重い疲れに浸された体を電車の固い座席にだらしなく投げだし、互いにもたれ合ってまどろみつづけた。どんな経路で飯田線に乗ることになったのか、たぶん舞鶴から日本海に沿って東に進みつづけ、直江津辺りで内陸に入ったのだと思うけれど、はっきりしない。行き当たりばったりの「旅行」でいちいち行き先を確認しなければならない義務はなかった。東京を出てから六日、七日と経つうちには、列車を乗り継ぐこと自体が私たちの目的になってしまい、それがどこへ向かう列車なのか、どこを通るのか、次第に無関心になっていた。ぼんやり列車に身をまかせているだけで、充分大切な義務を果たしている気分になり、私は不安も感じなくなっていた。疲れが一日一日重く体に沈み、眼を動かすことすら面倒になってもいた。ふとんのなかで寝られない日々。お風呂にも結局、入れないままで、着替えももちろん、できないままだった。十日間にも充たない日数だったのだから、たいしたことではないはずなのに、それでも当時、十二歳の私にはそうした疲労を跳ね返せる体力がなかった。

でも、十七歳の「みつお」はどうだったのだろう。「みつお」は決して、丈夫なほうではなかったし、大雑把な性格でもなかった。「みつお」に比べれば、私のほうがよほどのんきで、というか、動物的な強さを持っていたということなのだろう。「みつお」のほうは私とちがって、体の抵抗力も持っていたような気もする。私はまだほんの子どもだったから、それだけ鈍感と日が経つにつれ、体が弱り、それとともに、不安をつのらせていたにちがいない。飯田線に乗りつづけていれば、やがて豊橋にたどり着く。そこから、どこへ向かうのか、「みつお」も考えてはいなかった。むしろ、飯田線のどこかで列車をおり、そこでささやかに二人で生きていけたらいいな、となかば冗談で、「みつお」は私に話していたのだった。現実的ではない話だとわかっていても気持が弾み、私も笑いながら、そうしようよ、と答えたのだった。ものは試しだもん、大丈夫、きっと旅芸人になれるよ、でもそれなら観光地のほうがいいね、観光客は気前がいいはずだから。

だったら、天竜峡という駅でおりてみようか、と「みつお」はつぶやいた。「天竜舟下り」って、おれも聞いたことがあるから、よっぽど有名なところなんじゃないか。

辰野で私たちは、観光ポスターを見かけていた。それでかなりのあいだ、飯田線とは天竜川に沿って南下する鉄道だと知らされていた。駒ヶ岳という山の名前もおぼえた。でも、中央アルプスを車内から一望できる、ということまでは知らずにいた。

天竜峡ってところにはサルがいっぱいいるんじゃないの、と私ははしゃいで「みつお」に言った。そしたらサルを一匹つかまえて、芸を仕込んで、仲間にしようよ。

そんなこと、できるわけねえだろ、と「みつお」は急に不機嫌になって、私を叱りつけるように言った。それに、おれはサルなんか、大きらいなんだ。

そして、「みつお」はむずかしい顔で黙りこんでしまった。私も口をつぐんだ。先の日々への不安が急に「みつお」のなかでよみがえり、旅芸人などという子どもっぽい空想がわずらわしいものでしかなくなってしまったらしい。どこかでひっそりと二人で生きていきたい、といくら望んでみても、十七歳の「みつお」の常識がその実現はほとんど不可能に近いと教えていた。どうしたらいいんだろう。「みつお」は途方に暮れていた。私がその不安に無頓着なままなのが、腹立たしくなる。山の奥の奥に隠れれば、いつまでも見つからずにすむものなのか。山深くに捨てられた死体だって、なにかの拍子に必ず見つかる。日本は狭くて、人が多いのだ。それに山のなかでどうやって生きのびることができるのか。四歳で墓地にいたころだって、父親と街に出ては、なにかを食べていた。動物をつかまえ、木の実を食べる。そんな食生活に二人の体が耐えられるわけがない。あるいは、外国に逃げればいいのか。でも、これも成功する可能性はほとんどない。日本は島国だから、ヒットラーから逃げるためにスイスとの国境を夜、走り抜けたというユダヤ人たちのようなわけにはいかない。あるいはガンディを慕ってフランスからインドまではるばる歩いて行く、お話のレミとカピのようなわけにもいかないのだ。

「みつお」はもしかしたら、私の気づかないうちに、新聞を見ていたのかもしれない。そのころ、行方不明になった私のことが大きく報じられていたのだった。「謎の行方」、「またしても少女の誘拐か?」というような、安っぽく大仰な決まり文句が、大きく見出しとして印刷されているのを、ずいぶんあとになってから、私ははじめて見た。思わず吹きだし、それから体が震えた。はじめて、岩の重さのようなものとして、恐怖を直接に感じさせられた。そのころは、誘拐犯を刺激しないように報道は見合わせるという配慮はない時代だった。もちろん私の感じた恐怖は、「みつお」が今後の人生でさらされつづけるにちがいない、世のなかに溢れる「サルたち」の氷のような眼に対する恐怖だった。その眼が私の体にも鋭く突き刺さってきた。特徴のない私の顔が新聞に載っているのを、「みつお」は知っていたのだろうか。

その日、空は気持よく晴れあがり、草木がかがやき、太陽に熱せられた葉から、土から、水気を含んだにおいが立ちあがっていた。朝から気温がみるみるあがり、昼ごろには汗ばむ暑さになった。私たちの体からもにおいが立ちのぼり、頭から全身がかゆくなった。野球帽をかぶっていられなくなり、私は時おり、頭を乱暴にかきむしっては、自分の指のにおいを嗅いだ。その爪には、黒い汚れがこびりついていた。「みつお」の汚なさも私と似たようなものだったから、恥かしい思いはなかった。むしろ、次第に同じにおいになっていくことで、自分の安全が守られるような気がしていた。

その朝、辰野で私たちは朝御飯を食べた。なにを食べたのだったろう。いつも同じような食堂で変わりばえのしないものを食べていたので、そのころの食事になると、いつ、なにを食べたのか、区別がつかなくなっている。中華そば、つまりラーメン、ライスカレー、定食、駅弁、そう言えば、オムライスをどこかで食べさせてもらった。でも、辰野ではなかったような気がする。飯田線では、どの駅も弁当を売っていなかった。昼前に辰野から電車に乗り、途中でおなかが空いたら、適当な駅でおりて、食堂を探すつもりでいた。なにひとつ決まりのない毎日をつづけるうちに、食事の時間も回数もいい加減になっていた。それでなんの不都合もないとわかると、気が楽になり、かえって食欲が出た。

窓の外では、なにもかもがまぶしく光っていた。空の青が容赦なく輝きわたり、木々の緑と川の水がひかり、土の道ですら鋭くひかっていた。家の屋根、小さな田んぼの水がひかり、白いチョウもひかっていた。あちこちでツツジが咲き、黄色い花、赤い花が気まぐれに群れていた。珍しい極彩色の鳥は見えなかったけれど、ゾウも、ニシキヘビももちろん見かけなかったけれど、なんの不満もなく、私はこの沿線の眺めに見とれていた。そして、私たちにとっては思いがけず、空の深い青のなかに、中央アルプスの峰々が光のかたまりのように現われたのだった。頂上にはまだ雪が残っていて、山の斜面を縁取っていた。その雪の白が空の青と山影の青をまぶしく切り裂いていた。山の裾に向かって、青い色は少しずつ緑に移り変わり、手前の低い山々の緑の濃淡に引きつがれていく。

――見て！　すごい山！　あそこには、アケーラみたいなオオカミがいるのかもしれない。

私が興奮して叫ぶと、「みつお」も窓から顔を突きだして、低い声で言った。

――ふうん……、すげえな。どうしてああいう山は、神さまって言葉を連想させるんだろう。この世のすべての答があそこにあるっていう風に見える。おれがなぜ生きているのかって答も……。

――ほら、山が追っかけてくる！　逃がすもんかって、怒ってる。

ふざけて私が言うと、「みつお」は椅子に坐り直して、つぶやいた。

――つまんねえこと、言うな。せっかくの感動が台なしになる。

私もそう思ったので頷き返し、アケーラが駆け巡る姿を思い浮かべながら、青空にそそり立つ山々をながめつづけた。

その山並み、中央アルプスの山々は、三十分ほど、車窓から見えたのだったろうか。雪を持つ峰が見えなくなっても、もっと低い山はつづく。反対側の窓にも、雪をひからせる青い山影が見えた。中央アルプスと南アルプスの山々に挟まれた線路なのだった。やがて山が遠くなると、青緑色の川が線路に寄り添い、川面の光を車両のなかにまで差し込ませはじめた。その光をながめるうちに眠気に誘われ、再び、うたた寝をはじめた。「みつお」の肩に頭を乗せて、軽く眼をつむる。「みつお」の肩の骨にすっかり、私の頭はなじみ、「みつお」のにおいも嗅ぎ慣れていた。不潔なにおいとは別の、枯葉のような、雨の日の草むらのようなにおい。はじめから、「みつお」の服に浸みついていたにおいだった。同じように、「みつお」は私のにおいに親しんでいたのだろうか。ほんの子どもだった私には体のにおいなど、まだなにもなかったのかもしれない。十二歳の私は一体、「みつお」から逃げだそうと思いつきもしなかったのだろうか。私がおぼえているのは、置き去りにされることへの怯えと、ここまで来てしまったら、もう元の生活には戻れないというあきらめ、そして、自分自身の責任のようなものを感じていたことだけで、この世界で私のほかにはよりどころを持たない「みつお」をむしろ、私が支えつづけるしかないとさえ、思いはじめていた。そんな無謀な自尊心が、つまり世間知らずの子どもだったということになるのだろう。かつて、知的障害を持つ兄を生涯にわたって、私が「妻」のように、「母」のように守りつづけようと勝手に決意していたのと変わらない幼い責任感で、自分と「みつお」の二人に逃げ道を与えようとしていた。

ハチミツのようなまどろみのなかで、私は出まかせの鼻歌をうたいだした。それは中学校で習ったばかりの聖歌のようでもあったし、小学校のころに習った「夏は来ぬ」とか、「すみれの花咲くころ」とか、そんな歌の節のようでもあった。両耳をふさいで自分の鼻歌を聞くと、甘美な笛の音色に聞こえ、うっとり自分で聞き入っていた時期があった。でたらめな節をつづけていると、いくらでも美しい曲が生まれてくる。でも、鼻歌ほどいやなものはない、やめなさい、二度と鼻歌をうたってはいけません、と母親にあるとき、叫ぶような声で叱りつけられ、それ以来、鼻歌の喜びは私から遠ざかってしまっていた。

そう言えば、近所の空地で水色のガラスの破片を拾ったことがあった。なんの破片なのかわからない。厚みがあり、表面がザラザラして、水色がそのため、白く煙って見えた。その色、感触に、私は心を奪われた。〈雪の女王〉の氷の宮殿のカケラのようだ、と子どもっぽく思ったりもした。

そんなささいなことを、今、思い出さずにいられない。もちろん、いつの間にか、それは私の手もとから消え失せてしまった。ただの破片だったのだから、どこかへ捨ててしまったのだろう。それでも、白く煙った水色とその感触を思い出すと今でも、そこからなにかがはじまりそうな淡いときめきを感じさせられる。

眼がさめるたびに、「アケーラ」あるいは「レミ」と名乗る「みつお」が必ず、そばにいてくれた。そんな目醒《めざ》めの喜びも、今、思い出す。朝、起きると、これから長い一日がはじまると思い、落胆し、悲しくなる。そんな朝をくり返していた。朝になったら起きなければならないという、逃がれようのない義務に溜息をつく子どもだった。「みつお」と旅に出てから、その落胆を私は忘れ去っていた。

出まかせの鼻歌に伴ない、まぶたに映る川面の光が形を変え、走り過ぎていく。

そして突然、ハチミツのまどろみのなかにいた私はだれかの乱暴な腕に抱きあげられたのだった。

警察だ！　このヤロー、とんでもねえヤローだ、という男たちのどなり声も私たちを襲ってきた。ゆきちゃんだね、どこにもケガはないね、よかった、もう安心だ、というささやき声が同時に、私の耳をくすぐっていた。必死にもがきながら、私は「みつお」に眼を向けた。「みつお」は人相の悪い、黒々とした服の男たちに押さえつけられ、両手に手錠をかけられ、そして血の気の引いた白い顔で私を見つめていた。「みつお」の大きな眼が青くひかっていた。そのとき、「みつお」はなにか言ったのだろうか。私はなにか叫んだのだったろうか。「みつお」の名前を呼び、なにすんの、やめて！　放して！　と抵抗したのだろうか。たぶん、私も「みつお」もなにも言えずに、ただ互いに見つめ合い、そして私が泣きはじめただけだったにちがいない。二人で秘かに怖れつづけていたことが、ついに起きてしまった、ととっさに私は理解し、突然の「みつお」との別れに、体がこなごなになる絶望を感じていた。これで二度と「みつお」と会えなくなる。それは死別と変わらない絶望だった。男たちの手で、「みつお」は座席から引き起こされ、私を振り向きながら、電車の通路を乱暴に小突かれ、蹴飛ばされ、どなられながら立ち去っていった。「みつお」の顔には涙はなかった。恐怖しか、そこにはなかった。「みつお」の青くひかる眼が、オオカミの眼を連想させた。それが、私の見た「みつお」の最後の顔だった。

電車は「みつお」の逮捕のためなのか、駅に停車しつづけていた。私もだれかに抱かれたまま、「みつお」とは別の乗降口からおろされた。泣きじゃくりながら、私はプラットフォームに「みつお」の姿を探した。どこに私の「みつお」を隠してしまったのか、その姿は見えなかった。駅前で待ち受けていたパトカーに、早々と乗せられたのだろうか。いやなにおいのするだれかの腕のなかでもがき、声をあげて泣きつづけていた私も、まるで悪者にさらわれるように、駅前に用意されていた乗用車にむりやり押しこめられ、そのまま私服の刑事と婦人警官のあいだにはさまれて、豊橋まで運ばれたのだった。パトカーのサイレンの音が、遠くに聞こえていた。「みつお」を運ぶパトカーの音だったのだろうか。私のほうは、サイレンを鳴らさず、普通の速度で、田舎の狭い道を走っていた。相変わらず、まばゆい光に外の世界は充たされ輝いていた。「みつお」から教わった「われら、ひとつの血」だとか、「掟を守る者には良い獲物」とか、「ジャングルの掟」も、「レミ」と「カピ」も、ガンディもどこに消えていくことになるんだろう、と私は途方に暮れていた。「ジャングルの掟」を失なったあと、いったい、どんな時間がこれから流れつづけるというのだろう。「みつお」もわたしも、これでまた互いにひとりぼっちになってしまった。

私たちを飯田線で見かけた地元の乗客が、新聞の顔写真と私の顔がそっくりなのに気がつき、早速、車掌に連絡をし、車掌は最寄りの駅の駅員にその旨を伝え、駅員が警察に通報した。まず地元の警官たちが、遅れて豊橋から駆けつけた刑事たちが私たちの乗っていた車両を囲み、何人かは通路をそれとなく通り、私たちが「本物」であるかどうかを確かめた。それから私たちを捕まえる駅を指定し、パトカーを配備して、その駅に列車が止まったとたん、私たちに刑事たちが襲いかかってきた。そんな成行きだったらしい。とよかわ、という駅だった。私たちはそんな動きを一切、なにも感じず、山の姿に見とれ、心地よくまどろんでいた。それと知らず、すでに見張られていたその時間に、私はその後、長いあいだ怯えつづけずにいられなかった。本当の危険を、私たちは知ることができない。

豊橋の警察署で簡単な事情聴取を受けた。私は誘拐されたわけじゃない、私が「みつお」に勝手に従いて行ったのだ、とそれだけは「みつお」のためにはっきりと主張しつづけた。でも、本格的な事情聴取は東京でしますから、と受け流されてしまった。それから、所持品として私の上着と野球帽、布袋を渡された。そう言えば、突然、飯田線のなかで抱きあげられたとき、上着と帽子と布袋は座席に置いたままになっていたのだ。袋のなかを確認してほしいと言われ、汚れたタオルや湿った巻紙、歯ブラシ、ブリキのコップ、ドロップの缶などを見届けた。「みつお」が大切にしていた新聞の切り抜きを貼りつけた紙ばさみも、そこにあった。いつの間に、私の布袋に移し入れられたのだろう。わざと「みつお」が私に託したのか、それともただのまちがいなのか。でも私はそれをもらっておくことにした。「みつお」はたぶん、文句を言わないだろう。その紙ばさみを開いてみた。例の、墓地と私の父親の写真が載っている新聞記事が台紙に貼りつけてあるほかに、二十枚ほどの新聞の切り抜きが事務封筒に入れてあった。どれも、「みつお」が墓地にいたころ、つまり私が赤ん坊だったころ、そして私の父親が死んだころの事件を扱った新聞記事だった。これも図書館の縮刷版から勝手に切り取ったにちがいない。これじゃ図書館の縮刷版が穴だらけになっているだろう、と私はそのときだけ、笑いだしたくなった。捨て子の記事や、一家心中、野犬、コレラの記事。それは言わば、「みつお」のもうひとつの世界、サルたちの「冷たい寝床」の入り口だった。

所持品を確認すると、私は婦人警官に伴なわれて、市内の病院に運ばれた。警察署のどこかに「みつお」もいたはずだったのに、その気配すら私にはわからないままだった。私がいくら「みつお」を犯人扱いしないでくれ、と頼んでも、私は「保護」され、「みつお」は「逮捕」されたという扱いを変えることはできなかった。そして、その違いの大きさは、十二歳の私にもよくわかっていた。その違いを前にして、「みつお」と会わせてほしいといくら頼んでも、あるいは「みつお」の名前を大声で呼んでも、なにひとつ意味がない、という現実も理解していた。それで、私は「みつお」に会いたいと泣き騒ぐこともなく、まわりの指示に従いつづけた。悲嘆の思いがそれだけ、体の底に凍りついていていた。

病気でもないのに、病院でベッドに寝かされ、診察を受けた。服を脱がされ、看護婦たちが体を拭いてくれた。白い寝巻を着て横になったら、体が重い石になったような眠気に襲われた。

私は深い眠りに落ちた。久しぶりの寝床らしい寝床だった。

そして眼がさめると、うんざりするほど見慣れた母親の顔が真先に眼に入ってきた。母親は私の顔を熱心に見つめていた。私はあわてて、また眼を閉じた。母親はそんな私をさらに、注意深く見つめつづけている。そのときから私は再び、母親の時間のなかに連れ戻されたのだった。

東京に帰ったのは、それから二日ほど経ってからだったろうか。はっきり思い出せなくなっている。私はただ眠りつづけ、食べつづけていた。そんな気がする。頭でなにかを考えるということができなくなり、なにも感じられなくなっていた。神隠しにあった子どもと似たようなものだったのだろう。東京では警察の取調べもかなり行なわれたはずなのに、それもおぼえていない。「みつお」とどんな時間を過ごしていたのか、まわりに理解させる言葉を十二歳の私は持ち合わせてはいなかった。「みつお」はなにも悪いことをしていません、勝手に従いていった私にとても親切にしてくれました、お金も全部、「みつお」が払ってくれました、なにひとつこわい目にもあっていません、とそれでも私は「みつお」のために、この程度の弁護はしたのだったろうか。私がただひとつだけおぼえているのは、事情聴取の刑事がサルそっくりな顔で笑いながら、「みつお」って、あいつは自分のことを呼ばせていたの？　あいつは「みつお」なんて名前じゃないよ、と私に告げたことで、思わず、じゃ、「アケーラ」、それとも「レミ」が本当の名前だったんですか、とうっかり問い返しそうになるほど、私はびっくりし、途方に暮れた。なぜ、「にしだみつお」というにせの名前まで作りあげて、「みつお」は自分を隠さなければならなかったのだろう。私自身の「ゆき子」という名前すら、にせの名前だったのかもしれないと疑いたくなった。私に与えられた「モーグリ」という名前、「カピ」という名前も、「アケーラ」と「レミ」から嘲笑われている気がした。「みつお」を、私は「みつお」とは呼べなくなった。「あのひと」としか言えなくなったことに、腹が立った。私は「すぎゆき子」という名前をこうして引き受けさせられ、「すぎゆき子」として生きていかなければならないというのに。警察をはじめとする「人間の巣」があのひとに押しつけたがっていた罪は、もちろん、あのひとにはない。私の母親もそのように主張したので、「人間の巣」を騒がせた責任を問われただけで、あのひとは結局のところ、放免された。でも、「人間の巣」で生きるための名前をついに隠したままだったという罪は私に対してはある、と恨みがましく思いつづけた。古い新聞記事に書かれている「墓地に住みついていた浮浪者の父と子」の、名無しの「子」のまま、あのひとは私のかたわらを静々と通り過ぎただけだったのだ。顔をうつむけ、背中を丸めて歩く父親と、ハダカのまっくろな四歳の男の子が水面をすべるように遠ざかっていく。

東京に戻った私は、相変わらず布袋を肩からぶら下げ、母親が持参したワンピースを身につけていた。あのひとの買ってくれた服は豊橋のゴミにされてしまったらしい。母親と婦人警官、そして刑事もふたり、東京に同行した。豊橋から乗った特急列車の二等車は、それまでの鈍行とはちがって、清潔で、速くて、乗り物酔いをしそうだった。東京駅からまっすぐ車で、桜田門の警視庁へ行き、事情聴取の第一回めが行なわれ、夕方、ようやく解放されて、私と母親はタクシーに乗った。市ヶ谷を通って、私の通学していた学校に立ち寄った。学校への挨拶など、つぎの日でもかまわないようなものだったのに、几帳面な母親はその日のうちに、面倒な挨拶を終わらせてしまいたかったらしい。校長と担任の修道尼が私を見て、涙を流した。入学したばかりの私のことなど、まだよく知りもしないだろうに、と私のほうがとまどい、校長たちを見つめていた。ほかの先生たちも、まだ学校に残っていたわずかな生徒たちも、まわりに集まってきた。校庭も、校舎も見おぼえはあったけれど、本当にこの学校の生徒だったっけ、と妙な気分で私は立ちつくしていた。母親は何度も頭を下げ、きょうのところはとりあえずのご挨拶ということで、と言いながら、私の手を引張り学校を離れた。

校門の前で待たせておいたタクシーに乗り、今度は新宿に向かった。母親のつとめている高校がそこにあった。勤め先への挨拶もぜひとも必要だった。教師なのに、その子どもが新聞沙汰になって、何日も学校を休まなければならなかったのだ。人通りの多い、色とりどりな看板がにぎやかな道を通ったかと思うと、人の姿の見えない静かな細い道に入る。六時に近い時間になっているのに、まだ夕方の明かるさにどの道も照らしだされていた。

その日、お昼を食べそこなっていたので、私はおなかが空いていた。母親だって同じだったろう。二人きりになっても、母親は私になにも話しかけなかった。〈家なき子〉の母親のように私を抱きしめ、頬ずりをするなどという真似もしなかった。もともと瘠せていた母親の眼もとや頬がさらにくぼみ、顔色もわるくなっているように見えたけれど、私のほうから、そのことを母親に言うわけにもいかなかった。母親の味わいつづけていた不安、恐怖、悲嘆がどのようなものだったか、私には想像しにくかったし、今、手もとに戻ってきた私に対する母親の怒り、恨み、憎悪に触れてしまうのもおそろしかった。でも、とにかく親であり、子ではあるのだった。よけいな気づかいで、見当のはずれた言葉をむりに口にする必要はない。母親と私はそれで互いに遠慮をせずに、自分自身の疲労と混乱のなかに身を沈めていた。そのようにして、私と母親は以前の時間を取り戻しはじめてもいたのだ。

母親の勤め先の公立高校は共学なので、男の先生ばかりが目立った。夜間の生徒たちがゲタ箱の前を走り過ぎていった。昼間の生徒は、もう残ってはいない。廊下に電球がひかり、壁が汚れていた。母親の勤め先を見るのは、そのときがはじめてだった。男の先生の多い教員室から校長室へ行き、このたびはご迷惑をおかけしまして、とひとつおぼえのように母親はくり返し言い、頭を下げた。ここでは、私を見てだれも涙を流さなかったし、先生たちも集まってはこなかった。明日は土曜なので、もう一日休ませてもらい、月曜から出勤しますと母親が言い、それで挨拶は終わった。曜日というものもずっと忘れていた、と私はそのとき気がつかされた。母親と私が校舎を出るときに、夜間部の始業のチャイムが鳴りはじめた。

タクシーにまた、乗りこんだ。ようやく、日が暮れかかっていた。空の赤い色が地上をほの赤く染めていた。飯田線に乗ったあの日の青空をふと思い出した。山形に咲いていた黄色いラッパ水仙。どこか別の場所に咲いていた白い花。山の姿。……夢を思い出すようなあやふやな思い出し方しか、もうできなくなっている。でも今だって、夢と言えば夢のなかにいるようにしか思えない。どっちも夢。でもそうしたら、あの夢この夢を見る私はどこにいて、なにをしているというのだろう。——わからん、わからん、わからんぽん、あんぽんたんのとんちんかん、つんつるてんの知らんぽん！——どこかにいる私の声が耳の奥にひびいた。すると、「アケーラ」、そして「レミ」の気配がよみがえり、同時に、兄の気配も迫ってきて、息が苦しくなり、布袋を胸に抱きしめた。

人の群れに囲まれて、タクシーが動けなくなっていた。新宿駅に近い、幅の広い通りだった。なにか特別なことが起きたというわけではなく、その街を行き交う人の数がやたらに多いだけのことだった。一日の仕事や勉強が終わってから、お酒を飲み、料理を楽しみ、映画、芝居を見る場所が、そこには集中している。夜の遅い時間になれば、男たちを刺激するけばけばしい風俗店やカジノの店などがにぎわいはじめる。でも、今の時間は、「アケーラ」＝「レミ」と同じぐらいの若い人が多く行き交っている。黒い髪の人は少なく、金色や、白、青、赤、いろいろな色彩の髪の毛が水銀灯とネオンの光を受けてひかっていた。銀色のブレスレットをつけた男の腕がタクシーの窓ガラスにぶつかった。投げやりに騒ぎたてているようにしか聞こえない英語の歌声が、タクシーに降り注いできた。どこからかドラムの音もひびいてくる。安売りの店で客を呼ぶ男のわめき声もタクシーのまわりに波打っていた。

タクシーは少しも前に進めなかった。母親は溜息をつき、タクシーをそこでおり、山手線で家に帰ることに決めた。布袋を抱いた私のほうが先にタクシーからおり、母親が遅れて外に出た。そして、歩きはじめた。この時間、駅に向かう人よりも、駅からこの歌舞伎町をめざす人のほうが圧倒的に多い。母親と私は人の群れにさからって歩く形になり、二、三歩、前に進むと立ち止まり、横に向きを変えて押し戻され、また立ち止まらなければならなかった。さまざまな色の髪の毛が押し寄せてくる。日本人なのかどうかもわからない。ときどき、とんでもなく体の大きな男が現われる。眼の色、肌の色のちがう人たちが通る。そして、聞いたことのない不思議な言葉を投げつけてくる。中国語。タイ語。韓国語。英語。ベトナム語。もちろん、日本語も聞こえてくる。カメラを首にぶら下げた白人の観光客たちも通る。眼のまわりがまぶしくひかり、唇、耳たぶがひかる若い女たち。だぶだぶのズボンをはいている猫背の青年たち。みんな足を引き摺《ず》って歩き、細い体が曲がっている。水着のように短かいスカート。かと思うと、かかとも隠す長いスカート。さまざまな文字の書かれたTシャツ。お化粧のせいか、どの人も同じ顔にしか見えない。頭上の巨大なスクリーンでは、南北朝鮮の両首脳が握手をしている。別のスクリーンでは、北海道の火山が噴煙をあげている。その下を、大きな口を開けて笑う人たちが歩いていく。くすくす笑う人、うたう人、わめく人も歩いていく。どの人も揺れている。細い体が震え、軋んでいる。泣き声も聞こえる。女の泣き声。赤ん坊の泣き声。路上に捨てられた赤ん坊が泣いている。男たちの耳にイヤリングが揺れる。化粧の濃い女たちは人形のように見える。白い唇。黒い唇。青い唇。ポックリのような底の厚いサンダルや、かかとの高いつっかけをはいている。スニーカーをはいている人も多い。スカートを極端に短かくした制服姿の高校生もいる。頭に電線のようなものを巻きつけている人。ぴかぴかひかる小さな携帯電話を耳に押しつけて、一人で話をしている人たち。どの体も揺れ、ゼリーのように震え、溶けかかっている。輪郭がはっきりしない。赤ん坊が泣いている。巨大なスクリーンでは南北朝鮮の両首脳の笑顔が大写しになる。オオカミの声が聞こえてくる。ジャングルにひびきわたるオオカミの「死の歌」。ニシキヘビがそっと通り抜けていく。「冷たい寝床」のサルたちの吠え声が渦を巻く。ゾウに乗ったガンディと悲しみに青く凍りついた白鳥号が空をゆっくりと流れていく。穴だらけの毛布を引きずった小さなハダカの子どもとその父親の黒い影がひそかにビルの裏に消えていく。

茶色にかすんだ夜空に、赤く見える月が浮かんでいた。揺れ動く人たちの口が開いた。どの顔も笑っているように見えた。赤い月までが笑っていた。

昭和二十一年九月二十三日

木々高太郎氏の談

……潔子ちゃんが京都でお金を受けとると「ちよつと待つてね」と姿を消し、樋口《ひ》に渡して帰つてきたあと「あの人は」ときかれると「大へんいゝお兄さんだから、お母さん捕へたりしてはいやヨ」といった、と警視廳《けいしちやう》の友人から私は聞いた

誘拐されるのが十二から十四五の少女である場合、男にかういつた親しさといふか、慣れといふか、さういつた間柄になるのが普通だ、潔子さんとお母さんの話でみると、樋口と二人で十分打合せてきてをり、樋口が潔子ちゃんをすつかり手なづけてゐたことが想像される、潔子ちやんに訊ねても半年からの消息がつかめるかどうか疑問だ〝判らない〟といへばそれですむ年だからである……

潔子さんの兄さんの話

……東京駅に迎へにいつた僕はあの子が以前より色も黒く元氣でゐる顏を見て安心した／以前の腺《せん》病質の身体が半年の放浪《らう》生活から強くなり、なんでも仕事が出來るといふ自信を持つたらしい、家の手傳ひをしたいと、しきりにいひます、なにかその期間《き》、日記ともいへないだらうが日々のメモを書いたらしい、それはいま家にないが父は讀んだといつた「自分より下の者に悪い言葉をつかつてはいけないと思つた」とか「家に帰つたらお掃《さう》除を自分ひとりでする」とかいふ反省の言葉だつたさうだ

ひどい生活の底の中で、鍛へられつゝ自分の小さい生を正しく見守り生き抜かうとしたのかと僕は涙が出た、いま出てゐるお月様は誰でも同じやうに照すのだといふ和歌も一首あつたさうだ……

昭和二十一年九月二十八日

誘惑される少女の心理　式場隆三郎

……誘拐《いうかい》された少女たちにしても、まだはつきりした性の目覺めはないが、その前駆《く》的現象《しやう》としての異《い》性への牽《けん》引は、すでに感じつつあつた。お兄さんとよんで慕《した》つたといふ潔子ちやんの愛慕《ぼ》心理は、いくぶん住友邦《くに》子さんにもあつたと思へる。だから眞の異《い》性への愛に目覺めるまへの兄や從兄などへの愛情のやうなものに、ひかされたことは事實である。家庭の社會的教育の不足は指摘《てき》されるが、それに加へてあの年ごろの少女たちの未《み》知な世界への冒險的な興味が、知らぬ男にも近づき、一緒《しよ》に旅をしても恐怖《ふ》しない勇氣をもたせたとみてよい。

……まだ本當の世界を知らぬ少女たちは、樋《ひ》口によつて女の生活をのぞかせられ、社會見學をさせてもらつて、ある種の驚異《い》と樂しさを感じたであらう。邦子さんの場合は同棲の期間が足りなかつたが潔子ちやんはすつかり世帶じみて、世話女房的にさせてしまつたといふのもこの樋口の馴育によるものである。そこで彼はもう少し金でもできたら、潔子ちやんを女房にしようとさへ思つてゐたといふ。

樋口の誘拐《いうかい》にしても、小平の殺《さつ》人にしても少女や若い女達がなぜあんな犯罪《はんざい》者にやすやすと引つかかつたかを世間は不思議がるが、彼らの手口が物やさしく、女の好奇《き》心をわかす心理をたくみにつかつたことを考へれば當然《ぜん》なのである。金澤で撮つた樋《ひ》口と潔子さんの記念寫《しや》眞をみても、まるで仲のよい兄妹の樂しい旅行の一ときといふ感じだ。在來の人さらひのやうな脅迫《けふはく》をしないで、靜かな物ごしで少女を怖がらせないでつれ出したところに今度の犯罪《はんざい》の特徴《ちやう》があり、單純《たんじゆん》で素《す》直な幼いものの誘惑《いうわく》におちた動機がひそむ。小平はサディストであつた。しかし樋《ひ》口は少女と苦勞《らう》をともにして樂しむ傾向をもち、性格《かく》にはむしろマゾヒスト的要素《そ》を含《ふく》んでゐる。

犬と塀について

どの町だったか、小さな公園があって、その一隅に独立した塀が建てられていた。レンガ塀だった気がするけれど、コンクリートの塀だったのかもしれない。なにかの記念碑なのかと思い、正面に立ってみると、塀の真ん中に奇妙な形の穴が空いている。すぐには、なんの形なのかわからない。でもやがて、それがひとりの人間の形だと気がつく。ひとりの人間が両腕を前後に振って、大きく足も開いて、駆け抜けようとする姿。なぜ、こんな冗談のようなものがあるのか、と首をかしげながらも、くすくす笑いたくなる。

おもしろいものがあったんだけど、あれはなんだったのかな。あとになって、友人に聞いたら、すぐに教えてくれた。塀だか、壁だかをするりと抜けたという男が出てくる小説があって、それをアートとして作ったものらしいわよ。男がどうして、そんなことをしたのかって？　さあね、小説を読んでみればわかるでしょ。わたしは読んだことがないし、タイトルもわからない。

それを聞いてすぐに、母の飼っていたペリーに思いが及んだ。そうだ、ペリーも塀を抜けて、母と出会ったにちがいない。

娘が家を出たあと、ひとり暮らしになった母が、いつの間にか犬を飼いはじめていた。それが、ペリーだった。母が言うには、ふらりとどこからか庭に入ってきたので、どうせ飼い主のいない野良犬だろうと思い、飼うことにした、とのことだったけれど、むかしの隙間だらけだった板塀とちがって、ひどく閉鎖的な万年塀に家は囲まれていて、穴はどこにも空いてない。不用心だから門も開けっ放しにしたりしない。その扉は地面ぎりぎりなので、扉の下から犬が忍び込める可能性もなかった。つまり、ふらりと野良犬が外から家の敷地に入ってくるということは、考えてみればほとんど起こり得ないのだった。そもそも、飼い主のいない野良犬なるものが町をうろつくという時代ではなくなっていた。母はどこか外出先でその犬を拾ってきたのだろうか。でも、すでに成犬になっていた犬を、どこで、どのように手に入れることができたというのだろう。

母はその犬にペリーという名前をつけ、ペリーのほうも、娘が気がついたときにはすでに、以前の犬のものだった古い犬小屋に落ち着き払って住みついていた。エサと水それぞれ用のブリキの皿も、首輪と鎖まで、以前の犬が使っていたものだった。

――ペリーって、ひょっとして黒船のペリー提督の名前?

娘が聞くと、母は面倒くさそうにうなずいた。それがどうした、という顔だった。犬の名前などに気をつかう母ではなく、それなのにどういうわけか、犬には西洋風の名前をつけなければと思っていて、以前の犬はルイだったし、その前はジャック、さらにその前は、ミッキーだった。だからペリーという名前もたまたま思いついただけで、母にとってはなんの意味もない。けれど、そのペリーはある日とつぜん、ひとり暮らしの母の生活に加わることになった。そしてそのまま、ペリーはかなり長生きして、母に寄り添いつづけた。

母はペリーをかわいがっているそぶりは見せなかったし、話題にもしなかった。それでも日々エサをやりつづけ、夜はペリーの運動と防犯も兼ねて、首輪から鎖をはずし、塀のなかを自由に走りまわらせていたのだから、やはりペリーを母は大事にし、ペリーもそれなりの信頼を母に寄せていたと言えるのだろうか。自分から家を離れた娘は、ペリーと母のつながりにねたみのような、わがままな感情を抱いていたのかもしれない。母の家を訪ねても、犬小屋につながれているペリーに近づき、頭を撫でるようなことは一度もしたことがなく、ペリーも娘には知らんふりだった。中型の黒い雑種で、それ以上の特徴はとくになかった。吠え声がうるさい、と思ったこともなかったので、もともと性格がおとなしい犬だったのだろう。

自分の知らないうちに、母が一匹の犬を飼いはじめた、そのことが、娘にざらざらした感覚を与えつづけていた。どこから来たのかわからない犬は、いつか、どこかに消えていく、とひどく勝手に決めつけていたけれど、ペリーは一向に消えてくれず、いつ生まれたのかもわからない犬なので正確な年齢はわからないものの、いずれにしてもかなりの老齢になり、寿命が尽きるまで生きつづけた。

あるとき、母を訪ねたら、犬小屋にペリーの姿が見えなかった。

――ペリー、どうしたの？

四十歳を過ぎた娘は母に聞いた。答はもうわかっていた。

――ちょっと前に、死んだ。

母は悲しそうな顔を見せず、簡単に答え、娘もそれ以上のことは聞かなかった。たとえば、ペリーの死体の処理のことも聞かなかった。母は保健所に連絡して、死体を渡したのかもしれない。自分ひとりで庭に穴を掘って、ペリーをそこに埋めるという力はもう、年老いて、とっくに仕事も辞めた母にはなかっただろうから。

ペリーが死んだあとになって、勝手口の埃だらけの棚に残されたドッグフードの袋や首輪と鎖、庭の隅の犬小屋を見るたび、娘はペリーの存在をむしろ強く感じさせられ、同時に、早くあの犬小屋とか首輪を処分すればいいのに、と苛立った。それでもさすがに母を差し置いて、自分が手を出し、処分してしまうことまではできなかった。ペリーがいなくなったことを深く悲しんでいるから、母はわざと首輪や犬小屋を残しているとも思えたし、ただ忘れているだけとも思え、娘には判断がつかなかった。

母がペリーと過ごしたその家に家族が引っ越しをしたとき、娘はまだ十歳だった。

引っ越しの前日か、二日前か、おそらく荷造りでごった返していたはずの、それまで住んでいた古い家で、朝、縁側から庭を見たとき、いつもの庭ではなく、見慣れないひろびろとした眺めが眼に入って、ぎょっとさせられた。よく見れば、庭と路地を隔てていた板塀が外から倒され、路地が丸見えになっているだけの変化にすぎなかった。それにしても、倒された板塀はいかにも薄っぺらで、すでにぼろぼろに腐りかけているようにしか見えなかった。あんな紙のような板塀のなかで、今まで自分たちはちんまりと生きていたのかと、十歳の娘はあきれたし、がっかりさせられた。古い家は家族が引っ越ししてしまえば、こわされる運命になっていた。新しい家に移したい庭の木を、これとあれ、と母が選んで、植木屋さんに頼んでおいたのを、植木屋さんがはりきって、はやばやとまずは板塀を倒し、路地から直接庭に出入りできるようにした、ということだったらしい。

古い家は祖父母が戦前に建てて、空襲にも焼け残ったという、本当に古い家だった。家族がいなくなったらこわされてしまう、と聞かされ、感傷的な気分になって、娘はいとこのお下がりでもらったカメラで、家の写真を何枚か撮っておいた。引っ越しを終えてから現像に出した写真を見てはじめて、娘は家の全体がかなり傾いていたのに気がついた。どうしてそれまでこんな傾きを知らないまま過ごせていたんだろう、と不思議になるほど、家は斜めに傾き、だれかが脇からちょっと力を加えたら、あっけなく崩れてしまいそうだった。これじゃ、こわされてもしかたがなかったんだ、と娘は納得した。古い家への心残りは、そのときに消えたはずだった。けれどそれから長いあいだ、娘は古い家に夢で戻りつづけていた。

引っ越しにともなう荷造りや荷物の運びだしについての記憶が、娘には残っていない。ほとんど手伝いらしい手伝いをしなかったということなのだろう。最後に、タクシーを呼んで、家族は新しい家に向かった。クロと呼んでいた黒猫を娘が抱き、犬のジャックは娘の兄であるとおるちゃんが抱いた。兄なのにとおるちゃんと呼んでいたのは、知的な発達が遅れていたからで、娘にとって、とおるちゃんはとおるちゃんであり、自分はとおるちゃんの妹だと、それははっきりとだれにでも言えたけれど、とおるちゃんは自分の兄だと言えずにいた。かといって、とおるちゃんを弟のように扱っていたわけではなく、とおるちゃんをとおると呼びつけにしたり、とっくん、などと省略した呼び方もせず、とおるちゃんといちいち丁寧に呼びつづけていたのは、妹としての礼儀のつもりだった。とおるちゃんのほうはいかにも兄らしく、妹をその名前で呼びつけにしていた。

新しい家に向かうタクシーのなかで窮屈に身を寄せ合い、クロもジャックもはじめての自動車におびえきって、隙を見ては逃げ出そうとするのをむりやりおさえつづけるのも、とおるちゃんとその妹には楽しくて、顔を見合わせては笑い、肩をぶつけ合っては笑っていた。真夏の引っ越しだった。当時のタクシーにはまだ冷房などなかったから、車の窓を開けないわけにはいかなかった。タクシーが赤信号でブレーキをかけた瞬間だったのだろうか、妹の腕からクロが跳びだし、車の外に逃げてしまった。

——ああ、クロが逃げちゃった、ねえ、早く捕まえなくちゃ。

妹は前の席にいる母に訴えた。母は窓の外をのぞいてから、答えた。

——あとで探しに来るから、今はあきらめて。どうせ、あの家に戻って、うろつくはずだから、大丈夫。

そういうものか、とタクシーのなかで妹は思ったけれど、自分の落ち度にすっかりしょげてしまっていた。もし、クロがこのまま行方不明になってしまったら。その不安が消えなかった。そして実際、クロはその後、見つからず、おそらくどこか近所の家に居ついたのだろう、ということになった。おとなたちがどれだけ熱心にクロを探してくれたのか、妹は疑っていたものの、自分だってもとの家に出かけて、クロを探そうとはしなかったので、うしろめたさが残り、いなくなったクロについて話すことを避けつづけた。それに同じ日の夜、いや、つぎの日の夜だったのか、新しい家でみなが荷物の片づけに追われていたとき、慣れない場所に興奮したジャックが首輪を抜け、まだ扉が造られていなかった門から外の道路に駆けだし、たまたまそこに走ってきた大型トラックと正面からぶつかってしまった、などというできごとも起こり、クロのことにかまってはいられなくなった、という事情もあった。

　妹は門から逃げだすジャックを追いかけ、トラックにぶつかる瞬間を見届けた。目の前に迫ってきたトラックに驚いてジャックは腰を落とし、顔をあげた。その額にトラックのバンパーがぶつかった。トラックが走り去ったあと、ジャックは道路の真ん中で倒れていたが、体のどこも傷ついてはいなかった。額を割られたジャックは、苦しむこともなく即死した。妹は家のなかにいる母と、その夜、泊りこみで手伝いに来てくれていた大学生のいとこに助けを求めた。いとこが道路からジャックの体を庭に運んで、穴を掘り、そのなかに埋めた。真夏だったので、死体はすぐに腐敗するおそれがあった。その作業をとおるちゃんも妹も、少し離れたところから見つめていた。妹は泣いていたけれど、とおるちゃんは泣かなかった。

　それから一ヶ月ほど経ってからだったか、とおるちゃんはジャックを埋めた場所をひとりでスコップを使って、掘り起こしはじめた。妹が気がつき、やめて、だめ、と叫んで、とおるちゃんのスコップを取りあげた。とおるちゃんとしては、ジャックが土のなかに隠されてしまい、それが気になりつづけていただけだったのだろう。ジャックが土のなかに閉じ込められている意味がよくわからない。だから、それを知るためにジャックを見届けようとした。でも、妹にはジャックの体が土のなかですでに腐っていると推測できたから、そんなおそろしい姿になったジャックを見るなんて考えることもできなかった。とおるちゃんにはなぜ妹がジャックを穴から出すことをじゃまするのか理解できなかった。それでも、大好きな妹がいやがることはやめなければと思った。

　クロが消え、ジャックもそのようにして、いなくなったのに、新しい家を建てた大工さんがサービスとして、廃材を利用して作ってくれた犬小屋が残されてしまった。大工さん手作りの犬小屋だったので、やたらに頑丈で、大きかった。重すぎて、最初に置いた場所から家族の手では動かすこともできなかった。ジャックも雑種の犬で、中型の茶色の体だった。以前の家では、首輪をつけず、金網のフェンスのなかで飼っていたので、犬小屋というものが家族にとって目新しかったし、ジャックがそこに住んだとしても、たぶん、かなりの戸惑いがあっただろう。

　その後、せっかくりっぱな犬小屋があるのだからと思ったのか、それとも防犯上必要だと思ったのか、母はペットショップで白に黒い斑点のあるポインター犬を買ってきた。これは賢い猟犬なのよ、と母はとおるちゃんと妹に説明して、ルイという名前をつけた。子どもたちは新しく来た活発な仔犬がうれしくて、自分たちの寝床に入れて母に怒られたり、おすわり、お手を仕込み、投げた棒やボールを追いかけさせる訓練めいたことをしていたけれど、やがて、とおるちゃんが思いがけずこの世を去ってしまったので、妹も母もルイに関心を持てなくなって、やがてルイはフィラリアにかかって、長いこと、ゲホゲホしつづけ、家族にかまわれないまま、しょんぼりと死んでしまった。それでも娘が高校に通っていたころには、まだルイは生きていた。ルイが死んだときは、娘がその死体をジャックの場所の近くに埋めてやった。

　引っ越し先の町をはじめて見たとき、なんて塀だらけの町なんだろう、と十歳の妹は眼を丸くしていた。今までの古い家からタクシーで二十分ほどの町で、とおるちゃんと妹は今まで歩いて行けた学校に、今度はそれぞれ都電に乗って通いはじめた。どのように母がその土地を見つけたのかは子どもに知らされないままだった。けれど早く死んだ父の会社を受け継ぎ、叔父と協力して会社を大きくすることができた母としては、知的な障害のある息子も十二歳の中学生――特殊学級ではあるけれど――になり、どうやら今までのようなお手伝いのおばさんを頼む必要もなくなりそうで、いつもネズミが天井裏を走り、ナメクジとカマドウマだらけの台所とも、暗くて寒い汲み取り便所とも別れを告げるときが、やっと巡ってきたと胸を弾ませていたにちがいない。早く死んだ夫には気の毒だけど、母子家庭になってからの危機は、これでどうにか過ぎ去ったと考えてもよいのだろう、と。

引っ越し先の町では、まず三メートル近くもの高さがある陰鬱なレンガ塀が待ち構えていた。

――刑務所があるよ。

妹が言うと、母親が叱るように言った。

――刑務所なんかじゃない。あれはお庭を囲んでいる塀です。

庭を囲む三メートル近くの高さのレンガ塀の意味が、そのときの妹には具体的に理解できなかったけれど、母にはとりあえずうなずき返しておいた。半年後だったか、一年後だったか、母がとおるちゃんと妹を庭に連れていってくれたので、それで、庭とはむかしの大名屋敷の庭園のことだったとようやく知ることができた。でも庭園の出口に近づいたとき、ツツジの大きな茂みの向こうから、バーカは死ななきゃなおらない、という二、三人の男の子たちの声が聞こえ、妹の体は冷たくなった。とおるちゃんの存在を知る、自分の学校の同級生たちだと思った。母ととおるちゃんには聞こえなかったのか、のんびりと砂利道を歩きつづけている。たったそれだけのことで、妹は庭園をいつまでも好きになれず、レンガ塀にもなじめなくなった。

その町では、まわりのほとんどの家も塀に囲まれていた。灰色の万年塀がいちばん多く、ほかに古めかしい瓦の屋根がついている塀、西洋風の青い屋根のついた白い塀、泥棒よけにガラスのかけらをてっぺんに埋めこみ、さらに鉄条網まで巡らせている、とげとげしい塀までがあった。今までの家のまわりには、塀などない家が多かったし、塀があるとしても、妹の家同様の古い板塀だった。

引っ越しをしてから、とおるちゃんと妹は熱心に家の近所を歩きまわった。どの塀にも正面の門があるけれど、よく見れば、小さな勝手口があった。たいていは木戸で、押してみると鍵がかかっていない。用もないのによその家の木戸を開けて、無断でなかに入る、などという真似は、もしとおるちゃんがいなければ、十歳の妹にはできなかった。でもとおるちゃんのおかげで、それができた。その家のひとに見つかって怒られても、とおるちゃんの様子に気がついてくれれば、なるほど、この子じゃしょうがないね、と許してもらえる。ついでに、あんたもこんな子に付き添っていなくちゃならなくて、たいへんだね、とねぎらってくれさえするかもしれない。妹には、良くも悪くも、そのていどの知恵があった。でも、とおるちゃんはただ塀があれば、その向こうを見てみたいという好奇心で体を動かしているだけだった。それはとおるちゃんにとって、そしてもちろん、とおるちゃんのそばにいる妹にとっても、このうえなくおもしろいことだった。

木戸を開けると、色とりどりなバラが一面咲きそろっている庭があった。その端が見えないほど広いバラ園のように見えたけれど、まさかそんなはずはなく、子どもの眼で見たから広く見えただけだったのだろう。べつの木戸を開けると、ニワトリたちが騒ぎだした庭もあった。オンドリがけたたましくコケコッコーと鳴き、家のひとがさっそく駆けつけてきた。町中なのにニワトリを飼う家が、当時はまだあった。べつの木戸を開けると、青い車を洗っている男のひととぶつかりそうになったこともあった。こわれたブランコが風に揺れている庭もあったし、まるでお寺みたいに、白い砂利が敷かれ、石灯籠が立つ庭もあった。

十歳を過ぎてから、妹はとなりの家に住む男の子の存在が気になりはじめた。母からとなりの家の事情を聞きかじったのがきっかけだった。それにしても、母はいったい、どこからとなりの家の事情を聞きだしたのだろう。となりの奥さんと仲よくなった気配はなかったので、直接聞いたわけではなさそうだった。その家でも父親が早くに亡くなり、それが原因で、もとはかなり広かった土地を半分売らなければならなくなって、新しい住人が住みはじめた敷地の奥に、夫を失った妻とひとり息子が住んでいる。妹ととなりのひとり息子は同じ年齢だった。塀越しにちらちら見かけるひとり息子は色白で、痩せていて、とくにりりしい顔でも、整った顔立ちでもなかった。気のせいか、ひどく内気で、神経質なひとに見えた。

ひとり息子が住む家と妹の家を隔てている万年塀に、小さな潜り戸《くぐ》があった。長いあいだ、それは閉じられたままになっているらしく、しかも、向こう側から釘が打たれていて、あちこちからサビが出て、潜り戸の下のほうは黒く腐っていた。妹の家の側では、その前に、大きな葉のヤツデが植わっていたので、すぐには気がつかなかった。家の裏手に当たる場所なので、雑草も茂っていた。妹の家は新しいのに、塀は古いものだった。

塀に戸があったよ、どうして、あんな戸があるの、と妹が母に聞くと、むかし、緊急避難のために作ったものみたいね、火事とかのとき逃げやすいように、という答が返ってきた。でも今は事情が変わって、用もないのにあれが簡単に開いたりしたら、たがいにかえって困っちゃうし、不用心でしょ。だから、あれは開かずの戸なのよ。

開かずの戸という言葉ととなりのひとり息子は、妹にとって、あこがれのようなものになった。とおるちゃんには妹のそうした思いは通じなかった。だから、妹はとおるちゃんにとなりに通じる潜り戸について説明しなかった。とおるちゃんに言うと、すぐさま潜り戸を力尽くでも開けようとするに決まっていたから。妹は自分のあこがれ、あるいは夢を、とおるちゃんから守りたかった。それは母にも知られたくない、恥ずかしさをともなう自分だけの思いだった。ときどき、ヤツデの葉っぱをかき分けて、潜り戸をこわごわ押したり、引いたりしてみた。戸は動かず、妹はほっとさせられた。万が一、戸が開いてしまったら、妹はこわくてその場から逃げだすほかなくなる。妹が強気になれるのは、とおるちゃんがそばにいるときだけで、本当はおそらく、となりのひとり息子以上に内気で、臆病だった。

夢のなかで、妹は塀の潜り戸を開け、となりのひとり息子とにこやかに声を交わしつづけた。となりのひとり息子も潜り戸からこちらに入ってくる。きみんとこの桜、きれいに咲いてるね。母もいっしょに楽しませてもらってるよ。妹も口を開く。ねえ、あなたは中学校、どこに行くの？　私立を受験するの？　ひとり息子はうつむいて答える。うちはお父さんがいないから、それは無理なんだ。どこに行くことになるのかまだわかんない。妹は言う。うちもお父さん、いないけど、母はわたしを私立に行かせたがっている。とおるちゃんのこともあって、今の学校のひとたちともう会いたくないんだって。わたしもそれは同じだけど。ひとり息子は言う。どこの学校に行こうが、ぼくたちは家がとなりだから、いつもこうして会えるね。妹はうれしくて、ほほえむ。

現実には、となりのひとり息子の名前さえ知ることなく、妹は十二歳になり、私立の女子中学に通うようになった。とおるちゃんの学校と同じ路線の都電で通学するので、毎朝とおるちゃんといっしょに家を出て、乗客が押し合いへし合いする都電に乗りこんだ。妹が習いはじめた英語を珍しがって、とおるちゃんは妹の教科書をしかつめらしい顔でひろげ、それを見ながら、自分のノートにくねくねと文字らしき線を描いた。とおるちゃんにもちゃんと自分の宿題はあり、それは日記をつけることだった。ひらがなと簡単な漢字は書けたし、二桁にならない範囲なら計算もできた。ただし、決まりきったことばで過去に起きたことをまとめるという世間的なすべを持たないとおるちゃんを、日記の宿題は悩ませつづけていた。とおるちゃんは絵を描くほうを好んだ。とおるちゃんの丸かった顔が角張り、妹の胸はふくらみはじめた。

とおるちゃんの学校の先生がときどき日曜日に訪ねてきて、形だけの野球の相手をしてくれた。とおるちゃんが野球のバットをかまえ、二メートルほど離れたところから先生がやわらかくて大きなゴムのボールを投げる。たった二メートルの距離でも、とおるちゃんにはそのボールをバットで打つことはむずかしかった。野球がどんなゲームかもわからないのに、どうして野球なんかの真似を、とおるちゃんははじめたんだろう、と妹はあやぶんでいたものの、肝心のとおるちゃんも母も、男の先生の訪問を心から喜んでいる様子だった。先生ととおるちゃんと母が庭にいると、ポインターのルイも犬小屋の前で、みんなの仲間に入りたくて、しっぽを振りまわし、甘えた声で鳴き騒いだ。

いつまで今の学校にとおるちゃんがいられるのか、妹にはわからなかった。いずれにしろ、ずっと通いつづけられるはずはない。区立の学校にある教室を間借りしているだけの特殊学級だったけれど、とおるちゃんは自分の学校に満足していたし、母もわざわざ家まで来てくれる親切な先生に頼っていた。先のことを考えると、妹は不安になった。とおるちゃんはこれからどうなるんだろう。でも、それは妹が生きているかぎり、とおるちゃんも生きつづける、という仮定があっての不安だった。とおるちゃんが死んだあとになって、自分がその仮定をまったく疑っていなかったことを、妹は思い知らされた。

妹が十三歳になった冬、とおるちゃんは風邪を引き、一ヶ月ほども治らず、高い熱が出はじめて、大きな病院に行ったら肺炎になっていると言われ、つぎの日、とおるちゃんの心臓は止まってしまった。妹はいつものように学校から家に戻って、家のなかの変化に気がついた。たまにしか会わない、遠いところに住む伯母さんの姿が台所に見えた。母はとおるちゃんの枕もとから離れず、妹がとおるちゃんに近づくと、台所でせわしく動いていた伯母さんが寄ってきて泣き声をあげた。母はそのとき、泣いたのだろうか。妹ははっきりと思い出せない。自分が泣いたのかどうかもわからない。たぶん、あまり泣かなかった。母の顔もちらっとしか見なかったし、まして、とおるちゃんの顔など見られなかった。とつぜんのできごとに、妹はおびえていた。

二日後の昼間に、とおるちゃんの告別式が行われた。とおるちゃんの学校の先生たちと同級生たちが静かに門から庭にまわって、居間に作られた祭壇に近づき、焼香した。妹の学校の先生と級長も現れ、妹は驚かされた。母方の伯父に父方の叔父、いとこたちも、ほかに、どんな関係のひとなのか、妹にはわからないおとなたちも来ていた。そして妹はとなりのひとり息子と母親が庭の隅に立っているのに気がついた。あのひとたち、来てくれたんだ、と一瞬うれしくなり、すぐに、そんな自分が恥ずかしくなった。とおるちゃんが死んだというのに、わたしはなにも変わっていない。それでも、となりの母子から眼を離せなかった。もし、ひとり息子がこっちを見たらどうしよう、と胸がどきどきした。ひとり息子は学生服を着て、母親は黒い喪服を身にまとっていた。この三日間、妹は自分の学校の制服であるセーラー服を着つづけていた。そのことに、妹ははじめて気がつき、スカートのひだをあわてて直した。

となりの母子が焼香したのは、告別式がもう終わろうというときだった。そのふたりが焼香を終え、立ち去っていくのを見て、妹は祭壇から離れた。居間を出て、急いで廊下の突き当たりにある風呂場に行った。その窓を開けると、左のほうに門が見え、右のほうに塀の潜り戸が見える。妹は息をひそめて、窓の外を見つめた。風呂場のタイルの床がひどく冷たくて、足の裏が痛くなった。すぐに、となりの母子が現れた。塀の潜り戸に近づき、母親がごく当たり前のように、小さな木戸を押し開け、ふたりの姿はそのなかに消えていった。ふたりはなにも言わず、うしろを振り返りもしなかった。妹は口を開け、息を深く吸いこんだ。やっぱり、という思いがあった。こんなとき、となりの母子は必ずあの潜り戸を使う、そう感じていた。翌日、妹は庭に出て、潜り戸を自分の手で押してみた。以前となにも変わらず、その戸はまったく動かなかった。

そうした記憶を、長いあいだ、およそ三十年以上も、かつて妹だった娘は信じつづけていた。となりの母子は二十年も前に、どこか遠くに引っ越して、そのあと、新しい家が建ち、べつのひとたちが住みはじめた。となりの工事がはじまったとき、塀も補修された。潜り戸は取り除かれ、穴はブロックでふさがれた。その後、潜り戸があったことさえ、娘はすぐに忘れてしまった。けれど、とおるちゃんのお葬式をなにかの拍子で思い出すと必ず、塀の潜り戸を開けて、自分の家に戻っていったとなりの母子のうしろ姿が浮かびあがってきた。自分が潜り戸を開け、となりに行って、同い年のひとり息子と顔を見合わせる夢も見つづけた。こんにちは、夕焼けで雲がきれいよ、こんにちは、あした、英語の試験なんだ、などとさりげない話も交わす。

それは夢のなかのできごとだとわかっていた。もちろん、一度もとなりのひとり息子と話したことも、潜り戸を自分で開けたこともなかった。でも、とおるちゃんのお葬式のとき、となりの母子が潜り戸を通り、こちらに来て参列してくれたことを疑ってみたことがなかった。潜り戸が開き、そこからとなりの母子が消えていくのを見届け、ああ、とおるちゃんが本当に死んでしまったんだ、と妹だった娘は認めないわけにはいかなくなり、青ざめたのではなかったか。けれど、四十歳を過ぎて、五十歳に近づいた娘は母の老いた顔を見るたび、潜り戸があったことさえ疑いたくなった。さらに、どうしてとなりの母子がとおるちゃんのお葬式のときだけ、わざわざ潜り戸からこちらの庭に直接やってくるというのだろう、と思い当たった。潜り戸が本当にあったとしても、あれを開けるには、まず、錆びついたたくさんの釘を抜いて、戸に打ちつけてあった何枚かの板をはずさなければならなかったはず。そんな手数をかけてまで、潜り戸からこちらの庭に来なければならない理由が見当たらない。

あのころ、何度も夢を見た。となりの母子が潜り戸を開け、こちらの庭に来て、そして潜り戸から向こうの家に戻っていく姿を。ときどき、中学生の娘が潜り戸からとなりの家に行き、庭先に立つひとり息子と話を交わす。となりのひとり息子がこちらに来て、娘と庭を歩きながら、ぽつりぽつりとなにかを話す。ほかにたいしたことはなにも起こらない、静かな夢を見つづけた。そのうしろのどこかにはいつも、とおるちゃんの冷たくなった体が横たわっていた。

とおるちゃんの学校で、高い塀が校庭にできたらしい、と母から娘が聞かされたのは、ルイがまだ生きていたころだったろうか。とおるちゃんの学校で知り合ったひとが、母に電話をかけて知らせてくれた。母たちが集まり、その対処について相談をはじめたのとはべつに、かつて妹だった娘は何日か迷ってから、とおるちゃんが通っていた学校に出かけた。妹はもう高校を卒業して、女子大に通っていたので、あまり時間に縛られなくなっていた。

かつての妹はとおるちゃんの学校をまだ、はっきりとおぼえていた。中学生のころ、自分の学校から早く帰れる日に、土曜日が多かったけれど、とおるちゃんを迎えに、都電を降りて、とおるちゃんの学校に立ち寄った。その都電は、今はもうなくなっている。とおるちゃんの学校は、区立の小学校の一階で、いちばん校門に近い教室だった。小学校なのに、どんな事情でそうなっていたのか、十五歳になったとおるちゃんはその中等部の生徒として通いつづけていた。野球の相手をしてくれた先生も中等部の先生だった。中等部の教室には、机が八個ぐらい円の形に置いてあった。ピンクや黄色や水色のチョークで、お花とかお日さまとか子どもたちの顔とかが描かれた黒板があり、窓ガラスにも楽しい模様が貼りつけてあった。机の数が少ないので、教室がとても広く見えた。妹にはそれがうらやましかった。教室の前にはテラスがあり、テラスの脇に、二匹のウサギと一頭のヤギがつながれていた。クラスの生徒たちみんなで世話をしているということだった。

妹はめまいを感じながら、とおるちゃんの学校に近づいた。校門が見えてくると、耳鳴りがはじまり、足が重くなった。平日の昼休みの時間で、校庭では大勢の子どもたちが遊んでいた。妹は校門から校庭をのぞいた。子どもたちの遊ぶ声は校庭全体に波打ち、その勢いは荒々しくて、人間の声というよりも、大きな工場の騒音のようにひびく。校門の右手にあるテラスの脇につながれていたヤギとウサギはもう見えない。以前、とおるちゃんの学校だった教室の窓からも、色とりどりな飾りが消えている。校門の前に立っているとかえって目立ってしまうので、妹はなかに入り、右側ではなく、コンクリート塀に沿って左側に進んだ。五メートルほど歩いて、足を止めた。学校のコンクリート塀から、トタン板で作られた高さ二メートルほどの塀が、校庭のなかに向かって伸びていた。長さはだいたい五メートル。

とおるちゃん、やっぱりこんな塀ができちゃったよ。妹は声には出さずにつぶやき、今度はトタン塀に沿って歩いた。なかに入る戸口も、なかをのぞける窓もない。トタン塀が倒れないように、ブロックが積んである。たぶん、内側からは何本かの支柱も設けられているのだろう。たかがトタン塀といっても、新しく作るにはそれなりの工事が必要だったにちがいない。トタン塀に沿って歩く妹の前を、うしろを、子どもたちが走り抜けていく。妹を見とがめるひとはだれもいない。

トタン塀は直角に曲がり、そこからまた五メートルぐらいの長さにつづく。こちら側ものっぺらぼうのトタン塀だった。ちょうど校庭の隅をトタン板で四角く囲んだ形になっている。突き当たりのコンクリート塀の間近に出入り口が設けられ、そこから校舎のはじにつづく通路が作られていた。通路もトタン板に囲まれている。以前のとおるちゃんの学校とは正反対の位置に、教室は移されたらしい。校門からいちばん遠い教室をあてがわれた特殊学級の生徒たちはこの通路をたどって、毎朝教室に入り、休み時間には同じ通路をたどり、トタン塀のなかに移動するのだろうか。校舎の近くにも、出入り口があった。そこは教室のすぐ近くなので、生徒たちはまず、その出入り口から教室のなかに入り、机に向かうのだろう。

とおるちゃん、これじゃ窮屈だよね。妹は教室に近い出入り口に近づいた。そこには、簡単なベニヤ板のドアが作られていて、小さな棒を上下させるタイプの鍵がついていた。朝生徒たちがみんな入ったら、下校時間まで鍵が外から閉められてしまう、ということなんだろうか、いくらなんでも、そんなこと、と妹は眉根をひそめた。そのドアを開けて、通路のなかに入り、教室をまずのぞいてみる。机が円形に置かれているのも、黒板に楽しい絵が描かれているのも、以前と変わらなかったけれど、窓ガラスにはなにも貼られていなかった。ここには生徒が七人ぐらい。となりの教室は中等部の生徒が使っているのかもしれない。合わせて、十五名ぐらいの子どもたち。今生徒たちは全員、トタン板に囲まれた校庭に出ているのだろうか。とおるちゃんもトタン塀の通路をたどって、トタン塀の校庭に行くほかない。とおるちゃんには、なぜ、そのように決められたのか理由がわからない。わからないけれど、おとなしく従う。そうしなさい、と先生たちが言うから。先生たちが大好きで、その先生たちを悲しませたくないから。

間借りをしている小学校の父兄会で、あのような子たちが通常の子どもたちの眼に毎日触れつづける状態では、教育上、良くない影響があると懸念されます、という強い要望が再三あって、学校側が目隠しのための塀を建てた、などともし、とおるちゃんに説明してみたところで意味は通じない。塀の高さをどのていどにするか、広さはどのぐらい確保するか、校庭のどこを、どのように区切るのか、保護者側と学校側が具体的な数字を巡ってかなり紛糾したという事情も、とおるちゃんには縁がない。あの子たちの親だって、あまり極端なことをしてくれるなと怒って抗議しますよ、と学校側が困惑して言い、それはそうだろうけど、子どもたちはすぐ真似をするんですよ、わざとよだれを垂らして、だらしなく歩くとか、ズボンのなかに手を入れて、おちんちんをいじりつづけるとか、と保護者側が言いつのったということも、とおるちゃんは知る由がない。

ひとの眼を気にする、ひとの反応をうかがう、そうした気がかりから、とおるちゃんはいちばん遠い場所にいる。とおるちゃんはそういえば、ひとの悪口を言ったことがない。そんなことばは、とおるちゃんの頭には存在しない。ひとを攻撃することもしない。一方で、いやなことに対しては、テコでも動かなくなる。とおるちゃんは自分の好きなひとが悲しそうにしていれば、おろおろと慰めようとするけれど、自分が悲しくなったときには、ひたすらひとりで悲しみつづけ、ひとに助けを求めようとしない。

とおるちゃんは通路をたどって、トタン板で区切られた校庭に行く。そこでは、空までが狭い四角に区切られている。とおるちゃんは自分の体もそのぶん削られたような気がする。トタン板に囲まれた校庭の奥には、花壇が作られている。以前からの花壇で、トタン板の塀ができてからというもの、日差しが足りなくなって、花の数が少なくなり、シダの勢いが増している。とおるちゃんはトタン板に耳をつける。外の校庭で遊ぶたくさんの子どもたちの声が聞こえる。

それはときに強い風のようになり、トタン板を震わす。とおるちゃんはもどかしくなって、トタン板に両手を当てる。とても冷たくて固い。とおるちゃんはトタン板を押してみる。地中に基礎がしっかりと埋め込まれていて、なおかつ、一メートルごとに、あるいは二メートルごとに、金属の長い棒で支えられているので、トタン板はかすかに揺らぐだけで倒れはしない。とおるちゃんはトタン板に顔を当て、外の校庭を見ようとする。見えないなんて、そんなはずはない。だって、校庭はつながっていて、どこにいても広い校庭はひとつに見えていたんだから。けれど、いくらとおるちゃんが近眼の眼を大きく見開いても、トタン板の灰色しか見えない。

トタン板の塀に沿って、とおるちゃんは右に歩く。コンクリート塀にぶつかり、逆戻りして、左に歩く。今度は通路に行き着くけれど、とおるちゃんは通路に行かず、また逆戻りする。それを何度もくり返す。そして、トタン塀の角に近い場所に立ち止まる。なにが起きているんだろう。こんなにじゃまで、いやなものが、地面からいつの間にか生えてきて、消えてくれないし、融けてもくれない。外の校庭で遊ぶ子どもたちの声がくぐもって、トタン板のこちらにひびく。それはときどきかたまりになって、とおるちゃんの体にぶつかり、痛みを与える。とおるちゃんはおびえて、しゃがみこむ。今までの校庭が見えない。今までの校庭に行けない。ここからまっすぐに行きたいのに、このじゃまなものがあって行けない。とおるちゃんの顔は悲しげにゆがむ。

何日経っても、とおるちゃんは同じことをくり返すだろう。何日経っても、とおるちゃんはおびえて、悲しみつづけるだろう。とおるちゃんにとって、とてもこわいもの、マンガで見たことがある刀と槍、あるいは、動物園で見たサイの角、トラやライオンの牙、テレビに出てきた口から炎を噴きだす怪獣、空から落とされる爆弾、街角の見えないところから発射される大砲、どこかの星からやって来た変な姿の宇宙人、噴火する火山、地上のなにもかもを空のかなたに吸いあげる竜巻、海の大波、雷、巨大な氷山、そうしたこわいものがすべていっしょくたになって、トタン塀の向こうにひしめき、わめき、渦巻くさまが、とおるちゃんには見えはじめるだろう。しゃがんだとおるちゃんはこわくて震え、涙と呻き声を流す。せめて、妹がそばにいてくれればいいのに、塀の向こうのどこかに妹も消えてしまった。

一匹の黒い雑種の犬が、そんなとおるちゃんに近づく。母が飼っていたペリーだ。ペリーはとおるちゃんの左側の耳たぶをなめ、とおるちゃんが驚いて顔をあげると、涙で汚れた頬もなめて、それから、肩や腕に鼻を寄せ、とおるちゃんのにおいを嗅ぐ。とおるちゃんは泣きやみ、ペリーの頭に手を置く。ペリーはまるで、とおるちゃんに挨拶するかのように頭を下げ、それからトタン塀に向かってゆっくり歩きはじめる。ペリーは歩きつづけ、トタン塀に突き当たる。固いはずのトタン板なのに、ペリーの頭は音もなく、なんの抵抗もなく、トタン塀に吸いこまれていき、前脚も吸いこまれ、体も消え、ついにはしっぽまでが消えて、そのあとに、ペリーの形そのままの穴が残される。

ペリーがトタン塀に消えていくのを、口を開けてじっと見とれていたとおるちゃんは、やがて感じはじめる、穴からやわらかな風が吹き入り、たくさんのバラのにおいが漂い、オンドリのコケコッコーというほがらかな鳴き声が聞こえ、ヤギがエサを求めて鳴き、ウサギが跳ねまわり、小さな妹も含んだ子どもたちがみんなで笑ったり、叫んだり、たがいに呼び合うのを。

びっくりして眼を丸くしているとおるちゃんの耳に、一回だけの、遠慮がちな犬の吠え声が遠くから聞こえる。ワン！

とおるちゃんはふらつきながら立ちあがって、口をとがらせ、自分も声を出してみる。ワン！

それから、その場にはいない妹に語りかける。犬が来たよ。そしたら、穴ができた。早く、こっちにおいでよ。

今はとおるちゃんよりずっと年上になってしまった妹は答える。うん、だけど、とおるちゃんがこっちに来るほうがいいよ。穴が小さかったら、わたしが大きくしてあげる。とおるちゃんはペリーを知らなかったのね。そう、ペリーはわたしたちのお母さんの犬。

その声を聞いて、とおるちゃんはにっこり笑う。

実際のトタン板の塀は、小学校の校庭に作られてから一年後、それとも二年後だったか、新聞記事になったこともあり、ようやく撤去された。


かつて妹だった娘は五十歳近くになってから、母の家に戻り、そのそばで暮らしはじめ、ある日、母に言った。

——ペリーみたいな犬がまた、ふらっとこの家に現れたら、どうする？　でも、あり得ないのかしらね、そんなこと。

母は庭からの光に眼を細めて、娘に小さくうなずき返した。

津島佑子とオオカミ

柄谷行人

私は一九九八年の末、津島佑子が『火の山――山猿記』で野間文芸賞を受賞した受賞式の席にいた。私自身が選考委員として、といっても、この賞とは別の野間新人文芸賞の選考委員としてそこにいたのである。私が津島佑子の作品を読んだのは、その時期が最後であった。それからまもなく、私は文学批評の世界から退いた。そして、津島佑子に限らず、文学作品を読まなくなった。二〇〇五年から朝日新聞の書評委員となったが、小説をとり上げることはなかった。ところが、二〇一〇年の末に新刊の『黄金の夢の歌』を読んだとき、それに惹きつけられたのである。

それは東日本大震災が起こる少し前であったが、私はたまたまドイツで講演を終えて、帰途大雪のため飛行機が飛ばなくなり、電車、空港、その周辺のホテルを移動しながら、『黄金の夢の歌』を読み続けた。この作品はそのような状況にふさわしいものであった。とはいえ、私は日本を出発するに際してそれを旅行鞄にいれた時点で、すでにある程度、この作品について予感を抱いていたといえる。ざっと見て、私は、そこに「文学」でないものを感じた。少なくとも、かつての津島佑子の小説になかったものを感じたのである。

それまで津島の小説は、三人の肉親の死、すなわち、自死した父親、若くして亡くなった兄、不慮の事故で幼くして亡くなった長男という実際の経験を核にしたものであった。ところが、『黄金の夢の歌』にはそれが希薄であるように見えた。もちろん、まったくないわけでない。たとえば、著者がモデルであるらしき主人公の女性「わたし」（「あなた」）は父親が青森出身でツングースの末裔であると考えており、また、アイヌやさまざまな遊動民に親近感をいだいている。しかし、最初に、第一人称や第二人称で語られるのは、個人的な事柄というより、近年のキルギスや内モンゴルの状況、つまり、かつての遊牧民が国家やネーションのもとに従属させられ、また、独立してもなお政治的な混乱の中にある状況である。

つぎに、第三人称によって、古代からの遊牧民とその歴史が客観的に語られる。ツングース、突厥、匈奴、モンゴル、スキタイ、マケドニア……。さらに、いわば「非人称」の観点から、オーストラリアの先住民が伝えてきた「夢の歌」が語られる。そこには狩猟採集民社会の記憶が保持されている。「わたし」はキルギスや各地の遊牧民にもそれがある、と考える。彼らは今や定住化を強いられ、国家やネーションに吸収され分断されてしまっているが、遊動民時代の記憶が消滅することはない。この作品では、「夢の歌」は人間の声よりもむしろ、「トット、トット、タン、ト」という騎馬の蹄の音として、唐突に、かつひんぱんに出現する。これはまさに非人称的であり、「夢の歌」がノスタルジーではなく、「抑圧されたものの回帰」（フロイト）としてあるということを示している。

私は帰国後すぐに、この作品を書評にとりあげた。しかし、それは私が文学批評に戻ったということを意味しない。『黄金の夢の歌』を読みながら感じたのは、私がちょうどその年に刊行した『世界史の構造』（二〇一〇年）との平行性であった。それは、人類史の基底に遊動民を見る考えである。この書評をきっかけに私が文学批評に戻ることはなかったが、彼女がその後亡くなったため、追悼文を書き、その過程で、彼女の近作を読むことになった。私は特に『ジャッカ・ドフニ――海の記憶の物語』に興味を抱いた。この作品の主人公チカは、アイヌの母に育てられた少女である。チカはキリスト教徒となるが、キリシタンへの弾圧が始まった時点で、彼女が「兄」と慕うジュリアンという人物に連れられて、東北から長崎へ、さらに、そこから小さな舟でマカオに脱出する。最後に、二人は離ればなれになる。チカがフィリピンに残ったのに対して、神父となったジュリアンはマカオから宣教のために日本に潜入したのである。『夢の歌』では遊牧民がベースにあったが、ここでは狩猟民がベースにある。また、『ジャッカ・ドフニ』には「海の記憶の物語」という副題がついているが、『黄金の夢の歌』はある意味で「陸の記憶の物語」だといえるだろう。

そのあと、私は考えはじめた。私の知るかぎり、津島佑子の小説に、こういうものはなかった。彼女はいつ、いかにしてこのような問題を考えるようになったのか、と。追悼文でも述べたことだが、私はつぎのように考えていた。彼女が変わったのは、同人誌「文芸首都」の時期から知っていた中上健次が一九九二年に夭折したあとである。中上はその晩年に、日本における「路地」の消滅に直面し、それをアジアや世界各地に見出す企てを開始し、旅行すると同時に『異族』のような作品を書いたのだが、ちょうどその時点で死んでしまった。津島はその後、あたかも中上の遺志を受け継ぐかのような行動と著述に向かったのではないか、と私は考えた。

それはまちがっていない、と思う。しかし、津島佑子は中上健次とは違う。私が瞠目したのは、彼女が中上にもなかった認識、そしてそれを表現するスタイルを編み出したことである。それなら、いつ、いかにしてか、というと、見当がつかなかった。最初に述べたように、一九九八年の時点にそれはなかった。作家が変わるのは、作品においてのみである。他にどんな振る舞いをしようと、作風が変わらなければ変化はない。その観点から見ると、津島の変化を示す先駆的な作品は『笑いオオカミ』(二〇〇〇年)である、ということができるのではないか。

それはちょうど私が文学から離れた時期に書かれた。しかし、ある意味で、彼女もまた「文学」から離れたのだ。そして、それが彼女の晩年の仕事の嚆矢となった。『笑いオオカミ』には、『黄金の夢の歌』における遊動民の原型、そして、『ジャッカ・ドフニ』におけるキリシタンの兄と妹の旅の原型が見出される。むろん、ここには、それ以前の作品と同様に、亡き父親や兄などの彼女の家族がモデルとなった人物たちが登場するのだが、彼らはもはや直接に描かれないし、テーマでもない。そして、『笑いオオカミ』には、現実にモデルを特定できないような重要人物が登場する。それが「兄」である。当初、私は中上健次のことを考えた。実際に、津島佑子は「アニ中上健次の夢」と題するエッセイを書いていたからだ(『エッセイ集『アニの夢 私のイノチ』所収』)。しかし、この「兄」は中上ではない、また、彼女が現実に出会った者でもない、と次第に思うようになった。『笑いオオカミ』の「兄」と「妹」は、自分らをオオカミ(アケーラ)とオオカミに育てられた人間(モーグリ)になぞらえる遊戯をしながら旅をする。これは、キップリングの童話『ジャングル・ブック』にもとづいている。しかし、現実の体験を、他の文学テクストと重ねるやり方は、津島にとって画期的な試みではない。たとえば、『夜の光に追われて』(一九八六年)では、子供を亡くした母親である私と、平安時代の物語『夜の寝覚め』の作者との想像的な同一視と交信が書かれている。しかし、『笑いオオカミ』はたんなる物語ではない。たとえば、冒頭に、オオカミに関する論考が置かれている。これは小説につけられた注釈のようなものではなく、作品の一部である。時には、新聞記事がそのまま載せられる。つまり、津島はこの作品において、小説、物語、評論、エッセイといったジャンルの区別を揚棄したのである。なぜそうしたのか。そして、なぜそれがオオカミとつながるのか。

狼に関して私が先ず考えたのは、柳田国男のことである。柳田は日本の山中に「山人」が残っていると主張したのだが、反駁されて孤立し、沈黙した。しかし、そのあと、一九三三年に、すでに絶滅したといわれた狼が吉野の辺りに生息すると主張し始めた。実際に、狼探索に熱中する人が増えたといわれる。むろん、その説は専門家たちに嘲笑的に反駁された。その一人が、津島佑子がここで紹介している平岩米吉である。

柳田が狼について論じたのは、そのときが最初ではない。初期の『山の人生』でも、「今こそ狼は山の神の使令として、神威を宣布する機関に過ぎぬだろうが、若し人類の宗教にも世に伴う進化がありとすれば、曾ては狼を直ちに神と信じて、畏敬祈願した時代があって、其の痕跡は……」と書いている。人類が遊動的な狩猟採集民であった時期、狼は人間の狩猟仲間であった。狼が敵視されるようになったのは、定住農耕民の段階以後である。以来、グリム童話の「赤ずきん」に代表されるように、狼は狡猾で凶暴なものと見なされるようになったのである。しかし、農耕民が到来したとき山に遁《のが》れたのは、狼だけではない。先住の狩猟採集民も同様であった。それが柳田国男のいう「山人」なのである。とすれば、山人説を引っ込めることを強いられた柳田が、急に狼の生存を主張しはじめたのは、偶然ではない。さらに、狼生存説を引っ込めたあと、彼は祖霊信仰について熱烈に論じはじめた。つまり、柳田において、山人、オオカミ、祖霊は別のものではない。というより、それらは同じものの変容である。それらは、彼にとって強迫的な観念であった。

以上の事柄は、津島佑子を考える上でも、重要である。『笑いオオカミ』以後、彼女は遊動民、オオカミ、祖霊らが相互に置換されるような文学的空間に移動したといえるからだ。しかし、それは彼女が柳田国男を読んだからではない。もちろん、ある程度読んでいただろうが、狼に関してはむしろ「専門家」の定説に従っていただけである。では、それまで「定住」していた文学的空間から、突然『笑いオオカミ』に向かう「遊動」が、いかにしてありえたのか。私が思い当たったのは、このことは、彼女がその少し前に書いた、以下のようなエッセイとつながりがあるのではないか、ということである。

私は一九九六年ごろから、坂口安吾の新全集（筑摩書房）を編纂したのだが、そのとき、安吾の全作品をジャンルに分けず、すべて執筆年代順に載せるという方針をとった。私は津島佑子が安吾のファンであることを知っていた。《文学者の個人全集を買い込んで、そのすべてを心から楽しんで読み切ることができたのは、坂口安吾の全集のみなのである》（「ひんやりとした、熱い風」一九九六年、『アニの夢　私のイノチ』所収）。そして、彼女は新全集の月報に、「飛翔の魔力」と題して、次のようなエッセイを寄せてくれたのだった。

異例な全集である。けれどもこれほど、坂口安吾という作家にふさわしい全集もない。

小説も随筆も、アンケートの回答に至るまで、とにかくどんな文章でも平等に執筆順に並べる、読者の側から言えば、読める全集をどれだけ、この作家を敬愛するものの一人として、私も望んでいたことか。

坂口安吾というこの作家は、小説だとか、随筆だとか、一般に信じられ、守られている定義を根本的に疑いつづけていた。言葉というものすら、信じてはいない。つまり、この作家ほど、冷徹に文学について考え、言葉について考え、人間の存在にとっての倫理を考えたひとはいなかったのではないか。作品の完成度などという尺度はしたがって、この作家にとってほとんど縁のないものとなる。小説も随筆もなんでも対等の存在になる。だから、従来の文学にしがみついたままでは、安吾の魅力は見えにくくなってしまう。安吾の世界はいつまでも、あまりにも新しい。

安吾の言葉は木枯らしのように吹き過ぎて行く。言葉とは飛んで行くものだ、消えて行くものだ、その飛翔が美しいのではないか、その動き、スピードが言葉というものではないか、人間というものではないか、という安吾の声が聞こえてくる気がする。そうした人間という存在が愛しい。（以下略）

（二〇〇〇年四月、坂口安吾全集第一六巻月報）


その半年ほどのちに『笑いオオカミ』が出版された。そこで、オオカミ的な遊動性が主題となっているだけでなく、小説、随筆、学説などといった区別を突き抜ける「風」のような遊動性が見られるのは偶然ではない。今になって私が思うのは、『笑いオオカミ』に出てくる「兄」は、現実の兄や「アニ中上健次」というより、何より安吾のテキストから来るのではないか、ということである。

坂口安吾は戦後に「無頼派」として太宰治と並び称された作家であった。そして、「兄」とは、墓地で太宰治がモデルとおぼしい男が自死をとげたのを目撃した少年なのである。その後、彼は死んだ男の娘に会い、彼女を連れて旅に出た。最後に、二人は別れる。「兄」は消えた。そして、少年は少女を誘拐したということで逮捕された。が、そもそも「兄」は実在ではない、というべきであろう。

そこから見ると、津島佑子にとって、「兄」は、坂口安吾のような存在だといってよい。それが太宰治に似ていないのは当然であるが、中上健次にも似ていない。むろん、私がいいたいのは、誰が「兄」のモデルかというようなことではない。津島佑子に飛躍をもたらしたのは、彼女が安吾の作品に見出した「ひんやりとした、熱い風」である。それこそが「兄」である。以後、津島佑子はこの「兄」に連れられて、オオカミ＝遊動民の旅に出たのである。


（思想家）

初出一覧
「笑いオオカミ」『新潮』に連載（二〇〇〇年四月～九月）
「犬と塀について」『新潮』一一一（一）、二〇一四年一月

底本一覧
『笑いオオカミ』新潮社、二〇〇〇年
「犬と塀について」『新潮』一一一（一）、二〇一四年一月

［著者紹介］

津島佑子（つしま・ゆうこ）

一九四七年、東京都生まれ。白百合女子大学卒業。七六年『葎の母』で第一六回田村俊子賞、七七年『草の臥所』で第五回泉鏡花文学賞、七八年『寵児』で第一七回女流文学賞、七九年『光の領分』で第一回野間文芸新人賞、八三年「黙市」で第一〇回川端康成文学賞、八七年『夜の光に追われて』で第三八回読売文学賞、八九年『真昼へ』で第一七回平林たい子文学賞、九五年『風よ、空駆ける風よ』で第六回伊藤整文学賞、九八年『火の山――山猿記』で第三四回谷崎潤一郎賞及び第五一回野間文芸賞、二〇〇二年『笑いオオカミ』で第二八回大佛次郎賞、〇五年『ナラ・レポート』で第五五回芸術選奨文部科学大臣賞及び第一五回紫式部文学賞、一二年『黄金の夢の歌』で第五三回毎日芸術賞を受賞。二〇一六年二月一八日、逝去。

津島佑子コレクション

笑いオオカミ

二〇一八年六月二〇日　初版第一刷印刷
二〇一八年六月三〇日　初版第一刷発行

著　者――津島佑子
発行者――渡辺博史
発行所――人文書院
〒六一二‐八四四七
京都市伏見区竹田西内畑町九
電話　〇七五（六〇三）一三四四
振替　〇一〇〇〇‐八‐一一〇三
装　幀――藤田知子
印　刷――創栄図書印刷株式会社

ISBN978-4-409-15033-7　C0093